KB076539

에어비앤비로 여행하기 : 남미편

한 달에
한 도시

한 달에
한 도시 2

글/사진	김은덕, 백종민
초판 1쇄 발행	2015년 5월 15일
3쇄 인쇄	2016년 8월 22일
3쇄 발행	2016년 8월 29일

발행처	이야기나무
발행인/편집인	김상아
아트 디렉터	박기영
기획/편집	김정예, 박선정
홍보/마케팅	한소라, 김영란
디자인	뉴타입 이미지웍스
인쇄	중앙P&L
등록번호	제25100-2011-304호
등록일자	2011년 10월 20일
주소	서울시 마포구 양화로 10길 50 마이빌딩 5층
전화	02-3142-0588
팩스	02-334-1588
이메일	book@bombaram.net
홈페이지	www.yiyaginamu.net
페이스북	www.facebook.com/yiyaginamu
블로그	blog.naver.com/yiyaginamu

ISBN 979-11-85860-04-6
값 18,500원

「이 도서의 국립중앙도서관 출판예정도서목록(CIP)은 서지정보유통지원시스템 홈페이지(http://seoji.nl.go.kr)와
국가자료공동목록시스템(http://www.nl.go.kr/kolisnet)에서 이용하실 수 있습니다. (CIP제어번호 : CIP2015012463)」

에어비앤비로 여행하기 : 남미편

한 달에
한 도시

사람이라면 누구나
이해하는 이야기

남미 대륙은 거대한 땅덩어리였다. 버스를 타고 20시간을 달렸는데도 여전히 같은 나라를 맴돌고 있을 때도 있었다. 동북아시아 한쪽에 자리한 한국, 그 안에서 평생을 살던 우리에게 남미 대륙은 거대하다는 말밖에 할 수 없는 곳이었다. 그러나 거대하다는 말로는 남미를 온전히 설명할 수 없었다.

지구 반대편으로 왔으니 많은 부분이 내가 살던 곳과 다를 것이라 기대했다. 먹는 것도 사람들의 모습도 도시의 풍경도 그동안 보아 왔던 것과는 다를 것이라 믿었다. 9개월 동안 남미 대륙을 떠돌면서 깨달은 것은 사람이 사는 곳이라면 있을 법한 사건들이 벌어진다는 사실이다. 사람이라면 누구나 먹는 음식을 먹었고 사람이라면 누구나 겪을 법한 갈등이 있었다. 지구 반대편이라고 해서 다를 바가 없었다. 특별한 땅이 아니라 그저 우리가 살던 곳과 조금 멀 뿐이었다.

여행하며 알게 된 사실은 어딘가를 찾아가는 일은 그리 어렵지 않다는 것이다. 지금 당장 파리로 날아가 루브르 박물관에 가는 일은 몇 가지 현실적인 조건을 해결하면 당장 저지를 수 있는 일이다. 하지만 그렇게 찾아간 루브르 박물관에서 레오나르도 다빈치의 <모나리자>를 보지 않고 돌아선다면? 만약 그렇다면 루브르 박물관에, 파리에 다녀왔다고 말할 수 있을까?

한 달에 한 도시를 여행하며 1년이 넘는 시간을 보냈지만 우리가 본 것과 다녀온 곳을 말하면 사람들은 고개를 갸웃거린다. 실제로 우리는 파리를 여행하며 에펠탑에 오르지 않았고 남미를 여행하면서 마추픽추를 지나쳤다. 수없이 망설였지만 누군가에게 증명하듯 여행하는 것이 아니라 우리가 만족할 수 있는 여행을 하기 위해서 조금은 고집스럽게 살았다. 여행자가 아니라 생활자로서 더 나아가 관찰자로서 살고자 노력했다.

눈이 번쩍 뜨이는 유명한 관광지와 귀가 솔깃한 여행 정보를 기대하는 독자라면 조금은 실망할지도 모른다. 하지만 여행을 통해 한 사람이 성장하는 과정과 서로 다른 인격체가 상대방을 이해하는 모습, 낯선 땅에서 우리와 비슷한 고민을 안고 사는 사람들의 일상을 담으려고 노력했다. 우리의 여행기가 유별난 사람들의 환상적인 여행이 아니라 사람이라면 누구나 이해하고 공감하는 이야기로 전해지면 좋겠다.

　　　　　　　　　　　　　　　　　　　　　　　　시작하는 글

미국
USA

두 번째 달   나에게 뉴욕은
          그리고 너에게 뉴욕은

열 번째 달   여전히 두려운 여행,
          그러나 우리는 간다

아홉 번째 달   해 볼 건 다 해 봤어

브라질
Brazil

볼리비아
Bolivia

파라과이
Paraguay

여덟 번째 달   한국을 떠나서
          산다는 것은

우루과이
Uruguay

일곱 번째 달   잘 따라오고
          있는 거지?

세 번째 달   여행하며 글쓰며
         살아가며

칠레
Chile

아르헨티나
Argentina

여섯 번째 달   이곳은 우리에게
          선물이었어

다섯 번째 달   이렇게 좋아도
          되는 걸까?

네 번째 달   거대한 자연앞에
         한 없이 작은 사람이 되어

파타고니아
Patagonia

첫 번째 달   한 조각 나뭇잎에
오른 마음으로

스페인
Spain

한 달에 한 도시씩 여행하는 부부의 이야기!
그 시작이 담긴 유럽편 한눈에 보기

 "아르헨티나 소고기가 그렇게 맛있다는데 같이 먹으러 갈래요?"

평일에는 야근에 시달리고 주말에는 쉬기 바빴던 평범한 신혼부부였던 우리가 2년이라는 시간 동안 세계를 떠돌며 한 달에 한 도시씩 살아 보는 여행을 떠났다. 전세 계약을 해지했고 캐리어 2개에 살림살이를 담았다. 일본을 시작으로 터키, 이탈리아, 크로아티아, 영국, 스페인까지 한 달씩 여행하며 쉼 없이 싸웠고 화해하며 여행했다.

"행복을 미루지 않고 떠나서 다행이야."

맛있는 음식과 그림 같은 풍경에 감탄하는 날도 있었지만 갑작스럽게 찾아온 자유와 돌발 상황 속에서 감추고 싶었던 낯선 모습을 마주하는 날도 있었다. 여전히 우리는 서로를 향해 칼날을 세울 때도 있지만 여행을 후회하지 않는다. 시간의 흐름을 잊을 만큼 행복하다는 것을 깨달았고 우리의 인생을 뚜렷하게 정의해 나가는 삶에 감사할 뿐이다.

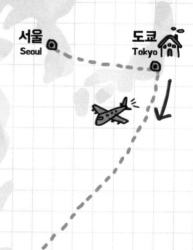

서울
Seoul

도쿄
Tokyo

쿠알라 룸푸르
Kuala Lumpur

싱가포르
Singapore

『한 달에 한 도시 : 유럽편』 한눈에 보기

1

한 조각 나뭇잎에 오른 마음으로

코끼리 아저씨가 나뭇잎을 타고서 고래 아가씨를 만난 곳이 태평양이었나 대서양이었나 인도양이었나. 어느 바다든 당신이 부르면 달려간다는 그 패기로 우리는 크루즈에 올랐다. 생각했던 것보다 즐거웠고 배가 불렀고 평화로웠다. 물론 예상치 못했던 불화도 있었다. 언제나 갈등을 푸는 것은 숙제지만 이제 한 가지는 분명하다. 우리가 언제 어디에서 만나든 지금 이 순간을 입 밖에 올리면 안 되는 불편한 이야기가 아니라 늘 떠올릴 수 있는 유쾌한 이야기로 추억해야 한다는 것.

캐나다
Canada

미국
USA

버뮤다
Bermuda

마이애미
Miami

바하마
Bahamas

쿠바
Cuba

아이티
Haiti

푸에르토 리코
Puerto Rico

파나마
Panama

베네수엘라
Bolivarian Republic
of Venezuela

콜롬비아
Colombia

바르셀로나
Barcelona ◎

포르투갈
Portugal

스페인
Spain

대서양
Atlantic
Ocean

모로코
Morocco

알제리
Algeria

서사하라
Western Sahara

모리타니아
Mauritania

말리
Mali

세네갈
Senegal

부르키나파소
Burkina Faso

기니
Guinea

코트디부아르
Republic of
Cote d'Ivoire

크루즈의 마력에
빠지다

글 /

스페인 바르셀로나 Barcelona에서 출발한 크루즈가 미국 플로리다주의 포트 로더데일 Fort Lauderdale에 도착할 날이 머지않았다. 콜럼버스의 항해 길을 따라 대서양 횡단에 오른 보름 동안 장기 여행자의 추레했던 모습이 크루즈에서 보낸 신선놀음 덕에 말끔해졌다. 시간이 흐를수록 점점 때깔이 좋아지는 서로의 모습을 지켜보는 것이 어색했지만 8개월간의 유럽 여행을 마치고 남미 대륙 탐방을 시작하기 전 이만한 휴식도 없었다.

우리가 탄 크루즈는 로얄캐리비안 선사의 리버티호 Liberty of the Seas로 타이타닉호보다 4배나 컸다. 무려 16만 톤, 직접 보지 않으면 크기를 짐작할 수 없을 것이다. 이 거대한 크루즈의 탑승 인원은 승객 3,500명, 직원 1,500명을 포함해 총 5,000여 명이다. 크루즈의 시설은 배의 등급에 따라 달라지는데 리버티호는 해당 선사에서도 두 번째로 높은 등급이었고 배 안에서 조깅, 수영, 암벽 등반, 인공 파도타기, 아이스 스케이팅, 뮤지컬 및 각종 공연 관람, 면세점 쇼핑 등을 할 수도 있다.

이렇게 화려하고 멋진 시설을 자랑하는 크루즈에서 나는 한시도 내리기 싫었다. 기항지마다 에메랄드빛을 뿜내는 카리브 해가 코 앞이었지만 그마저도 싫었다. 천국은 바로 여기, 크루즈 안에 있었다. 하지만 천국에서 다시 지상으로 내려가

천국보다
아름다운 크루즈

한 조각 나뭇잎에 오른 마음으로

야 하는 시간이 점점 다가오고 있다. 나는 마지막 항구에 도착하더라도 직원들이 끌어내릴 때까지 필사적으로 난간을 붙잡을 계획이었다.

"굳이 비싼 크루즈를 타고 가야 해?"

은덕이 크루즈 이야기를 처음 꺼냈을 때 내 반응이 그랬다. 크루즈 여행하면 호사스럽고 노년에 즐기는 여행이란 이미지가 먼저 떠올랐기 때문이다. 꿈과 모험이 가득한 세계여행이 되길 바랐던 내게 크루즈는 어울리지 않는 사치였다. 그렇게 등 떠밀려 올랐던 갑판 위에서 다음 크루즈 여행 일정을 잡고 있는 나를 발견했으니 앞으로는 시작도 해 보지 않고 넘겨짚지 말아야겠다.

산해진미에
몸과 마음을 빼앗겨

크루즈에서의 첫날, 아침부터 아무것도 먹지 못한 터라 가장 먼저 11층에 있는 뷔페식 레스토랑을 찾았다. 동서양을 아우르는 다양한 음식들을 본 순간 크루즈에 대한 나의 차가운 마음은 봄볕에 녹아내리는 눈이 되었다. 유럽 여행 동안 돈 아낀다고 음식에 대한 욕심을 내려놓고 있었는데 눈앞에 펼쳐진 산해진미 앞에서 무장해제되었다. 정신을 차리고 보니 나는 며칠을 굶은 사람처럼 음식을 입에 쑤셔 넣고 있었고 씹을 때마다 우걱우걱하고 소리가 나는 듯했다.

"나 또 한 접시 먹을 건데 뭐 갖다 줘?"
"벌써 다 먹었어? 열 접시째인데 뭘 또 먹어!"

매일 이렇게 먹었다
그렇다 자랑이다

한 조각 나뭇잎에 오른 마음으로

매일 바뀌는 코스 메뉴와 승객의 이름을 기억하고 좋아하는 메뉴를 미리 파악하는 담당 웨이터의 세심한 배려에 몸과 마음을 빼앗겼다. 점심으로 먹은 음식이 소화되지 않아도 저녁 메뉴를 입안으로 꾸겨 넣기 바빴다. 덕분에 크루즈 여행이 끝나갈 때쯤, 늘어난 뱃살을 부여잡고 후회했지만 전생은 물론 후생까지 통틀어서 음식에 대한 한은 없을 것 같다.

패티의 유혹

천국의 삶을 맛보게 한 크루즈이지만 까딱하면 지옥이 될 수도 있다. 세상에서 가장 느린 걸음으로 크루즈를 어슬렁거리는 비만 형제들. 이곳이 좋긴 하지만 나도 저들처럼 되지 않을까 하는 두려움을 떨칠 수가 없었다. 비만 형제들이 하나같이 손에 들고 있었던 것은 햄버거 패티였다. 지난 열흘 동안 그것만큼은 손대지 않으려 했지만 나는 크루즈 여행이 끝나기 5일 전, 금단의 열매에 손을 뻗었다. 비만 형제들 손에서 바람과 같이 사라지는 햄버거 패티를 바라보다 결국 한입 먹었는데……

"아아악. 지옥의 맛이다! 왜 그동안 먹지 않았던 거지! 은덕아, 너도 한 번 먹어 봐."

한 입 베어 물면 입 주변이 기름으로 범벅이 될 정도로 풍부한 육즙이 흘러나왔다. 그동안 먹었던 햄버거 패티는 한낱 종이쪼가리다. 앉은 자리에서 햄버거 패티 2장을 게걸스럽게 먹었다. 마지막 날까지 아침, 점심, 저녁으로 매일매일.

"은덕아, 나도 결국 저들처럼 되고 말 거야. 그렇다고 나 버리면 안돼. 알았지?"

콜럼버스도
내가 부러울 거야

글 /

"종민, 네가 달리기를 하고 수영을 한다 해도 하루 소모하는 칼로리는 고작 몇백일 거야. 그런데 넌 매일 몇천 칼로리의 패티를 먹고 있는데 살이 빠질 것 같아? 당장 패티를 끊어!"

내 라인에 대한 예의를 최소한이나마 지키라며 은덕은 빈정거렸다. 이미 패티의 유혹에서 벗어날 수 없으니 그녀의 말을 뒤로하고 내리쬐는 적도의 햇살을 맞으며 수영도 하고 조깅 트랙도 달려 보았다. 어떤 날은 인공 암벽을 타거나 미니 골프를 하며 칼로리를 태웠지만 이걸로는 부족했다. 사람들의 시선이 신경 쓰였지만 인공 파도타기에 도전했다. 수영복을 입고 조심스럽게 보드에 몸을 실었다. 비대한 몸뚱이가 균형을 잃고 고꾸라지기를 수십 번, 나는 포기를 선언했다.

"안 되겠어. 살은 한국 가서 뺄래."

수영장 사진을 넣지 않은 건
내 마지막 자존심이야

24시간이
모자라

크루즈 안에는 다양한 놀 거리가 있다. 시간마다 펼쳐지는 이벤트부터 공연까지 모두 수준급이었고 게다가 무료였다. 크루즈에서 하루하루를 보내다 보니 어느새 세인트 마틴 Saint Martin, 푸에르토 리코 Puerto Rico, 바하마 Bahamas 등 카리브 해에 있는 기항지에 도착했다. 세계적인 휴양지에 잠시 정박한 크루즈는 길게는 10시간, 짧게는 5시간을 머물렀다. 허락되는 시간 안에서 관광을 떠날 수도 있고 크루즈에서 준비한 유료 프로그램에 참여할 수도 있었다. 그것도 아니라면 수영복 하나 달랑 입고 그대로 카리브 해에 풍덩 뛰어들어도 좋았다. 하지만 나의 선택은 늘 '즐거운 나의 크루즈'였다.

"나는 안 나갈란다. 카리브 해가 아름답긴 하지만 더위를 이길 자신이 없구나. 오늘은 에어컨 바람 쐬면서 크루즈에서 실내 수영이나 하련다."

대서양을 넘어오며 서서히 비대해진 내 몸뚱이는 야외 활동보다는 실내 활동을 원하고 있었다. 다만 내 옆에 비만 형제들만 가득했던 것이 낭패라면 낭패였다. 크루즈에서 내가 가장 좋아했던 공간은 한밤중에 찾는 자쿠지라는 기포가 나오는 욕조였는데 대서양 밤하늘에 떠 있는 별을 보면서 따뜻한 욕조 안에 몸을 담그고 있노라면 신선놀음이 따로 없었다. 늦은 밤에는 찾는 사람이 드물어서 나 혼자 자쿠지 안에서 영화를 보는 호사를 누렸다. 산해진미와 드넓은 바다, 몸을 기분 좋게 간질이는 자쿠지까지. 크루즈에서의 하루하루는 꿈결처럼 지나가고 있었다.

장점 10개에
단점은 1개

스페인 세비야 Sevilla에 도착해 남미 여행을 준비하면서 콜럼버스의 항해가 궁금해졌다. 운이 좋게도 우리가 탄 크루즈는 콜럼버스의 항로를 따라 대서양을 헤쳐나갔다. 대서양을 항해한 지도 어느덧 2주일이 지났고 그 사이 콜럼버스가 그랬던 것처럼 카리브 해의 몇몇 섬을 거치며 아메리카에 도착했다. 신대륙을 발견한 사람의 발자국을 따라가는 것만큼 멋진 여행의 시작이 또 있을까? 나와 은덕의 여행에 과분하다 싶을 만큼 멋진 서막이 오르는 듯했다.

크루즈는 뜻하지 않은 선물을 주었다. 배 위에서 이틀에 1시간씩 시차가 바뀐 덕에 아메리카 대륙에 도착해서는 시차 적응이 필요 없었다. 비행기보다 시간은 많이 걸리지만 대륙 간 이동에는 최고였다. 게다가 이름도 무시무시한 버뮤다 트라이앵글을 지난 것도 특별한 경험이었다. 버뮤다제도 Bermuda와 플로리다, 푸에르토리코를 잇는 삼각지대를 지나는 동안 거대한 크루즈가 상하좌우로 흔들렸는데 이곳에서 실종된 배와 비행기의 숫자에 우리가 탄 크루즈가 더해질까 봐 마음이 쫄깃해졌다. 갑판 위에 나가는 것이 두려워지는 시속 70km의 바람과 보기만 해도 빨려 들어갈 것 같은 너울은 자연의 무서움을 다시금 일깨워 줬다.

모든 것이 완벽했던 크루즈 여행에도 아쉬운 점은 있었다. 버뮤다 트라이앵글을 통과하며 느꼈던 공포는 단점이 아니라 오히려 색다른 경험에 가까웠다. 진정한 아쉬움은 탑승객의 평균 연령이 높아 국적을 뛰어넘는 청춘 남녀의 로맨스가 없다는 것이었다. 나와 은덕에게는 단점이 될 수 없었지만 청춘남녀, 재율이와 해인이에게는 치명적이었다.

크루즈 여행을 함께 준비했던 재율이는 아프리카를 여행하다가 우리와 스페인에서 다시 만났다. 그리고 함께 크루즈를 탈 새로운 친구를 소개해 줬다. 바로 해인이었는데 포르투갈에서 우연히 재율이를 만났고 우리가 유럽에서 아메리카로 떠날 때 크루즈를 탄다는 말에 합류했다. 그녀는 21살에 세계여행을 떠난 당찬 아이였고 활화산처럼 뜨거운 20대 초반의 에너지로 크루즈를 사랑의 유람선으로 만들겠다는 야심을 품었다.

"꼭 만나야겠어요! 잘 찾아보면 저 같은 20대도 있을 거예요."

그러나 사이좋게 가판을 거니는 노부부가 절대적인 크루즈의 인구 구성은 해인의 각오를 무색하게 했다. 물론 20대 남자도 간간이 있었지만 이미 커플이거나 게이였다는 것이 함정. 결국 해인이는 제풀에 지쳐 쓰러졌다.

해인이 지쳐 백기를 드는 동안 나와 은덕은 가진 자의 여유를 맘껏 누렸다. 호텔에서는 비싸서 엄두도 낼 수 없었던 룸서비스가 크루즈 안에서는 무료였다. 원 없이 룸서비스를 주문했고 크루즈 안에서 전 세계의 음식을 맛있게 그리고 양껏 먹었다. 너무 일찍 크루즈 여행의 단맛을 본 것은 아닌가 싶었지만 유럽 여행에서 누적된 피로가 풀린 것은 물론 앞으로 여러 나라를 여행하기 위한 에너지까지 넘치게 받았다. 물론 재율이와 해인이도. 맞지?

사람 이야기가
더 맛있어

글 /

"우리 너무 이른 나이에 '크루즈 맛'을 봐 버린 건 아닐까?"

크루즈를 탄 게 불행일 수도 행운일 수도 있다. 남은 세계여행 동안 교통수단 중 하나로 크루즈를 고려해 볼 수 있는 것은 행운이지만 더 이상 모험 가득한 여행 은 피하고 싶어졌다는 것은 불행이었다. 또한 종민의 살이 오르는 것도 안타까웠 다. 한국에 가면 뺀다고 했으니 어쨌든 해결될 일이고 기나긴 크루즈 여행 중에 다양한 사람을 만난 것은 뜻밖의 행운이었다. 크루즈에서 만난 사람들과의 대화 를 통해 삶과 여행에 대한 이야기를 수집할 수 있었고 크루즈를 싸게 그리고 똑 똑하게 이용하는 노하우도 알게 되었다.

캐나다에서 온
마리와 브란트

캐나다 퀘벡 Quebec에서 온 마리 Mari와 브란트 Brandt 부부는 그동안 우리가 만난 여행 자 중에서 '적은 돈으로 화려하게 즐기는 여행'의 일인자들이었다. 해인이 아침

같은 방
다른 가격

한 조각 나뭇잎에 오른 마음으로

운동을 하며 친해진 그들은 크루즈 회사에서 만든 유료 프로그램은 쏙쏙 피하면서도 제대로 활용하는 방법을 알고 있었다.

"저희는 크루즈 가격 비교 사이트를 수없이 들락거리며 발코니가 있는 방을 세금과 팁을 포함해서 900달러 한화 약 99만 원에 예약했어요. 내측 선실은 좀 답답하더라고요. 싸고 좋은 방을 예약하기 위해 몇 차례 카드 결제를 취소했죠. 크루즈는 탑승 한 달 전까지만 취소하면 100% 환불이 가능하거든요. 일단 크루즈에 오르면 돈 쓸 일은 거의 없어요. 크루즈에서 살찔 염려를 많이 하는데 저희처럼 아침마다 조깅하면 그것도 괜찮아요."

크루즈가 잠시 항구에 정박할 때면 마리와 브란트의 자린고비 정신이 또다시 발휘됐다. 100달러 한화 약 9만 9천 원 남짓을 내야 하는 유료 프로그램은 패스하고 직접 도보로 움직일 수 있는 코스를 짜서 짧고 굵게 관광에 나섰다. 크루즈에서 미리 샌드위치와 과일, 쿠키를 챙겨 나가니 식비는 일절 들지 않았다. 마라톤 대회 참가를 앞두고 있다는 마리는 매일 새벽이면 크루즈의 조깅 트랙을 돌았다. 매일 1km씩 운동량을 늘리면 크루즈가 목적지에 도착할 즈음이면 15km를 완주할 수 있게 된다고 했다. 대서양을 달리며 마라톤 준비를 하다니. 마리는 돈은 물론 시간도 똑똑하게 쓰는 법을 아는 여자였다.

한국에서 온 윤숙 이모님

한국인은커녕 동양인조차 드문 대서양 횡단 크루즈에서 한국 여행객을 만났다. 그녀 역시 우리처럼 젊은 친구를 이곳에서 만나는 것은 처음이라며 무척이나 반가워했다. 그녀는 매해 겨울마다 크루즈를 타고 여행을 즐기는 고수였는데 이번에는 바다가 보이는 오션뷰 객실을 599달러 _{한화 약 66만 원}에 결제했다는 사실을 밝히면서 우리의 부러움과 질투의 대상으로 떠올랐다.

"1,000만 원을 들여 유럽 패키지 여행을 가는 이유를 모르겠어요. 그 돈이면 크루즈 여행을 반년이나 할 수 있을 텐데 말이에요."

"그러나 놀랄 필요 없어요. 여러분들이 크루즈를 950달러에 탄 건 나쁘지 않은 시작이에요. 저는 2,500달러부터 시작한 걸요. 물론 그 비싼 수업료 덕분에 90% 할인된 가격으로 크루즈 여행을 했던 적도 있었지요. 하지만 젊은 나이에 크루즈 여행만 하는 건 권하고 싶지 않아요. 저도 젊을 적에는 힘든 여행을 하다가 지금에서야 좀 편한 여행을 하고 있거든요. 하지만 5성급의 시설과 음식을 먹을 수 있는 호사스러운 크루즈 여행은 분명 매력이 있어요. 물론 할인된 가격으로 탔을 경우에 말이죠."

미국에서 온
잭과 다이앤

아침식사 테이블에서 만난 잭 Jack과 다이앤 Diane은 은퇴한 경찰관과 간호사였다. 화려한 음식의 향연을 앞에 두고 무엇부터 먹어야 하는지 고민하고 있을 때 다이앤은 우리가 영어 메뉴판 때문에 고민하는 줄 알고 웨이터를 불러 한국어 메뉴판이 있는지 물어봐 주었다. 그렇게 자연스럽게 대화가 이어졌고 음식을 먹으면서 잭과 다이앤이 우리 배가 도착하는 플로리다에 살고 있다는 사실도 알게 되었다. 그들은 연금으로 매년 한 차례씩 크루즈 여행을 다니고 있는데 이번이 벌써 열두 번째란다.

"아침 메뉴 중에서는 이 생선 요리가 특히 괜찮아요. 점심은 신선한 샐러드로만 먹어야 체중을 조절할 수 있어요. 아, 오늘 할로윈 가면을 10달러면 살 수 있던데 저녁 파티 때 쓰면 재미있을 거예요. 암벽 등반이랑 인공 파도타기 해 봤나요? 두려워하지 말고 크루즈 안에 있는 모든 시설을 이용해 봐요. 하다 보면 내가 어떤 프로그램을 좋아하는지 알게 될 거예요. 그리고 여기 공연도 수준급이에요. 저희는 아이스쇼, 뮤지컬, 콘서트 등을 빼놓지 않고 보고 있어요."

유럽이나 미국인들에게 크루즈 여행은 친숙하고 일상적인 여행법이었다. 우리가 무얼 먹을지 무얼 해야 할지 고민하는 순간에 잭과 다이앤은 거침이 없었다. 할로윈 파티를 위해 가면을 사고 이것저것 준비할 것이 많다며 서두르는 다이앤은 나에게 이 말을 남기고 떠났다.

"은덕, 종민이 카지노에 빠지지 않도록 잘 챙겨요. 하하하."

영국에서 온
미세스 베릴

런던 London에서 온 베릴 Beryl은 50여 년 전에 처음 크루즈를 탔다고 했다. 그러니까 20세기부터 크루즈 여행을 했다는 말인데 그녀가 들려주는 이야기는 크루즈가 처음인 우리에게는 놀라움의 연속이었다.

"나의 첫 번째 크루즈 여행이 언제였냐고? 음, 너무 오래전 일인데. 50년 전쯤 된

세상에, 내 눈앞에
<타이타닉>의 로즈가 있었다

한 조각 나뭇잎에 오른 마음으로

거 같아. 그때는 해군 함정을 개조해서 크루즈를 만들었는데 덕분에 객실 하나에 여러 사람이 같이 잤어. 마치 군대처럼 말이지. 물론 화장실과 샤워실도 공동으로 써야 했는데 해군이 사용하던 함정을 개조했으니 내부 구조를 많이는 변형시킬 수 없었을 거야. 지중해를 둘러보는 여정이었는데 지금껏 많은 크루즈를 타봤지만 그때만큼 기억에 남는 것도 없어. 나의 첫 크루즈였으니까."

50년 전 크루즈 여행을 떠난 여자. 세상에, 내 눈앞에 〈타이타닉〉의 로즈가 있었던 것이다. 베릴은 낮에는 뜨개질하고 저녁에는 공연을 보면서 크루즈 여행을 즐겼다. 우리는 시간이 날 때마다 베릴을 찾아가서 바다만큼 푸른 눈동자를 바라보며 반세기 전, 그녀의 크루즈 무용담을 즐겼다.

미국에서 온
4인의 교민

크루즈에서는 워낙 적은 숫자의 한국인이 있어서 눈에 잘 들어왔다. 오가며 인사를 하는 사이였지만 크루즈 여행과 관련된 동영상을 찍는다는 핑계로 인터뷰를 요청했다. 김진수 장로님과 3명의 친구 분들은 40여 년 전에 미국으로 이민을 떠났다고 했다. 그들은 젊은 친구들이 크루즈를 탔길래 재벌 3세쯤 되는 줄 알았다며 우스갯소리를 건넸다. 우리 행색이 멀끔하지는 않았을 텐데 오렌지 카운티에 사는 돈 많은 집 유학생들과 행색이 비슷하다고 했다. 이거 웃어야 하나, 울어야 하나.

"크루즈를 한 번 타고 나면 그 회사에서 메일을 수도 없이 보내요. '마감임박 세일'이니 '2 for 1 세일'이니 하면서 하루에도 한두 번씩 보내는데 이때를 잘 노려야 해요. 우리는 로스엔젤레스부터 유럽으로 가는 비행기, 지중해 크루즈 7일, 대서양 횡단 크루즈 14일, 마이애미부터 다시 로스엔젤레스까지 가는 비행기를 포함해 2,800달러를 줬어요. 한 달인데 이 정도 금액이면 훌륭하지 않나요?"

크루즈는 부자들만 탄다는 선입견이 있었는데 그곳에서 만난 사람들은 우리가 생각했던 그런 부류만은 아니었다. 싼 티켓을 찾아 몇 번이고 카드 결제를 다시 하고 크루즈에서도 자린고비처럼 지내는 마리와 브란트 부부, 은퇴 후 돈을 아껴 크루즈 여행을 하는 잭과 다이앤, 70% 이상 할인할 때만 크루즈를 탄다는 윤숙 이모님까지. 적은 돈으로 현명하게 여행할 수 있는 건 어쩌면 '정보력'이 아닐까 싶다. 보름 동안 삼시세끼 먹여 주고 재워 주고 이동까지 시켜 주는데 100만 원이라는 이야기에 솔깃해서 엉겁결에 탔던 크루즈. 그동안 여행하며 지친 몸을 회복한 것도 모자라 정보까지 얻었으니 꽤 괜찮은 선택이었다.

그리고
우리들의 이야기

글 /

지중해를 빠져나와 처음 대서양 큰 바다로 나오던 날, 배는 걷잡을 수 없이 흔들렸다. 그 배와 함께 우리의 위장도 거침없이 출렁거렸다. 해인이와 나는 겨우 일어나서 가만히 있으라는 마음의 소리를 무시하며 꾸역꾸역 아침을 먹으러 나갔다. 그리고 이내 한 숟가락도 먹지 못하고 식당에서 튀어나오듯 도망쳤다. 이날 종민을 제외하고 재율과 해인 그리고 나까지도 멀미약을 먹고 종일 잠에 취했다. 어지러움을 가라앉힐 방법은 잠밖에 없었다.

"언니, 멀미 한 날 실은 심각하게 크루즈 탄 걸 후회했어요."

나이는 겨우 21살이지만 혼자 세계여행을 할 만큼 당찬 아이인 해인이가 말했다. 그 나이라면 누군가에게 징징거리며 자신의 심경을 토로하는데 해인이는 그렇지 않았다. 멀미를 어느 정도 극복한 후에야 진심을 이야기했다. 해인이는 또래에 비해 속이 깊은 친구였고 나는 그녀에게 깊은 인상을 받았다. 솔직했고 하고 싶은 게 있으면 거침없이 실행하는 모습에서 얼핏 내 모습도 보았다. 서로에게 호기심과 호감을 느꼈던 우리는 이후 남미 여행에서 여러 차례 만났다. 해인이는 앞으로 우리의 여행 중 가장 많이 등장할 예정이다.

재율이가 누구냐고
물으신다면

"오늘 아침 해는 6시 40분에 떠요. 크루즈를 타고 있는 동안 매일 변하는 일출 시각을 과학적으로 설명할 수 있지만 이 이야기를 하면 대부분의 여자는 싫어하더라고요."

서울부터 함께 크루즈에 타기로 약속한 재율이는 배의 속도와 경도, 위도를 파악해 매일 일출과 일몰 시각을 예측했다. 뿐만 아니라 모든 것을 처음부터 끝까지 완벽하게 알고 있어야 직성이 풀리는 재율이 덕분에 나와 종민 그리고 해인은 그가 쏟아 내는 정보를 토대로 크루즈를 즐길 수 있었다.

"오늘 스케줄에는 선장님과 만나는 시간이 있어요."
"저녁에 할로윈 파티와 퍼레이드가 있으니 우리도 거기 가 봐요."
"오늘 정찬 메뉴는 랍스타와 맨해튼 스테이크예요. 그러니까 뷔페를 먹는 것보다 정찬을 먹는 게 좋을 거예요."

그리하여 생겨난 그의 별명은 '재율신 神'. 모든 걸 다 알아야지만 마음이 편하다는 그는 어설프게 아는 것으로 몸과 마음을 혹사하는 것을 싫어했다. 옆에서 지켜볼수록 변수가 출몰하는 여행에서 재율이가 어떻게 8개월을 보냈는지 궁금했다. 의외로 그의 답은 간단했다.

"제로에서 시작하는 거는 큰 스트레스를 받지 않아요. 저한테는 세계여행이 바로 그 제로였어요."

제로에서 시작했지만 이미 재율이는 많은 부분을 채웠을 것이다. 재율이의 여행이 끝나는 날에 다시 만나서 무한대만큼 넓어졌을 그의 세계를 엿보고 싶어졌다.

우리가
합체할 수 있을까?

평화로운 크루즈의 일상을 배경으로 재미있는 동영상을 만들고 싶어서 배를 타기 전부터 고민했다. 제목은 '나의 첫 크루즈'. 크루즈에 탑승한 다양한 국적의 여행객을 만나서 그들의 첫 번째 크루즈 경험담을 담는 것이 주요 내용이었다. 재율과 해인, 종민이 함께한다면 뭐든 할 수 있을 것 같았다. 하지만 낯선 사람과 무언가를 만든다는 것은 쉽지 않았다. 나와 종민은 서로 속을 털어놓다 못해 뒤집어 놓는 사이이지만 해인과 재율은 그렇지 않다는 것을 미처 몰랐다.

해인이가 당차고 똑똑한 아이라고 해도 배에서 처음 만난 사이였고 재율이도 서울에서부터 알고 지낸 사이지만 속마음을 쉽게 꺼내는 친구는 아니었다. 하물며 작업할 때면 서로 잡아먹을 듯이 으르렁거리며 치열하게 싸우면서 결과를 내는 나와 종민이 아니던가? 해인이와 재율이에게 함께하지 않겠느냐고 묻지도 못한 채 며칠을 공동 작업에 대한 막연한 두려움으로 갈팡질팡하고 있었다.

'같이 만들까?'

속으로 마음을 정하고 그들의 방에 갔다가도 문고리 앞에서 마음이 바뀌었다.

'아니다. 크루즈에서 너희 시간을 뺏을 순 없지. 그냥 종민과 둘이서 찍어야겠다.'

공동 작업의

전과 후

한 조각 나뭇잎에 오른 마음으로

그렇게 나흘쯤 시간이 지났을까? 용기 내서 물었고 재율이와 해인이도 흔쾌히 함께하기로 했다. 하지만 해인이의 적극적인 태도와 달리 재율이는 마음이 복잡해 보였다. 완전히 발을 담그지도 발을 빼지도 않은 상태에서 어정쩡하게 끌려다니는 느낌을 지울 수가 없었다. 게다가 말수도 적어졌다.

"재율아, 공동 작업이 익숙하지 않다면 네가 기획부터 촬영, 편집까지 해 볼 수 있는 영상을 만들어 볼래?"

고민 끝에 재율이에게 제안했는데 다행히 그러겠다고 했다. 그가 우리와 함께 즐기지 못하는 모습이 안타깝기도 했지만 한편으로는 본인이 하면 더 잘할 수 있다는 듯 딴지를 거는 꼴이 싫기도 했다. 아예 처음부터 끝까지 네가 한번 해 봐라, 얼마나 잘하는지 보자는 못난 마음으로 그에게 새로운 제안을 했던 것이 솔직한 마음이었다. 그렇게 쿨한 듯 배려한 듯 어정쩡하게 각자의 작업을 하며 또 며칠이 흘렀다.

"저, 더 이상 못하겠어요. 촬영까지만 할게요."

한 번도 자신의 감정을 보여 주지 않았던 재율이가 떨리는 목소리로 말했다. 우려와는 달리 촬영도 재미있게 진행하고 무엇보다 과정을 즐기고 있는 것처럼 보였던 터라 재율이의 영상을 기대하고 있던 찰나였다. 짧은 시간에 편집까지 끝내야 한다는 게 부담이었을까? 생각보다 후반 작업이 만만치 않음을 느껴서였을까? 재율이는 이 고백을 시작으로 그동안 말하지 못했던 서로에 대한 서운함, 실망감, 불편한 감정을 털어놓았다. 완벽주의에 가까울 정도로 모든 걸 다 알고 제대로 해야만 자신을 설득할 수 있다는 재율이에게 그저 따라오라고만 했으니 얼마나 답답했을까? 자기보다 10살 가까이 많은 사람들의 다툼 속에서 해인이의 마음은 또 어떠했을까?

지금 이 순간을 떠올릴 때
결국에는 웃을 수 있기를 바란다

한 조각 나뭇잎에 오른 마음으로

우리가 얻은 것과
잃은 것

이 과정을 통해서 우리가 무엇을 얻었는지 또 잃었는지는 아무도 모른다. 재율이는 끝내 완성하지 못한 영상을 두고두고 아쉬워할지도 모르고 나와 종민, 해인이 완성한 영상도 어떤 의미로 남을지 알 수 없었다. 우리의 야심대로 크루즈 회사에 보내 남극 크루즈 티켓을 받아서 여행이 대폭 수정될 수도 있고 그저 만들어 봤다는 사실에 만족해야 할 수도 있다. 분명한 것은 우리가 언제 어디에서 만나든 지금 이 순간을 앞으로 입 밖에 올리면 안 되는 '불편한 이야기'가 아니라 늘 떠올릴 수 있는 '유쾌한 이야기'로 추억해야 한다는 게 아닐까?

"재율이가 그때 처음으로 자신의 솔직한 이야기를 꺼냈지. 하마터면 그 녀석의 진짜 모습을 보지 못하고 평생 속고 지냈을지도 몰라."
"해인이는 본인이 자존감이 낮고 집에서는 늘 문제아였다고 말했어. 하지만 크루즈에서는 '김해인 효과'라는 게 있을 정도로 그녀가 지나간 자리에는 늘 웃음꽃이 피었지."

보름 동안의 대서양 횡단을 끝내고 우리는 포트 로더데일에 도착했다. 재율이와 해인이는 과테말라 Guatemala로 우리는 뉴욕 New York으로 가기 위해 공항으로 향했다. 그 둘이 각각 다른 곳으로 떠나는 것이 아니라 한동안은 스페인어 공부를 위해 함께 있어야 한다니 다행이었다. 묵은 감정이 있다면 부디 훌훌 털어내기를. 남미라는 거대한 땅덩어리에서 우리가 다시 만날 수 있을지 예측할 수 없어 다음을 기약하지는 못했다. 아쉬움을 뒤로하고 각자의 계획대로 비행기를 타야 했다. 지금 여기, 남미가 아니더라도 어디에서든 다시 만나리라는 확신이 있었기에 그 둘을 보내는 울적한 마음은 그런대로 참을 만했다.

크루즈를 싸게
타는 법

01 리포지셔닝을 노려라!

우리가 1인당 100만 원으로 보름 동안 크루즈를 탈 수 있었던 이유는 리포지셔닝 Repositioning을 하는 배였기 때문이다. 전 세계 90%의 크루즈는 봄/여름 시즌에는 지중해와 북유럽을 돌고 가을/겨울 시즌에는 카리브 해나 남극 항로에 오른다. 대륙을 옮기는 리포지셔닝 시기에는 어차피 되돌아가는 배이니 저렴하게 비용을 책정해서 최대한 많은 인원을 태우기 때문에 비교적 값이 싼 편이다.

02 창문을 포기하고 1년 먼저 예약하라!

크루즈는 호텔처럼 객실의 등급에 따라 비용이 천차만별인데 우리는 내측 선실, 즉 창이 없는 방 중에서도 가장 싼 방을 골랐다. 발코니에서 바다를 볼 수 있는 방과 가격이 2배 가까이 차이가 난다. 가판에만 오르면 보이는 것이 온통 바다이니 방에서 보는 전망을 포기한다면 선택의 폭이 넓어진다. 예약한 시점에 따라서도 가격 차이가 발생한다. 일반적으로 출항 1년 전에 예약하면 싸고 좋은 방을 구할 수 있지만 운이 좋다면 출발 직전에도 잔여 객실 중 이와 비슷한 비용으로 구할 수 있으니 마지막까지 포기하지 말자.

한 조각 나뭇잎에 오른 마음으로

크루즈를 싸게 예약하는 방법

01 해외 크루즈 가격 비교 사이트

할인 금액이 나올 때까지 지속적으로 살펴야 한다. 크루즈를 싸게 탈 수 있는 확실한 방법 중 하나지만 예약부터 결제까지 직접 해야 하며 처음 크루즈를 예약하는 사람들에게는 까다로운 절차라고 느껴질 만큼 준비해야 할 서류가 많다. 하지만 적게는 20%에서 많게는 90% 할인된 가격으로 크루즈를 탈 수 있는 만큼 시간을 들여 차근차근 준비해 보자.

www.vacationtogo.com

www.travelzoo.com

02 해외 크루즈 선사 사이트

가격 비교 사이트에 원하는 상품이 없다면 해당 선사의 홈페이지에서 직접 예약하자.

http://www.ncl.com

http://disneycruise.disney.go.com

*월드 디즈니 컴퍼니 자회사로 디즈니 만화 캐릭터들로 크루즈 내 엔터테인먼트를 운영한다.

03 한국어 지원 크루즈 선사 사이트

한국어로 예약을 진행할 수 있어 편하지만 대행사 수수료가 포함되기 때문에 비싼 편이다. 이용할 수 있는 선사도 한정적이다.

www.rccl.kr

어디까지나 주관적이고 편파적인
크루즈 정산기

＊ 편명 ＊

로얄캐리비안 선사의 리버티호
/ Liberty of seas, Royal Caribbean

＊ 노선 ＊

스페인 바르셀로나 - 미국 포트 로더데일

＊ 룸 형태 ＊

내측 객실

＊ 기간 ＊

2013년 10월 27일 ~ 11월 9일

(13박 14일)

＊ 탑승비 ＊

2,000,000원(2인 기준)

＊ 생활비 ＊

10,000원(카지노 및 칵테일로 지출)

＊ 종민 유럽을 여행하며 지친 몸을 보름 동안 양질의 음식을 먹고 편안한 침대에서 자면
서 보살필 수 있었어. 항공편보다 2배 가량 비싸지만 그만한 가치가 있다고 봐.
아, 햄버거 패티 또 먹고 싶다.

＊ 은덕 앞선 세계여행자들이 왜 이 루트를 알려 주지 않은 걸까? 대륙을 옮겨 가는데
이만한 이동 수단이 없잖아. 매일 1시간씩 시차가 바뀌니 육지에 내렸을 때 시차
적응이 필요 없었어.

나에게 뉴욕은
그리고
너에게 뉴욕은

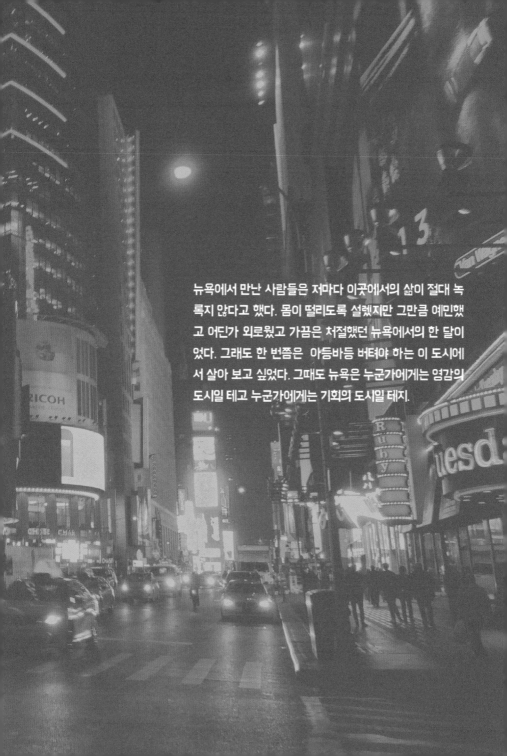

뉴욕에서 만난 사람들은 저마다 이곳에서의 삶이 절대 녹록지 않다고 했다. 몸이 떨리도록 설렜지만 그만큼 예민했고 어딘가 외로웠고 가끔은 처절했던 뉴욕에서의 한 달이었다. 그래도 한 번쯤은 아등바등 버텨야 하는 이 도시에서 살아 보고 싶었다. 그때도 뉴욕은 누군가에게는 영감의 도시일 테고 누군가에게는 기회의 도시일 테지.

라구아디아 공항
LaGuardia Airport

퀸스
Queens

플러싱 메도스
코로나 파크
Flushing Meadows
Corona Park

마운트 올리베 묘지
Mt Olivet Cemetery

우리들의 호스트, 권터를 소개합니다

글 /

"뉴저지 New Jersey? 거기는 뉴욕도 아니잖아? 매일 맨해튼 Manhattan까지 왔다 갔다 하기도 힘들 것 같은데."

새로운 도시로 떠날 때가 다가오면 언제나 숙소의 위치가 문제였다. 맨해튼은 아니더라도 브루클린 Brooklyn에라도 방을 얻고 싶었지만 거절 메시지를 30개 정도 받았다.

에어비앤비로 한 달간 머물 숙소를 찾는다는 것은 늘 어려운 일이다. 가격과 위치가 마음에 들어도 호스트가 거절할 때도 있고 인기가 많은 집은 할인이 적용되는 장기 숙박보다는 단기 숙박을 선호했다. 뉴욕의 상황은 좀 더 복잡했다. 숙박업으로 등록하지 않고 운영하는 에어비앤비를 두고 뉴욕 주가 확실한 법안을 제시하지 못하고 있었다. 호의적이던 호스트도 뉴욕 주 법원의 결정을 기다려야 한다는 이유로 다음을 기약하는 메일을 보내왔다.

당시 뉴욕은 에어비앤비와 같이 공유경제를 기반으로 하는 새로운 숙박업에 적용할 세금과 법 조항이 준비되지 않은 상태였다. 에어비앤비 사용자가 늘어날수록 세금을 지불하며 영업을 하던 호텔 산업이 타격을 입었다. 뉴욕에서 에어비앤

저 강을 건너면
뉴욕이 있다

나에게 뉴욕은 그리고 너에게 뉴욕은

비는 뜨거운 감자로 떠올랐다. 뉴욕 주 정부는 에어비앤비 호스트에게 적용할 세금법과 관련 법규가 준비될 때까지는 불법으로 간주하고 집중 단속을 하겠다고 엄포를 놓았으니 호스트 입장에서는 마음 편히 게스트를 받을 수 없었을 것이다.

그러다 상대적으로 에어비앤비 세금 문제에 둔감했던 뉴저지 주로 눈을 돌렸다. 몇 차례 시도 끝에 허드슨 강 Hudson River을 사이에 두고 뉴욕과 마주하는 귄터 Günther 의 집을 찾게 되었다. 걱정과 달리 숙소와 맨해튼은 버스로 30분 거리였다. 물론 24시간 운영하는 뉴욕의 지하철과 달리 막차 시간이 정해져 있는 광역 버스라는 단점이 있었지만 런던에서 매일 왕복 4시간을 길에서 허비했던 것에 비하면 만족스러웠다.

최고의 행운,
그대의 이름은 귄터

"너희가 올 시간이 된 거 같아서 밖에서 기다리고 있었어."

귄터의 집을 찾기 위해 헤매다 보니 벌써 어둑어둑해졌다. 저 멀리 사진 속의 남자가 우리에게 다가와 인사를 건넸을 때의 반가움이란 말로 설명하기 어려웠다. 피렌체 Firenze 의 호스트 다니엘레 Daniele 이후 오랜만에 '마중 나온 호스트'였기 때문이다. 귄터는 털이 달린 럭셔리한 검은 코트를 입고 있었다. 한눈에도 패션 감각이 남다른 사람이라는 것을 알 수 있었다. 모델처럼 타고난 비율도 아니었고 결코 잘생겼다고 할 수도 없었다. 종민처럼 오동통하고 작은 체구를 귀여움으로 승화시켜 승부를 보는 스타일이었다.

어딘가 친숙한 비율과
비슷한 분위기의 두 남자

나에게 뉴욕은 그리고 너에게 뉴욕은

종민과 나는 그가 처음 메시지를 보낸 날을 잊지 못한다. 코스타리카 Costa Rica에서 휴가 중이었던 귄터는 자신의 집을 선택해 주어서 고맙다는 인사와 함께 우리의 동영상과 에어비앤비 프로필 소개에 깊은 인상을 받았다며 기꺼이 할인된 숙박료[1]를 받겠다고 했다. 뉴욕이라는 도시에 갖고 있던 기대가 귄터에 대한 기대로 바뀌는 순간이었다. 게다가 코스타리카 태생인 귄터는 초등학교에서 스페인어를 가르치는 선생님이고 우리는 남미에서 스페인어를 배울 생각이었으니 그를 만난 것은 더할 나위 없는 행운이었다.

귄터의 집은 4층짜리 빌라 중 2층이었다. 방은 2개였는데 하나는 귄터가, 나머지 하나는 나와 종민이 묵었다. 욕실과 부엌은 함께 사용했고 집이 넓지는 않아도 아늑하고 따뜻했다.

"너희가 우리 집에 왔다는 사실이 믿을 수 없어. 꿈은 아니겠지?"
"피곤하지 않다면 내 차로 맨해튼 야경을 보러 나가지 않을래?"
"배고프지는 않아? 너희를 위해서 음식을 만들어 놨어."

매 순간이 감동이었던 그의 섬세함과 배려는 이전에 만났던 호스트와 차원이 달랐다. 하지만 내가 귄터를 좋아하게 된 결정적인 이유는 따로 있었다. 바로 그의 패션 컬렉션과 취향 때문이었다.

"이게 다 뭐예요? 샤넬 CHANEL, 루이뷔통 LOUIS VUITTON, 장 폴 고티에 Jean Paul Gaultier, 이브 생 로랑 Yves Saint Laurent, 돌체 앤 가바나 Dolce&Gabbana까지! 이게 다 당신 거예요?"

---

1) 에어비앤비의 스페셜 오퍼 제도: 게스트는 에어비앤비에 명시된 숙박료와 별도로 호스트와 협상을 통해 특별 요금을 요청할 수 있다. 이를 스페셜 오퍼 Special Offer 라고 부르는데 게스트나 호스트 모두 가격을 제안할 수 있다.

차원이 다른 배려

Good morning!
NJ tomatoes
for you on the
bottom of the
fridge!
xoxo Günther

Welcome!

나는 귄터의 클래식한 명품 컬렉션에 입이 쩍 벌어졌다. 귄터도 꾸질꾸질한 옷차림의 동양 처자가 상품만 보고 명품 이름을 척척 읊으니 신기했던 모양이다. 이내 조금 들뜬 표정으로 자신의 컬렉션을 자랑하기 시작했다.

"이것 좀 볼래? 장 폴 고티에 코트야. 이 옷을 사고 얼마나 기뻤는지 몰라. 여기에 돌체 앤 가바나 부츠를 신으면 끝내준다고."

레이디 가가 Lady Gaga가 입거나 오트 쿠튀르에서나 볼 법한 의상을 걸치며 패션쇼 삼매경에 빠진 호스트와 이를 아름답다고 외치며 끊임없이 칭찬하고 있는 게스트라니, 이를 두고 천상의 조합이라고 부르는 것이 아닐까? 명품 컬렉션에 이어서 스코틀랜드 전통 의상인 킬트와 시간을 초월한 빈티지 컬렉션까지 모두 살피고 나니 자정이 훌쩍 지났다.

"톰 포드 TOM FORD 향수 중에 난 이 향이 제일 맘에 들어. 이리 와봐. 뿌려 줄게. 잠이 잘 올 거야."

귄터의 집에 도착한 첫날, 나는 샤넬 No. 5가 아니라 톰 포드의 리미티드 에디션 향수에 취해 깊은 잠을 잤고 그 다음 날에는 귄터가 언니 밴드라고 부르며 사랑해 마지않는 소녠 나이프 Shonen Knife [2]의 음악을 함께 듣는 것으로 하루를 시작했다.

"종민, 내일은 귄터가 뭘 또 보여 줄까? 이 친구에게 우리 완선 언니의 퍼포먼스를 보여 줘야 하는데. 분명 좋아할 거야."

---

2) 일본 오사카에서 1981년에 결성된 팝 펑크 밴드이다. 귄터는 미국에서도 왕성한 활동을 펼친 그녀들의 콘서트나 사인회를 직접 따라다니며 청춘의 한 시절을 보냈다.

뉴욕의
이방인들

글 /

우리는 긴 시간을 기다려 뉴욕의 라구아디아 공항 LaGuardia Airport에 도착했다. 카리브 해의 뜨거운 날씨를 통과했던 탓인지 뉴욕의 가을은 시린 겨울처럼 추웠다. 부랴부랴 캐리어를 열어 겨울 코트를 껴입었다.

뉴욕 시내를 지나 뉴저지로 가는 길에는 유난히 횡단보도가 많았다. 그러나 뉴요커에게는 횡단보도나 신호등이 중요하지 않았다. 휙휙 지나가는 자동차 사이로 무심히 그리고 바쁘게 길을 건너는 사람들 뒤로 우두커니 서 있는 자들이 있었는데 아마도 우리처럼 이제 막 뉴욕에 도착한 이방인일 것이다. 다양한 사람들이 만나 분초를 다투며 살아가는 곳, 온갖 자극이 난무하는 곳, 뉴욕에 온 것이 실감 났다.

유럽에서의 시간은 대서양을 건너면서 떠나보냈고 이제 9개월 동안 뉴욕을 포함한 남미 여행이 본격적으로 시작되었다. 뉴욕 땅을 밟고 있다는 것은 한 달에 한 도시씩 살아 보자는 우리의 계획이 시즌 2에 접어들었다는 신호였다.

나도 한때는 뉴욕에서 영화 공부를 하고 싶었다. 그러나 학교와 학비를 알아보다가 좌절하고 말았다. 뉴욕에서 공부했던 선배나 친구들은 하나같이 집에서 경

오늘 뉴욕은
하루 종일 쌀쌀함

제적인 지원을 받으며 공부를 마쳤다. 그들은 이곳에서 공부할 수 있었음에 기뻐하다가도 부모님을 생각하면 미안한 마음이 들었다고 했다. 막연히 꿈꿨던 유학이 돈 때문에 완전히 차단당했다는 기분에 뉴욕이라는 이름만 들으면 나는 작아질 수밖에 없었다.

공부하는 것도 삶을 꾸려 나가는 것도 버겁기만 한 이 땅에 사람들은 왜 꾸역꾸역 몰려드는 것일까? 뉴욕에 도착한 지 나흘째, 어쩌다 보니 매일 새로운 사람들을 만날 기회가 생겼다. 뉴욕의 이방인을 자처한 사람들의 이야기를 들으면서 뉴욕이라는 도시를 다시금 생각해 봤다.

윤형에게 뉴욕은
영감의 도시

윤형은 영화사와 대학교 교직원으로 일하다가 그만두고 긴 여행을 시작했는데 종민과 페이스북을 통해 알게 된 사이였다. 그녀는 목적지도, 뚜렷한 계획도 없이 카우치서핑[3]과 에어비앤비를 이용하면서 세계여행을 하는 중이었고 한 달 전부터 뉴욕에 머물고 있었다. 한 번도 미술을 배운 적이 없는 그녀였지만 뉴욕에서 미술학교에 입학하기 위해 노력 중이다. 그동안은 취미로 그렸던 그림이지만 제대로 배워 보겠다는 생각에 여행을 잠시 멈춘 그녀에게 뉴욕은 영감의 도시였다. 처음으로 회사나 공부가 아니라 온전히 나 자신에게만 집중할 수 있는 시간을 뉴욕에서 경험했다는 것이다. 서른을 넘긴 처자가 꿈 하나만 믿고 뉴욕을 선

---

3) 카우치 서핑: 현지인의 도움을 받아 무료로 숙박을 이용할 수 있는 비영리 커뮤니티로 홈페이지를 통해 운영된다. (http://www.couchsurfing.com)

기댈 곳은 없었지만
그래도 행복은 찾을 수 있다

택했고 천천히 기지개를 켜고 있었다. 누군가는 불확실한 꿈이라고 할지 모르지만 윤형의 얼굴에는 확신이 보였고 희망이 담겨 있었다. 이후 윤형과는 뉴욕에서 4번이나 더 만났는데 그때마다 새로운 모습을 보여 주며 우리의 시간을 훔쳐 갔다. 앞으로 또 어떤 모습으로 그녀가 우리 앞에 나타날지 궁금하다.

미연과 준화에게 뉴욕은
뿌리가 없는 도시

미연은 오래전에 종민과 부산국제영화제에서 함께 일했던 동료다. 그녀는 우리와 같은 해에 하루 차이를 두고 결혼했는데 뉴욕에서 건축 공부를 하고자 했던 남편을 따라 태평양을 건넜다. 이후 미연과 준화는 뉴욕에서 드래프트 스페이스 DRAFTspace[4] 라는 회사를 열었고 새로운 개념의 팝업 갤러리를 만들고 있다. 신혼살림과 자신들의 회사를 뉴욕에서 차린 미연과 준화는 모두가 꿈꾸는 미래의 순간을 보내고 있는 것 같았다. 하지만 그들이 말하는 뉴욕이란 어디에도 소속되지 못해 뿌리가 없는 도시였다.

'뿌리 없음 ROOTLESSNESS' 은 미연과 준화가 뉴욕에 도착해서 진행한 첫 번째 전시 프로젝트의 이름이었고 이방인으로 살아가는 자신들의 현재를 표현하는 말이기도 했다. 그들에게 뉴욕은 기댈 곳도 없고 부표처럼 떠다니게 되는 곳이었지만 바로 그 이유로 무엇이든지 시도할 수 있는 땅이었다.

---

4) 2013년 10월, 뉴욕에서 시작된 프로젝트 갤러리의 이름이다. 뉴욕 임대업의 특성 중 비싼 임대료 때문에 다음 임차 계약까지 공간이 비어 있는 경우가 많은 것에 착안, 그 기간 동안 팝업 갤러리를 열어 예술가들과 일반인이 만날 수 있는 자리를 만들어 주는 것이 드래프트 스페이스의 운영 형태다.

"뿌리가 없다는 것은 무엇이든 시도할 수 있다는 뜻이기도 해요. 시도해야만 한다는 것이 더 맞을지도 모르지만 어쨌든 기회의 땅인 거죠."

미연과 준화는 뉴욕에서 더 자주 만나고 싶었지만 그들이 한국에 잠시 들를 예정이어서 한 번의 만남으로 그쳤다. 앞으로 어떤 일을 할 것인지 뉴욕에서 신혼 생활을 한다는 것은 어떤 의미인지 묻고 싶은 게 많아 아쉬웠다. 이 아쉬움을 잘 묵혀 두었다가 언젠가 제대로 꺼낼 날을 기다리기로 했다. 그전까지 종민 친구네 부부가 아니라 드래프트 스페이스라는 이름으로 더 많이 마주치기를.

영기에게 뉴욕은
쉽게 문을 열지 않았다

영기와 나는 20살에 전주국제영화제에서 만난 15년지기 친구다. 그는 5년 동안 뉴욕에서 영화 연출을 공부하고 있었고 얼마 전 뉴욕에서 결혼도 했다. 오랜만에 만난 영기는 자신이 만든 단편 영화들의 주제이기도 한 이방인들이 느끼는 뉴욕의 환멸에 대해 이야기해 주었다.

영기는 자신의 작품에서 뉴욕으로 넘어온 불법 이민자의 이야기를 다뤘다. 펭귄 탈을 쓰고 구걸하며 연명하는 부부는 하루 벌어서 하루를 살아가야 하는 처지였다. 돈이 지지리도 모이지 않던 어느 날, 부인은 오늘은 그만 집으로 돌아가자고 말한다. 하지만 남편은 고집을 피워 다른 곳으로 향한다. 그러다 흑인 깡패를 만나 그나마 있던 돈을 빼앗긴다. 깡패는 그들이 불법 이민자라는 꼬투리를 잡아 경찰에 신고하겠다고 협박한다. 깡패의 부모도 처음에는 불법 이민자였고 세대를 거치면서 시민권을 얻게 되었을 뿐이다. 결국 같은 처지지만 그들에게 자비는 없다.

"내 영화에서처럼 많은 사람이 꿈을 안고 뉴욕에 왔지만 이 도시의 담장은 높고 문은 굳건해서 쉽게 열리지 않아. 몇 달 후면 졸업인데 내가 여기서 무엇을 할 수 있을까?"

나의 속 깊은 이성 친구, 영기는 학교에서 열린 공개 강의에 우리를 데려가 주었고 공연장에서 표를 사 주기도 하면서 뉴욕에서 우리를 든든하게 지켜 주었다. 바쁜 시간을 쪼개 무려 10번이나 만났다. 영기가 공부를 다 마치고 귀국할 때까지 뉴욕이 영기에게 조금만 곁을 내주었으면 좋겠다.

나에게 뉴욕은……

뉴욕에서 만난 사람들은 저마다 이곳에서의 삶이 절대 녹록지 않다고 했지만 그래도 나는 한 번쯤 이 도시에서 살고 싶다. 윤형을 붙잡은 영감이라는 녀석도 만나고 싶고 미연, 준화 부부처럼 상상력을 발휘하며 살고도 싶고 영기가 두려워한 그 장벽도 마주하고 싶다. 뉴욕이라는 거대한 판에서 한 번은 주사위를 굴려 보고 싶다. 두드리면 열리는 곳인지, 돈이 없으면 언저리를 떠돌다 좌절하는 곳인지 한 번은 시작해 보고 싶다. 종민은 영어를 못해서 무시 당하는 것도 싫고 돈이 없어서 주눅이 드는 것도 싫다며 한사코 거부하고 있지만 말이다.

NYPD한테
딱지 받은 날

글 /

뉴욕에서 보낸 시간을 통틀어서 아니 세계여행을 통틀어서 손에 꼽을 만한 사건이 터졌다. 돈 몇 푼을 아껴 보자고 양심을 속였던 것이 거대한 부메랑이 되어 돌아왔다.

우리는 뉴욕에서 대중교통을 이용할 수 있는 메트로 카드 Metro Card를 하나만 사서 돌아다녔다. 이는 한 사람만 쓸 수 있는 정액권 카드로 우리 두 사람이 함께 사용하는 편법을 저질렀다는 뜻이고 남의 나라에서 경범죄를 저지르고 다녔다는 말이다. 이미 뉴욕과 뉴저지를 오가는 광역버스 한 달 정액권을 사 놓은 터라 112달러 약 한화 12만 원짜리 메트로카드에 교통비를 더 쓰는 것이 아까웠기 때문이다. 파리 Paris에서 교통카드 하나로 두 사람이 개찰구를 통과하는 광경을 수차례 봤었고 만나는 사람들도 뉴욕이나 파리에서는 일상적인 일인 것처럼 말했다. 더군다나 자신들도 친구들이 오면 카드 하나로 두 사람이 타곤 한다며 대수롭지 않게 말하는 것을 듣고 우리도 용기를 얻었다. 그렇게 우리는 넘어서는 안 되는 선을 넘고 말았다.

처음에는 신이 났다. 주변의 눈치를 살피는 것은 잠깐이었고 뉴욕을 누빈다는 생각에 즐겁기만 했다. 그러다 우리는 풍문으로만 듣던 뉴욕 경찰, NYPD에게 딱

안 되는 줄 알면서
왜 그랬을까?

나에게 뉴욕은 그리고 너에게 뉴욕은

걸렸다. 벌금 100달러짜리 딱지 2장. 뉴욕에 머문 지 2주가 지났을 무렵이었고 링컨센터 Lincoln Center, 세계적인 공연예술 종합센터로 매년 400회가 넘는 정규 공연이 열리며 다양한 공연 단체가 상주해 있다. 가 있는 콜럼버스서클 59th Street – Columbus Circle 역으로 가던 길이었다.

불법인 것도, 해서는 안 되는 행동인 줄도 알고 있었지만 가난한 여행자인 우리에게 돈은 벗어날 수 없는 굴레였다. 지금은 뼈저리게 후회하고 있지만 그때는 '다른 여행자들도 그렇게 한다더라'라는 말에 홀딱 넘어갔다. 부끄러운 일이고 반성도 했지만 그래도 굳이 이 이야기를 꺼내는 것은 혹시나 다른 여행자들도 같은 실수를 할지 모른다는 생각이 들었기 때문이다. 돈을 절약하고 효율적으로 쓰는 것은 분명 잘하는 일이다. 하지만 이런 불법행위는 오히려 여행의 추억에 지워지지 않는 얼룩을 남길 수 있다. 당당하고 떳떳하게 여행을 되새김질하기 위해서라도 해서는 안 되는 일은 하지 말아야 한다는 것을 이렇게라도 말하고 싶다.

딱지 받은
부부의 대화, 하나

😊 "기분이 어때?"

😠 "완전히 망했어. 지금도 마음이 회복이 안 돼서 이야기하고 싶지 않아. 개찰구를 한 번 둘러봤어야 했는데 왜 그냥 들어갔지? 까만 옷을 입은 그들을 보고 아차 싶었어. 정말 바로 코앞에 있었는데 왜 못 봤지? 망했어. 이번 생은 망했어!"

😊 "분하고 억울한 마음이 아직도 있는 거야? 우리가 잘못한 일이고 죄에 대한 대가를 치렀을 뿐이잖아. 나는 그 자리에서 사실대로 말하지 않고 거짓말까

지 한 게 찝찝할 뿐이야. 분명히 사복 경찰관이 카드 하나로 두 사람이 밀고 들어온 것을 봤을 텐데도 우리가 절대 아니라고 우겼잖아. 심지어 나는 그 경찰관과 눈까지 마주치면서 개찰구를 통과했다고. 아직도 낯이 뜨겁다. 진퇴양난이라는 말이 이런 거구나 싶더라. 결국 경찰이 카드 사용 내역을 확인하러 창구까지 갔고 거짓말도 들통이 났어. 그냥 순순히 인정할 걸 왜 끝까지 아니라고 거짓말을 한 건지 모르겠어. 사실대로 말했다면 나 자신이 이렇게까지 부끄럽지는 않았을 거야."

딱지 받은
부부의 대화, 둘

"물론 우리 잘못은 인정해. 하지만 돈 몇 푼 아끼자고 카드를 하나만 샀던 것은 네 고집이었잖아! 이미 벌어진 일이니 어쩔 수 없지만 내가 기분이 상하고 분했던 것은 나를 대하는 그들이 태도였다고. 그건 분명 모욕과 무시였어! 영어 못 알아듣는다며 옆에 있던 경찰관이 얼마나 빈정거리던지. 지금 생각해도 미칠 것 같아. 벌금 딱지를 빨리 주던가, 차라리 경찰서로 끌고 가지 왜 사람이 오가는 자리에서 무시를 당해야 하는지 이해할 수 없었어."

"영어 한마디도 할 줄 모르는 관광객은 우리의 설정이었잖아. 그러면 봐 줄지도 모른다고 생각했던 거고. 경찰은 어쩌면 우리 같은 사람을 수없이 봐서 일부러 우리를 도발하려고 했던 것인지도 몰라. 연기한다는 걸 눈치채고 말이야. 끝까지 거짓말하면서 버티지 말고 여권도 제때 보여 줬다면 어땠을까? 그들도 그렇게까지 빈정거리지는 않았을 테고 수갑을 꺼내면서 감옥으로 가자는 말까지는 안 했을 거야."

씨알도 안 먹혔던 우리의 잔머리는
상황을 최악으로 만들었다

"그래, 그 수갑! 내가 모욕을 느꼈다는 부분이 바로 그거라고. 처음부터 수갑을 꺼내면서 우리를 협박했다고! 겁먹으라고 일부러 감옥이라는 단어를 말하고 수갑을 꺼낸 거라니까! 그게 너무 분해!"

딱지 받은
부부의 대화, 셋

"우리가 계속 거짓말을 하니까 그런 거지. 수갑 보여 줄 때는 나도 아찔하더라. 이대로 진짜 감옥에 가는구나 싶었어. 그런데도 우리는 벌벌 떨면서 거짓말을 했지. 왜 그랬을까?"

"나도 진짜 아찔했어. 설마 잡아가겠나 싶으면서도 만약 정말 잡혀 들어가면 영화에서만 보던 보석금이라는 것을 내야 풀려나는 건가, 그럼 또 보석금은 얼마일까, 너랑 나랑 다 잡혀 들어가면 누가 보석금을 구하나, 별별 생각이 다 들더라. 그때부터 꼬리를 내린 거야. 그러고 보니 그들의 협박이 통했네."

"나는 전도연이랑 고수가 나온 영화가 생각나더라. 프랑스에서 마약 밀매범으로 몰려서 감옥에 간 부인을 위해서 백방으로 뛰며 고생하는 남편 이야기 말이야. 우리도 그렇게 되는 건 아닐까 했지. 그 짧은 시간 동안 정말 오만 가지 생각이 나더라고."

"둘 다 잡혔는데 누가 뛰어다녔겠어. 그냥 미국 교도소에서 한 달 살았겠지. 교도소에서 한 달이라니 한 달에 한 도시, 미국 교도소 편이 나올뻔했네."

😊 "사실 며칠 머물고 떠나는 관광이었다면 우리가 그렇게까지 했을 리 없었을 텐데 말이야."

😊 "맞아. 다 돈 벌어야 할 나이에 여행하고 있으니 조금이라도 아껴 보려고 한 짓이야. 내 주머니 사정만 생각하고 이것이 불법 행위라는 사실은 망각했어."

딱지 받은
부부의 대화, 넷

😊 "영어 할 줄 모르는 사람처럼 어버버하고 연기할 때 천사처럼 나타나 도와주신 한국 분이 있었잖아. 그분도 뉴욕에 처음 왔을 때 영어를 못해서 많이 힘들었기 때문에 우리를 그냥 지나치지 못했다고 하셨지."

😊 "그때 정말 천사가 나타난 줄 알았어. 처음 그분이 다가왔을 때 너랑 아는 사람인데 우연히 뉴욕에서 만난 건 줄 알았어. 삭막한 뉴욕에 그런 사람이 있다니 아직 세상은 살만한 것 같더라고. 이름하고 연락처라도 알고 싶었는데 그냥 가버리셨지. 진짜 천사처럼 말이야."

😊 "그분 말이 인상적이었어. '여기는 한국이랑 달라서 경찰한테 거짓말하면 진짜 감옥 간다. 이 경찰은 그나마 착해서 다행이지 다른 경찰이었다면 바로 연행되었을 거다. 이제 그만해라.' 나는 그분한테도 미안했어."

😊 "나도 미안해서 더는 못 버티겠더라. 괜히 나서서 도와주신 분까지 난처해질 수 있으니 말이야."

"한국에서는 공중도덕을 잘 지키는 사람이었는데 여행이 우리를 이렇게 변하게 만들었다는 것이 씁쓸해."

"돈이 문제야. 궁하게 여행하는 것은 아니지만 아껴야 조금 더 볼 수 있고 조금 더 여행할 수 있다는 생각이 드니까. 다른 여행자도 위조 학생증, 위조 신분증 들고 박물관이나 미술관 할인을 받는다는 이야기가 공공연하게 떠돌아서 우리도 괜찮다고 생각했던 것이 실수야."

딱지 받은
부부의 대화, 다섯

"세계여행자가 자린고비처럼 생활하는 건 맞지만 법을 어기면 안 되는데 말이지. 그런 점에서 다른 사람의 회원증을 빌려서 공연을 보는 것도 불법인가?"

"불법이지! 위조 신분증이랑 다를 게 없잖아. 하지만 덕분에 좋은 공연을 저렴하게 보고 있기는 한데……. 아, 한 번 맛본 불법의 달콤함은 끊기 힘들구나."

"난 벌금으로 200달러나 내야 하니 빌린 회원증으로 벌금 낸 것만큼 더 공연을 봐야겠다고 생각했어. 한심하지?"

"아……. 200달러라니. 벌금 생각하니까 다시 우울해졌어."

"너는 이제 불법은 무슨 일이 있더라도 저지르지 않을 거니?"

😊 "하지 말아야지! 그리고 경찰한테 거짓말도 안 할 거야. 이건 진짜 확실해. 나 진지해."

😊 "거짓말했다는 괘씸죄까지 포함해서 제일 비싼 딱지를 준 걸 거야. 우리 앞으로도 거짓말은 절대 하지 말자."

😊 "그래. 그런데 평소에는 사진도 잘 안 찍더니 네가 그 와중에 사진을 찍더라. 경찰이 사진 찍는다고 막 화도 내던데 대단해. 우리 부인 대단해. 그래도 뭔지 모르게 서글프구나."

밥은 먹고
다니냐?

글 /

"밥은 먹고 다니냐?"
"한국이 그립지는 않더냐?"

한국에서도 김치나 국, 찌개가 없다고 끼니를 거르는 사람이 아니었다. 오랜 타지 생활 중에도 향수병에 걸리지 않았고 현지 음식만 먹고도 잘 살았기에 우리 둘 다 여행이 체질이구나 싶었다. 여행 중 만나는 다양한 식재료와 향신료의 향연에 감사하며 새로운 음식을 즐겼다.

그래도 한국 음식이 그리워질 때면 중국 식품점을 이용했다. 크로아티아의 리예카 Rijeka, 스페인의 세비야에도 있었던 중국 식품점에는 한국 라면, 고추장, 된장이 꼭 있었다. 처음 보는 채소를 넣어서 된장국을 끓이거나 고기를 사서 고추장 볶음을 해 먹어도 좋았다. 고추장이든 된장이든 하나를 사면 오래 두고 먹었다. 한국 양념이 없으면 얼추 비슷하게 생긴 중국 양념을 살 때도 있었는데 그런대로 먹을 만했다. 이가 없으면 잇몸이라는 말이 괜히 있는 게 아니었다.

'용인 해제의 시작

한국 음식 앞에서
봉인 해제

이렇게 여행한 지도 어언 10개월. 한국 식당에서 돈을 쓰는 게 가장 아까웠다. 차라리 그 돈으로 현지 음식을 제대로 하는 레스토랑에 갈망정 한국 식당에는 가지 않는 것이 우리 부부의 암묵적인 여행 규칙이었다. 그런데 뉴욕에 오자마자 시작된 지인들의 융숭한 한국 음식 대접에 그동안 봉인되어 있던 한식에 대한 갈망이 살아났다. 뱃속이 반란을 일으켰다.

미연과 준화는 분식으로 우리를 대접했다. 쫄면을 넣은 라볶이, 치즈와 참치김밥, 김치전, 된장국까지. 우리가 먹고 싶었던 것을 정확하게 파악한 식탁이었다. 남은 김밥을 빈 그릇에 담아서 살뜰히 포장해 준 미연의 세심함은 음식을 더 맛있게 하는 마법의 상자였다.

영기와 그의 아내 혜선은 오랜 여행으로 지친 우리를 위해 한국의 보양식을 대접했다. 한국에 있는 웬만한 식당보다 더 맛있는 백숙이 등장했을 때도 감동이었지만 백숙에서 칼국수, 다시 볶음밥으로 이어지는 삼단 콤보에 입이 닫힐 줄 몰랐다. 그날 이후 잠자고 있던 본능이 깨어나고 말았다. 우리의 여행 규칙은 깨져버렸고 눈만 뜨면 몸은 한국 식당을 향해 달리고 있었다.

뉴욕의 중심에서
한식을 외치다

내 속마음을 간파한 영기가 한국 식당을 하나 추천했다.

"한식을 먹고 싶으면 여기로 가. 평일 점심시간에 가면 조금 싸게 먹을 수 있을 거야."

전주가 고향인 영기가 보증하는 곳이니 의심의 여지가 없었다. 여행 나와서 처음으로 가는 한국 식당. 종민은 내켜 하지 않았다. 아무리 싸다고 해도 음식 하나에 10달러가 넘었고 세금과 팁까지 포함하면 나와 종민은 한 끼에 30달러는 족히 써야 했다.

"그래, 딱 한 번만 가 보는 거야. 10개월 만에 처음이잖아."

딱 한 번이 열 번이 될 줄은 몰랐다. 이틀에 한 번씩 조공하듯 식당에 30달러를 갖다 바칠 줄 누가 알았던가? 하지만 그 어떤 메뉴를 먹어도 만족스러워 조공이 아깝지 않았다. 곱창찌개, 순두부찌개, 제육볶음, 삼겹살 등 시키는 메뉴마다 훌륭했고 양도 푸짐해서 오후 3시 30분까지인 점심시간이 끝나는 무렵에 가서 밥을 먹고 다음 날 아침까지 버텼다. 반란을 일으켰던 뱃속은 달래졌지만 그만큼 통장 잔고는 빈약해지고 있었다. 그 어떤 물욕도 생살을 꼬집어 가며 참아 왔건만 한식 앞에서는 소용이 없었다.

"오늘은 이것만 먹는 거야. 비싼 고기는 쳐다보지도 말자고."

그토록 다짐하고 갔건만 양념 갈비의 유혹 앞에서 또 무릎을 꿇었다. 그 후로도 오랫동안 말이다.

흡사 범죄 현장 같았던
우리의 밥상

나에게 뉴욕은 그리고 너에게 뉴욕은

정 둘 곳 찾아
삼만리

글 /

뉴욕에서 나는 늘 자신감이 없이 주눅이 들어 있었다. 뉴요커처럼 멋진 옷을 입지 못하고 후줄근한 것도 부끄러웠고 영어를 잘하지 못했기 때문에 사람들의 눈을 똑바로 바라보는 것도 힘겨웠다. 뉴욕에서 나는 점점 작아지고 있었다.

호스트였던 귄터는 내 하소연을 듣고 뉴요커들은 원래 버릇이 없다며 편을 들어주었지만 내가 느끼기에는 중국 사람들이 상하이 사람들을 못마땅하게 여기는 것처럼 코스타리카 출신이자 뉴저지에 사는 귄터가 뉴요커를 못마땅하게 여기는 것일 뿐이라 생각되어 위로가 되지 않았다. 바쁘게 돌아다니며 멋진 공연을 봐도 나의 외로움은 한동안 채워지지 않았다. 뉴욕 한복판에 쭈그리로 서 있는 나 자신이 더 이상 참을 수 없었을 때 정 붙일 곳을 만났다.

뉴욕의 중국 상인

뉴욕에서 보낸 시간이 3주가 되던 날, 은덕과 나는 차이나타운으로 향했다. 한국 식당을 들락거리며 배를 채우고 있던 터라 차이나타운에 갈 생각을 못 했다.

"에이, 빼지 말고 그냥 사요. 이거 내일 먹어도 맛있다니까."

비닐봉지에 담았던 빵을 도로 빼는 내 손을 잡으며 점원 아줌마가 말했다. 상대는 상인 중에서도 제일이라는 중국 상인이다. 이 순간 어리바리하면 상술에 낚여서 원치 않는 빵값을 내야 한다. 미안하지만 어쩔 수 없었다. 최대한 눈을 마주치지 말고 귀를 막은 채 빵을 다시 꺼내야 했다.

"어어. 그래도 빼네? 그냥 내일 먹으라니까!"

약간 언성을 높였지만 웃으면서 빵을 빼는 내게 더 이상 권하지는 않았다. 이겼다는 생각에 잠시 웃음이 났는데 그때야 비로소 익숙한 냄새와 풍경 속에 있다는 것을 알아챘다. 아차 하는 사이에 나는 중국 상인의 손바닥에 들어와 있었다. 그렇다. 이곳은 뉴욕의 차이나타운이었다.

내가 실랑이하는 것을 지켜본 점원 중 하나가 한국인임을 눈치채고 말을 걸었다. 내 뒤에 계산 순서를 기다리는 사람이 잔뜩이었지만 안중에 없어 보였다.

"한국어로 '씨에씨에 謝謝'를 어떻게 말해요?"
"어려운데……. 따라 해 봐요. 감사합니다!"
"가삭함다. 에이 못하겠다. 하하하."
"조금만 더 연습하면 되겠는데요, 뭘."

짧은 대화였지만 영어로 상처받은 마음을 풀 수 있었다. 오랜만에 익숙한 언어와 그리웠던 풍경 속에서 마음이 푸근해졌나 보다.

사람들이 내게 고향이 어디냐고 물을 때마다 잠시 머뭇거리곤 한다. 태어난 곳도

가장 외롭고 혼란스러웠던 시간이
위로가 될 줄이야

가장 오랜 시간을 보낸 곳도 한국이지만 자아에 대한 고민을 많이 했던 시기에 나는 중국에 있었다. 지금도 힘겨운 시간이 찾아오면 혼란스러운 시기를 보냈던 중국의 한 도시가 생각나고 언젠가는 돌아가야 할 것만 같은 생각도 든다. 몸의 고향은 분명 한국이지만 마음의 고향은 중국인 것이다. 이렇듯 마음과 몸의 고향이 분리된 채로 지금은 뉴욕에 있다.

나라마다 다른
도서관

차이나타운에서 회복한 기운을 그대로 뉴욕공립도서관 New York Public Library 으로 옮겼다. 뉴욕에서 유일하게 침묵을 허용하는 공간이자 말 많고 목소리 큰 뉴요커를 피하기에 여기만 한 곳이 없다. 일분일초가 아쉬운 여행이었다면 도서관에서 시간을 보내는 것이 어려웠겠지만 원래 그곳에서 살았던 것처럼 마냥 느긋하게 여행하고 있었기 때문에 며칠쯤은 도서관에서 앉아만 있어도 부담스럽지 않았다.

어느 도시나 도서관에 앉아 있는 이들의 모습은 비슷했고 별종이라고 불리는 뉴욕도 다를 바 없었다. 돋보기 너머로 책을 읽는 할아버지, 머리를 쥐어뜯으면서 과제를 하는 학생, 뚫어져라 노트북 모니터를 바라보고 있는 여자, 목탄으로 더러워진 검은 손가락으로 스케치에 몰두하는 소녀, 이들을 한가롭게 관찰하며 글을 쓰고 있는 나까지. 뉴욕과 내가 가장 평화롭게 공존하는 시간이었다.

하지만 역시 뉴욕은 뉴욕이었고 뉴요커는 뉴요커였다. 프랑스에서는 책 읽는 사람이 많았고 런던에서는 글을 쓰거나 메모를 하는 사람이 많았다. 반면 뉴욕은 노트북과 씨름하는 사람이 대다수였다. 글을 쓰고 영상을 편집하고 또 작곡 프로

그램을 돌리는 사람도 보였지만 그래도 대세는 SNS였다. 이렇게 한곳에 모여 있으면서 다른 장소에 있는 사람과 대화하기 위해 사이버 공간에 몰두하는 것. 수많은 이방인으로 구성된 도시다 보니 뉴요커들은 관계의 끈이 끊어지는 것을 두려워하고 그 끈을 놓치지 않기 위해 부단히 노력하는 것이 아닐까? 이렇게 생각하니 새침한 뉴요커들도 알고보면 꽤 외로운 사람들인지도 모르겠다.

작은 서점의 매력

차이나타운과 도서관에 이어서 찾아간 곳은 서점이었다. 가장 잘 보이는 책꽂이에는 사람들이 많이 찾는 책이 있다. 그 책꽂이에서 하나를 꺼내면 까만 글씨로 그 도시 사람들의 관심사가 새겨져 있다. 여행자의 신분으로 머물고 있는 우리가 그들이 현재 무슨 생각을 하고 있는지 알기 위해 이보다 더 좋은 방법과 완벽한 공간은 없었다.

나와 은덕이 즐겨 찾았던 서점은 뉴욕대학교 New York University, NYU 부근에 있는 스트랜드 북스토어 Strand Book Store였다. 이 오래된 서점은 여러 사람의 손을 거친 헌책을 팔고 있었는데 최신 유행을 좇는 뉴요커들은 물론 이 도시가 막 생겨난 초창기, 당시에는 모두 이방인이었던 사람들의 관심도 확인할 수 있었다. 일주일에 한 번씩은 들러 오랫동안 책을 구경했다. 책에 묻은 손때를 느끼면서 책의 주인이었던 사람의 흔적을 더듬었다. 한참 둘러보다 지친 다리를 달래기 위해 서점 구석에 있는 의자에 앉았다. 그 의자에 앉으면 분주하고 요란한 이 도시에서 차분함과 고요함이 찾아왔다.

"은덕아, 그래도 뉴욕에 정 둘 만한 곳이 아예 없는 건 아니다. 그렇지?"

두 번째 달
뉴욕 6

너는 되고
나는 왜 안 돼?

글 /

"그만 좀 해. 계속 그럴 거야?"

이번 싸움은 윤형이 있는 자리에서 벌어졌다. 그녀뿐만 아니라 첼시마켓 Chelsea Market, 뉴욕의 시장 중 하나 안에 있는 수많은 사람 앞에서 우산과 쇼핑백을 집어 던지고 바깥으로 뛰쳐나갔다. 일은 한순간에 벌어졌고 뒤돌아서자마자 후회가 밀려왔다.

'이러면 안 되는데, 종민이 붙잡으러 오겠지? 올 거야! 윤형한테 미안해서 어쩌지. 왜 그랬을까? 조금만 참았으면 되는데 왜 그랬을까?'

첼시마켓은 신선한 랍스터와 굴 등을 싸고 푸짐하게 먹을 수 있는 곳으로 명성이 자자했다. 특히 생굴은 종류에 따라서 1개에 1달러부터 3달러까지 가격이 다양한데 해피아워 Happy hour, 오후 3시 30분부터 6시 사이에는 음식이나 술을 싸게 판다에는 크기나 종류에 상관없이 1달러라는 말에 윤형과의 약속 장소를 일부러 첼시마켓으로 정했다.

"우리 종류별로 다 먹어 보아요."

평소 굴을 좋아하지 않는 종민은 다른 걸 먹기 위해 잠시 위를 비우고 있었고 윤형

나에게 뉴욕은 그리고 너에게 뉴욕은

과 나는 각각 10개씩 가장 크고 탐스러운 굴을 골랐다. 어차피 균일가가 아니던가!

"이거 실망인데요. 개수는 많아 보이지만 씨알이 너무 작아요. 씹히는 맛도 없고."

더블린 Dublin에서 먹었던 손바닥만 한 크기의 굴을 생각하고 왔건만 크기도 너무 작았고 풍미도 느낄 수가 없었다. 입술이 닿기만 해도 바다 향이 퍼지는 맛을 기대했건만. 오로지 굴로 배를 채울 생각에 종일 굶었다는 윤형도 실망이 이만저만이 아니었다.

"안 되겠어요. 나가서 다른 음식을 좀 사 먹어야겠어요."

우리는 10개씩 굴을 먹은 상태였지만 공복감을 느꼈고 다시 첼시마켓을 뒤지기 시작했다. 몇 시간 뒤에 영기 부부가 준비한 저녁 식사 자리도 있었지만 참을 수 없었다. 문제는 바로 여기서 터졌다. 나는 종민이 샌드위치 하나만 사 먹기를 바랐다. 나와 윤형이 굴을 먹는 동안 종민이 아무것도 먹지 못했다는 것을 새까맣게 잊고 있었던 것이다. 꽤 큰 샌드위치에 크로켓까지 추가해서 먹겠다는 종민에게 이렇게 말했다.

"난 먹지 않을 건데, 샌드위치 하나만 사는 게 어때?"

10달러가 뭐라고

이때부터 종민은 옆에서 음식을 고르고 있는 윤형을 의식하면서 최대한 작은 목소리로 그러나 화가 잔뜩 묻은 목소리로 말했다. 종민이 나 모르게 복화술을 배

뉴욕 굴 VS 더블린 굴

나에게 뉴욕은 그리고 너에게 뉴욕은

운 줄 알았다. 샌드위치 7달러, 추가한 크로켓이 3달러. 종민은 내가 먹은 굴값과 똑같이 10달러를 소화하고 싶어 했다.

"너는 내가 음식에 얼마나 예민한지 몰라서 그래? 정말 배가 고프다고. 너도 굴 10달러 치 먹었잖아. 왜 나는 10달러 치 사 먹으면 안 되는데? 너무하다고 생각 안 해?"

무턱대고 화부터 내는 그의 태도가 당황스러웠고 내가 뭘 잘못했는지 모르는 상태에서 쏟아 내는 화를 묵묵히 받아 주자니 슬슬 뚜껑이 열렸다. 미안하다고 했고 주위에 사람도 많으니 그만했으면 했는데 종민의 화는 좀처럼 멈출 줄을 몰랐다. 애써 모른척하고 있었는데 윤형이 잠시 자리를 비운 사이에 계산대 앞에서 나는 폭발하고 말았다.

들고 있던 우산과 쇼핑백을 집어던지고 시장 밖으로 나갔다. 종민에게 등을 보이는 순간부터 후회가 밀려왔지만 다시 되돌아서기에는 꼴이 우스웠다. 아무리 화가 나도 그 자리에 지인이 있었고 그녀와는 뉴욕에서 처음으로 인사한 사이였다. 어떻게든 참아야 했지만 물은 이미 엎질러졌다. 다행히 시장을 벗어나기 전, 종민이 쫓아와 나를 잡았고 못 이긴 척 돌아섰지만 윤형에게 미안하고 창피해서 한참을 말없이 걸었다.

미안해,
먹는 걸로 구박해서 미안해

초등학교 때 발길질과 주먹으로 여자아이를 때리던 남자아이가 있었다. 꽤 귀여운 외모였는데 평소에는 순하고 착했지만 한 번씩 괴물로 변했다. 그렇게 주

먹을 휘두르다가 미안하다고 사과를 했다. 그것도 무척이나 순진하고 해사한 얼굴로 말이다. 어린 나이였지만 내가 받은 충격은 꽤 컸다. 처음으로 폭력을 행사한다는 것이 어떤 의미인지, 사람들은 속죄라는 이름으로 얼마나 위선적으로 변할 수 있는지 느꼈다. 폭력을 행사하고 뉘우치는 척 사과하는 위선적인 사람이 되지 않겠다고 결심했던 것도 그 무렵이었다. 종민과 윤형에게 직접 폭력을 행사한 것은 아니었지만 감정을 주체하지 못하고 뛰쳐나갔고 말 한마디로 사과하고 아무 일도 없었다는 듯 앉아 있는 것이 불편했다. 그리고 부끄러웠다. 한동안 첼시마켓에서 벌어진 굴과 샌드위치 대첩을 입에 올리지 않다가 종민에게 제대로 용서를 구했다.

"그때 말이야. 나 혼자 10달러 먹은 게 그렇게 섭섭했어? 미안해."
"너는 정말 상상도 못 할 거야. 먹고 싶은 걸 못 먹으면 무척 예민해진단 말이지. 그렇지만 10달러를 콕 집어서 말한 거는 내가 생각해도 좀 유치했어. 하하하."
"내가 굴 먹는 동안 아무것도 먹지 못하고 지켜보기만 했던 너를 잊고 있었어. 배가 무지무지 고팠을 텐데 속도 모르고 많이 먹는다고 구박이나 했으니 말이야. 미안해. 정말 미안해."

그들이 뉴욕을 즐기는
방법

글 /

여행하면서 물욕 物慾은 작아지고 있었지만 공연욕 公演慾은 오히려 끊임없이 샘솟고 있었다. 특히 공연 문화가 발달한 도시에 가면 정신을 못 차리고 지갑을 열어재꼈다. 나는 둘째치고 공연광인 은덕은 말할 것도 없었다. 물 만난 고기 마냥 좋은 공연을 찾아서 뉴욕 거리를 이리저리 돌아다니며 헤엄치고 있었다.

공연에 대한 우리의 열정은 신혼여행 때부터 낌새가 보였다. 보름 일정 중 런던에서 보낸 시간은 고작 4박 5일. 여행자라면 응당 들리는 버킹엄 궁전 Buckingham Palace도, 템스 강 The Thames River도, 런던아이 London Eye도 안중에 없었다. 대신 우리는 출국하기 전부터 예매해 놓은 표를 들고 공연장에 출근 도장을 찍었다. 어쩌면 '우리는'이란 표현은 적절치 않을 수 있다. 그때만 해도 나는 공연에 관심도 없었고 하루에 한 번 영국박물관 The British Museum에만 가면 뭘 해도 상관없었기 때문이다.

공연에 눈을 뜨다

"은덕아, 알아듣지도 못하는 공연을 봐서 뭐해? 난 안 갈래."

이스탄불 Istanbul에서 오페라를 봤을 때였다. 작품 이름도 생전 처음 보았고 아무리 검색해 봐도 줄거리조차 나오지 않았다. 이탈리아어로 노래하고 터키어로 자막이 나오는데 어떻게 졸음이 쏟아지지 않겠는가! 1부만 보고 나왔다. 클래식 공연을 보았을 때도 마찬가지였다. 딴생각을 하느라 끝났는지도 몰랐고 남들이 일어나면 눈치껏 같이 일어나서 박수를 쳤다. 그렇지만 공연을 보고 난 뒤에 허세 가득한 자랑을 SNS에 올렸다. 공연 자체의 기쁨보다는 희소가치가 있는 공연을 내가 봤다는 만족감에 나는 더 취해 있었다. 그런데 이 허세로 가득한 만족감이 밥을 먹지 않아도 좋을 만큼 큰 기쁨이 될 수도 있다는 것을 은덕과 함께 여행하면서 알게 되었다. 에든버러 Edinburgh에서 페스티벌[5]을 즐겼던 기억이 없다면 우중충한 날씨와 회색빛 건물만 머릿속에 남았을 것이다.

"뉴욕에서 다양한 공연을 많이 보고 싶어요."

은덕이 한 말이 아니었다. 내 입에서 나온 말이었다. 한 달 동안 뉴욕에서 무얼 하면서 지내고 싶은지 지인들이 물었을 때 이렇게 답했다. 그렇지만 예매를 전혀 하지 않았기 때문에 보고 싶은 공연을 관람할 가능성은 낮았다. 그러나 뜻이 있는 곳에 길이 있나 보다. 뉴욕에서 만난 지인들은 우리에게 공연을 제대로 볼 수 있는 정보를 쏟아 냈다.

---

5) 영국의 에든버러에서는 해마다 8월 한 달 내내 세계 최대 규모의 공연 페스티벌이 도시 곳곳에서 열린다.

보라,
득템한 자의 얼굴을!

"링컨센터는 만약 학생증이 있으면 할인을 받을 수 있어요. 동행인도 함께요. 유독 학생들에게 관대한 건 이곳을 후원하고 있는 분의 불우했던 어린 시절 때문이래요. 주머니 사정이 여의치 않아 공연을 마음껏 볼 수 없었던 자신의 젊은 시절을 떠올리면서 다른 사람은 그런 기억이 없었으면 하는 마음에 학생 할인 금액을 평생 책임지겠다고 했대요."

후원의 스케일이 달랐다. 단순히 관람객을 위한 것뿐만이 아니라 예술가를 지원하는 기금이 있었고 젊은 예술가만을 지원하는 후원자도 있었다. 뉴욕이 예술가들에게 꿈의 도시이자 기회의 땅일 수도 있는 것은 이런 후원 문화가 있기 때문일지도 모르겠다.

지금부터 배가 좀
아프실 겁니다

링컨센터는 11개의 예술단체가 상주하면서 공연을 올리고 있다. 메트로폴리탄 오페라 하우스 Metropolitan Opera House, 뉴욕 필하모닉 New York Philharmonic, 줄리아드 학교 Juilliard School, 아메리칸 발레 시어터 American Ballet Theatre 등등. 공연에 문외한이더라도 내한 공연 포스터로 한 번쯤은 마주했던 이름이었는데 이들이 모두 링컨센터를 홈그라운드 삼아 활동하고 있다.

연극 공연장에서는 에단 호크 Ethan Hawke가 주연을 맡은 연극 〈맥베스 Macbeth〉가 공연 중이었다. 무려 에단 호크가 말이다. 배우의 이름 탓인지 제일 싼 표가 77달러였고 러시티켓 Rush Tickets, 공연 시작 2시간 전부터 판매하는 할인 티켓도 구할 수 없을 거라고 했다. 그러나 포기할 수는 없었다. 에단 호크가 열연하는 연극을 볼 기회가 또 올 것이

오직 예술을 위한 곳
링컨센터

라는 보장도 없었다. 무척 보고 싶었지만 그렇다고 77달러를 꺼낸다면 우리는 샌드위치 하나에도 서로에게 또 날을 세울 것이 뻔했다.

"일단 공연장으로 가 보는 거야. 공연 시작 직전에는 빈 좌석을 싼 가격에 파는 러시티켓을 구할 수도 있으니 포기하지 말자."

은덕의 친구, 영기는 공연을 보는 자신만의 노하우를 배짱이라고 했다. 인터넷에서는 매진이어도 공연장에 가면 분명 현장 판매가 있을 거라는 배짱, 보고 싶은 공연이 있다면 창구로 가서 무조건 들이미는 배짱. 기회는 두드리는 자에게 열린다면서 몇 번을 강조했다. 반신반의했지만 일단 시도했다. 공연 시작 10분 전에 기어들어가는 목소리로 말이다.

"저기요. 싼 티켓 있나요?"
"몇 장이나 필요해요? 가격은 32달러에요."

분명 러시티켓도 없을 거라 했는데 공연 시작 10분 전, 정상가 100달러가 넘는 자리의 티켓을 아주 저렴하게 구했다. 게다가 배우의 얼굴 주름도 보이는 앞자리였다. 이날 이후 나와 은덕은 보고 싶은 공연이 있으면 배짱 좋게 창구로 달려갔다. 오페라 〈리골레토 Rigoletto〉와 뉴욕 필하모닉의 공연도 10분 전에 창구로 달려가 좋은 자리를 싸게 구했다.

10분 전 배짱으로 얻은 티켓 획득은 링컨센터에서만 통하는 노하우가 아니었다. 뉴욕현대미술관 The Museum of Modern Art 에서 알폰소 쿠아론 Alfonso Cuarón Orozco 감독과의 만남이 준비된 영화 〈그래비티 Gravity, 2013〉 관람 티켓은 인터넷에서는 매진이었다. 하지만 매표소 앞에서 꿋꿋하게 1시간을 기다려 티켓을 구했다. 대형 스크린으로 영화를 보는 것도 감사한 일이었는데 감독과의 대화라니! 우리의 짧은 영어

10분 전, 배짱, 티켓 성공적

로 모든 내용을 이해할 수 없었다는 것이 유일한 단점이었다. 학교 다닐 때 영어 공부를 열심히 하지 않았던 것을 이때만큼 후회한 적이 없었다.

물론 운도 따랐고 상대적으로 한 달이라는 비교적 긴 시간 때문에 기회가 많았다. 창구 앞에서 놓친 공연도 많았지만 놀랍게도 기다린 시간이 아깝거나 화가 나지 않았다. 어렵사리 좋은 공연을 보고 나면 그간의 수고는 물거품처럼 날아갔다. 이쯤 되면 SNS 허세와 은덕의 강요가 아니라 진정으로 공연을 즐기는 사람이 되었다고 말할 수 있지 않을까?

뉴욕에서 공연을 알뜰하게 보는 방법

01 평일에 시간이 난다면 무조건 공연장으로 간다. 이때 '티켓이 없으면 말고' 라는 마인드 컨트롤은 필수다. 기대가 크면 실망도 큰 법이니 마음을 비우고 기다려야 한다.

02 공연장 홈페이지를 주시하자. 홈페이지를 찾아본다면 학생 할인, 러쉬티켓 등 다양한 할인 정보를 얻을 수 있다.

03 간혹 할인 정보가 전혀 없는 공연도 있지만 현장분이 남을 수 있으니 꼭 보고 싶다면 공연 시작 10분 전에 창구에서 한 번 더 확인하자.

나에게 뉴욕은 그리고 너에게 뉴욕은

뉴욕을
마무리하며

글 /

뉴욕을 정리할 시간이 되었다. 이 도시를 밟았을 때 느낀 감정은 한마디로 '설렘'이었다. 반짝이는 도시의 가로등은 영화 속 한 장면 같았고 맨해튼을 거닐며 만난 팔딱이는 뉴욕의 문화는 우리를 흥분케 했다. 뉴욕을 떠나야 하는 지금, 다시 이곳에 대해 묻는다면 설렘은 사라지고 '과민함'과 '버텨 내기'만 남았다고 해야겠다. 한 달이라는 시간을 보내면서 우리는 신경 쇠약 직전의 뉴욕과 마주했고 그럼에도 버티려는 사람들을 만났다.

뉴욕에 머무는 동안 재율이가 남극 크루즈에 오를 거라는 소식을 알렸다. 뉴욕의 물가에 소스라치게 놀라면서 크루즈에 대한 낭만을 잊고 있던 우리에게 그의 소식은 건조한 수풀 더미에 날아온 성냥개비였다. 그 덕분에 활활 타올랐다.

"우리도 다시 한 번 크루즈에 오르자."

보름 동안 우리는 파나마 운하 Panama Canal를 지나 남미로 향하는 크루즈에 오르기로 했다. 항해가 끝나면 세상에서 가장 긴 나라, 칠레의 발디비아 Valdivia에서 한 달을 머무를 것이다.

한 도시를
마무리하며

(😊) "신경 쇠약에 걸린 환자, 뉴욕을 떠날 날이 다가왔어. 한 달만 살았을 뿐이지만 이처럼 처음과 끝의 얼굴이 다른 도시는 없을 것 같아. 많은 사람이 뉴욕이 아니면 안 될 것처럼 꿈을 꾸며 달려오지만 이 도시는 기회를 주는 대신 돈을 요구하고 있어."

(😊) "맞아. 학비며 월세, 생활비 모두 만만치 않아. 그럼에도 뉴욕으로 사람들이 모이는 것은 넘치는 에너지와 기회를 직접 만나고 싶기 때문일 거야. 뉴욕에서 뿜어져 나오는 에너지와 비교할 수 있는 도시는 많지 않으니까. 서울의 삶이 숨 막힐 정도로 빠르게 돌아간다고 느꼈는데 뉴욕은 그 2배쯤 되는 것 같아. 숨이 턱 밑까지 찬다는 표현이 딱 맞아. 여기 사는 사람들이 헐떡거리니까 여행하는 사람도 덩달아 삶의 박자가 빨라지는 거 같아. 뉴욕을 배경으로 한 영화의 주인공이 왜 그렇게 말이 많고 빨랐는지 이제야 알 것 같아."

(😊) "한 달 동안 하루도 가만히 있었던 적이 없었어. 봐야 할 것도 많고, 만나야 할 사람도 많았으니까. 우리에게 사람만 남은 것 같아. 영기네 부부, 미연 씨와 준화 씨, 윤형이까지. 이 사람들을 통해서 뉴욕의 실체에 접근했다고 해도 과언이 아니야. 뉴욕에서 산다는 건 하루하루를 버텨 낸다는 의미임을 알았으니까."

다시 한 도시를
시작하는 이야기

😀 "이번 주말이면 뉴욕을 떠나 열정과 여유가 가득한 남미로 가는구나. 대서양 횡단 크루즈에서 내렸던 포트 로더데일에서 파블로 네루다 Pablo Neruda가 사랑해 마지않은 칠레의 발파라이소 Valparaíso까지. 다시 보름 동안 크루즈를 타게 되었잖아. 기분이 어때? 난 굉장히 설레. 특히 크루즈의 햄버거를 다시 먹을 수 있다니! 수제 햄버거 가게에서 파는 패티랑 비교할 수도 없고 스테이크보다 맛있는 천상의 패티! 기대된다!"

😐 "이번만큼은 음식 조절하고 조깅 트랙에서 운동도 해야 해. 첫 번째 탔을 때는 체중 관리에 완벽히 실패했잖아. 세상과 단절된 크루즈 안에서 그동안의 여행을 글로 차분히 정리했던 거 잊지 말고."

😀 "망망대해에서 글을 쓰는 사람이 또 있을까? 억울하기는 하지만 극도의 집중력을 발휘할 수도 있을 것 같아. 지난번에 크루즈 타고 대서양을 건널 때 동영상을 편집하느라 혼자 밤새웠던 거 기억나니? 그때 카페에서 작업하고 있으니까 사람들이 뭐 하나 쳐다보고 가더라. 그리고 작업 끝내고 일어서는 내게 옆에 앉아서 모닝커피를 마시던 할아버지가 숙제 다 했느냐고 묻더라고. 이번에는 그 소리를 매일 듣겠지?"

😐 "사실 나는 걱정스러워. 워낙 멀미를 심하게 하고 증상이 졸음으로 오잖아. 지난번 크루즈도 잔잔한 파도였는데 14시간을 잠에 취해 있었고 이번에도 어지러워서 책도 못 읽고 몽롱하게 있을 텐데 글은 쓸 수 있을까? 게다가 스페인어도 공부해야 하잖아. 차라리 비행기 타고 갈 걸 그랬나? 뉴욕에서 산티아고 Santiago까지 비행기 푯값이 100만 원, 크루즈는 150만 원이었잖아. 물론 보름 동안 먹여 주

고 재워 주는 비용이 포함된 거니까 괜찮은 방법이지만 그 안에서 멀미를 이겨내
고 글도 써야 한다니 갑갑해. 벌써부터."

"좋게 생각해. 멀미는 많이 움직이면 괜찮아. 몸이 적응해야 하는데 어지럽
다고 누워만 있으니 멀미가 심했던 거라고. 나는 계속 돌아다녀서 하루 지나니
까 적응이 되더라. 그리고 지금이 아니면 우리가 언제 파나마 운하를 배로 건너
겠어? 대서양에서 파나마 운하를 지나 태평양을 따라 남미로 가다니! 생각만 해
도 흥분된단 말이지. 파나마 운하가 어떤 곳이니? 미국이 태평양이랑 대서양 사
이를 오가는 해상 운송 비용을 줄이겠다고 콜롬비아 땅이었던 파나마를 통째로
파서 운하를 만들었어. 남의 나라 땅에서 지구 역사상 손에 꼽는 토목 공사를 한
거야. 거기다 콜롬비아랑 관계가 불편해지니까 파나마의 독립을 부추기고 지원
까지 했다니까. 파나마 운하는 역사의 현장이라고. 당시에는 최신 토목 공학이
총동원된 곳이었고 말이야. 아무튼 우리는 가만히 앉아서 그 역사적인 현장을
지나는 거야."

남미가
기다리고 있다

"또 어디를 기항하는데? 이번에는 네가 정하고 예약까지 해서 나는 신경도
안 쓰고 있었네."

"음음. 자, 들어 봐. 우리가 타는 크루즈부터 설명해 줄게. 이번에 타는 배는
9만 1,000톤급인데 대서양을 건널 때 탔던 크루즈가 18만 톤이었으니까 크기는
절반 정도지. 하지만 항공모함이나 컨테이너를 나르는 화물선 정도의 크기니까

절대 작은 배는 아니야. 게다가 지난번에는 4성급이었던 것에 비해 이번 크루즈는 5성급이야. 고로 시설이나 정찬 음식은 더 좋아진다는 이야기지. 기항지는 미국을 출발해서 콜롬비아, 파나마 운하, 에콰도르, 페루야. 보름 동안 가만히 앉아 여기를 다 갈 수 있다는 게 믿어지니? 하지만 우리는 크루즈에서 내릴 시간도 없을 거야. 여행기를 정리하느라 말이야."

🙂 "사실 난 반나절만 겨우 머무르는 기항지 관광에 별 흥미가 없어. 난 크루즈에서 꼼짝도 안 할 거야."

😀 "홍. 두고 보겠어. 그나저나 우리 세상의 끝이라는 파타고니아 Patagonia에 가서 트레킹도 해야 하는데 준비를 너무 안 하는 거 아니니? 최최최고 성수기인데 예약도 안 했잖아. 캐리어 끌고 갈 수 없으니 투자라 생각하고 여기서 배낭이랑 캠핑 장비 좀 구매하자. 미국 벗어나면 엄청 비싸단 말이야. 살 수 있는 시간이 내일 하루밖에 없으니 부인! 통장을 내놓으시오!"

🙂 "완벽한 여행계획서를 준비해 오시오. 나를 설득시키지 못하면 너는 어디에도 갈 수 없단다! 어떤 것도 살 수 없단다!"

어디까지나 주관적이고 편파적인
뉴욕 한 달 정산기

＊ 도시 ＊

뉴욕, 미국

/ New York, US

＊ 위치 ＊

노스버겐, 뉴저지 / North Bergen, New Jersey

(맨해튼 포트어소리티 버스터미널

Port Authority Bus Terminal 까지 버스로 30분 소요)

＊ 주거 형태 ＊

빌라 / 룸 쉐어

＊ 기간 ＊

2013년 11월 9일 ~ 12월 7일

(28박 29일)

＊ 숙박비 ＊

총 836,250원

(장기 체류 할인 적용,

1박당 정상 가격은 65,000원)

＊ 생활비 ＊

총 2,110,900원

(체류 당시 환율, 1달러 = 1,100원)

＊ 2인 기준, 항공료 별도

＊ 종민 뉴욕이 아닌 뉴저지에 있는 숙소였지만 맨해튼까지 버스로 30분이면 갈 수 있었

어. 뉴욕을 여행하기 나쁘지 않은 숙소지. 또한 다른 숙소와 비교해서 절반가량

비용이 저렴했고.

＊ 은덕

생활비가 200만 원을 넘었네. 그동안 평균적으로 100만 원 정도 쓴 걸 생각해

보면 물가가 비싸긴 비싼 도시였구나.

어디까지나 주관적이고 편파적인
크루즈 정산기

＊ 편명 ＊

셀레브리티 크루즈선사의 인피니티호

/ Celebrity Infinity, Celebrity Cruises

＊ 노선 ＊

미국 포트 로더데일 - 칠레 발파라이소

＊ 룸 형태 ＊

내측 객실

＊ 기간 ＊

2013년 12월 7일 ~ 2013년 12월 22일

(15박 16일)

＊ 탑승비 ＊

3,000,000원(2인 기준)

＊ 생활비 ＊

0원(이번에는 카지노에 가지 않았다)

만난 사람: 11명 + α

새로운 미래를 그리고 있던 윤형, 유학부터 결혼까지 함께 한 영가네 부부, 신혼부부의 모범답안 같았던 미연과 준화, 링컨센터 매표소 아저씨, 이름도 찬란한 에단 호크, 알폰소 쿠아론 감독, 수갑으로 맺어질 뻔한 NYPD, NYPD의 위협으로부터 우리를 도와 준 이름 모를 천사, 그리고 호스트 귄터.

방문한 곳: 7곳 + α

수많은 공연을 봤던 링컨센터, 뉴욕현대미술관, 태반은 SNS를 즐기고 있던 뉴욕의 도서관, 뉴욕의 과거와 현재를 볼 수 있었던 작은 서점, 한식에 굶주린 우리를 먹여 살린 맨해튼의 한식당, 10달러 짜리 굴 때문에 싸웠던 첼시마켓, 숙소가 있었던 뉴저지.

나에게 뉴욕은 그리고 너에게 뉴욕은

여행하며
글 쓰며
살아가며

여행이라는 일탈에서 벗어나 잊고 있었던 일상의 쓴맛을 봤던 곳, 발디비아. 낯선 곳에서 말은 통하지 않았지만 눈빛만으로도 친절한 느낌에 감동한 것도 잠시 남미의 열정 대신 어딘가 차가운 기운이 감돌았다. 예상치 못했던 칠레의 모습에 당황했고 그 마음을 미처 수습하지도 못했을 때 한국에서는 비난의 화살이 날아왔다. 모두를 만족시킬 수는 없는 법이고 모두가 우리를 이해할 수는 없는 법이라며 스스로 위로하고 있을 무렵 어느덧 우리는 칠레를 둘러싼 세상의 오해를 직접 나서서 변명하고 설득하고 있었다.

태평양
Pacific
Ocean

파나마 운하
Canal de Panamá

베네수엘라
Bolivarian Republic
of Venezuela

콜롬비아
Colombia

에콰도르
Ecuador

페루
Peru

브라질
Brazil

볼리비아
Bolivia

칠레
Chile

파라과이
Paraguay

우루과이
Uruguay

아르헨티나
Argentina

발디비아
Valdivia

크루즈,
댓글 그리고 태평양

글 /

뉴욕 여행을 마무리하고 세상에서 가장 긴 나라, 칠레로 향하는 크루즈에 다시한 번 올랐다. 파나마 운하와 태평양을 지나 15일 만에 만난 낯선 땅, 칠레는 남미에서 만난 첫 번째 나라이다. 12월이었지만 이곳은 여름이 막 시작되고 있었고 스페인의 안달루시아 Andalucía를 떠올리게 하는 눈부신 태양이 나와 은덕을 맞았다.

내 생애 두 번째 크루즈

대서양을 건넌 지 한 달 만에 파나마 운하를 건너는 크루즈에 올랐다. 인디아나존스 시리즈에 푹 빠져서 어린 시절을 보낸 터라 운하를 건너는 동안 어쩌면 보물탐험이 시작될지도 모른다는 기대를 남몰래 했다. 파나마 운하의 첫 번째 도크에배가 진입했을 때는 새벽 6시. 이른 시간이었지만 탑승객이 모두 갑판에 나와서운하에 진입하는 순간을 사진으로 남겼다. 아, 이런데 별 관심없는 은덕만 빼고. 그렇게 첫 번째 도크를 지나고 마지막 도크를 빠져나올 때까지 걸렸던 시간은대략 12시간. 무사히 빠져나왔으니 폭죽이라도 터지지 않을까 기대했는데 이건

태양을 따라서
우리는 남아메리카로 간다

웬걸. 아무것도 없었다. 파나마 운하도 그저 배 위에서 만난 관광지일 뿐이었다.

"바다라고 다 같은 바다가 아니었어. 대서양은 당장에라도 괴물이 튀어나올 것 같은 검푸른 색이었고 카리브 해는 사람을 홀릴 것 같이 아름다운 에메랄드빛이 었어. 인어의 전설이 괜히 나온 게 아니더라고. 태평양은 이름 그대로 거대하고 푸르며 잔잔했어."
"종민, 이 크루즈는 특별히 음식 재료가 모두 신선하고 짜지 않아서 좋더라. 근데 지난번보다 크기가 작아서 그런지 놀 거리가 부족하고 배가 흔들리는 게 느껴졌 어. 멀미 때문에 일도 못 하고 잠만 잤네."

우리가 처음 탄 크루즈는 캐주얼한 분위기여서 가족 단위로 탑승한 손님이 많았 는데 이번에 탄 배는 철저하게 노년층에 맞춰져 있었다. 선내 분위기나 인테리 어가 모두 1950년대 또는 1960년대 어디쯤을 떠올리게 했다. 이번 여행을 통해 서 나는 60세 전에는 더 이상 크루즈를 타지 않기로 했다. 또래가 없어서 심심한 것도 이유였지만 이번에도 음식 조절에 실패해 3kg이나 쪄서 남아메리카 땅을 밟았다. 안타깝지만 나같이 식사 조절 능력이 떨어지는 사람이라면 크루즈는 적 합한 여행법이 아니다.

쿨하지 못해 미안해

크루즈에서 내렸을 때 달라진 것은 내 몸무게뿐만이 아니었다. 연합뉴스에서 우 리 여행에 대한 기사가 올라왔는데 댓글 반응이 뜨거웠다. 에어비앤비에서 협찬 을 받은 광고성 여행기라는 말부터 책으로 인세 벌려는 사람이라는 이야기까지. 솔직하게 말하면 그러고 싶었다. 제발 그렇게 됐으면 좋겠다는 생각에 댓글을 보

바다에도
표정이 있다는 걸 알았어

여행하며 글 쓰며 살아가며

며 고개를 끄덕였다면 사람들은 믿을까? 은덕도 마찬가지였다.

"에어비앤비로부터 협찬받아서 숙박비 안 내고 여행하면 정말 좋겠다. 책으로 돈을 벌면 기분 째질 거 같은데 말이야. 근데 남의 돈 받기가 그리 쉬운가? 결국 우린 전세금 뺀 돈으로 여행하고 있는데 말이야."
"은덕아, 그만하자. 구차해. 협찬, 인세를 자꾸 언급하면 여행의 순수성이 떨어진다고 댓글에 적혀 있잖아!"

그냥 그런 사람도 있구나 하면서 넘기고 크게 신경 쓰지 않는 것처럼 태연한 척했는데 몸은 그렇지 않았다. 댓글을 읽은 후부터 내내 신경이 곤두서더니 입술이 부르트고 말았다. 누군가에게 오해받는 것과 관점에 따라서 오해할만하다는 것까지 모두 포용하기에는 조금 더 시간이 필요할 것 같다. 어쨌든 우리는 칠레에 도착했고 이 나라에서 가장 유명한 도시, 산티아고가 아니라 이름도 낯선 발디비아라는 곳에서 한 달 살기를 앞두고 있었다.

칠발하숙이라고
부르겠다

은덕이 칠레에서 머물 곳을 발디비아로 정했다는 말에 그제야 나는 발디비아가 칠레의 어디쯤 있는지 찾아봤다. 인터넷에 발디비아를 검색하자마자 가장 먼저 눈에 들어온 것은 1960년도에 일어난 역사상 가장 큰 지진의 진원지라는 글이었다. 은덕은 이런 곳에 왜 머물고 싶은 걸까?

"SNS에 어떤 요리 칼럼니스트가 만약 자신이 결혼하면 신혼여행으로 발디비아

뉴욕의 예민함,
태평양의 거대함을 지나
만난 칠레

에 가겠다고 했어. 보통은 자신이 좋아하거나 꼭 한 번 가 보고 싶은 곳을 신혼 여행지로 고르잖아. 그때부터 도대체 어떤 곳인가 조사해 봤지."

그래도 그렇지 그냥 지진도 겁이 나는 판국에 역사상 가장 큰 지진이 일어난 장소에 집을 구하다니 불안을 감출 수 없었다. 우리가 머물기로 한 숙소가 그 당시 동네 모든 집이 무너진 순간에도 유일하게 살아남았다는 말을 듣기 전까지는 말이다. 김정은도 부러워할 벙커가 바로 우리의 숙소였다. 1944년도에 지은 집이라고 했지만 공간은 실용적이었고 불편한 점도 없었다. 살림살이가 모두 70년 동안 차곡차곡 모아온 것들이라서 자연스러운 분위기가 풍기는 점도 마음에 들었다. 더구나 멋진 응접실에서 우리는 마음껏 글을 쓸 수 있었다. 그 편안한 분위기에 우리는 거센 댓글의 파도에도 굳건할 수 있었다.

집도 좋았지만 우리를 대하는 사람들의 마음도 푸근했다. 특히 호스트 패트리샤 Patricia 아줌마가 해 주는 음식은 몽땅 다 맛있었다. 도착한 첫날, 아줌마한테 식사비를 드리고 한 달 동안 칠레 가정식을 먹기로 결정한 건 아무리 생각해도 신의 한 수였다. 스페인어를 공부하다가 아줌마가 챙겨 주는 밥을 끼니때마다 먹으니 마치 대학생이 되어서 하숙집에 있는 기분마저 들었다. 〈응답하라 1994〉에 나오는 신촌하숙이 부럽지 않았다. 나는 이런 의미에서 발디비아에서의 숙소를 칠레와 발디비아에서 한 글자씩 따와 '칠발하숙'이라 명명했다.

펠리스 나비다

글 /

12월 23일, 새벽 6시 30분. 칠레 발라파이소를 출발한 버스가 12시간 만에 목적지인 발디비아에 도착했다. 한여름의 크리스마스를 앞둔 때였지만 새벽 공기는 제법 차가웠다.

"2시간이나 일찍 도착했네. 지금 가도 문을 열어 주실까?"

패트리샤. 남미의 첫 번째 도시 발디비아에서 만나게 될 에어비앤비 호스트의 이름이었다. 어둡고 차가운 인상의 프로필 사진을 보고 종민과 나는 한참을 고민했다.

"아줌마 인상이 별로야. 괜찮을까?"

하지만 발디비아에 사는 호스트 중에서 그녀만이 한 달이라는 긴 시간 동안 우리가 머물 수 있도록 허락했고 특별 요금까지 제시해 주었다. 선택의 여지가 없었다.

청명한 하늘과 푸르른 나무가
가득했지만 이래봬도 크리스마스

생존 대화로도
충분해

패트리샤는 남편 호르끼 Horky, 아들 이그나시오 Ignacio와 함께 살고 있었다. 여기에 나와 종민까지 더해졌으니 집이 시끌시끌할 법도 한데 숙소에 짐을 푼 이후에도 우리는 드문드문 대화했을 뿐 대체로 조용했다. 영어라고는 굿 모닝과 땡큐밖에 모르는 사람들과 스페인어라고는 올라 Hola, 안녕와 그라시아스 Gracias, 감사합니다 밖에 모르는 게스트가 만났기 때문이다.

패트리샤는 노트북, 우리는 태블릿 PC를 항상 들고 다니면서 번역기를 돌렸고 가까스로 생존을 위한 대화를 이어갔다. 고등학생이라는 이그나시오가 학교에서 배우는 영어 단어만이라도 읊어 주면 좋으련만 이 녀석, 공부를 더럽게 안 하는 눈치다. 이그나시오의 친구들은 놀러 와서 가끔 영어로 이야기하곤 했는데 녀석은 예스와 노라는 말도 명확하게 하지 못했다. 수시로 휴대폰에 깔린 번역기를 돌리는 이그나시오를 보다 못한 종민이 영어 공부를 하자며 책상에 앉혔다. 웃으면서 배우겠다고는 했는데 이런저런 핑계로 사라지기 일쑤였고 어쩌다 집에 있는 날이면 종민을 피해서 머리에 잔뜩 힘을 주고는 여자 친구를 만나러 나가기 바빴다.

"크리스마스이브에 우리 가족이랑 저녁 먹지 않을래?"

이 말을 들었을 때 나와 종민은 조금도 망설이지 않고 그러겠다고 답했다. 말도 안 통하는 사람들이랑 밥 먹는 게 무슨 재미가 있을까 싶겠지만 의사소통의 답답함을 무색하게 만드는 이 집만의 특별한 온기가 있었다. 칠레는 비싼 물가와 무뚝뚝한 사람들 때문에 남미 여행지로서 매력이 떨어진다는 말을 종종 듣는다. 그렇지만 나는 칠레가, 그리고 이 집 사람들이 마음에 들었다.

크리스마스로의 초대

패트리샤를 도와 크리스마스 음식을 만들고 그녀의 일가친척들과 인사를 나누다 보니 밤 10시가 훌쩍 넘었다. 패트리샤의 기도와 함께 소박하게 차려진 음식을 먹으면서 우리는 조용히 식사를 마쳤다. 이 집 식구들의 성격으로 봤을 때 시끌벅적함과는 거리가 있을 것이라 예상은 했지만 침묵만이 흐르는 크리스마스 저녁 식사가 아무래도 이상해서 종민이 번역기를 돌렸다.

"아줌마, 원래 밥 먹을 때는 이렇게 조용해요?"
"응, 칠레 사람들은 밥 먹을 때 말을 거의 안해. 너희는 안 그러니?"

다행이었다. 손님이 있어서, 말이 안 통하는 이방인이 있어서 흐르는 어색한 침묵이 아니라서 천만다행이었다. 나는 대낮부터 패트리샤가 직접 담근 와인을 홀짝거리면서 마셨더니 식사 후 급격히 피로가 몰려왔다. 긴장도 풀려서 자꾸만 눈꺼풀이 감기는데 패트리샤는 물론 그녀의 가족 모두 도무지 일어날 생각이 없었다. 마치 누군가를 기다리듯이 말이다. 침대에 눕고 싶어서 슬쩍 이그나시오에게 물어봤다. 꾀 많은 이 녀석이 일어날 때 같이 일어날 요량으로 말이다.

"이그나시오, 이제 그만 방으로 가면 안 될까? 도대체 뭘 기다리고 있는 거야?"
"예수님 탄생이요."

아차! 맞다. 크리스마스는 연인들이 데이트하거나 친구들끼리 모여서 노는 날이 아니었다. 예수님의 탄생을 기리며 축하하는 날이 크리스마스라는 것을 까마득히 잊고 있었다. 퇴색해 버린 크리스마스의 진짜 의미를 이그나시오가 제대로 가르쳐 주었다. 공부 못한다고 놀렸던 그에게 한 방 제대로 맞았다.

진짜 크리스마스는 이런 거였지

여행하며 글 쓰며 살아가며

그렇게 식탁 위에서 잠자코 기다린 얼마 후, 12시가 되었고 예수의 탄생을 축하하며 패트리샤와 가족들은 우리를 꼭 안아 주었다. 그리고 이제 겨우 이틀을 머문 우리에게 크리스마스 선물이라며 발디비아 전통 공예품과 이 지역 맥주를 건넸다. 선물을 미처 준비하지 못한 종민과 나는 다급히 번역기를 돌렸다.

"아줌마, 크리스마스가 이렇게 특별하고 소중한 날인 줄 모르고 저희는 아무것도 준비하지 못했어요. 죄송해요. 그리고 고마워요."

패트리샤, 호르끼, 이그나시오의 눈을 바라보았다. 말은 통하지 않았지만 눈빛으로 전해졌다. 조용하고 평화로웠던 밤, 그날 하루만큼은 나도 종교인이 되고 싶다는 생각을 했다. 패트리샤의 집에 오게 된 것도 그들과 크리스마스이브를 보내게 된 것도 모두 신의 은총이라고 믿고 싶어지는 그런 밤이었다

이날 패트리샤는 크리스마스 선물 외에도 난생처음 맛보는 기괴한 스테이크를 대접했다. 종민과 나는 고기의 고소하고 부드러운 식감에 범상치 않은 재료임을 직감했다. 정체를 알고 나면 못 먹을 것 같아 일단 감사한 마음으로 맛있게 먹고 패트리샤에게 물어봤다.

"응. 그거 소 혓바닥이야. 맛있지?"

이날 이후 우리는 매일 패트리샤의 가족과 함께 아침을 먹었다. 패트리샤에게 저녁도 만들어 달라고 청하며 약간의 돈을 내기로 했다. 매일 소 혓바닥 스테이크가 나올 것이라 기대한 것은 아니었다. 다만 패트리샤의 가족과 함께하는 식사만으로도 마치 집에 돌아온 것 같은 평온함을 느끼게 될 것이라 믿었다. 그리고 그 예감은 적중했다.

칠레도 반한
닭볶음탕

글 /

"칠레 사람들은 그해 마지막 밤, 아사도 Asado, 소금으로 밑간을 한 남미식 숯불구이를 함께 나눠 먹고 밤새 춤을 추면서 새해를 맞이해. 너희도 약속 없지? 우리 식구랑 같이 있자."

지구 반대편, 칠레에서 만난 가족과 함께하는 송구영신의 시간이 궁금했다. 귀한 자리에 초대받았으니 그들에게 무언가를 해 주고 싶었다. 고민 끝에 2013년의 마지막 점심으로 닭볶음탕을 대접하기로 했다. 돈을 주고 사는 선물보다 직접 만든 음식을 통해 정을 나누고 싶었기 때문이다.

"닭 사이즈 좀 봐. 어마어마하게 크다. 한국 닭의 3배는 될 거 같아. 이 큰 닭을 어떻게 손질하지? 은덕아, 나 자신 없어."

작은 놈으로 고르고 싶었지만 칠레 마트에는 칠면조만 한 녀석들밖에 없었다. 부위별로 잘라서 파는 것보다 통째로 냉동한 것이 저렴해서 냉동실을 뒤지고 뒤져서 그나마 가장 작은 사이즈의 닭을 집었다. 벌이가 없는 처지니 한 푼이라도 아낄 마음에 냉큼 집었지만 해동하기부터 쉽지 않았다. 물에 담근 채로 3시간이 지나 서야 겨우 닭 껍질 아래로 칼이 들어갔다.

녹아라,
잘려라,
버무려라

"칠레 사람들이 닭볶음탕을 좋아할까? 밤새 정성스럽게 끓인 곰국처럼 난롯 불에 오랜 시간 끓이면 없던 맛도 살아날 거야? 그렇지?"

요리를 대접하겠다고 했고 닭도 사왔는데 뒤늦게 걱정이 밀려왔다. 칠면조만한 닭 손질을 앞두고 나는 바짝 긴장하고 말았다.

닭과의
한판 승부

나는 조류의 부리와 눈을 무서워한다. 너무 무서워서 똑바로 바라보지도 못한다. 어린 시절 남산공원에서 비둘기 떼의 습격을 당한 역사 때문일까? 알프레도 히치콕 Alfred Hitchcock의 영화 〈새 The Birds, 1963 〉 때문일까? 어느 날 살아 있는 닭을 직접 손질하시던 아버지의 뒷모습과 그 손에 들린 닭 머리의 잔상이 뇌리에 남아서일까? 뭐가 되었든 내게는 조류의 눈과 부리를 무서워하는 분명한 이유가 있었다. 만약 닭의 머리도 직접 잘라야 했다면 아무리 패트리샤 가족에게 보답하고 싶더라도 요리를 포기했을 텐데 다행히도 머리는 제거되어 있었다. 하지만 호기롭게 가른 닭의 배 속에 무언가가 있었다.

"으악! 은덕아. 이거 뭐야? 닭 머리가 배 속에 있어? 좀 봐 줘! 난 못 보겠어."

은덕이 확인한 결과, 닭 내장이었다. 내장은 죄가 없었다. 있어야 할 자리에 있었을 뿐이다. 압도적인 사이즈의 닭을 자르기 위해서 칼로 몇 번을 내려쳤지만 도무지 잘리지 않았다. 칼날에 온몸의 무게를 실어도 봤지만 칠면조만 한 닭은 쉽게 잘리지 않았다. 뼈가 강골이었다. 그때 뒷마당에 놓여 있는 장작용 도끼가 생

빛의 속도로 자르면
안 무서울 거야

각났다. 닭을 손질하면서 도끼를 드는 것도 모양새가 이상하다는 은덕의 만류에 이내 포기했지만 닭은 내게 자꾸만 도끼를 들라 말하고 있었다.

"무슨 닭 뼈가 소만큼 두꺼우냐? 칼로는 좀 버거운데 도끼를 써 볼까?"
"닭 자르는데 도끼를 들겠다고? 나중에 소나 돼지 손질하려면 제이슨 마냥 전기 톱 들겠다?"

도끼를 들겠다는 나와 칼을 쓰라는 은덕. 무시무시한 대화를 하면서 몇 차례 더 내려지자 몸통이 조각나서 다행히 도끼를 가지러 뒤뜰로 가는 일은 없었다. 하지만 닭 뼈와 힘겨운 사투를 벌이고 나니 엄마 생각이 났다. 이전에는 고생 없이 앉아서 먹기만 하느라 해체의 과정은 상상도 못 했는데 우리 엄마는 매번 이런 고난의 과정을 거쳐서 나를 먹였던 걸까? 직접 음식을 해 봐야 만드는 사람의 마음을 알 수 있음을 깨달으면서 냄비를 올렸다.

패트리샤의 주방에는 옛날식 화로가 놓여 있는데 아침마다 그녀는 장작을 패서 화로에 넣고 빵을 만들어 테이블에 올렸다. 빵집에서 파는 것처럼 완벽한 자태는 아니었지만 은은한 장작불로 구운 빵은 겉은 바삭하고 안은 촉촉한 그야말로 수제 빵의 진수를 보여 줬다. 70년을 그 자리에 앉아서 맛있는 빵을 만들어 내는 화로라면 우리의 닭볶음탕도 맛있게 만들어 줄 것이란 믿음으로 닭과 야채를 듬뿍 넣고 약한 불에 천천히 끓였다. 드라마 한 편을 보는 동안 먹음직한 냄새를 풍기면서 익어 갔다. 맛을 본 결과 엄마가 만든 닭볶음탕보다 맛있었다. 화로 만세!

닭으로
일심동체

다음 날, 어제 열심히 끓여 놨던 닭볶음탕을 점심 식사 자리에 내놓았다. 주방 한
쪽의 텔레비전에서는 자정을 넘기고 2014년을 먼저 맞이한 한국과 일본의 축제
분위기를 중계하고 있었다. 12시간 후 칠레에서 벌어질 풍경이었다. 식탁에 하
나둘 사람들이 모였고 첫 번째 숟가락이 접시에서 입으로 움직였다. 요리 서바이
벌 프로그램에서 심사위원의 마지막 결정을 기다리는 참가자처럼 나와 은덕은
패트리샤 가족의 입을 바라봤다.

"리꼬! Rico, 맛있다 무이 리꼬! Muy rico, 아주 맛있다"

모두 정말 맛있게 먹었다. 점심 식사 후 패트리샤가 소문을 냈는지 옆집에서도
오고 뒷집에서도 닭볶음탕을 먹으러 왔다. 과장을 조금 더 해서 온 동네 사람들
이 닭볶음탕으로 2013년의 마지막 점심을 먹었다. 칠면조만 하던 닭은 10명이
먹고도 남아서 2014년의 첫 번째 점심에도 올랐다. 질릴 법도 한데 여전히 맛
있게 먹는 패트리샤와 호르끼, 이그니시오를 보면서 더할 나위 없이 뿌듯했다.

"닭 손질하느라 고생 많았어. 종민."
"무슨 말씀을. 양념장 맛있게 만드느라 고생 많았어. 은덕."

세 번째 달
발디비아 4

여행을
일처럼 하지 마

글 /

발다비아에서 우리가 가장 열중한 것은 『한 달에 한 도시: 유럽편』 원고였다. 여행을 준비하면서 시간이 날 때마다 도서관을 드나들면서 우리의 이야기도 누군가의 책꽂이에 있었으면 좋겠다고 생각했다. 막연했던 꿈이 조금씩 현실이 되어가고 있었다. 출판사에 넘기기 위해 블로그에 올렸던 글을 하나하나 다시 손봤다. 때마침 다음 Daum 스토리볼에도 연재를 시작하게 되어 일주일에 나흘은 출판사에 보낼 원고를, 이틀은 연재 원고를 정리했고 남은 하루마저도 블로그에 글을 쓰며 지냈다. 일은 한꺼번에 몰려온다는 말을 실감하던 순간이었다. 여행은커녕 숨 돌릴 틈도 없이 종일 글을 쓰고 있자니 후회가 밀려왔다. 우리 지금 잘하고 있는 걸까?

글 쓰는 부부의 대화, 하나

 "글을 쓰는 것이 스트레스로 느껴져. 블로그에만 글을 올릴 때는 부담 없이 재미있게 썼는데 말이야. 여행은 안 하고 종일 집구석에서 원고 작업만 하니까 회의감도 들고. 여행을 일처럼 하지 말라고 했던 선배의 말이 생각나네."

일주일을 모두
모니터 앞에서

😀 "엄살 부리지 마! 간절히 원해서 시작한 일이고 지옥의 스케줄을 잡은 건 너야. 투정을 부리려면 네가 짠 일정에 따르는 내가 부려야지, 어디서 감히! 물론 어렵고 힘든 일이기는 해. 매주 블로그에 글을 올리면서 책에 들어갈 글을 다시 정리하고 다음에 연재까지 하려니 분량도 많고 시간 자체가 압박이야. 힘들지?"

😊 "눈 뜨면 스페인어 과외를 가고 점심 먹은 뒤에는 밤 늦게까지 글을 쓰고. 이런 생활이 반복되는 게 재미가 없어. 예전에는 일주일에 5일은 여행하고 2일만 컴퓨터 앞에 있었잖아. 시간의 압박도 부담스럽기는 하지만 원고를 쓰면서 가장 부끄러운 것은 개차반 같은 우리 원고를 사람들이 본다는 거야."

😀 "말레이시아 원고를 3일이나 붙들고 있는데 마무리를 못 짓겠어. 창피해서 원고를 들여다볼 수가 없어서 말이야. 기억을 더듬으면서 다시 쓰는 게 나을까? 여행 초반이어서 어떤 내용을 쓸 것인지 어떤 방향으로 나아갈지 정하지 못했던 것이 이제 엄청난 짐이 되고 있어. 의욕만 너무 앞섰나 봐."

글 쓰는 부부의 대화, 둘

😊 "여행을 시작한 지 3개월이 되었을 때 기획서를 준비해서 우리가 원하던 곳에 보냈는데 운이 좋게도 긍정적인 연락을 받았어. 그때만 해도 블로그에 착실하게 글을 써 놓으면 책으로 엮을 때 무리가 없을 거라고 생각했는데 쉽지가 않네. 다른 사람들은 여행을 다녀온 후에 원고를 정리한다던데 여행 중에 책을 내는 것이 잘하는 일인가 싶기도 해."

😀 "외국의 한적한 시골 마을에 앉아서 글을 쓰면 멋질 거라고 누가 그랬더라?

콜린 퍼스 Colin Andrew Firth가 〈 러브 액츄얼리 Love Actually, 2003 〉에서 보여 준 것은 이미지일 뿐이었어. 현실이 되니까 이렇게 아름다운 곳에서 뭐 하고 있는 건가 싶어. 마감이 있고 최선을 다해야 하지만 한숨이 나오는 건 어쩔 수 없다. 괜히 미사여구만 늘어놓고 핵심도 없어. 딱 SNS에 올릴법한 글을 모아 놓고 여행기라고 생각했어. 이건 나 자신한테도 부끄럽지만 읽는 분들에게도 미안한 일이야."

"우리가 글을 잘 쓰는 사람이 아니잖아. 그럴수록 솔직하게 한 문장, 한 문장을 썼어야 했는데 그러질 못했어. 비문도 많고 무엇보다 고민한 흔적이 보이지 않아. 어쨌든 발디비아를 떠날 때까지 원고를 모두 쓰기로 했으니 지켜야 하는데 이대로 괜찮은 건가 싶어. 우리 어쩌면 좋을까? 원고를 너무 오래 써도 여행에 분명 나쁜 영향을 줄 거야."

"맞아. 원고 정리하는 시간이 길어질수록 마음이 불편할 거야. 그럼 여행에도 집중하지 못하고 원고도 늘어지기만 하겠지. 우리 발디비아를 떠나기 전까지 시간이 있으니까 하루하루 집중하자. 여행한 곳에서 느꼈던 우리의 감정과 경험을 솔직하게 적자. 여행이 행복하고 즐거운 것만은 아니니 더러운 이야기도 짜증 났던 경험도 적고 말이야."

글 쓰는 부부의 대화, 셋

"누군가에게 잘 보이려 하지 않고 있는 그대로 쓰는 게 목표였으니 우리 글에는 허세가 없었으면 좋겠어. 어디를 다녔고 무얼 먹었는지에 대한 자랑 섞인 허세 말고 우리에게 일어났던 소소한 일들이 자연스럽게 담겼으면 좋겠어. 솔직한 이야기를 그날그날 기록으로 남겨두었다는 게 우리의 가장 큰 재산이잖아."

😊 "차곡차곡 쌓인 글들이 여행하면서 조금씩 변한 내 모습을 보여 주는 것 같아서 뿌듯해. 원고를 뒤적이다 보니 처음 쓴 글은 맞춤법도 틀리고 주어도 서술어도 엉망이었는데 슬금슬금 발전한 것 같아. 나 그동안 발전했지? 그렇지? 너한테 그렇게 구박받으면서 썼는데 아니라고 하면 슬플 거야."

😊 "여행을 기록하면서 살겠다는 꿈은 오만했던 것인지도 몰라. 글은 정말 아무나 쓰는 게 아닌 거 같아. 그래도 점점 나아졌다고 하니 다행이다. 나는 내 글이 마음에 안 들거든. 너는 발전했는데 난 그대로인 거 같아서 속상하다."

😊 "마음을 편히 먹고 천천히 생각해 봐. '우린 아직 젊기에 괜찮은 미래가 있기에, 컴백홈!'은 아니고…. 우리 여행 중에 이제 딱 절반을 지나왔어. 아직 여행할 시간도 여행하며 글 쓸 시간도 1년이 더 남았다니까. 천천히 생각하자. 고민하면서 끊임없이 쓰다 보면 뭐라도 되겠지."

알파벳부터 시작하는
스페인어

글 /

10년 전 이야기다. 내 또래 친구들은 견문을 넓히고자 외국으로 배낭여행을 떠났고 나 또한 그 유행을 따라 중국으로 향했다. 무모함도 패기라 믿고 중국어를 한 마디도 배우지 않은 채로 말이다. 그 발걸음이 중국에서 오랜 시간 머물며 내 운명을 바꿔 놓을 줄도 모르고. 무작정 떠났기 때문에 몸으로 부딪히고 표정으로 대화하며 여행할 수 있었지만 늘 아쉬움이 남았다.

"대류의 마인드를 좀 더 느껴 보고 싶다. 그들과 대화를 할 수 있으면 얼마나 좋을까?"

결국 나는 중국을 휩쓸었던 사스가 진정기에 접어들었을 때 어학연수를 시작했다. 죽음의 바이러스를 피해서 귀국한 유학생들이 많아서 초급반에는 나를 포함해 단 2명이었다. 덕분에 하루에 4시간씩 낯선 중국어 발음을 집중 교정받으며 공부를 시작했고 지금도 그 덕을 톡톡히 보고 있다. 언어를 배우고 나니 중국에서의 삶은 확연히 달라졌다. 처음에는 눈웃음만 주고받았지만 소통이 어느 정도 가능해지자 현지인의 질펀한 삶의 현장에서 함께 고주망태가 되도록 술을 마셨다. 명절 때는 고향으로 초대도 받아서 마치 먼 친척처럼 어울리며 타향살이의 외로움을 달랬다. 나는 이때부터 다른 언어권에 갈 때는 조금이라도 그 나라 말을 배워야 사람들의 속살을 볼 수 있다는 믿음이 생겼다.

"여행은 가능하겠지. 하지만 스페인어를 할 줄 모르면 남미에서 우리는 꿀 먹은 벙어리가 될 거야."

내 경험과 먼저 여행한 사람들의 경험을 읊으면서 강력하게 스페인어 학원에 다녀야 한다고 은덕에게 말했다.

"영어도 잘 못 하는데 무슨 스페인어야? 그걸 언제 또 배우고 있어? 영어도 뒤돌아서면 맨날 까먹으면서."

회의적인 은덕도 문제였지만 굳어 버린 내 머리가 더 말썽이었다. 중국어를 배우던 때보다 10년은 더 나이를 먹은 머리가 도무지 돌아가지 않았다. 스페인어는 둘째치고 영어도 버거웠으니 말이다. 비록 머리는 굳었지만 사람 자체는 크게 변하지 않는 것 같았다. 이 一,숫자1, 얼 二,숫자2, 싼쓰 三,숫자3도 모르면서 중국 땅을 밟았을 때처럼 우노 Uno,숫자1, 도스 Dos,숫자2, 트레스 Tres,숫자3도 모른 채로 용감하게 남미의 끝자락, 발디비아를 밟았다. 10년 전이나 지금이나 무식하지만 용감하게 말이다.

내 머리를 대신하는 번역기

패트리샤는 에어비앤비로 숙소를 운영하니까 영어로 어느 정도 소통이 가능하리라 믿었다. 하지만 기대와 달리 그녀는 영어를 한마디도 할 줄 몰랐다. 나중에 알았지만 평소에는 발디비아에 있는 대학교 학생들에게 하숙을 치고 방학 때만 빈방을 에이비앤비를 통해 활용하고 있었다. 농담처럼 칠발하숙이라고 불렀는데 진짜 하숙집이었다. 주로 스페인어를 사용하는 손님이 많아서 그동안은 영어

눈을 보고

살며 싶었어요

. GATOS
el GATO come   El GATO comió
los GATOS comen los GATOS comieron
Yo compre popos y ZANAHORIAS
Yo compré

여행하며 글 쓰며 살아가며

를 쓸 일이 없었다고 했다. 서로의 언어를 몰랐기에 몸으로 대화했고 답답하면 그저 웃다가 그래도 안 되겠다 싶으면 번역기의 힘을 빌렸다.

"나가자! 여기도 대학교가 있다니까 랭귀지 센터가 있을 거야. 한 달이라도 스페인어를 배워야지 안 그럼 나머지 여행에도 차질이 생기겠어."

발디비아에 도착한 지 며칠 안 돼 은덕이 먼저 말을 꺼냈다. 외국어 배우는 게 불편한 상사와 일하는 것만큼 힘들다던 그녀였다. 다른 여행자들보다 긴 시간을 한 도시에 머물며 현지인의 삶을 들여다보는 것이 우리의 여행이다. 의사소통이 안 되면 남미에 머무는 8개월 동안 우리의 여행이 망가질 것이 분명하다는 생각에 은덕이 먼저 움직인 것이다.

수업 대신
친절을 얻다

대학교를 찾아갔지만 크리스마스 전후였기 때문에 캠퍼스 안이 조용했다. 이런 때에도 공부하는 학생이 있을 법한 도서관으로 가서 영어를 할 줄 아는 학생을 찾기 시작했다.

"좀 도와주시겠어요. 스페인어를 못하는데 영어 할 줄 아나요?"

회화 사전에 적혀 있는 문장을 또박또박 읽었지만 그들은 미안한 얼굴을 하며 손사래를 쳤다. 몇 번을 시도한 끝에 한 학생이 주저하다 대답했다.

"잘하진 못해요. 무슨 도움이 필요하죠?"

파르르 떨리는 입술이 눈에 들어왔다. 용기를 내준 데빗 David은 법학을 전공하는 4학년 학생이었다. 그에게 간단하게 상황을 설명하고 랭귀지 센터가 있는지 물었다.

"영어 회화 수업은 있는데 스페인어 수업은 못 봤어요. 그래도 한 번 가 볼래요?"

그의 입술은 여전히 떨리고 있었다. 영어에 대한 두려움이 절절하게 느껴졌다. 불과 몇 달 전까지만 해도 내 모습이었다. 가는 길만 알려 줘도 고마울 텐데 데빗은 우리가 걱정스러웠지 자리를 털고 일어나 앞장섰다. 랭귀지 센터에서 우리를 대신해 담당자들과 이야기를 나눈 그는 또 다시 입술을 떨며 통역해 주었다.

"스페인어 수업이 있지만 다음 학기 수업은 4월에 시작된대요. 발디비아에 2월까지만 머문다고 했으니 다른 방법을 찾아야 할 것 같네요."

남은 8개월 내내 번역기의 도움을 받아 남미 여행을 해야 한다고 생각하니 앞이 깜깜해졌다. 한편으로 이방인에게 자신의 두려움을 무릅쓰고 도움을 주려는 데빗을 보며 희망을 느꼈다. 내가 칠레에서 처음으로 도움을 청한 사람이 데빗이었고 그가 내게 보여 준 친절이 칠레의 첫인상이었다. 남미 곳곳에 데빗과 같은 사람이 있을 것만 같았다. 지나친 낙관인 걸까?

하루에 한 시간
스페인어 과외

발디비아 대학교에서 별 소득 없이 집으로 돌아온 다음 날, 패트리샤는 동네 주민 중에 스페인어를 가르쳐 줄 수 있는 사람이 있다며 클라우디오 Claudio 를 소개해 줬다. 우리는 동네에서 소일거리로 영어를 가르치는 그에게 매일 1시간씩 스페인어를 배우기로 했다. 수업 인원은 은덕과 나, 단둘. 발디비아에 머무르는 한 달 동안, 매일 하루에 한 시간. 이렇게 한 달이 지나면 중국어를 배울 때처럼 스페인어도 금방 익숙해질 것 같았다.

"선생님, El nino는 소년이고, La nina는 소녀. 성별에 따라 관사가 다 다르네요? 그것 참."
"스페인어에 비하면 영어는 쉬운 언어야. 너희 잘하고 있어. 처음에만 어렵지 동사만 100개 외우고 나면 영어랑 스펠링도 비슷하고 매우 규칙적인 언어라 진도가 잘 나갈 거야."

클라우디오는 수업 내내 어렵다는 표정을 노골적으로 짓고 있는 우리를 다독이기 위해 잘한다고 칭찬을 했지만 명사마다 관사가 다른 것부터 시작해서 낯선 문법이 한두 개가 아니었다. 게다가 동사는 주어의 성별은 물론이고 단수 명사인지 복수 명사인지에 따라 수시로 바뀌었다. 지구에서 중국어에 이어 두 번째로 많이 사용하는 언어라는데 그 많은 사람은 도대체 어떻게 배웠을까 궁금해졌다. 여행에서 꼭 필요한 표현을 배우고 있지만 얼마나 기억할 수 있을까도 걱정이었다.

언어는
실전이야

마지막 수업이 끝난 날, 그동안 배운 것을 실전에서 써 보자며 용감하게 시내로 향했다.

"햄버거, 콜라, 감자 주세요. 우리는 두 사람입니다. 결제는 카드로 합니다."

기껏 배운 스페인어로 맥도리 맥도날드를 칭하는 우리만의 애칭. 맥도날드는 맥도리, 버거킹은 버거왕, KFC는 할배집 에서 햄버거를 시켰다. 정크푸드는 피하고 싶었지만 한 번 길든 입맛은 어쩔 수 없었고 맥도리는 맛을 잃지 말라며 멀고 먼 이 도시에도 매장을 열었다. 다행히 영어와 바디랭귀지를 사용하지 않고 온전히 스페인어로만 주문을 완료했다. 이 제 스페인어를 못해서 굶을 걱정은 없겠구나 싶었다. 그런데 칠레 사람은 아무 래도 위가 작은가 보다. 뉴욕에서 먹었던 것보다 딱 절반만 한 크기의 콜라와 햄 버거에 실망하고 말았다.

비록 양은 실망스러웠지만 식사 주문은 성공적으로 마쳤으니 자신감을 갖고 조금 멀리 떨어진 해변에 가 보기로 했다.

"해변에 가고 싶습니다. 버스표는 얼마인가요?"

발디비아 근교에 있는 남태평양 해변으로 가는 20번 버스. 띄엄띄엄 말을 하니 기사 아저씨는 잠깐 고개를 갸우뚱하곤 버스 요금을 말해 주었다. 내 말이 제대 로 통한 것 같지는 않았고 그저 눈치로 요금을 말해 준 것 같았다. 하지만 그게 어 디인가? 나는 이제 스페인어도 할 줄 아는 남자렸다.

30분을 달려 해변에 도착했지만 우리를 반긴 것은 검은 모래가 가득한 해변과 검푸른 바닷물이었다. 은덕은 여기도 남태평양이니 사진으로 보던 푸른 해변을 보여 달라고 떼를 썼다. 가만히 바라보며 30분을 기다려 보았지만 열대어가 헤엄치는 바다로 변하지 않았다. 다시 버스를 찾아 나섰다.

"푼타 아레나스 Punta Arenas까지 얼마나 걸리나요? 싼 표?"
"나는 푸에르토 몬트 Puerto Montt갑니다. 화요일, 오전, 버스표 2장. 얼마입니까?"

버스 터미널 창구에서 벌어지는 대화는 가장 많이 연습했던 문장이었다. 은덕은 창구 직원, 나는 손님으로 분해 매일 연습했다. 노력하는 사람에게는 장사 없다고 창구 직원 앞에서 거침없이 문장을 읊을 수 있었다. 단 한 문장도 예상을 벗어나는 질문과 답이 없었다. 의기양양하게 버스표를 예매하려던 순간, 36시간 동안 창밖 풍경을 감상해야 목적지에 도착할 수 있다는 설명이 들렸다. 아름다운 풍경을 보는 것은 기대되었지만 버스에서 그 긴 시간을 견딜 수 없으리라 판단했다.

스페인어 현장 학습을 마치고 나니 발디비아를 떠날 날이 며칠 안 남았다. 집으로 돌아가는 길, 강변을 따라 느릿느릿 걸음을 옮겼다. 잠시 잔디밭에 누워 발디비아의 마지막 햇볕을 쬐어 보았다. 특별할 것이 없는 도시지만 축복받은 자연, 그 안에 사는 사람들이 부러웠다. 이곳에서 새로운 것을 찾는 여행자가 할 일은 많지 않았지만 발디비아는 그저 엄마의 품처럼 머무는 것만으로도 마음이 따뜻해지는 곳이었다. 차분한 도시가, 조용히 흐르는 강물이 있는 이 도시가 벌써 그립다.

우리가 찾는 바다는
이 바다가 아니었어

여행아며 글 쓰며 살아가며

별일 없이
삽니다

글 /

"어머, 한국인이세요? 이런 데서 보니까 너무 반가워요."
"아, 예. 저 그런데 어디서 많이 뵌 분 같아요. 혹시 블로그 운영하지 않으세요?"

발디비아에 온 지 3주 만에 2명의 동양인과 마주쳤다. 일본인 혹은 중국인일 수
도 있으니 섣불리 아는 척을 하지 않고 그들의 대화를 엿들었는데 한국인이 맞
았다. 관광지에서 마주쳤으면 모른 척하고 지나갔을 테지만 머나먼 남미, 여행
객도 잘 오지 않는 발디비아에서 만나니 반가웠다. 게다가 그들은 발디비아에
오기 전 여행 정보를 검색하다가 우리의 블로그를 봤다고 했다. 낯선 이의 아는
척이 싫지 않았기에 저녁이라도 함께 먹으며 이야기를 나누고 싶었지만 그들이
어떻게 생각할지 몰라 망설여졌다. 내일이면 발디비아를 떠나서 산티아고로 가
는 사람들에게 귀한 시간을 달라 하기도 미안해서 반가운 마음만 전하고 그렇
게 헤어졌다.

"연락처라도 물어볼 걸 그랬나? 이제 다시는 못 볼 텐데. 아쉽네."

네 연락처라도 물어볼 걸
이게 너도 다시 못 볼 텐데 말이야

여행하며 글 쓰며 살아가며

생선이 필요해요

돌아오는 길, 그들과 함께하지 못한 식사가 아쉬워서 자꾸만 뒤를 돌아보았다. 그러나 우리에게는 패트리샤가 차려주는 저녁상이 있었다. 매일 고기반찬을 해 주는 패트리샤에게 이번에는 직접 생선을 사서 건네줄 참이었다. 태평양이 칠레의 빵 바구니라는 말에 매일 전복으로 된장찌개를 끓여 먹을 줄 알았는데 이게 웬걸! 패트리샤의 식단에는 해산물이 빠져 있었다. 양고기, 돼지고기, 소고기 등 매일매일이 고기였다.

"종민, 패트리샤가 나보다 너를 더 좋아하나 봐. 나는 생선을 좋아하고 너는 고기를 좋아한다고 누누이 말했는데 매일 고기반찬이 올라오는 걸 보면 말이야."

육식남 종민은 패트리샤의 식단에 만족했지만 난 질기기만 한 칠레 고기가 영 맛이 없었다. 패트리샤가 생선 요리를 안 해 주니 내가 사는 수밖에. 수산시장에서 연어가 눈에 들어왔다. 1kg에 3,500페소 한화로 7,000원 정도. 내 주머니에는 집에 돌아갈 버스비를 제외하고 딱 3,500페소가 있었다. 오늘은 뭔가 되는 날인가 싶었다.

"이게 제일 작은 건데 1.2kg이네. 4,000페소는 받아야겠소."

잘라 놓은 연어 중에는 1kg짜리는 없었다. 돈을 더 내라는 주인아줌마와 돈이 없다는 구매자 간의 기 싸움이 시작되었다. 무게가 넘으면 그만큼을 잘라 내면 되겠지만 0.2kg의 연어 조각을 살 사람은 없으니 아줌마도 답답할 노릇이었을 것이다. 보다 못한 옆집 가게 총각이 중재자로 나섰다. 스페인어라 이해는 못 했지만 옆집 총각이 멀리서 온 것 같은데 그냥 주라고 아줌마를 설득하는 거 같았다. 종민은 띄엄띄엄 스페인어로 고마움을 표현한다.

여행하며 글 쓰며 살아가며

"아줌마, 고마워요. 그리고 총각도 고마워."

마음 하나
고쳐먹으니

칠레에 오면서 기대했던 것은 생선뿐만이 아니었다. 한국에서 사 먹던 체리, 청
포도의 원산지가 칠레였으니 이곳에 오면 이 과일들을 왕창 먹게 될 줄 알았는데
제철이 아니어서 그런지 눈에 띄지 않았다. 토마토, 사과, 오렌지, 바나나는 한국
과 가격이 비슷했고 멜론, 수박, 파인애플은 조금 쌌다. 그렇다고 실망하기에는
아직 일렀다. 숲 속의 버터라고 불리는 아보카도가 있지 않은가? 롤이나 초밥에
눈곱만큼 들어가는 아보카도 역시 멕시코와 남미가 원산지였다. 한국에서는 백
화점 식품 매장에 가야 먹을 수 있는 아보카도도 이곳에서는 1kg에 1,400페소,
우리 돈으로 2,800원 정도였다. 우리는 아보카도를 사다가 샐러드에 삶은 계란
대신 넣거나 으깨서 버터 대신 빵에 발라먹었다. 우리의 식단에는 늘 아보카도가
함께했는데 오래 먹다 보니 주의해야 할 점을 알게 되었다. 영양이 풍부한 과일
이지만 많이 먹으면 얼굴에 개기름이 흐를 수도 있다는 것!

이상이 우리의 특별할 것 없는 일상이다. 습관이 된 것인지 얼마쯤 포기를 한 것
인지 하루에 12시간씩 글을 써도 이전만큼 힘들지 않았고 여행을 못 해 우울했던
마음도 가셨다. 생각해보니 이곳, 발디비아 만큼 글쓰기 좋은 장소도 없었다. 덥
지도 춥지도 않은 초여름 날씨, 급할 것도 딱히 할 것도 없는 평온한 마을 분위기
그리고 때 되면 밥 챙겨 주는 아늑한 칠발하숙까지. 종민의 말대로 하다 보면 뭐
라도 되겠지. 그래, 역시 마음먹기에 달렸어.

오늘도
이렇게 먹었습니다

여유로운 글 쓰며 살아가며

우리에게
안티가 생겼어요!

글 /

종민은 원고를 쓰면서 스트레스를 받았는지 생전 처음 흰 머리가 나기 시작했다. 최종 원고를 출판사에 넘기자마자 태블릿 PC로 동물을 사냥하는 게임을 깔더니 손에서 놓지 못했다. 눈뜰 때부터 눈 감을 때까지 종일 죄없는 동물을 죽였다.

"나 중독인가? 지금도 눈앞에서 동물들이 살아 움직이고 있어."
"그 게임을 당장 지울 수 있다면 중독은 아닐 거야."

종민은 잠시 머뭇거리더니 최종 결정을 내리려는 듯 태블릿 PC를 들고 밖으로 나갔다.

"지웠어?"
"정말 힘겨웠는데, 마지막으로 3판 하고 몽땅 지웠어."

한 달 동안 그가 받은 스트레스가 짐작이 갔다. 다행히 계획대로 원고도 넘겼고 다음 스토리볼 연재도 예정대로 진행되었다. 그 사이 발디비아를 떠날 날이 하루 앞으로 다가와 있었고 오늘은 아침부터 비가 내리고 있다.

하늘도 울고 나도 울고 아 슬프다

"버스 터미널까지 걸어가야 하는데 내일 새벽에는 그치면 좋으련만."

부슬비는 가끔 내렸지만 오늘 같은 장대비는 처음이었다. 굵은 비를 바라보며 걱정하던 내게 종민은 70살이나 먹은 칠레의 목조 가옥에서 비 내리는 풍경을 보며 글을 쓰는 것도 오늘이 마지막이라며 걱정은 잠시 접고 마지막을 즐기라고 했다.

우리 그런 사람들
아니에요

빗소리의 고즈넉함을 즐기는 것도 잠시 연합뉴스 기사부터 따라다닌 안티 댓글이 다음 스토리볼 연재에도 나타나 마음이 심란했다. 내용이나 사용하는 단어가 비슷하고 한꺼번에 업데이트되는 걸로 보아 동일인의 소행 같았다.

"우리가 유명한 사람도 아니고, 누군가의 시기를 받을 만큼 잘난 사람도 아닌데 어떻게 안티의 표적이 되었을까?"
"그러게 말이야. 가벼운 댓글이지만 자신의 시간을 쓰는 것일 텐데 우리가 그럴 만한 가치가 있는 건가?"
"에어비앤비에서 협찬받으면서 룰루랄라 여행 다니는 팔자 좋은 애들로 보이는 걸까? 그게 심기를 건드린 걸까?"

어제 종민과 앞으로 남은 일정을 이야기하며 여행 자금을 확인했다. 통장 잔액은 남은 여행 기간인 1년 4개월을 버틸 수 있는 금액이 아니었다. 지금 상황에서 우리가 가장 쉽게 생각할 수 있는 건 에어비앤비의 협찬뿐이었지만 그것은 쉬운 일은 아니었다. 게다가 협찬을 해 주지 않는다고 해서 에어비앤비를 포기할 수도 없었다. 처음 우리가 에어비앤비로 여행하겠다고 결심한 것은 한 달을 머물면 저렴해지는 할인 때문이었으니까.

한 번 눈에 띄었으니 아마도 우리는 쉽게 안티의 공격에서 벗어날 수 없을 것이다. 오히려 계속 우리가 쓰는 글과 우리가 등장하는 기사를 따라다닐 것 같았다. 그저 여행하는 평범한 사람들인데 우리의 어떤 점이 안티에게 매력적이었는지 궁금하다.

"은덕아, 안티에게 필요한 건 관심과 애정이야. 혹시라도 만나면 손이라도 꼭 잡아 드리자."
"댓글 달 때는 말투를 바꾸는 거 명심하라고 해야지. 같은 사람인 거 티 안 나게, 시간 차이를 두고 댓글 다는 노력도 하라고 말할 거야."

세 번째 달
발디비아 8

칠레를
위한 변명

글 /

 "발디비아에 한 달 머물면서 패트리샤 아줌마 때문에 놀란 적이 몇 번 있었어. 에어비앤비 설명에는 세탁기 사용이 가능하다고 했는데 막상 쓰려고 하니 3,000페소 한화 6,000원를 내라고 했잖아. 한 달이나 같이 밥을 먹은 사인데 웃으면서 칼같이 돈을 내라고 할 때는 좀 서운하더라. 그리고 하룻밤만 더 머물겠다고 하니까 방값을 친절하게 알려 줬잖아. 물론 우리도 공짜로 있을 생각은 아니었지만 20,000페소 한화 40,000원나 더 달라고 한 건 너무 했어. 에어비앤비에 등록해 놓은 금액보다 더 불렀으니까."

 "다른 여행자들의 말을 빌자면 칠레는 남미 여행이 주는 매력에서 벗어난 나라래. 남미를 순박하고 착한 사람들의 땅이며 물가가 저렴할 거라고 생각하고 왔는데 그게 아니니까. 무뚝뚝하고 차갑고 이재에 밝은 칠레 사람들을 보고 그런 말을 하는 것도 이해가 돼. 하지만 아줌마가 세탁기 비용을 받고 숙박료를 더 받는 것은 이유가 있었잖아. 이 집을 장난삼아 칠발하숙이라고 불렀는데, 정말로 발디비아 대학생들의 하숙집이었어. 지금은 방학이라 다들 집에 가 있고 빈방에 우리가 들어왔던 거였지. 이전에 살던 하숙생이 결혼한다고 패트리샤한테 인사 오지 않았다면 아줌마를 오해했을 거야. 세탁기 사용료를 얘기한 건 하숙생의 전기료까지 감당할 수 없어서인데 말이야."

우리가 여기에 다녀왔다는 게 가끔은 신기해

칠레는
남미의 유럽 혹은 미국

"하숙을 친다고 하니까 이해가 가더라. 정은 퍼 주지만 돈 관계만큼은 확실해야 하잖아. 공짜로 재워 주고 세탁기 쓰는 것도 한두 번이지, 모든 학생한테 그렇게 해 줄 수는 없는 거니까 기준이 필요했겠지. 칠레는 우리가 생각하는 남미보다 유럽식 사고방식에 가까운 사람들인데 그걸 모르고 칠레에 왔다면 크게 실망할 거야. 사실 칠레가 아니라 그 어디라도 마찬가지야. 유럽에서 어디 감히 세탁기를 공짜로 쓰고 하룻밤을 그냥 묵어. 당연히 돈을 내야 하는 거잖아. 칠레는 국가 경제력도 손꼽히는 곳이고 미국과 유럽식의 시스템과 사고방식이 더 어울리는 곳이야."

"칠레는 남미 대륙에 붙어 있는 유럽 혹은 미국이야. 이렇게 생각하면 이해하기도 쉬울 텐데 짧게 머무르면 오해만 안고 떠나게 되지. 물론 우리도 발디비아에만 머물렀으니 섣부른 일반화일 수도 있지만 가장 칠레답다는 도시가 바로 여기잖아. 아마도 여기에서 만난 게 칠레 보통 사람들의 모습일 거야. 우리 과외 선생님, 은퇴한 영어 교사인데도 연금으로 생활하기 빠듯해서 과외 하잖아. 돈이 궁해서 어쩔 수 없이 가르친다는 그의 말이 계속 생각나. 선생님에게 과외 날짜를 줄이자고 했더니 안색이 싹 변했잖아. 그날 수업은 선생님 기분 맞추느라 어색한 상태로 진행되었고, 나이도 많은 어르신이 표정 관리가 안 되는 걸 보고 우리가 무슨 큰일이라도 저지른 줄 알았어. 하지만 다음 날 선생님에게 칠레 사정을 듣고 나니 여기 사람들의 삶이 왜 팍팍한지 알겠더라고. 여기 세금이 얼마라고 했지?"

독재가 남기고 간 자리에
남은 것

😊 "칠레에서 판매되는 모든 상품에는 18%의 세금이 붙어. IVA. 이게 세금의 이름이지. 가난한 사람이나 부자나 똑같이 세금을 내고 있는 거야. 거기에 칠레 물가가 한국과 비슷한 수준인데 월급은 생각보다 적더라고. 높은 물가에 세금까지 꼬박꼬박 챙겨가니 서민들이 살기 힘들고 정부에 대한 불만도 높은 거야."

😊 "선생님도 나름 중산층이고 씀씀이가 큰 것도 아닌데 팍팍하다잖아. 저소득층은 어떻겠어. 한국에서 파는 모든 상품, 특히 주식으로 먹어야 하는 쌀이나 라면에도 부유세와 특별소비세가 붙는다고 생각해 봐. 먹고 살기만으로도 벅찬데 밥 먹을 때마다 부자니까 세금을 내라고 하면 가만있을까? 참, 패트리샤와 선생님이 한 단어에 대해서 굉장히 격한 반응을 보였잖아. 바로 피노체트 Augusto Pinochet 였어. 1973년에 쿠데타로 칠레 정권을 잡고 반정부 시위대를 무자비하게 살육했다지. 무려 17년 동안 말이야. 그 사람 이름만 나오면 욕을 하면서 격분했어. 패트리샤는 언론과 사회에 대한 탄압에 대해서, 선생님은 국영기업과 국가 인프라를 민영화해 서민의 삶을 팍팍하게 만든 주범이라고 말했어."

😊 "피노체트에 대한 칠레인들의 분노는 아줌마가 번역기에 썼던 말로 대신할 수 있을 거야. '피노체트. 씨발 씨발 개새끼.' 번역된 문장을 읽으며 내 눈을 의심했다니까. 정말 그렇게 썼더라고. 칠레가 물가는 높지만 남미 대륙에서 가장 안정적인 나라기도 하잖아. 이건 왜일까?"

😊 "한국, 크로아티아 그리고 칠레를 같은 맥락에서 봐야 할 것 같아. 이 세 나라는 국토 대부분이 산으로 이루어졌기 때문에 농경시대부터 부지런히 땅을 일궈야 먹고 살 수 있었어. 또 산업화 시기가 되어서도 주변 강대국들 사이에 위치

한 현실 때문에 경쟁에서 살아남으려면 부단히 노력해야 했지. 이런 현실이 오랜 세월 국민 모두에게 근면 성실이 몸에 배도록 한 것이 아닐까 싶은데 그렇게 얻어진 국민성이 지금의 칠레, 한국 그리고 크로아티아를 만든 힘이라고 생각해. 이 세 나라 모두 독재자가 나라를 마음대로 휘둘러도 국민들이 자기 자리에서 묵묵히 버텨 줬으니까."

겪어 봐야
아는 것들

😊 "여행자들이 칠레에 갖는 선입견이 또 하나 있잖아. 와인이랑 생선."

😀 "한 달 내내 패트리샤가 만들어 준 칠레 가정식을 먹었는데 생선은 딱 한 번 해 주었어. 맨날 고기야. 칠레 와인이 유명해서 많이 먹을 줄 알았는데 전부 맥주만 마시고. 이 나라는 오래 겪어 보지 않으면 오해할 것투성이라니까. 푼타 아레나스에서는 칠레의 또 어떤 면모를 보게 될까?"

여행하며 글 쓰며 길따라며

어디까지나 주관적이고 편파적인
발디비아 한 달 정산기

＊ 도시 ＊

발디비아, 칠레

/ Valdivia, Chile

＊ 위치 ＊

바로스 아라냐 / Barros Araña

(센트로까지 버스로 10분

/ 도보로 30분 소요)

＊ 주거 형태 ＊

단독주택 / 룸 쉐어

＊ 기간 ＊

2013년 12월 23일 ~ 2014년 1월 21일

(29박 30일)

＊ 숙박비 ＊

총 600,000원

(장기 체류 할인 적용,

1박당 정상 가격은 30,000원)

＊ 생활비 ＊

총 802,000원

(체류 당시 환율, 1칠레 페소 = 2원)

＊2인 기준, 항공료 별도

＊ 은덕 숙박 조건에 아침 식사가 포함되어 있고 원고 작업에 집중하려고 아줌마에게 저녁 식사를 요청했잖아. 소박한 칠레 가정식을 매일 맛보면서 우리끼리 우스갯소리로 칠밥하숙이라고 했는데, 진짜 발디비아 대학생의 하숙집이었어.

＊ 종민 우리가 묵었던 기간이 방학이어서 마지막 주까지 눈치를 못 챘지. 칠레의 물가는 서울과 비슷한 수준이야. 머물면서 스페인어도 배우고 아줌마에게 밥값도 냈는데 한 달 생활비가 80만 원인 것은 크게 선방한 거야. 원고 작업 때문에 나다니지 못했던 것이 이렇게 도움이 되다니.

* 만난 사람: 13명 + α *

함께 살았던 패트리샤, 호르끼 그리고 이그나시오, 새해를 함께 보낸 패트리샤와 그녀의 일가 친척들, 우연히 만난 한국인 여행자 2명, 스페인어 선생님 클라우디오, 기사와 연재하는 글마다 쫓아다니며 안티 글을 남겼던 선수들, 떨리는 입술로 우리를 도와 주었던 데빗, 랭귀지 센터 선생님들, 우리의 어설픈 스페인어를 용케 받아 준 맥도리 직원과 버스 터미널 직원 그리고 기사님.

* 만난 동물: 1마리 + α *

발디비아 시장의 자랑, 바다사자 가족

* 방문한 곳: 12곳 + α *

대서양과 태평양을 이어 주는 파나마 운하, 작은 닭 따위는 팔지 않은 발디비아 마트, 새해를 맞이한 패트리샤의 언니네 집, 연어를 샀던 발디비아 수산시장, 아보카도를 살 수 있었던 집 앞 과일가게, 친절한 칠레 청년 데빗을 만났던 발디비아 대학교와 랭귀지센터, 매일 스페인어 과외를 받았던 클라우디오의 집, 햄버거 사 먹었던 맥도리, 열대어는 볼 수 없었던 발디비아 근교 이름 모를 해변, 발디비아 버스 터미널, 그리고 우리의 칠발하숙.

4

거대한 자연 앞에
한없이 작은 사람이
되어

죽을 만큼 힘들었다. 미련하다는 걸 알면서도 걷고 또 걸었다. 그런데 이상하다. 지나고 나니 꿈길을 따라 걸었던 것처럼 아름답기만 하다. 도대체 왜 그렇게 힘든 여행을 하느냐고 먼저 다녀간 사람들에게 던졌던 질문에 이제 우리도 스스로 답을 할 수 있다. 거대한 자연 속을 걸었을 뿐인데 조금은 넉넉해졌고 내 안에 감춰 두었던 못난 모습을 똑똑히 바라볼 수 있는 용기가 생겼다고.

엘 칼라파테
El Calafate

토레스 델
파이네 국립공원
**Parque Nacional
Torres del Paine**

아르헨티나
Argentina

푸에르토
나탈레스
Puerto Natales

칠레
Chile

푼타 아레나스
Punta Arenas

대서양
Atlantic
Ocean

파타고니아 Patagonia라는 명칭은 마젤란 Fernão de Magalhães과 그의 원정대가 거인족으로 묘사했던 원주민들을 가리키는 파타곤 Patagón이라는 말에서 비롯됐다. 하나의 국가나 행정 단위의 지명을 지칭하는 것이 아니라 아르헨티나와 칠레, 두 나라의 남쪽 끝 부분을 통칭하는 말이다. 남위 약 38° 이남 지역에 해당하며 지형적 특징으로는 빙하와 사막, 초원이 함께 분포하고 있다. 두 발로 버틸 수 없을 만큼 거세게 몰아치는 바람 덕분에 '바람의 땅'이라는 별명이 따라다닌다. 우리는 칠레의 푼타 아레나스 Punta Arenas를 거쳐 푸에르토 나탈레스 Puerto Natales, 토레스 델 파이네 국립공원 Parque Nacional Torres del Paine 그리고 아르헨티나의 엘 칼라파테 El Calafate까지, 3주간 파타고니아를 여행했다.

반전의 매력

글 /

1월의 푼타 아레나스는 청명했다. 낮은 구름이 지붕에 닿을락 말락 하고 종일 불어오는 강한 바람이 앞으로 나아가는 것을 방해하기보다는 내 등을 밀면서 가뿐하고 경쾌하게 걷도록 도와줬다. 빛나는 햇살에 눈이 부셔서 다섯 발자국 앞에 서 있는 사람의 얼굴도 분간하기 힘들었지만 집 안에서는 두꺼운 방한복과 양말을 벗을 수 없을 만큼 서늘한 날씨였다. 어쨌든 지구 반대편, 1월의 푼타 아레나스는 한여름이었다. 우리의 여행지 중에서 가장 남쪽에 있는 도시가 푼타 아레나스, 가장 북쪽에 있는 도시가 에든버러였다. 위치로는 서로 극과 극에 있는 도시지만 두 도시는 어딘가 닮아 있었다. 바람의 속도, 햇살의 느낌, 하늘의 분위기, 거기다 거친 바다까지 서로가 서로를 똑 닮아 있었다. 그래서인지 처음부터 이 도시가 낯설지 않았나 보다.

푼타 아레나스를 애정하게 된
또 하나의 이유

"실은 너희가 나의 첫 번째 게스트야. 어젯밤에는 설레서 잠도 제대로 못 잤어."

구름은 손에 잡힐 것 같았고
바람은 쉬이 길으라 다독였다

마리아 María는 정이 많고 재미있는 친구였다. 푼타 아레나스를 애정하게 된 이유에는 이 친구의 매력도 한몫했다. 1박에 20달러. 두 사람이 집 전체를 사용하는 조건이었는데도 이 동네 호스텔의 도미토리 침대 하나를 쓰는 것보다 저렴했다. 1주일을 머물면 할인까지 되어서 7박에 90달러였다. 1인실을 두 사람이 썼으니 물값이며 가스비를 더 받아도 되는데 마리아는 모두 거절했다. 돈 욕심보다 먼 곳에서부터 오는 낯선 이들에 대한 호기심이 더 컸던 모양이다.

하지만 싼 게 비지떡이라는 말이 괜히 있는 게 아니었다. 짐 가방을 끌고 도착한 마리아의 집은 다 쓰러져 가는 컨테이너 건물이었다. 집 옆에는 폐차 직전의 차들이 널브러져 있고 떠돌이 개들이 동네를 배회하는 모습에 어딘지 모를 음산한 기운도 느껴졌다.

'한 사람당 1박에 1만 원이 조금 넘는 집이잖아. 뭘 기대했던 거야? 잠만 잘 수 있으면 됐지 뭐.'

에어비앤비에 등록된 숙소 설명에 외관 사진이 없어서 어느 정도 예상은 했지만 이 정도까지일 줄은 몰랐다. 종민도 당황한 기색이 역력했다. 하지만 마리아와 그녀의 남자 친구 알레한드로 Alejandro가 반겨 주는 순간, 실망감을 그대로 내비칠 수 없었다.

'그래, 여차하면 취소하고 나오면 되지 뭐.'

이제 눈빛만 봐도 서로 어떤 생각을 하는지 알 수 있는 종민과 나는 일단 마리아를 따라 집 안으로 들어갔다. 황량한 벌판 한가운데에 다 쓰러져 가는 2층짜리 컨테이너 집. 어디선가 많이 본 풍경이었다. 한꺼번에 수많은 영화가 파노라마처럼 스쳐 지나갔다. 영화 〈바그다드 카페 Bagdad Cafe, 1987〉, 〈베티 블루 37.2도 37.2

설마음은 호러
톡사정은 로맨틱

거대한 자연 앞에 한없이 작은 사람이 되어

Le Matin, 1986 〉, 〈아이다호 My Own Private Idaho, 1991 〉, 또 뭐가 있더라? 자포자기한 심정으로 마리아와 알레한드로를 따라 문을 열고 내부를 들여다봤다.

"와, 종민. 내부는 그런대로 괜찮은데. 다른 집을 안 구해도 되겠어."

넓은 거실, 분리된 화장실과 주방 그리고 꽃분홍의 침실까지. 겉보기와 달리 완벽한 내부를 보고 우리는 화색이 돌았다. 반전이란 이럴 때 쓰라고 있는 단어인가 보다. 물론 무선인터넷과 세탁기는 없었고 내부 난방이 시원치 않았지만 모두 상관없었다. 세상의 끝이라는 이 도시에서 밤거리를 헤매며 다른 집을 찾지 않아도 된다는 안도감에 나는 이 집이 더할 나위 없이 사랑스러웠다. 우리가 그녀의 첫 번째 게스트였으니 궁금한 것도 함께해 보고 싶은 것도 많았을 텐데 여차하면 뛰쳐나올 생각을 했다는 게 오히려 미안해졌다.

"내일은 뭐 할 거야? 괜찮으면 나랑 같이 놀래? 난 학교에서 역사를 가르치고 있는데 지금은 방학이라서 집에 있거든."

마리아가 사는 집은 숙소에서 택시를 타고 30분이나 떨어진 곳이었다. 그런데도 매일 우리랑 놀고 싶다고 했다. 일주일 정도 머무는 곳이었기 때문에 호스트와 함께 시간을 보낼 기회가 많지 않을 거라고 생각했다. 그동안 짧게 머무는 숙소에서 만난 호스트 중에서 마리아처럼 적극적으로 다가오는 사람은 없었다. 그녀야말로 우리가 생각했던 가장 이상적인 호스트의 모습이었다. 잠시라도 그녀를 실망시킬 수 없었다.

"마리아, 그럼 내일 우리가 점심 만들어 줄게. 함께 먹고 바다에 갈래? 마젤란 해협 Estrecho de Magallanes 이 보고 싶어."

이름만 겨우 알았을 뿐인데
친구가 될 준비를 하고
기다렸던 마리아

거대한 자연 앞에 한없이 작은 사람이 되어

어머,
우리랑 비슷해

현지인이 직접 안내하는 동네 구경만큼 재미난 게 또 있을까? 푼타 아레나스에 도착한 다음 날, 마리아는 동네 이곳저곳을 돌면서 마을의 역사뿐 아니라 맛있는 식당과 생선을 살 수 있는 곳, 자신의 단골 카페까지 빠짐없이 알려 주었다. 그리고 며칠 뒤, 우리는 마리아의 집에 초대받았다. 와인을 곁들인 연어 요리를 먹고 바비 인형 수집이 취미인 마리아의 컬렉션을 구경했다. 검은색이나 국방색 옷에 긴 머리를 묶고 다니는 알레한드로는 프라모델 조립과 헤비메탈을 좋아했다. 바비 인형을 모으는 여자와 헤비메탈, 프라모델 조립이 취미인 남자라니! 두 사람의 알콩달콩한 모습이 어딘가 낯설지 않았다.

"얘네, 우리랑 비슷한 거 같지 않아? 철없이 좋아하는 것만 즐기면서 살고 있네? 하하하."
"적어도 이들 커플한테는 모든 걸 다 버리고 여행을 떠나온 우리의 모습이 한심해 보이지는 않을 거야."

거대한 자연 앞에 한없이 작은 사람이 되어

네 번째 달
푼타 아레나스 2

펭귄이
사는 나라

글 /

"크루즈라면 이렇게 흔들리지 않을 텐데……. 멀미나."

마젤란 해협의 파도에 맞춰 배가 출렁거릴 때마다 5,000명을 태우고도 버뮤다 삼
각지대에서 얌전했던 크루즈가 그리웠다. 하지만 우리가 지금 탄 배는 150명 정
도가 탈 수 있는 작은 배이고 그만큼 흔들림이 컸다. 함께 탄 사람들은 뱃멀미에
취해서 잠을 자는지 이내 배 안은 적막해졌고 나도 그 속에서 잠이 들었다. 얼마
큼 시간이 흘렀을까? 주위의 웅성거림에 눈을 뜨니 자갈이 깔린 해변 뒤로 작은
섬이 눈에 들어왔다. 그리고 그 위에서 펭귄들이 일광욕을 즐기고 있었다. 비싼
투어 요금 때문에 망설였지만 이곳까지 온 이유가 바로 저 새들 때문이었다. 푼
타 아레나스에 왔다면 꼭 봐야 한다는 마젤란 펭귄이 눈앞에 있었다.

"우와! 펭귄이다. 펭귄이… 펭귄이… 스타크래프트 저그 떼 마냥 잔뜩 있어!!!"

세상에
저게 다 펭귄이야

펭귄만을 위한 세상에서

매년 10월부터 3월까지, 단 5개월 동안 방문이 가능한 막달레나 섬 Isla Magdalena은 마젤란 펭귄의 서식지이다. 펭귄의 생태를 보기 위해 이곳을 찾는 관광객의 숫자가 매년 2만 명을 넘는다. 특히 이 시기는 산란기이기 때문에 예민해진 펭귄의 상태를 고려해 섬에 머무를 수 있는 시간은 고작 1시간뿐이다. 총 850m의 산책로를 걷는 것이 전부지만 펭귄을 구경하기에는 부족함이 없다.

"음식도 못 먹고 펭귄은 만지면 안 되고 산책로 밖으로 벗어나도 안 되고……. 이거 안내판이 아니라 금지판인데?"

섬에서는 해서는 안 되는 일이 많았다. 펭귄에게 먹이를 주는 행위는 물론 물과 주스를 제외한 그 어떤 음식물도 반입할 수 없는데 이는 자연을 보호하려는 관계 당국의 강한 의지였다. 섬에 도착해 몇 발자국 딛자마자 하지 말라는 것 투성이인 규칙이 거추장스럽기보다는 당연한 것으로 느껴졌다. 섬 하나를 가득 채운 펭귄, 그 안에 서 있는 것만으로도 감사했기 때문이다.

마젤란 펭귄은 땅을 파서 둥지를 만들고 그 안에 알을 낳아 40일 동안 품는다. 매년 1월과 2월이면 부모와 몸집이 비슷한 새끼 펭귄이 태어나는데 회색 깃털을 입고 있어 새끼임을 구별할 수 있다. 부모가 잡아 오는 먹이를 기다리며 울고 있는 새끼 펭귄 옆에는 신천옹이 진을 치고 있었다. 자연의 순리에 따라 신천옹의 먹이가 된 새끼 펭귄도 보였다. 세상을 제대로 보지도 못하고 떠난 녀석이 안쓰러워서 똑바로 쳐다볼 수 없었다. 먹이를 구해서 돌아온 부모는 아무리 울어도 나타나지 않는 자식 때문에 얼마나 애가 탈까?

"아……. 엉덩이 한 번만 만져 보고 싶어. 은덕아, 몰래 해 보면 안될까?"

아, 만지고 싶다

거대한 자연 앞에 한없이 작은 사람이 되어

그동안 내가 만난 펭귄은 동물원의 높은 철망이나 유리 벽 너머에 살고 있었다. 가까이하기에는 너무 먼 당신이라는 표현이 딱 맞았는데 지금, 그 귀한 생명이 내 앞에 있었다. 이 섬에서 펭귄과 나 사이를 가로막고 있는 것은 끈 하나뿐이다. 마음만 먹으면 뒤뚱거리며 걸어가는 궁둥짝을 만지거나 머리를 쓰다듬을 수 있을 정도로 가까이 있다. 섬을 찾은 사람들은 펭귄의 공간을 최대한 침범하지 않으려고 조심스럽게 걸었고 펭귄들은 사람이 다니는 길을 지나 둥지에서 해변으로, 해변에서 둥지로 자유롭게 잰걸음을 옮겼다.

"은덕, 자연에서 살고 있는 저 녀석들이 복이 많은 걸까? 동물원이 아닌 자연에서 쟤들을 보고 있는 우리가 복이 많은 걸까?"

시멘트로 만들어진 도시의 경계를 벗어나니 거대한 자연을 직접 보고 듣고 느낄 수 있었다. 도시에서 동물이란 동물원을 구성하는 전시품 같은 것이었는데 여행하면서 만난 동물들은 본래 그들의 터전에서 살고 있는 하나의 생명이었다. 지중해를 헤엄치던 돌고래 무리, 태평양을 뒤덮은 해파리 떼, 발디비아 수산시장 옆에 기생하던 바다사자 그리고 섬 하나를 가득 채운 펭귄까지. 눈앞에서 자유롭게 놀고 있는 펭귄을 보니 새삼 동물원이라는 존재가 잔인하게 느껴졌다.

마젤란 펭귄 투어 정보

01 방문 가능 시기: 10월 ~ 3월

02 투어 비용: 왕복 배 운임료와 섬 입장료를 포함해 56,000칠레페소
(한화 112,000원. 왕복 배 운임료와 섬 입장료 포함 * 2013년 2월 기준, 2인 비용)

호구조사는
사양합니다

글 /

남아메리카 대륙 최남단에 있는 도시이자 남극으로 가는 관문인 푼타 아레나스. 왕가위 王家衛 감독은 〈해피 투게더 春光乍洩, 1997〉를 찍을 때 칠레보다는 아르헨티나를 더 사랑했나 보다. '세상의 끝'이라는 낭만적인 수식어를 아르헨티나의 우수아이아Ushuaia에게 준 것을 보니 말이다. 우수아이아에는 가 보지 못했으니 누가 뭐래도 우리에게 지구 최남단은 푼타 아레나스였다.

한여름인데도 이곳의 바람은 매섭고 날씨도 변덕스러웠다. 하지만 눈 부신 빛은 세상 어디에서도 느낄 수 없었던 따스한 기운을 전해 주었다. 두 얼굴을 지닌 날씨만큼이나 이곳에서 만난 사람들은 전혀 다른 인상을 심어 주었다. 우연히 만난 한국인 이민자는 선을 넘나드는 호구조사로 우리를 당황스럽게 만들었지만 호스트인 마리아는 세상에서 가장 맛있는 케이크 가게를 알려 주면서 호의를 베풀었다. 지금의 이야기는 낯선 이들이 선사해 준 당혹감과 고마움에 관한 우리의 대화이다.

어쨌든
우리 기준에서는 세상의 끝

허벅지를 꼬집으며
참았던 그 날

😊 "새벽 4시면 여명이 밝아 오고 밤 11시가 되어야 어둠이 내리는 남쪽 끝의 도시. 신비한 자연환경에 도취되어서 잠시 여기서 살면 어떨까 하는 생각을 했어. 하지만 바람 많고 하루에도 몇 번씩 날씨가 변하는 푼타 아레나스에 정착하는 건 쉽지 않을 것 같아서 금방 고개를 저었지. 우연히 마주친 한국인 이민자의 삶을 통해서 지구 반대편이자 땅끝에서 이민자로 사는 게 녹록하지 않음을 다시 한 번 느꼈고."

😊 "그분과 한 약속을 지켜야 하나 말아야 하나 고민을 많이 했어. 다시 찾아뵙고 술 한잔 하기로 한 그 약속 말이야. 그분이 불편했던 이유는 우리를 만나자마자 호구조사를 했기 때문이야. 이름, 나이, 직업, 사는 곳, 출신 학교, 부모님 고향까지. 이런 개인적인 질문을 처음 본 사람에게 스스럼없이 던지는 사람이 또 있을까? 적어도 우리 여행 중에는 처음이었어. 어르신이기에 묻는 말에 답을 했지만 영 내키지 않았어. 나와 다른 생각을 하는 건 알겠는데 입도 뻥긋 못 하게 원천 봉쇄하니까 답답하기도 했고."

😊 "중간에서 얼마나 위태로웠는지 몰라. 네 허벅지 꼬집은 건 알고 있어? 그래도 꽤 잘 참아 내던걸. 찍소리 안 하고. 하하하."

😊 "정치 성향이 다른 건 이해할 수 있지만 우리가 어떤 생각인지 묻지도 않고 한쪽만 비방하는 건 일종의 폭력이라고 생각해. 차라리 그 자리에서 말을 할 걸 그랬어. 꿀 먹은 벙어리처럼 네네 하지 말고. 그랬다면 기분 좋게 다음 날 다시 만나서 술 한잔 했을지도 몰라. 정치 이야기만 아니었다면 그분 인생 역정 재미있는 게 많았잖아."

거대한 자연 앞에 한없이 작은 사람이 되어

세상의 끝까지 온 사람들의
외로움을 거름 삼아 푼타 아레나스가
생겼는지 몰라

👨 "당신과 견해가 다르다고 미리 말했다면 우리에게 술 한잔 하자고 하셨을까? 웃으면서 잘 들어주니까 우리에게 마음을 여셨을 텐데 속으로는 전혀 다른 생각을 하고 있었다는 것이 어쩐지 아저씨를 기만했다는 생각이 들어. 어쨌든 아저씨를 탓하기 전에 '우리는 생각이 다르다'고 말하지 못한 건 잘못이야."

👩 "십수 년 전, 넓은 세상을 찾아서 미국에 이민을 갔고 다시 이곳까지 왔다는 분이 우리에게서 혈연과 학연의 고리를 찾으려는 것이 안타까웠어. 생전 처음 만난 사이인데도 술 한잔 하자고 했을 땐 이역만리 타지에서의 삶이 그만큼 외롭다는 것이었을 텐데."

달콤한 케이크에
씁쓸함이 가시다

👨 "안타깝지만 말할 타이밍을 놓쳤으니 어쩔 수 없잖아. 그분 때문에 푼타 아레나스가 싫어진 건 아니지? 대신 마리아를 통해서 정을 붙였잖아. 그녀의 안내가 없었으면 그렇게 맛있는 케이크가 이곳에 있다는 것도 몰랐을 거야."

👩 "크로아티아 사람들은 이 먼 곳까지 어떻게 와서 카페를 차렸을까? 마리아에게 크로아티아 이민자들이 차린 카페라는 이야기를 듣고 깜짝 놀랐어. 칠레는 독일, 영국뿐 아니라 동유럽 국가에서 온 사람도 많다고 들었는데 이 카페 주인도 이민자 무리 중 하나였을까? 유럽 이민자들은 자신의 고향과 비슷한 곳을 찾아서 정착한다던데 여기는 크로아티아와 풍경이 달라도 너무 다르잖아. 분명 사연이 있을 거야."

거대한 자연 앞에 한없이 작은 사람이 되어

크고 아름다워
게다가 맛있어

😀 "가게 이름부터 이민자 카페 Cafe Immigrante 라니. 이름 때문인지 외진 동네여서 인지 몰라도 밖에서 보면 쓸쓸한 느낌이야. 반면 가게 안으로 들어가니 크로아티아에서 머물렀던 다보르카 Davorka 할머니 집 같은 따뜻함이 느껴졌어."

😊 "처음 케이크가 나왔을 때, 사이즈에 입이 쩍 벌어졌지. 한 조각을 시켰는데 한국에서 먹던 조각 케이크의 3배 크기였어. 가격은 조각당 3,000페소 한화 약 6,000원. 초코 케이크는 캐러멜과 초콜릿이 섞였는데도 달지 않았고 믹스 케이크는 서로 다른 케이크를 층층이 겹쳐 놓았는데 맛이 환상이었지."

😀 "음, 좀 과장해서 표현하자면 '세상 끝에서 만난 내 생애 최고의 케이크'라 하겠어. 안 되겠다. 다시 가서 먹자. 두 번 먹자. 오늘은 흐발라 푸노 Hvala puno, 크로아티어로 고맙습니다. 라고 하면 안 된다. 가게 주인도 아니고 일하는 사람들한테 크로아티아어로 얘기하면 뭐하냐? 더군다나 시간이 많이 흘러 이제는 다들 칠레 사람일 텐데!"

어디까지나 주관적이고 편파적인
푼타 아레나스 일주일 정산기

∗ 도시 ∗
푼타 아레나스, 칠레
/ Punta Arenas, Chile

∗ 위치 ∗
리오 라스 미나스 Rio Las Minas
(센트로까지 버스로 10분 / 도보로 30분)

∗ 주거 형태 ∗
단독주택 / 집 전체

∗ 기간 ∗
2014년 1월 21일~1월 28일
(7박 8일)

∗ 숙박비 ∗
총 96,000원
(장기 체류 할인 적용,
1박당 정상 가격은 21,000원)

∗ 생활비 ∗
총 330,000원
(체류 당시 환율, 1칠레페소 = 2원)

∗ 은덕 집 전체를 사용하는데 하루 20달러, 일주일 머물 시 90달러였어. 칠레 민박집이 나 호스텔이 2인 더블룸 기준으로 50달러가 보통인데 다른 데 비해 엄청 싼 편 이지?

∗ 종민 마리아의 첫 번째 에어비앤비 게스트였기 때문에 가능한 일 아니었을까? 대신 컨테이너 집이라 방음이 안 되고 아래 층에서 올라오는 가스 냄새 역시 별로였어. 하지만 마리아의 친절을 생각하면 이런 투정을 부리면 안 되겠지. 덕분에 푼타 아 레나스 생활비가 확 줄었으니까.

만난 사람: 3명 + α
바비 인형을 모으는 호스트 마리아, 헤비메탈과 프라모델을 좋아하는 알레한드로, 호구 조사로 우리를 당황하게 만들었던 아저씨.

만난 동물: 수천만 마리 + α
엉덩이를 만지고 싶었던 마젤란 펭귄 수천만 마리.

방문한 곳: 3곳 + α
마젤란 펭귄이 사는 막달레나 섬, 펭귄을 보기 위해 건넜던 마젤란 해협, 세상 끝에서 만난 내 생에 최고의 케이크 가게.

거대한 자연 앞에 한없이 작은 사람이 되어

1일 차,
우리가 알고 있는 자연의 모든 것

글 /

칠레의 토레스 델 파이네 국립공원 Parque Nacional Torres del Paine, 이하 토레스 델 파이네은 1,200만 년 전, 빙하가 휩쓸고 간 자리에 남은 독특한 지형이 보존되어 있다. 산등성이마다 빙하가 녹으면서 다양한 색의 호수와 골짜기가 생겼는데 그 풍경이 지구 상에서 가장 아름다운 절경으로 늘 순위 안에 꼽힌다. '남미 여행의 꽃'이라고도 불리는데 일주일, 15일, 3박 4일 등 다양한 일정으로 트레킹 코스가 마련되어 있다. 우리가 선택한 코스는 3박 4일짜리 W 트레킹이었다.

왜였을까? 관광지는 피해가며 꿋꿋하게 생활 여행을 잘하고 있었는데 갑자기 파타고니아의 중심, 토레스 델 파이네에 가 보고 싶어졌던 것은. 아마도 본인 몸무게만 한 짐을 들쳐 메고 일주일간 베네수엘라의 로라이마 산 Monte Roraima, 베네수엘라와 가이아나, 브라질까지 3개국에 걸쳐있는 산으로 정상이 탁자처럼 평평한 것이 특징으로 향했던 해인이 때문일 것이다. 고생이 훤히 보이는 그 길에서 해인이가 경험했다던 영혼의 떨림은 무엇이었을까? 그녀의 한마디 말을 듣고 나는 생애 처음으로 3박 4일간의 트레킹을 떠나기로 했다.

나만 믿고
따라와

푼타 아레나스를 떠나 푸에르토 나탈레스 Puerto Natales 로 향하는 버스 안, 종민의 손톱 주변이 만신창이다. 그는 산을 좋아하고 트레킹을 여러 차례 다녀 봤지만 이번에 나와 함께하는 것은 내키지 않아 했다. 트레킹은 처음인 데다 체력은 최하위에 속하는 나를 데리고 3박 4일을 떠나려니 복잡한 심경이었을 거다. 게다가 가이드나 짐을 들어주는 포터 산악지대에서 여행객의 짐을 들고 함께 여행하는 전문 짐꾼도 없이 먹을 식량과 텐트, 침낭, 코펠 등을 직접 들쳐 메고 가야 하니 무게 또한 만만치 않았다. 걱정거리가 생기면 손톱부터 물어뜯는 버릇이 있는 종민은 본격적인 트레킹을 시작하기 전부터 손가락에 짙은 상흔을 만들었다.

"정말 할 수 있지? 너는 먹을 것만 들고 가도록 해. 나머지 짐은 내가 다 멜게."
"트레킹은 걱정이 많을수록 안전해. 일단 길 위에 올라서면 인터넷의 도움은 못 받아. 모든 게 다 머릿속에 있어야 한다고. 토레스 델 파이네가 어떤 곳인지, 본인이 하루 동안 감당할 수 있는 체력이 어느 정도인지 보온, 방수는 어떻게 해야 하는지 또 긴급 상황 발생 시 탈출 경로까지 다 입력되어 있으면 좋아."

자신은 군대에서 행군도 해 봤고 등산갈 때마다 이 정도 짐은 들었다면서 내게는 4일 치 식량만 들고 따라오란다. 손톱은 그렇게 물어뜯었으면서 말이다. 시작하기도 전에 힘들다 싶으면 겁부터 먹고 웅크리던 나를 위해 종민이 따라다니면서 격려와 용기를 북돋아 주었다. 산에서만큼은 상남자가 되어야겠다고 오빠만 믿고 잘 따라오라는 그가 우스워서 피식 웃음이 났지만 그래도 꽤 믿음직했다.

거대한 자연 앞에 한없이 작은 사람이 되어

서서히
대자연의 품으로

우리가 선택한 W 트레킹은 코스의 모양이 알파벳 W를 닮아서 붙은 이름이다. 막상 겪어 보니 옆으로 누운 E 모양이었는데 왜 W라고 불렀는지 궁금했다. 어쨌든 모든 준비를 마치고 바람의 움직임을 따라 서쪽에서 동쪽으로 이동하기로 했다. 시작부터 청명한 가을 하늘처럼 맑은 햇살이 따라왔다. 날씨 운만큼은 우리를 따를 자가 없다. 세계여행을 떠난 지 1년이 넘어가지만 비를 맞은 적은 겨우 두어 번뿐인 걸 보면 말이다. 그동안 여행하면서 우산 없이 다녔던 것은 이런 경험에 근거한 배짱이었다. 첫날 걸어야 하는 거리는 파이네 그란데 산장 Refugio y Área de Acampar Paine Grande부터 이탈리아노 캠핑장 Campamento Italiano까지 7.6km, 예상 이동 시간은 3시간이었다. 우리는 첫날부터 무리하지 말자며 천천히 길을 나섰다.

학교 다닐 때도 책은 사물함에 다 넣어 놓고 빈 책가방만 들고 다녔던 나였다. 세계여행을 떠날 때도 무거운 배낭이 싫어서 캐리어를 끌고 나왔다. 평생 한 번도 짐 다운 짐을 들어본 기억이 없던 나의 고상한 어깨는 고작 4일 치 식량을 담은 가방도 버거워했다. 오르막과 내리막이 반복되고 자갈밭과 진흙 길이 번갈아 나왔고 때로는 시냇물을 건너야 했다.

그래도 견딜 수 있었던 것은 몸은 힘들었지만 눈 앞에 펼쳐진 모든 풍경이 그림이었기 때문이다. 토레스 델 파이네를 알록달록하게 수놓은 단풍과 황금빛 갈대숲 그리고 청명한 날씨. 특히 하늘은 고개를 들어 바라보는 것만으로 청량감을 느낄 수 있었는데 하늘맛 우유가 있다면 이런 색이었을 것 같다. 빙하가 녹아서 만들어진 호수는 옅은 푸른 빛을 자랑하며 웅장한 산 아래에 고요히 요동치고 있었다. 발이 닿는 곳은 가을이었지만 저 멀리 하늘 아래 산꼭대기는 시린 겨울이었다. 1,200만 년 전 빙하가 휩쓸고 간 자리인 산봉우리에는 아직도 그 흔적

내 몫의 짐까지 지고
앞장서는 종민의 모습을 보며
영혼의 떨림은 시작되었다

이 고스란히 남아 있었다. 영겁의 시간 동안 녹지 않고 그 자리에서 버텨 낸 신비로운 빙하. 고개를 들어 쳐다보지만 눈 부신 햇살이 대자연과의 영접을 자꾸만 방해했다.

"빙하 가까이 갈 때까지 얼마나 많은 고비가 우리 앞에 있을까?"

보통 3시간이 걸린다는 그 길을 우리는 5시간이 걸려서 완주했다. 앞만 보며 달려가는 대신 나무와 꽃을 보고 천천히 걸었기 때문이다. 지구 상에 존재하는 모든 자연 지형을 만날 수 있는 곳답게 황홀한 풍광이 길목마다 우리를 붙잡았다. 영험한 기운을 내뿜는 대자연의 품에서 트레킹 첫째 날이 지나갔다.

하늘맛 우유가 있다면
저런 색일 거야

거대한 자연 앞에 한없이 작은 사람이 되어

2일 차,
길 위에서 만난 사람들

글 /

어젯밤은 이탈리아노 캠핑장에 짐을 풀었다. 산장에서 자면 조리된 음식도 먹을 수 있고 산장지기들이 미리 쳐 놓은 텐트에서 잘 수도 있고 식료품도 살 수 있었지만 이게 다 돈이었다. 산장에 들렀다면 내 어깨 고생은 덜했겠지만 비용을 감당할 자신이 없어 텐트를 칠 수 있는 캠핑장을 찾아다녀야 했다. 푸에르토 나탈레스에서 장비를 대여하며 이미 큰 지출을 했던터라 은덕과 나는 트레킹 도중에는 돈을 쓰지 말자고 마음 먹었다.

"죽 끓여 왔으니 먹어 봐. 몸이 따뜻해지면 일어나기 쉬울 거야."

파타고니아 지역은 하루에도 몇 번씩 날씨가 바뀌는 변덕스러운 땅이지만 다행히 우리가 텐트를 친 날은 비도 바람도 없는 밤을 선물하였다. 하늘이 돕는 날씨에 감사하며 몸을 거뜬히 일으켜야 하지만 은덕은 밤새 추위에 떨었다며 아침부터 징징거렸다. 엄마가 7살짜리 아이에게 밥을 떠먹여 주듯 겨우 식사를 마쳤을 때 함께 트레킹을 하고 있는 혜린과 희정이 우리를 찾아왔다.

그녀들은 우리와 달리 텐트를 준비하지 않고 파이네 그란데 산장에서 빌려 쓸 생각이었다. 하지만 성수기의 산장에는 혜린과 희정과 같은 생각으로 찾아온 이들

이건 소꿉놀이다, 소꿉놀이다
아주 재미있는 소꿉놀이다

거대한 자연 앞에 한없이 작은 사람이 되어

이 많아 그녀들에게까지 순서가 오지 않았다. 어쩔 수 없이 3시간을 더 걸어 로스 쿠에르노스 산장 Refugio y Campamento Los Cuernos까지 가서 밤을 보낸 뒤 날이 밝자마자 다시 돌아온 것이다. 물론 우리를 보기 위해서 온 것은 아니었고 이탈리아노 캠핑장부터 시작되는 브리타니코 전망대 Mirador Británico로 가는 길에 오르기 위해서였다.

오늘의 코스는 트레킹이 아니라 등산이다. 이탈리아노 캠핑장을 떠나서 왕복 5시간이 걸리는 코스로 토레스 델 파이네의 중심, 브리타니코 전망대로 향한다. 혜린과 희정은 어제 묵은 산장에서 만난 한국인 부부와 함께였는데 여행을 시작한 후 처음으로 세계여행 중인 다른 부부를 만난 터라 관심이 쏠렸다. 어떻게 말을 붙여야 할지 몰라 조용히 함께 산을 올랐다. 30분쯤 걸었을까? 마른하늘에 빗방울이 떨어지기 시작했다.

"은덕아, 춥진 않아? 우리 차림으로는 비 오면 위험하니까 여기서 좀 상황을 보자."

여행 중에 트레킹을 할거라고 예상하지 못했기 때문에 등산화도 비옷도 없었다. 게다가 난 면바지 차림이었다. 퇴로도 없는 트레킹 코스의 한복판에서 혹시라도 다칠까 싶어서 계속할 것인지 중단할 것인지 고민하고 있었을 때 한국인 부부 중 남편분이 다가왔다.

"스위스 융프라우 산 Jungfraujoch에서 산악열차를 타고 가는데 산허리를 구름이 잔뜩 가리고 있는 거예요. '아! 정상은 못 보겠구나' 했는데 한참 구름 속을 달리니 정말 거짓말같이 구름을 뚫고 맑은 하늘이 나타나더라고요. 그때 본 풍경은 잊을 수가 없어요. 오늘도 그렇지 않을까요?"

그는 그동안 만났던 사람들과 설득하는 방법이 달랐다. '가야 한다, 안 가면 후회할 거다'가 아니라 '가면 더 좋을 것'이라고 말하고 있었다. 잠시 이야기를 나누는

낯선 곳에서 만난 사람들의
위로를 받으며

거대한 자연 앞에 한없이 작은 사람이 되어

사이에 그가 심어 준 희망처럼 비가 그쳤고 우리는 다시 산에 오를 수 있었다. 울퉁불퉁한 자갈길을 걷다가 잠깐 고개를 들면 불과 5분 전과는 전혀 다른 풍경이 눈앞에 펼쳐졌다. 파타고니아의 바람을 이기지 못해 무릎 높이까지 밖에 자라지 못한 나무들의 숲을 만났고 하늘을 찌르는 듯한 자작나무 숲도 만났다. 산이 무너져 내려서 온통 돌로 가득한 평지도 지났다. 그렇게 3시간을 내리 걸어서 만난 브리타니코 전망대는 1,200만 년 전 지각 변동으로 솟아오른 산괴가 병풍처럼 내 주위를 둘러싸고 있었다. 거대한 바위산의 풍경과 자연의 위대함에 압도당한 나는 한동안 말을 잇지 못했다.

"살면서 어떤 그릇이 될까를 고민하라고 하잖아요. 그런데 그것보다 어떤 것을 담고 싶은지 아는 게 중요한 거 같아요."

나라는 그릇에 담고 싶은 것은 무엇일까? 점심을 먹고 내려오는 길, 그가 하는 말 한마디가 가슴을 울렸다. 그때 갑자기 거대한 소리를 들었고 산 정상을 쳐다보니 하얀 눈보라가 일고 있었다. 천둥 같은 소리를 뱉으며 쏟아져 내리는 빙하. 그 짧은 순간이 영겁의 세월처럼 느꼈다. 빙하가 쏟아지는 장엄한 풍경을 뒤로하고 다시 내려가는 길, 또 다른 여행객과 만났는데 가까이에서 보니 중국인이었다.

"니하오! 이제 막 시작이니 힘내요!"
"고맙습니다. 어디서 오셨어요?"
"한국이요. 그쪽은?"

콴과 리는 뉴욕과 캘리포니아 California 에서 유학 중이라고 했다. 고향 사람을 만난 것처럼 반갑게 인사를 나눴는데 그들이 던진 씬니엔콰일러 新年怪了, 중국어로 새해 복 많이 받으세요란 말에 '아차!' 싶었다. 서양의 달력에 맞춰 살다 보니 설날을 잊고 있었다. 우리가 포기하지 않고 산을 오를 수 있도록 응원하고 말벗도 되어 준 그 부부에게 새해 복 많이 받으시라는 가벼운 인사도 건네지 못한 채 떠나보냈다.

"그분들을 꼭 한 번 다시 뵙고 싶은데 연락처를 못 받았어. 이름도 까먹었고."
"우리 블로그 주소를 알려 드렸으니 연락을 기다리는 수밖에 없지, 뭐."

아쉬움을 뒤로 하고 캠핑장에 놓아두었던 짐을 챙겨 오늘 머물 장소인 로스 쿠에르노스 산장으로 향했다. 그리고 그 길에서 반가운, 아니 미안한 얼굴을 만났다. 나는 트레킹을 시작하기 전 하룻밤 묵었던 호스텔에서 심각한 코골이로 은덕을 힘들게 한 것도 모자라 도미토리에서 함께 잤던 친구들에게도 민폐를 끼쳤다. 그때 한 방에 머물렀던 프랑스 커플을 길 위에서 만난 것이다.

"어이~종민! 아직 살아 있었네. 브리타니코 전망대에 올라갔다 온 거야?"
"너희를 여기서 만나니까 엄청 반갑다! 너희 코스는 어때? 오늘 이탈리아노 캠핑장에서 잘 거지? 아직 2시간 더 가야 해."
"제길. 이 길 너무 길어. 벌써 5시간이나 걸었다고!"

에어비앤비로 숙소를 구할 때는 은덕만 참는다면 내 코골이는 문제가 없었다. 그런데 도미토리에서 나의 감추고 싶은 비밀을 그들에게 들킨 것이다. 고작 하루 저녁의 인연이었지만 이 프랑스 커플이 반가우면서 한편으로 미안했던 것은 이런 사정 때문이었다. 밤새 코를 골았던 나에게 한마디도 하지 않았던 그들의 배려에 깊은 인상을 받았었는데 이렇게 길 위에서 또 만나다니! 너무 반가운 나머지 나는 또 인사를 잊고 말았다.

"아차! 그날, 코 고는 소리에 잠 못 잤을 텐데. 사과를 안 했네. 난 그들에게 진상으로 기억되겠구나. 힝~"

거대한 자연 앞에 한없이 작은 사람이 되어

매 순간 모습이 바뀌던
하늘과 산 그리고 나무들이
나에게 숱한 질문을 던졌다

3일 차,
집 나간 내 영혼은 어디에?

글 /

"빌어먹을 내가 왜 여기에 있는 거지?"

트레킹 3일째, 아무것도 하기가 싫었다. 한계에 다다른 것일까? 근육이 땅겨 한 걸음 내딛는 것도 힘에 부쳤다. 파스라도 사 오는 건데 무방비로 길을 나선 후회가 쓰나미처럼 밀려왔다. 오늘은 예정된 트레킹도 포기하고 침낭 밖으로 한 발자국도 나서지 않을 참이었다. 육체의 피곤함보다 의지가 사라진 게 더 큰 문제였다. 로스 쿠에르노스 산장에서 칠레노 산장 Campamento Chileno 까지 15km. 고기를 먹고 자란 기운 센 서양 언니, 오빠 기준으로는 5시간이 예상되는 거리였지만 비리비리한 체력을 타고난 나는 2배의 시간이 걸릴 것이다. 산 넘고 물 건너 15km를 오르락내리락 해야 하는 현실을 인정할 수 없었다.

'이 고생을 왜 한다고 했을까? 거기까지는 또 어떻게 가야 한담?'

텐트를 철수하고 아침밥을 준비하는 사람들 사이에서 나 홀로 침낭 안에 누워 있었다.

"은덕아! 이제 그만 침낭 밖으로 나와. 집에는 가야 할 거 아니야."

중도 포기하더라도 칠레노 산장까지는 가야 버스를 타고 푸에르토 나탈레스로 돌아갈 수 있었다. 그렇다고 로스 쿠에르노스 산장에서 하루를 더 묵을 수도 없었다. 하루씩 미뤄지면 다음 행선지인 엘 칼라파테 El Calafate 로 가는 버스표와 푸에르토 나탈레스에 잡아 놓은 숙소가 무용지물이 되기 때문이다. 종민이 맞다. 어떻게든 나는 침낭 밖으로 나와야 했다.

그의 발끝을
바라보며

울 것 같은 심정으로 이러지도 못하고 저러지도 못하고 끙끙 앓고 있는 내게 종민이 따뜻한 숭늉을 건네주었다. 마시면 좀 괜찮아질 거라며 심술 난 어린애 마냥 투정을 부리는 나를 어르고 달랬다. 이럴 때 보면 종민은 오빠였다. 새벽에 잠시 내린 비가 늦은 아침이 되면서 그쳤다. 날씨마저 이제 그만 게으름 피우라며 길을 재촉하고 있는 것 같았다. 텐트를 접고 짐을 싸서 걸음을 옮겨 보지만 발아래 철근이라도 매달아 놓은 것 마냥 무거웠다. 평지를 걸을 때도 이렇게 힘든데 오르막길은 어떨지 상상하니 한숨부터 나왔다.

"군대에서 행군할 때 지치고 힘들면 그냥 고개 처박고 앞사람 발뒤꿈치만 보고 걸으라고 해. 멀리 있는 목적지를 생각하는 것보다 눈앞에 움직이는 동료의 발을 따라가는 게 더 쉽거든. 너도 나만 따라 천천히 걸어 봐."

끝이 없을 것 같은 오르막길을 바라보며 걷는 대신 고개를 푹 숙이고 그의 신발을 바라보며 걸었다. 하나, 둘, 하나, 둘. 스틱에 의지하며 한걸음, 한걸음. 생각보다 빨리 정상에 올랐다. 척박한 환경에서 자라난 생명력 질긴 들꽃을 감상할

내 마음은 호수요
그대, 노 저어 오오

거대한 자연 앞에 한없이 작은 사람이 되어

여유도 생겼다. 강한 바람에 밀려 거센 파도가 치는 호수의 기괴한 풍경도 마주쳤다. 잠시 이곳이 바다인지 호수인지 헷갈렸다. 종민은 직접 확인해봐야겠다며 차디찬 물을 입에 댔다.

"하나도 안 짜. 호수에서 이렇게 파도가 치다니. 이 정도라면 서핑도 할 수 있겠어."

30분 걷고 10분 쉬기를 십여 차례 반복했을까? 저 멀리 우리가 머물게 될 칠레노 산장이 보였다. 반가운 마음은 잠시뿐, 산 아래 깊숙한 골짜기를 따라 놓인 길을 걸어야 한다는 생각에 아찔해졌다. 때마침 거친 비바람도 불어와서 발을 잘못 디디면 천 길 낭떠러지로 떨어질 판이었다.

언젠가 봤던 중국 영화가 생각났다. 호도협 虎跳峽, 중국 윈난 성에 있는 협곡으로 트레킹 코스로도 유명 을 따라 먼 길을 떠나던 소녀의 험난한 여정을 그린 영화였는데 제목도 기억나지 않지만 그녀의 고단했던 길만은 또렷이 남았다. 황홀하기 그지없는 풍경이 이어졌지만 그 길을 지나가기 위해서는 희생을 감내해야 했다. 나도 마찬가지였다. 가파른 내리막과 파타고니아의 강풍이 길에 들어서는 것조차 쉽게 허락하지 않았다.

한 손은 스틱을, 한 손은 종민의 팔을 잡고 의지한 채 비바람을 뚫고 칠레노 산장에 도착했다. 5시간이면 완주할 수 있는 거리를 우리는 8시간 만에 도착했다. 코스의 난이도로만 따지면 어제가 힘들었지만 오늘은 누적된 피로와 근육통으로 혼이 빠져나간 것 마냥 정신을 차릴 수가 없었다. 산장으로 들어서는 내리막길을 걸으면서도 내일 또다시 이 길을 올라야 한다는 생각에 마음이 울적해졌다.

"종민, 내일은 육체와 정신이 제자리로 돌아올 수 있을까? 우리 집으로 무사히 돌아갈 수 있는 거지?"

4일 차,
홀로 오르는 산

글 /

트레킹 마지막 일정은 토레스 삼봉[1]이었다. 이미 지난밤 은덕은 포기를 선언했고 나도 트레킹에 지쳐 가장 험난하고 힘든 코스라던 삼봉이를 보러 갈까 말까 고민하고 있었다. 날씨가 좋지 않으면 산을 오르지 않겠다는 좋은 핑계도 준비해 두고 잠들었다.

새벽 5시, 텐트 지퍼를 살짝 열어 밖을 보니 가는 비가 내리고 있었다. 준비한 핑계가 있으니 트레킹을 포기하고 침낭으로 들어갔는데 찝찝한 마음에 다시 잠들 수가 없었다. 마치 파리에 가서 에펠탑을, 뉴욕에 가서 자유의 여신상을 보지 않고 돌아서는 기분이었다. 아니 그 이상의 무언가가 있었다. 실제로도 우리는 파리와 뉴욕에서 에펠탑과 자유의 여신상을 찾아가지 않았다. 마음만 먹으면 언제고 다시 볼 수 있는 것이라고 생각했기 때문이다. 미련이 없었다. 하지만 토레스 삼봉은 달랐다. 꼭 두 눈으로 봐야만 이 고생의 마침표를 찍을 수 있을 것만 같았고 한편으로는 다시 또 시간을 내서 이 힘든 여정을 반복할 자신도 없었다. 지금이 아니면 안 되는 것이었다.

---

1) 우리가 선택한 W 트레킹 코스 중 백미로 꼽히는 곳으로 한국인들 사이에서는 '삼봉이'라는 별칭으로도 불린다. 북탑 Torre Norte, 중탑 Torre Central, 남탑 Torre Sur, 3개의 봉우리가 나란히 서 있다.

무엇보다 지금이 아니면
안 될 것 같아서

'동이 트면 날도 갤 거야. 일단 출발하자.'

파타고니아까지 가서 토레스 삼봉을 보지 않고 돌아왔다고 당당하게 말할 수 있는 사람이 몇이나 될까? 누군가 토레스 삼봉은 어땠냐고 물었을 때 안 가 봤다고 말할 자신이 없었다. 내려오는 이도 뒤를 따르는 이도 없이 홀로 1시간 정도 오르니 중간 지점인 토레스 캠핑장 Campamento Torres 으로 향하는 갈림길이 나왔다. 그사이 동은 텄지만 기대했던 맑은 하늘은 없었고 대신 빗방울만 더 굵어졌다. 이대로 간다면 전망대 근처까지 가더라도 신비로운 삼봉이의 자태는 구경도 못 할 것이다. 비 내리는 산 중턱에 혼자 앉아서 계속 올라가야 할지 내려가야 할지 깊은 고민에 빠졌다.

'지금 내 눈앞에 있는 것은 희망일까? 아니면 미련일까? 여기까지 온 것은 희망 때문이었지만 더 오른다면 미련이 아닐까?'

내려가야 한다는 것을 알고 있었지만 그간의 고생이 아까워 나는 조금 더 오르기로 했다. 미련한 일이라는 것을 알면서도 말이다. 적절한 타이밍에 과감히 발걸음을 돌리는 법을 알기까지 얼마의 시간이 더 필요한 걸까? 앞으로 나는 살면서 미련을 떨쳐 버리는 날이 올까?

'좀 더 힘내. 15분 정도면 도착할 수 있을 거야. 조금만 더.'

정상을 앞두고 낙석주의 표지판이 있었고 주변은 온통 자갈밭이었다. 길이 미끄러워 주춤하는 순간 구름 사이로 잠깐 해가 얼굴을 내밀었다. 나는 혹시나 하는 마음을 버리지 못하고 발걸음을 서둘렀다.

꼭 다시 오겠다는
인사를 남기고

결국 정상에 올랐지만 나는 신비로운 트레스 삼봉을 보지 못했다. 내게 허락된 것은 여기까지였다. 위대한 자연의 모습을 눈에 담을 수 없어 아쉬웠지만 태어나 한 번도 볼 수 없었던 풍경을 지척에 두고 은덕과 나흘을 걸었다. 험난한 길을 서로 밀고 당기며 걸었고 좀 더 의지하게 되었다. 이미 충분히 많은 것을 보고 느꼈고 이만하면 되었다 싶었다. 은덕 없이 홀로 절정의 순간을 마주하는 것이 못내 미안했는데 다시 이곳을 찾을 이유가 생겼다. 등을 돌려 내려가면서 삼봉이에게 인사를 했다. 꼭 다시 오겠다고 그때는 은덕과 함께 오겠노라고.

문명으로 돌아가야 할 시간이 되었다. 서둘렀던 새벽 산행에 무릎이 시려 왔지만 산 아래에서 홀로 있을 은덕 생각에 속도를 냈다. 1년여의 세계여행 중 가장 오랜 시간을 떨어져 있었다. 몸이 아파서 눈은 팅팅 부었지만 그 어느 때보다 반가운 얼굴로 반겨 주는 은덕이 고마웠다.

"은덕아, 여기 다시 와야 할 이유를 정상에 두고 왔어. 다시 오자. 꼭!"

거대한 자연 앞에 만연히 작은 사람이 되어

우리에게
토레스 델 파이네란?

글 /

트레킹을 하던 영국의 노신사가 말했다.

"난 여기를 오는 데 70년이 걸렸는데 자네들은 행복한 사람들이구먼."

평생 모르고 살았을 황홀한 광경을 앞에 두고 힘들다고 포기할 수는 없었다. 고개를 들고 앞과 뒤, 좌우를 살필 때마다 우리는 할 말을 잃고 잠시 그 자리에 서 있었다. 바위, 호수, 빙하, 나무, 들꽃, 하늘, 바람. 우리가 상상하는 자연의 모든 것이 토레스 델 파이네에 있었다.

트레킹의 매력에 눈을 뜨다

 "죽을 만치 힘들었는데 마지막 날 버스에서는 눈물이 핑 도는 거야. 고작 3박 4일 다녀온 건데 너와 무사히 완주했다는 기쁨과 황홀한 자연을 만나고 왔다는 환희로 말이야. 트레킹이라고는 지리산 둘레길, 제주도 올레길, 북한산 둘레길 그리고 태국 치앙마이 Chiang Mai 에서 했던 1박 2일 코스가 전부였는데 모두 평

상상할 수 있는
자연의 모든 것

지나 다름 없는 길이었다고. 그래서 이번 트레킹이 더 힘들었어. 대자연이고 나발이고 다 관두고 집으로 가고 싶었던 순간이 한두 번이 아니었지. 그런데 참 이상해. 지금 생각해 보면 꿈길을 밟고 온 기분이야. 힘들었던 순간은 기억이 안 나고 내가 만난 황홀한 풍경만 또렷하니 말이야."

"그저 나흘을 걸었을 뿐인데도 마음이 울렁거리지? 자연과 하나 되어 걷는 트레킹의 매력이야. 그동안 국내외 여러 트레킹 코스를 다녀봤는데 토레스 델 파이네는 중국 호도협과 비교해도 될 만큼 아름다운 풍경이었어. 호도협은 2개의 설산 사이의 협곡을 따라가는 길이라 걷는 내내 꽉 찬 감동이 있거든. 거대한 풍경과 함께 발밑으로는 대지를 흔드는 장강 長江의 물소리가 들리고 설산에 가려진 하늘은 손바닥만큼 보이고. 거대한 자연이 나를 감싸고 있으니까 인간이 얼마나 작은 존재인지 느낄 수 있어. 그에 반해 토레스 델 파이네는 가슴이 뻥 뚫리는 기분이야. 넓은 대지를 따라 우리가 알고 있는 자연의 모든 풍경이 펼쳐졌지."

좋은 건 사실이지만, 글쎄

"내가 만난 가장 위대한 자연이었지만 다시 오기는 힘들 것 같아. 그나저나 처음부터 멋진 풍경을 배경으로 걸었더니 이 산이 얼마나 아름다운지 감이 안 오네. 한국 돌아가면 지리산, 설악산, 한라산에도 가고 싶어. 트레킹을 많이 해 본 외국인도 한국의 지리산이야말로 최고의 트레킹 코스라고 했잖아."

"안 돼. 우리는 꼭 다시 와서 토레스 삼봉이를 봐야 한다고! 내가 한국 락 페스티벌을 건너뛰고 세계에서 가장 오래된 록 페스티벌을 본 거랑 마찬가지라고. 새로운 분야를 월드 클래스로 시작해서 나는 귀만, 너는 눈만 높아진 거야."

이것이 바로
월드 클래스

어디까지나 주관적이고 편파적인
토레스 델 파이네 트레킹 정산기

 ＊ 도시 ＊

토레스 델 파이네 국립공원, 칠레 / Parque Nacional Torres del Paine

 ＊ 주거 형태 ＊

캠핑 및 호스텔

 ＊ 기간 ＊

2014년 1월 28일~2월 2일

(5박 6일)

 ＊ 숙박비 ＊

총 80,000원

(호스텔 도미토리 2박, 캠핑 3박)

 ＊ 생활비 ＊

총 480,000원

(체류 당시 환율, 1칠레페소 = 2원)

 ＊ 은덕 산장에서 자고 밥까지 사 먹으면 2배, 혹은 3배 정도 생활비가 더 나왔겠지?

 ＊ 종민 칠레는 물가가 비싸서 그렇게 호화스러운 트래킹을 했다가는 거덜 났을 거야. 몸
이 고생한 대신 비용을 아낄 수 있었지. 장비와 음식을 모두 짊어지고 트래킹을
하는 게 쉬운 일은 아니지만.

만난 사람: 8명 + α

환상의 짝꿍인 혜린과 희정, 속 깊은 광희 아저씨와 그의 아내 윤희 씨, 중국인 여행자 콴과 리, 코고는 소리에 잠을 설쳤을 거라 사료되는 프랑스 커플, 우리에게 트레킹의 소중함을 알깨워 준 영국의 노신사.

만난 동물: 사슴 1마리 + α, 콘도르+ α, 말+ α

사진에 동물이 찍혀 있는 것을 보고 깜짝 놀랐다. 몸이 너무 힘들었던 나머지 우리가 걸었던 길에 동물이 함께 했다는 사실을 전혀 눈치채지 못했기 때문이다. 봤지만 본 게 아닌 몇 마리의 동물들에게 심심한 인사를!

방문한 곳: 1곳 + α

토레스 델 파이네 국립공원과 결국에는 맨얼굴을 보지 못한 삼봉이.

거대한 자연 앞에 한없이 작은 사람이 되어

후지여관의
추억

글 /

거실 바닥에 누워 만화책을 보던 까무잡잡한 얼굴의 청년, 소파 테이블에서 깔깔대며 드라마를 보고 있던 언니들, 분주하게 요리하고 있는 중년의 아저씨, 식탁에 둘러앉아 점심을 먹고 있던 청춘들까지. 일요일 정오, 문을 열고 들어선 후지여관의 풍경이었다.

"오늘은 다들 안 나가고 숙소에 있네요. 하하하."

좁은 거실에 구석구석 꽉 들어찬 여행객을 보고 흠칫 놀라니 매니저, 제이 Jay가 평소에는 이렇지 않은데 다들 쉬고 있다는 이야기로 말문을 열었다. 후지여관은 엘 칼라파테의 중심에서 30여 분을 걸어서 도착했다. 거리가 멀어서인지 센트로 부근의 숙소보다 저렴했고 한국인 사모님과 일본인 사장님이 운영하는 곳이라 아침 식사로 국, 밥 그리고 김치를 먹을 수 있는 것도 장점이었다. 5박 이상 머물면 숙박 요금이 10% 할인되는 건 보너스였지만 아쉽게도 우리는 이곳에서 4박만 머물기로 했다.

후지여관
사람들

"처음에는 일본인만 대상으로 하는 곳이었는데 지금은 한국 사람도 받고 있어요. 성수기에 한국과 일본에서 사람이 몰려오면 빈방이 없는데 그때 헛걸음하고 돌아서는 일본 친구들이 많아서 미안할 때도 있어요."

우리가 묵었던 호스텔은 이름에서 확인할 수 있듯이 일본인을 위한 곳이었다. 몇 년 전부터 한국인에게도 알려져서 지금은 한국인과 일본인의 비율이 5:5란다. 처음에는 장사만 잘 되면 좋은 것이 아닐까 싶었는데 누군가가 피해를 본다고 생각하니 나 역시 다른 곳을 찾아 발길을 돌려야 하는 사람들에게 미안해졌다.

일요일이 지나 평일이 되자 거짓말처럼 호스텔이 한산해졌다. 여행객들은 산으로 들로 호수로 떠났고 트레킹을 마치고 온 우리는 체력이 회복되지 않아서 계속 뒹굴고 있었다. 그 사이 몇 차례 사람이 드나들더니 5:5로 팽팽한 비율을 유지하던 후지여관을 한국인이 점령해 버렸다. 균형이 무너지고 나니 일본인 여행객 유카 Yuka와 켄지 Kenji가 신경 쓰였다. 한국인들만 득실거리는 이곳에서 행여나 움츠러들지 않을까 오지랖이 발동했다.

"유카, 켄지! 저녁에 와인 한잔하지 않을래?"

영어를 잘하지 못하는 나지만 이들과는 어렵지 않게 대화를 이어나갈 수 있었다. 켄지와 유카가 한국어를 조금씩 할 줄 알았기 때문이다. 유카의 아버지는 한국인이지만 집에서는 일본어만 사용하게 했단다. 그래서 그녀는 한국어를 읽고 알아들을 수는 있었지만 말하는 것은 서툴렀다. 켄지는 4년 동안 미국에서 공부했는데 룸메이트가 한국인이어서 그 친구에게 많이 배웠다고 한다.

거대한 자연 앞에 한없이 작은 사람이 되어

잠시 숨을 고르며

"마셔라. 마셔라. 술이 들어간다. 쭉쭉쭉쭉~."

켄지 녀석, 나도 안 부르는 요상한 노래를 부르며 술자리 분위기를 띄우고 있었다. 어떤 한국인 룸메이트를 만났는지 감이 왔다. 한국의 비속어는 다 꿰차고 있던 켄지는 영어는 물론 스페인어까지 막힘이 없었다. 끼도 많아서 카라의 엉덩이춤부터 원더걸스의 텔미춤까지, 몸을 흔드는 것이 보통내기가 아니었다. 기타를 들고 다니면서 버스킹으로 용돈도 벌었다는 말을 들었을 때는 깜짝 놀랐다. 머리도 좋아 하나를 말하면 눈치로 열을 알아챘다. 반면 유카는 켄지와 정반대였다. 욕심 많고 끼 많은 켄지에 비해 유카는 수줍음이 많았고 느릿느릿 여유를 아는 친구였다.

"한 도시에서 한 달을 머무는 여행 컨셉이 마음에 들어."

유카는 우체국에서 몇 년간 일했는데 매일 똑같은 일상이 지루해서 여행을 떠나왔다고 했다. 그녀와 주거니 받거니 하는 사이에 와인을 2병이나 마셨는데 몸이 아파서 자제하는 켄지와 본래 와인을 싫어하는 종민 덕에 술은 몽땅 유카와 내 차지가 되었다.

"유카, 오에 겐자부로 大江健三郎랑 오즈 야스지로 小津安二郎 알아? 내가 좋아하는 일본인 작가랑 영화감독이야."
"우와, 넌 옛날 사람들을 좋아하는구나. 이름만 들어 봤지 작품을 본 적은 없어. 영화배우는 누굴 좋아해?"

주저 없이 아사노 타다노부 浅野忠信를 외쳤다. 순간 켄지의 표정이 일그러지더니 아사노 타다노부는 어린 여자애들만 좋아하는 바람둥이란다. 아사노의 전 아내인 차라 CHARA를 좋아하는 켄지의 사심 어린 멘트였다.

"유카, 그럼 넌 누굴 좋아하는데?"
"당연히 카세 료 加瀨亮지. 난 쌍꺼풀 없고 느끼하지 않은 사람이 좋아."
"그래? 그럼 켄지 어때? 머리도 좋고 생긴 것도 딱 네 스타일인데. 하하"

술이 오르니 할 이야기가 많아졌다. 종민과 켄지가 딴짓을 하고 있는 사이에도 두 여자의 수다는 끊이지 않았고 급기야 매니저인 제이가 나와 한마디 거들었다.

"세상에, 아직까지 마시고 있는 거예요? 그 자리에 앉은 지 벌써 5시간째예요."

2시간 정도 지났다고 생각했는데 벌써 5시간째 술을 들이키고 있었다.

"유카, 오늘 레드 와인 마셨으니 내일은 화이트 와인 마셔요."
"이봐요. 그러지 말고 내일은 나도 껴서 맥주 마십시다. 하하."

웃음기 없이 조금은 사무적으로 우리를 대했던 제이도 어느새 마음을 열고 장난을 쳤다.

아무것도 하지 않아도
괜찮은 곳

후지여관은 이상한 곳이었다. 아무것도 하지 않아도 마음이 불안하지 않았다. 장기 투숙하고 있는 사람들의 흔한 텃세도 없었다. 활기가 넘치지는 않았지만 따뜻함이 있었다. 후지여관을 책임지고 있는 사장님과 사모님 그리고 매니저인 제이의 노력 때문일까? 중심지에서 스시 바를 운영하느라 아침에 나가고 밤

늦게 들어오는 사장님과 사모님을 자주 만나지는 못했지만 슬쩍슬쩍 무심하게 건네는 그들의 마음을 읽을 수 있었다.

"따뜻할 때 어서 밥 먹어요."
"국 끓여 놨어요. 배불리 먹고 나가요."

사모님이 건네는 말 한마디, 한마디에 따스한 온정이 묻어났다. 낯을 가리는 성격이라 잘 쉬고 떠난다는 인사를 하지 못한 게 못내 아쉬움으로 남았지만 나에게 엘 칼라파테는 후지여관으로 기억될 것이다.

"안녕, 후지여관에서 만난 사람들이여!"

빙하 위를 걷다

글 /

"여름 성수기라 지금 예약해도 사흘 뒤에나 자리가 있을 거예요."

옳다구나! 다른 여행객들이라면 난색을 표했을 테지만 우리에게는 다행이었다. 엘 칼라파테는 페리토 모레노 빙하 El Glaciar Perito Moreno 투어만 계획하고 왔기 때문에 급할 것이 없었다. 호스텔에 자리를 펴고 앉아 함께 요리를 만들어 먹고 수다를 떨면서 느긋하게 트레킹의 여독을 풀었다. 1년 내내 현지인들 틈에 있다가 시끌 벅적한 배낭족들 사이에 있으니 오래된 기억도 하나 떠올랐다.

20대 중반 무렵, 나는 중국에서 여행자들이 끊임없이 드나드는 게스트 하우스를 운영했다. 이제 막 인천발 비행기에서 내린 사람들이 문을 열고 들어왔고 이윽고 누군가는 다른 도시로 향하는 기차나 버스를 타기 위해 떠났다. 여행을 시작하는 사람과 마무리하는 사람이 한자리에 모여서 밤새도록 이야기꽃을 피웠다. 그렇게 나의 한 시절을 여행의 기운으로 충만한 곳에서 보냈다. 평소에는 기억도 잘 나지 않는 오래전 일이지만 여행자가 모여 있는 공간에 가면 나도 모르는 사이에 그때가 아련해진다.

아르헨티나여, 빙하를 내놓아라

거대한 자연 앞에 한없이 작은 사람이 되어

칼날 같은 얼음이
눈앞에

후지여관에서 몸과 마음을 다독이며 사흘을 기다려 드디어 투어를 시작했다. 빙하가 녹아서 생긴 아르헨티노 호수 El Lago Argentino를 건너서 얼음 위를 걷는 빅 아이스 투어 Big Ice Tour였다.

"트레킹은 토레스 델 파이네에서 실컷 했다고! 어서 내게 빙하를 보여 줘."

호수를 건너 바로 빙하를 밟을 줄 알았더니 웬걸, 1시간 넘게 산을 올랐다. 잠깐 투덜거려 보지만 빙하를 바로 옆에 두고 걷는 경험 또한 생경한 것이라 이내 입을 다물었다. 돌가루가 섞여 거뭇거뭇했던 얼음이 걷는 동안 점점 하얗고 푸른 빛으로 바뀌더니 태어나 한 번도 보지 못한 시리도록 아름다운 파란 빛이 내 눈앞에 펼쳐졌다.

빙하 위에 오르기 전, 산허리에 자리한 베이스캠프에서 전문 가이드들이 아이젠 Eisen, 빙벽을 오르내리거나 빙판을 걸을 때 등산화 위에 신는 장비을 신겨 주었다. 발을 디딜 때마다 얼음 알갱이가 부서져 사각사각 소리를 냈다. 빙하가 내 몸무게를 이기지 못하면 어쩌나 걱정스러웠는데 돌이켜보니 우스운 생각이었다. 만년이란 시간 동안 굳건히 얼어붙어 있는 빙하가 고작 내 몸무게에 부서진다고 생각했으니 말이다. 일렬로 늘어선 일행은 가이드의 뒤를 따라 빙하 깊숙이까지 들어갔다. 하얀 눈 덩어리라고 생각했는데 가까이에서 보니 시퍼런 칼날 같은 얼음이었다. 한 번도 보지 못한 파란 빛이 감도는 얼음 사이로 빙하가 녹은 물이 냇물처럼 흘러갔다.

만년이라는 시간을
밟으며 걸었다

거대한 자연 앞에 한없이 작은 사람이 되어

빙하를 마시다

"맙소사. 너무 차가워서 소름이 돋는다. 마시면 속이 얼어붙겠지?"

심장을 도려낼 것 같은 차가움이었다. 평소에는 배탈이 걱정되어서 공공장소에 있는 정수기의 물도 마시지 않는 나였다. 은덕이 길에 떨어진 과일을 주워 먹을 때마다 기겁하는 것도 나였다. 하지만 빙하가 녹은 물은 믿고 마실 수 있었다. 돈을 주고 빙하수를 사 먹는 시대니까 말이다. 큰 맘 먹고 손으로 한 입 떠먹으려 했는데 물에 손이 닿자마자 손가락 마디마디가 얼얼해졌다. 컵으로 한 잔 떠서 뜨거운 물을 식히는 것처럼 잠시 두었더니 적당히 차가워졌다. 마침내 들이킨 물은 식도의 위치를 하나하나 짚어주려는 듯 차갑게 뱃속을 훑고 지나갔다. 몸 끝까지 맑아지는 맛이었다.

"여기 한 번씩 들여다보세요. 대신 떨어지면 끝이니 조심하시고요."

빙하 언저리를 벗어나니 곳곳에 크레바스 Crevasse, 빙하가 갈라져서 생긴 좁고 깊은 틈가 보였다. 가이드가 깎아서 만든 디딤판에 올라서서 들여다보니 깊이를 가늠할 수 없는 짙고 푸른 어둠의 골짜기가 보였다. 크레바스와 냇물이 만나서 생긴 웅덩이는 세상에 존재하지 않는 물감을 풀어 만든 것 같았다. 너무나 신비로운 푸른색이었다.

파리에서 산 내 운동화는 조깅용이었기 때문에 밑창이 말랑말랑했다. 등산화가 아니라서 아이젠의 무게를 버티지 못했고 각자 제 위치를 벗어나서 제멋대로 움직이고 있었다. 트레킹의 여파로 발목도 시원치 않은 터라 겹질릴까 조심조심 걸었는데 일행은 내 마음도 몰라 주고 빙하를 속속 탈출하고 있었다. 뒤처지지 않으려고 속도를 올리다가 결국 차갑고 딱딱한 빙산 위로 쓰러졌다.

"행님, 괜찮아요? 아이젠이 제법 무겁지요?"

후지여관에서 만난 준수가 나를 챙겼다. 불안한 내 발걸음을 보고는 뒤에서 조용히 따라오다 냉큼 뛰어왔던 것이다. 손을 내밀며 자신에게 기대어 내려가자고 했다. 호스텔에서 잠깐 그리고 빙하 투어에서 반나절을 보낸 것이 전부였는데 나를 신경 써 주는 것이 고마웠다.

짙푸른 빙하 위에서 느끼는 영겁의 세월과 그 시간만큼 축적된 한기를 느꼈다. 발자국마다 전해지던 얼음으로 된 강의 낯선 감촉. 오래도록 잊을 수 없는 풍경이 하나 생겼다. 그리고 앞으로 오래 만나고 싶은 사람도 얻었다.

빅 아이스 투어

01 **투어 내용**
페리토 모레노 빙하 전망대를 감상한 뒤 유람선으로 호수를 건너 빙하로 이동 후 4시간 동안 빙하에서 트레킹한다.

02 **투어 회사**
Hielo y Aventura, 빙하투어는 이 회사에서만 독점 진행한다.

03 **투어 비용**
2,400아르티헨티나페소 (한화 240,000원 *2013년 2월 기준, 2인 비용)

거대한 자연 앞에 한없이 작은 사람이 되어

네 번째 달
엘 칼라파테 3

우리에게
한국인이란?

글 /

낯선 나라의 현지인들 틈에서 한 달을 머물다 보면 여행자보다는 생활자라는 생각이 든다. 낯선 사람들의 속내를 알 수 있고 날 것 그대로의 삶을 엿볼 수 있지만 여행이 주는 긴장감이 떨어지는 것은 사실이었다. 슬리퍼를 질질 끌고 나가서 동네 사람들과 수다를 떨고 단골집에 가서 음식을 먹는 것도 좋았지만 여행자의 활력과 에너지가 그리울 때도 있다. 다행히도 파타고니아 여정에서는 그리웠던 활력과 에너지를 모두 채울 수 있었고 우리에게 자극을 주는 다양한 여행자를 만났다. 그것도 모두 길 위에서 우연히 말이다.

때로는 실망하고 때로는 자극이 되었던
소중한 인연에 대하여

"파타고니아에서만 도대체 몇 명의 한국인 여행자를 만난 거야? 1년 동안 외국인들하고만 살다가 오랜만에 한국인을 만나니까 반갑기도 하고 어색하기도 했어. 오랜만에 너 말고 다른 이들과 한국어로 이야기하려니까 무슨 말을 해야 할지 모르겠더라."

그들이 찾고자 했던 것을
모두 얻어서 돌아갔기를

거대한 자연 앞에 한없이 작은 사람이 되어

😊 "트레킹 중에 만났던 혜린과 희정, 광희 아저씨 부부, 후지여관 사모님이랑 매니저였던 제이, 후지여관에서 만난 종호 씨와 혜미 씨. 그리고 빙하를 함께 걸었던 준수까지 9명이나 되네. 고작 3주였는데 지난 1년 동안 만났던 한국인보다 더 많아."

😊 "남미를 여행하고 있는 한국인 여행자가 이렇게 많은 줄 몰랐어. 비행기로도 30시간이 넘는 거리, 그것도 남미에서도 찾아가기 힘들다는 파타고니아까지 오는 게 쉽지 않은 일인데. 그래서인가? 여기서 한국 사람을 만나면 죄다 반가워하며 인사를 나누는 거 같아. 그들과의 만남, 어땠니?"

😊 "관광지나 대도시에서는 인사하면 자기네 영역을 침범한 사람처럼 쳐다보거나 못 들은 척하는 사람이 많았어. 우리는 반가웠는데 그 사람들은 외국에서 한국인을 만나면 기분이 나쁜가 봐. 솔직히 그럴 때마다 상처받았고 왜 그렇게 못마땅한 표정으로 쳐다봤을까 고민도 했지. 하지만 파타고니아에서는 즐겁게 인사할 수 있어서 행복했어. 너랑 나랑 한국어로 대화한다고 해도 주제나 사용하는 단어가 한정적일 수밖에 없고 더욱이 서로에 대해서 잘 알고 별다른 대화가 없어도 마음이 통하고 말이야. 파타고니아에서 그들과 만나 모처럼 긴 수다를 떨었더니 머리가 다 어지럽더라. 하하하."

😊 "난 그 사람들이랑 후지여관에서 해 먹는 한국 음식이 참 맛있더라. 여러 사람이 모이니 못 해 먹을 음식이 없더라고. 수제비랑 배춧국을 남미에서 만들어 먹을 줄 누가 알았겠어. 우리 빼고는 다들 요리가 수준급이더라. 후지여관이 좋았던 것은 사람들과 음식을 맛있게 먹고 오손도손 이야기할 수 있었기 때문이지만 매번 똑같은 질문에 대답해야 했던 것은 피곤했어. 한국에서도 우리는 새로운 관계를 만드는 일에 게을렀던 사람이었으니까."

"상대방에 대해 전혀 모르니 자신에 대한 설명은 불가피한 거잖아. 그걸 귀찮아하면 사람을 만나지 말아야지. 인연의 물꼬를 트기 위한 첫 번째 행위조차 피곤하다면 긴 인연을 만들 수 없어. 우리는 새로운 사람을 만날 수 밖에 없는 여행자의 삶을 살고 있어. 그러니 예전처럼 살기는 힘들 거야. 그래도 우리 여행 이야기나 블로그를 알려드리면 모두 흥미로워했고 너도 그 반응을 즐겼잖아."

"자신들과 다른 여행법에 놀라워했지. 여행하면서 느낀 건데 남들 다 가는 곳에 가지 않는 여행이 웬만한 뚝심 없이는 힘든 일이더라고. 더 많은 걸 보려 하지 않고 한 도시에서 한 달을 머무는 여행이 쉬운 건 아니잖아."

"그런 점에서 너와 내가 성향이 비슷한 건 다행이야. 비주류의 삶이 몸에 배었다고 할까? 하하하. 나도 다시는 못 올 곳이라고 생각했으면 다 가려고 했을 거야. 하지만 우린 평생 여행을 하며 살기로 했고 다음에 또 올 거고 그때 못 갔던 곳을 골라서 더 자세히 보면 된다고 생각하니 결정이 쉬워졌어. 이것도 선택과 집중이라고 할 수 있으려나?"

어디까지나 주관적이고 편파적인
엘 칼라파테 정산기

＊ 도시 ＊

엘 칼레파테, 아르헨티나

/ El Calafate, Argentina

＊ 위치 ＊

29번길 Calle 29

(중심지까지 도보로 30분 소요)

＊ 주거 형태 ＊

호스텔

＊ 기간 ＊

2014년 2월 2일~2월 6일

(4박 5일)

＊ 숙박비 ＊

총 140,000원

(1박 당 35,000원, 2인실 with 욕실)

＊ 생활비 ＊

총 400,000원

(체류 당시 환율,

1아르헨티나 페소 = 100원)

＊ 2인 기준, 항공료 별도

＊ 은덕 잠시 배낭여행자의 패턴으로 여행한 것은 우리 여행의 장단점을 확인하기에 좋은 시간이었어. 고작 4박 5일 여행했는데 54만 원이나 들었으니 하루에 11만 원을 쓴 셈이네. 이전에는 두 사람이 5만 원으로 하루를 살았는데.

＊ 종민 할인 없이 호스텔에서 제값 주고 잔데다 투어도 다녔으니까 이전과 비교해 지출이 컸어. 이렇게 살다가는 조기 귀국해야 할 판이야. 이번 여행을 통해 한 곳에 정착하는 생활여행이 숙박비와 이동 비용을 절약할 수 있음을 절실히 깨달았어.

만난 사람: 5명 + α

후지여관에서 만난 매니저 제이와 한국인 여행객들, 일본인 친구 켄지와 유카, 모레노 빙하를 함께 걸었던 준수.

방문한 곳: 2곳 + α

세상에 존재하지 않는 짙푸른 물감 색의 모레노 빙하와 트레킹의 여파를 잠재울 수 있었던 후지여관.

거대한 자연 앞에 한없이 작은 사람이 되어

이렇게 좋아도
되는 걸까?

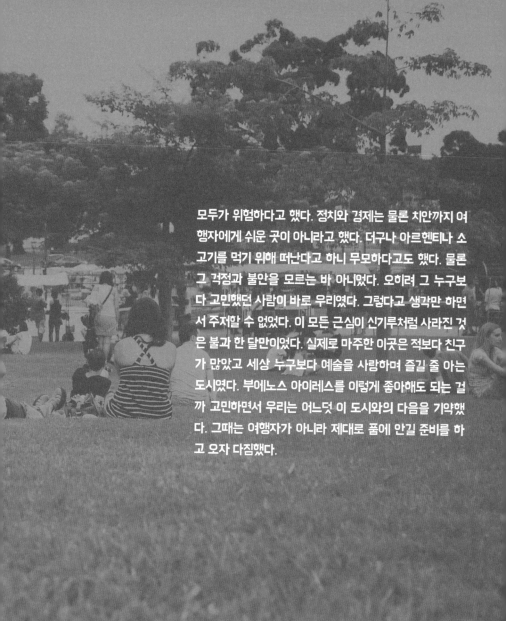

모두가 위험하다고 했다. 정치와 경제는 물론 치안까지 여행자에게 쉬운 곳이 아니라고 했다. 더구나 아르헨티나 소고기를 먹기 위해 떠난다고 하니 무모하다고도 했다. 물론 그 걱정과 불안을 모르는 바 아니었다. 오히려 그 누구보다 고민했던 사람이 바로 우리였다. 그렇다고 생각만 하면서 주저할 수 없었다. 이 모든 근심이 신기루처럼 사라진 것은 불과 한 달만이었다. 실제로 마주한 이곳은 적보다 친구가 많았고 세상 누구보다 예술을 사랑하며 즐길 줄 아는 도시였다. 부에노스 아이레스를 이렇게 좋아해도 되는 걸까 고민하면서 우리는 어느덧 이 도시와의 다음을 기약했다. 그때는 여행자가 아니라 제대로 품에 안길 준비를 하고 오자 다짐했다.

파라나
Parana

로사리오
Rosario

부에노스
아이레스
Buenos Aires

라플라타
La Plata

아르헨티나
Argentina

타쿠아렘보
Tacuarembó

브라질
Brazil

멜로
Melo

우루과이
Uruguay

미나스
Minas

몬테비데오
Montevideo

말도나도
Maldonado

칼 강도는
없지만

글 /

"당신, 이탈리아 여자처럼 왜 이래? 조용히 좀 해 봐."

부에노스 아이레스 Buenos Aires에서의 한 달이 시작되었다. 호주에 있는 집주인 팻 Pat 을 대신해 그의 부모님인 모니카 Monica와 알프레도 Alfredo가 우리를 맞이해 주었다. 두 분 모두 할아버지가, 그러니까 지금으로부터 100년 전에 아르헨티나로 이민을 왔다. 알프레도의 집안은 이탈리아의 시칠리아 Sicilia에서, 모니카의 집안은 스페인 바스크 Pais Vasco 지역에서 왔다고 했다. 꼬장꼬장한 알프레도는 자신의 말에 한마디 씩 거드는 모니카의 참견이 못마땅한지 이탈리아 여자처럼 성가시게 군다며 나무랐다. 내가 보기에는 참견이 아니라 그의 말에 조금 보태는 정도였는데 말이다.

"종민, 이탈리아와 스페인이 실제로도 사이가 안 좋더니 결혼해서도 똑같은가 봐?"

막 도착한 우리는 아줌마와 아저씨, 둘 중 어느 편에 서야 할지 고민스러웠다. 그래도 다행인 것은 이분들과 한 집에서 살지 않아도 된다는 점이었다. 몸이 힘들었던 파타고니아의 여정 바로 뒤였기 때문에 편히 쉬고 싶어 이탈리아 피렌체에 이어서 집 전체를 빌렸다. 그리고 무엇보다 우리가 세계여행을 떠났던 이유, 아르헨티나 소고기를 그 누구의 눈치 보지 않고 마음껏 구워 먹고 싶었다.

예상과는 조금 달랐던
아르헨티나

에어비앤비 홈페이지에는 독특한 이야기를 지닌 전 세계의 호스트와 게스트를 세계 각국의 언어로 번역해 소개하고 있는데 그중 하나가 바로 나와 종민이었다. 집주인인 팻은 그 이야기를 읽고 우리에게 관심을 보이며 원래 금액의 반값으로 집을 빌려주었다.

"집이 넓어서 이쪽에서 저쪽까지 가는 것도 힘드네."
"그러게 말이야. 원룸이라고 했는데 침실, 거실, 화장실, 부엌까지 다 별개의 공간이야."

이보다 더 좋을 순 없었다. 대로변에 있어 시끄럽기는 했지만 우리에게는 궁궐만큼 좋은 집이었다. 숙소는 레꼴레따 Recoleta에 위치해 있는데 부에노스 아이레스 안에서도 경제적인 여유가 있는 사람들이 사는 곳이다. 런던으로 치면 1존의 경계쯤 되려나? 주변 치안은 안전했고 거리도 깨끗한 편이라 마음 편하게 머물 수 있었다. 현관문만 열면 아침과 저녁으로 드나들 수 있는 식당이 많은 것도 장점이었다.

"아르헨티나 경제가 지금 최악으로 치닫고 있다는데 모두 그런 건 아닌가 봐."

동네 주변을 산책하며 살펴본 아르헨티나는 한국 신문에서 이야기하는 모습과는 달랐다. 애완용 개를 산책시키는 사람을 따로 고용하거나 우리는 비싸서 선뜻 사 먹기 힘든 최고급 아이스크림을 먹기 위해 줄을 길게 선 사람들을 볼 때면 지금 이 나라의 경제위기가 다른 나라의 이야기 같았다.

앗, 위험해?

"종민, 현관 문고리가 없어졌어."

부에노스 아이레스에 도착한 날, 모니카는 현관 밖에서 우리를 기다리고 있었는데 문에 달린 인터폰을 당일 아침에 누군가가 훔쳐 갔기 때문이었다. 모니카는 우리가 현관 앞에 도착해도 인터폰이 없으니 5층에 있는 자신들과 연락하기가 힘들까 봐 밖에서 내내 기다리고 있었던 것이다. 그때만 해도 '별 이상한 걸 훔쳐 가는 사람들이 다 있네'라고 대수롭지 않게 넘겼는데 며칠 뒤 구리로 만든 현관 문고리가 또 다시 사라졌다.

찝찝한 건 이뿐만이 아니었다. 야채가게 주인은 날마다 야채와 고춧가루의 가격을 다르게 불렀다. 스페인어를 할 줄 모르는 여행객이니 비싸게 팔고 싶었던 걸까? 여행 중에 만난 다른 한국인 여행객은 시내에 환전하러 갔다가 100달러 지폐 2장이 1달러 지폐 2장으로 변하는 사기극을 경험했고 나는 김치를 사러 코리아 타운인 백구촌[1]에 갔다가 한인 사진관 아저씨에게 훈계를 듣기도 했다.

"이봐, 아가씨. 거기 그렇게 앉아 있으면 위험해요. 애들이 와서 돈이랑 물건이랑 다 훔쳐 간다고."

---

1) 아르헨티나 이민 초기에 형성된 코리아타운으로 당시 109번 버스의 종점이어서 백구촌이라 불리게 되었다. 과거 이곳에서는 한인들이 모여 살며 식당, 교회, 식품점, 제과점 등을 운영했지만 현재는 시내 중심으로 이주하였고 교회와 일부 상가들만 남아 자리를 지키고 있다. 지금은 빈민촌과 가까워서 치안 위험지역으로 분류된다.

우리 잘 지낼 수 있겠지?

이렇게 좋아도 되는 걸까?

부에노스 아이레스는 예전부터 여행자들 사이에 좀도둑이 많은 곳으로 악명이 높았다. 물가가 몇 달 사이에 3배가 뛰었고 공식 환율과 암시장의 환율이 2배가 넘게 차이 나는 상황이니 치안이 불안한 것도 이해 못 할 일은 아니었다. 하루하루 지내면서 조금씩 여행자의 주머니를 노리는 도시에 왔다는 것을 실감했다.

"종민, 그래도 에콰도르나 베네수엘라처럼 칼 강도 만났다는 이야기는 없으니 좀 낫지 않을까? 우리, 여기에서 잘 지낼 수 있겠지?"

케첩보다
자존감

글 /

"맥도날드에 케첩이 없다는 게 말이 돼요? 그런데 지금 여기서는 실제로 그렇다니까요."

아르헨티나 정부는 국가의 재정 상태가 어려워지자 환율 방어를 포기했다. 수입에 의존하던 생필품 시장은 환율 상승의 여파로 몇 달 사이에 3배가 넘게 올랐고 기업은 물자를 제대로 공급하지 못하는 상황까지 내몰렸다. 2014년 2월, 아르헨티나에는 케첩이 없었다.

'정부의 통제를 벗어난 환율과 인플레이션. 눈에 띄게 증가하고 있는 범죄율.'

한국 언론이 쏟아 내는 뉴스만 듣고 부에노스 아이레스에 도착했다. 어수선한 사회 분위기에 범죄의 표적이 될까 봐 가방을 잡은 손에 절로 힘이 들어갔다. 숙소로 이동하기 위해 올라탄 택시에서는 기사님이 일부러 먼 길로 빙빙 돌아가지 않을까 싶어서 도착할 때까지 스마트폰의 지도를 확인했다.

걱정과 달리 부에노스 아이레스는 첫 만남부터 환한 미소로 맞이해 주었다. 헤매지 않고 숙소를 찾아 준 기사님, 드라마 시간이 다 되었다고 투덜거리면서도 꼼꼼하게 집 안을 소개해 준 팻의 부모님, 길 위에서 버스 노선표를 보며 멘붕에 빠진 우리를 향해 먼저 말을 걸며 도와주었던 행인과 거기는 위험하다며 경고해 준 백구촌 사진관 아저씨까지. 신문 기사 속에서는 부에노스 아이레스를 '너의 주머니를 노리는 무시무시한 곳'이라며 겁을 줬지만 막상 찾아와 부딪힌 이곳은 적보다 친구가 많았다.

금방
사랑에 빠졌다

두려운 마음을 안고 도착했지만 이내 마음이 편안해졌다. 공원에 앉아 공놀이하는 아이들을 바라보다 낮잠에 빠질 때도 있었고 빨레르모 소호 Palermo Soho, 부에노스 아이레스의 핫플레이스로 각종 디자인숍과 맛집, 카페가 많고 클럽도 몰려 있다.를 거닐며 카메라 셔터를 눌렀다. 주말이면 집 앞 플리마켓에서 살 만한 것이 있는지 두리번거렸다. 아무 버스나 올라타 낯선 곳을 헤매기도 했고 소개받은 맛집을 찾아가려고 꼼꼼히 준비도 했다. 남미에 왔지만 어느 유럽 도시와 다를 바 없는 날들을 보내고 있었다.

유럽을 떠나온 이민자들이 자신의 이상향을 따라 만든 곳이라는 부에노스 아이레스를 보고 있자니 마치 파리 중심에 있는 듯했다. 어느 유명한 영화감독의 부인도 이곳을 '파리와 마드리드 Madrid와 브뤼셀 Brussels을 합쳐 놓은 도시'라고 하지 않았던가! 이 도시에는 100년 전, 아르헨티나의 화려한 영광과 더불어 만들어진 건축물이 고스란히 남아 있었다. 아름다운 건물들은 밤이 되면 노란색 가로등 불빛을 받아 더욱 빛났다.

"지난 1년 동안 지나 온 수많은 도시 중 살고 싶은 도시를 꼽으라면 이스탄불과

사랑해,
부에노스 아이레스

이렇게 좋아도 되는 걸까?

세비야를 이야기 했는데 이제 한 도시를 더 추가해야겠어. 부에노스 아이레스에 마음을 뺏긴 것 같아."

맥도날드에 케첩이 없는 당황스러운 현실의 아르헨티나, 그 안에서 겨우 1주일 보낸 내가 이제는 도시 예찬을 쏟아 내고 있었다.

이대로 좋은가?

경제는 최악으로 치닫고 있지만 이 도시 사람들은 여전히 예술과 문화를 사랑하고 있었다. 전시장마다 길게 늘어선 줄과 3,000여 명은 거뜬히 수용할 수 있는 엄청난 규모의 콜론 극장 Teatro Colon은 한 달 전부터 좌석이 매진이었다. 밤마다 불야성을 이루며 수십 개의 공연이 펼쳐지는 꼬리엔떼스 거리 Av. Corrientes의 풍경, 눈 감고 골라도 늘 만족스러운 음식들과 기분 좋은 가을의 햇살 그리고 외환 위기로 달러를 가진 사람이 누리는 풍요……. 모든 것이 더할 나위 없었지만 한 가지 고민이 생겼다.

"아르헨티나, 이래도 괜찮은 걸까?"

불과 20여 년 전, 우리도 아르헨티나와 같은 경제 위기를 겪었다. 그 시간을 극복하기 위해 어머니들은 몰래 모아 두었던 장롱 속 금을 팔았고 아버지 세대는 평생 일군 기업과 노동자의 권리까지 외국 자본에 넘겼다. 하지만 아르헨티나는 달랐다. 문화에 대한 열정도 노동에 대한 대가도 빼앗기지 않았다. 아르헨티나 사람들은 10년마다 찾아오는 경제 위기를 겪으면서도 현재의 삶을 즐길 줄 알았고 가족 간의 유대감을 높이며 유쾌하게 지내고 있었다. 처음에는 이 도시의 외모에 끌렸지만 나는 아르헨티나의 자존감을 더 사랑하게 되었다.

다섯 번째 달
부에노스 아이레스 3

아르헨티나
소고기 승?

글 /

수많은 사연이 담긴 진짜 현지 음식을 맛보기 위해선 누구에게 어떻게 물어야 할까? 아르헨티나 소고기를 먹기 위해서 지구를 반 바퀴 돌아 부에노스 아이레스에 도착했다. 가이드북에 적혀 있는 맛집 말고 현지인들이 추천하는 식당에서 소고기를 먹고 싶었다. 그래서 호주에 있는 집주인 팻에게 메시지를 보냈다.

"수많은 아사도 식당이 있지만 내가 즐겨 찾았던 '후아나 엠 Juana M'을 추천할게. 고기만 먹으면 질리잖아. 그런데 이곳은 멋진 샐러드 바도 있다고!"

부에노스 아이레스 태생의 팻이 추천해 준 후아나 엠은 현지인들이 찾는 트렌디한 레스토랑이었다. 주소를 따라 도착한 곳은 여행자들이 절대 찾아오지 못할 것 같은 7월 9일 대로 Avenida 9 de Julio, 1816년 7월 9일에 스페인으로부터의 아르헨티나 독립을 기념하고자 붙인 명칭 끝에 위치하고 있었다. 번듯한 간판도 하나 없이 플랜카드에 식당 이름 하나 적어 놓은 모습에 들어가야 하나 말아야 하나 한참을 고민했다. 하지만 팻을 믿어 보기로 하고 계단을 따라 지하로 내려갔다. 묵직한 문을 열고 들어선 실내는 외관과 달리 갤러리를 연상시키는 세련된 분위기였고 멋지게 차려입은 청년이 서빙을 하고 있었다.

245

이렇게 좋아도 되는 걸까?

부에노스 아이레스가 검증하고
한국인이 추천하는 맛집

부에노스 아이레스의
맛집을 찾아서

현지인이 소개하는 맛집도 좋지만 그보다 더 확실한 방법은 현지에서 사는 한국 교포의 추천을 받는 것이다. 한국인의 입맛으로 선택한 현지 맛집은 절대 실패할 리가 없다. 조용히 기도하며 생각할 시간이 필요해서 찾아갔던 교회에서 만난 병철 형님은 27년간의 아르헨티나 생활을 바탕으로 멋진 레스토랑과 최고의 음식을 우리에게 추천했다. 그렇게 찾아간 곳은 오랜 전통의 아사도 전문 레스토랑인 '로스 찬치토스 Los Chanchitos'였는데 한자리에서 오랫동안 장사한 내공이 엿보이는 식당이었다. 이곳의 대표 메뉴는 아사도였지만 라자냐와 스파게티도 우리 입맛에 잘 맞았다.

외국에서 친구가 왔을 때 표준화된 프랜차이즈 식당에 데려가기에는 뭔가 부족하고 그렇다고 이태원이나 홍대에 있는 식당에서 그 친구 나라의 음식을 대접하는 것도 겸연쩍었다. 다행히 그 고민은 자주 찾던 종로 골목에 있는 닭곰탕집과 부모님의 한식당이 있었기에 해결할 수 있었다. 집주인이었던 팻도, 병철 형님도 오랜 고민 끝에 추천했을 테니 믿을 수 있었다.

현지인이 추천한 레스토랑과 한국인 교포가 추천하는 식당에서 아사도를 먹었으니 이제 우리는 선택을 해야 했다. 피렌체 소고기와 아르헨티나 소고기! 이 중에서 무엇이 더 맛있는지 말이다.

이렇게 좋아도 되는 걸까?

이 세상에서 가장
진지한 이야기

😊 "아르헨티나 땅, 4분의 1이 팜파스 Pampas, 아르헨티나와 우루과이까지 이어지는 거대한 초원라고 하잖아. 넓은 초원에서 뛰놀며 풀을 뜯고 자라는 소들이라서 그런가? 이제껏 먹어 보지 못한 육질이야. 자, 이제 평가할 시간이 왔어. 우리가 세계여행을 떠났던 가장 중요한 이유, 아르헨티나 스테이크를 평가할 시간이야. 이해를 돕기 위해 티본 스테이크의 본고장, 피렌체에서 먹었던 스테이크와 비교해 보자. 아르헨티나 대 피렌체 스테이크. 어떤 게 맛있었니? 두둥!"

😊 "아, 어렵다. 엘 칼라파테부터 아르헨티나 소고기를 먹기 시작했어. 안심, 등심, 갈빗살 심지어 한국에서는 질겨서 국거리로나 쓰이는 양지까지 먹었는데 하나같이 부드럽고 맛있었어. 고기의 질이 달라. 팜파스에서 자란 소들이라 육질만 보면 아르헨티나의 승이지만, 피렌체의 고기 굽는 방식 때문에 쉽게 결정할 수가 없네."

😊 "나 역시 비슷한 생각이야. 소고기 육질로만 본다면 아르헨티나의 압승이야. 하지만 피렌체가 화덕에 구워서 소금과 허브, 후추로 간을 하니까 입맛에는 더 맞았어. 오랜 시간 숯불에 구워서 소금 간만 하는 아르헨티나 소고기보다는 말이야. 하지만 가격까지 생각한다면 역시 아르헨티나 스테이크야. 여기는 모든 부위의 고기가 싸고 맛있잖아. 질겨야 할 양지 부위까지도 입안에서 녹았어. 행복하게 자란 소라 그런가? 하하하. 5,000원도 안 하는 등심이 이렇게 맛있어도 되는 거야? 한국에서도 아르헨티나 소고기를 맛볼 수 있으면 좋으련만. 미국과 호주 소고기 때문에 힘들겠지?"

😊 "관세에 운송비까지 더하면 가격부터 미국 소고기에 밀릴 거야. 한국에서

술도 늘고 살도 늘고

이렇게 좋아도 되는 걸까?

먹기 힘드니 있는 동안 최대한 많은 식당을 찾아가자. 팻과 병철 형님이 알려 준 곳, 모두 멋진 식당이었고 굉장한 고기를 맛 볼 수 있었어."

몸무게는 행복에
비례한다네

🐵 "후아나 엠은 캐주얼한 퓨전 레스토랑 느낌이야. 평일 점심시간에 가서 그런지 직장인들이 많았고 60페소 한화 6,000원가 넘는 메인 요리를 시키면 샐러드 바가 공짜였어. 로스 찬치토스는 가족 단위의 손님이 많았지. 고기 맛으로 따지면 병철 형님이 소개해 준 곳이 좋았지만 분위기와 가격을 생각하면 후아나 엠을 고르겠어. 고기를 시키면 샐러드가 공짜라니 말 다 했지, 뭐."

🐵 "병철 형님은 최고의 미식 가이드였어. 본인이 이곳에서 살면서 먹어 본 것 중에서 한국 사람 입맛에 딱 맞는 음식만 추천했잖아. 당신이 맛집을 찾아 헤맨 27년의 세월을 모두 쏟아부어서 말이야. 두유 주스는 말할 것도 없고 둘세 데 빠따따 Dulce de batata, 설탕에 절인 고구마 푸딩와 치즈 조합은 아찔한 맛이었어! 둘세 데 빠따따의 달콤함과 치즈의 짭조름함이 어울려서 최고의 와인 안주였어."

🐵 "우리가 피렌체에서 프로슈토 Prosciutto, 돼지 생고기를 소금에 절여 발효시켜 먹는 이탈리아의 전통 햄와 멜론 조합을 맛보고 충격에 휩싸였던 때가 기억나. 잠재된 미각이 또 한 번 발딱 일어났어. 그리고 보니 우리 와인도 매일 1병씩 마셨네. 유럽에서는 네가 와인을 싫어하니까 나 혼자 마셨잖아. 좀 많다 싶었는데 여기 와서는 네가 3분의 1을 마셔 주니까 얼마나 좋은지 몰라. 와인 싫어했으면서 갑자기 마시게 된 이유가 뭐야? 아르헨티나 와인이 특별히 입맛에 맞아?"

"딱히 그런 건 아닌데, 내가 인생의 즐거움을 하나 잃고 사는 게 아닐까 싶었어. 그동안 네가 유럽에서 와인 마실 때마다 분수에 맞지 않는 사치라고 생각했는데 칠레부터 와인 가격이 뚝 내려가기도 했고. 이 역시 사람들이 즐기는 문화인데 무작정 거부했던 게 아닌가 싶었어."

"이탈리아, 스페인을 거쳐 칠레, 아르헨티나까지 많이 마셔 봤지만 여전히 와인 맛은 잘 모르겠어. 보통 사람들은 신맛이 나고 드라이한 것이 좋은 것이라는데 왜 내 입에는 다 별로지? 난 싼 입을 가진 걸까? 아르헨티나 와인의 고장, 멘도사 Mendoza에 한 달 있으면서 와인 공부 좀 해 보자. 그리고 이 나라에서는 안주가 맛있어서 와인을 더 마시는 것 같아. 살라미, 치즈, 초리소 Chorizo, 돼지고기로 만든 소시지, 하몽, 둘세 데 빠따따, 과일까지 다 맛있어. 피자, 빵, 우유, 아이스크림도 이탈리아보다 맛있었어. 집 앞에 있는 빵집을 매일 들렀잖아. 빵마다 둘세 데 레체 Dulce De Leche, 우유를 끓여 캐러멜 형태로 만든 디저트 소스를 넣어서 달달하고 맛있는 데다 대여섯 개 골라도 2,000원밖에 안 했잖아. 여기 음식을 먹다 보면 이탈리아에서 온 이민자들이 고향보다 더 맛있는 음식을 만들려고 작정한 것 같아."

"맛있지만 너무 과해. 피자에 올려놓은 모차렐라 치즈가 도우 만큼 두꺼워. 식당에서는 고기 1인분은 기본 1kg이고 빵집에서는 케이크 위에 설탕과 초콜릿 그리고 둘세 데 레체를 들이붓는 곳이야. 먹는 재미로 행복하지만 그만큼 살찌고 있어. 이제 그만 도망치는 게 어때? 하하하."

그들의
여행 이야기

글 /

집 전체를 빌리다 보니 손님이 찾아오는 날이 많았는데 어떤 날은 한꺼번에 8명이 모인 적도 있었다. 해인이가 민정이와 병관이를, 혜린과 희정은 한솔이를 소개해 주었고 빙하 투어를 함께했던 준수를 다시 만나기도 했다. 인연이 또 다른 인연을 불러왔다. 이틀에 한 번꼴로 숙소에 사람들이 다녀갔고 그때마다 음식을 함께 만들어 먹었다. 나와 띠동갑인 해인이부터 갓 서른을 넘긴 혜린과 희정이까지 다양한 연령대의 친구들을 만나 여행과 삶에 대해 이야기를 나눴다.

해인이의
트레킹 이야기

우리와 함께 크루즈를 타고 대서양을 건넜던 해인은 과테말라에서 한 달 동안 스페인어 공부를 하고 콜롬비아를 거쳐 베네수엘라에 도착했다. 그리고 그곳에서 포터와 함께 트레킹을 했다는데 그녀가 어떤 일을 겪었는지 궁금했다.

"베네수엘라 로라이마 산 트레킹에서 포터랑 다니는 건 어땠어?"

학교에서 공부할 나이에 운동화도 아닌 쪼리를 신고 여행객들의 짐을 대신 들어주며 식사를 준비하는 어린 포터의 이야기를 다룬 다큐멘터리를 본 적이 있었다. 해인이가 일주일 동안 포터와 함께 트레킹을 했다길래 실제로는 어떠한지 그리고 그녀는 어떤 생각을 했는지 궁금했다.

"다행히 우리 그룹은 어린아이의 노동력을 착취하고 무례하게 구는 사람이 없었어요. 로라이마 산의 포터는 가족 단위로 움직였는데 다들 성인이었고요. 그리고 모두 그 산을 무척이나 사랑했어요. 밤하늘을 바라보고 앉아서 장소에 얽힌 전설을 이야기해 주었던 순간을 잊을 수가 없어요. 게다가 함께 다녔던 브라질 친구들이 설거지랑 텐트 치는 건 직접 하자고 분위기를 이끌더라고요. 포터이기 이전에 그들은 함께 트레킹을 떠난 친구였어요."

솔직해지고 싶은 민정의
여행 이야기

"여행에서 얻고 싶은 게 딱 한 가지가 있어요. 한국에서는 싫은 걸 싫다고 아닌 걸 아니라고 말하지 못했어요. 이걸 깨고 싶어요."

민정이는 연극영화과에서 시나리오를 전공하는 친구였다. 해인과는 학교 신문사 동기였는데 얼마 전 한국을 떠나서 그녀와 여행을 시작했다.

"사람들에게 싫은 내색을 하거나 내가 느낀 감정에 대해 솔직하게 말하는 것이 제일 어려워요. 상 파울로 São Paulo에서 해인을 만난 순간부터 내가 꿈꿔 온 여행이라며 행복하다는 말을 계속했어요. 하지만 솔직히 말하면 진짜 행복한 건지는

이렇게 좋아도 되는 걸까?

잘 모르겠어요. 여행 준비를 완벽하게 하지 못하고 출발해서 심적으로 불안했거든요. 게다가 사람들은 왜 위험한 남미에 가느냐며 떠나는 날까지도 저를 말렸어요. 그런 상태에서 거짓으로 '그래, 난 지금 세상에서 가장 행복한 여행을 하고 있다'고 스스로 주문을 걸었던 것은 아닐까요? 함께 여행하고 있는 해인이한테도 솔직하지 못했고요."

어쩌면 종민도 민정과 같은 생각일지도 모른다. 세계여행을 즐기고 있는 것은 나뿐이고 뒤치다꺼리를 하는 그는 애써 자신을 행복하다고 여기고 있는지도 모를 일이었다. 종민도 자신한테 솔직하지 못하고 남의 시선에 많은 부분이 좌우되는 사람이니까.

"종민, 너 지금 행복해?"
"요 며칠은 니가 괴롭혀서 불행했어. 하지만 평균적으로 보면 한국에 있을 때보다 지금이 훨 좋아."
"마음이 달라지면 꼭 솔직하게 말해야 돼! 알았지?"

거침없는 병관의
여행 이야기

"스펙이 필요해서 세계여행을 나왔어요."

별다른 재주도 없는 지방 캠퍼스 대학생이라고 자신을 소개한 병관이는 원하는 기업에 들어가기 위해서 세계여행이라는 스펙이 필요했다고 스스럼없이 말했다.

이렇게 좋아도 되는 걸까?

"제가 다니는 학교와 카메라 장비 업체에 세계여행 경비를 대달라고 요청했어요. 남미의 코트라 KOTRA, 대한무역투자진흥공사 무역관에 찾아가 인터뷰하겠다는 계획도 일찌 감치 세웠구요. 그런데 여행하면서 의문이 들기 시작했어요. 코트라에서 듣는 이 야기보다 내가 지금 여행하면서 만난 친구들에게 더 많은 영감을 받고 즐거운데 굳이 그곳을 찾아가야 할까 싶었죠. 그때부터는 인터뷰 대상이 여행자로 바뀌었 어요. 저의 여행은 매일 새롭게 변하고 있어요."

병관은 여행하면서 만들었던 동영상이 화제가 되어 한 여행회사의 CF로 전파를 탔다. 지금은 스펙을 위해서가 아니라 여행 그 자체를 즐기게 되었다며 새로운 여행을 떠나기 위해 분주히 움직이고 있다.

용감한 준수의
여행 이야기

"저 나이가 28살인데 아직도 학교에 다니고 있어요. 친구들이 2년 휴학하고 돈 벌 어서 남미로 여행 간다고 하니까 저 보고 미친놈이래요."

준수는 호주에서 6개월 동안 설거지하면서 모은 돈으로 남미를 여행하고 있었 다. 한창 취업을 준비할 나이에 여행을 결심하기까지 많은 고민이 있었다고 했다.

"한비야 씨가 새로 책을 내는 데 운이 좋게 독자와의 만남에 뽑혔어요. 여행을 가 야 할지 고민하면서 답답하고 절박한 마음을 담아 신청 글을 작성했는데 그 마음 이 전해졌나 봐요. 작가님과 단둘이 이야기를 나누다 제 고민을 듣고 이런 말을 해 주더라구요. '제가 하는 말이라면 들을 거예요? 그럼 빚을 내서라도 당장 떠나세요. 큰 배가 움직이려면 파도가 거세요. 본인이 하려는 일은 큰 결심이 필요한 거예요. 주변에서 하는 이야기는 큰 배가 나아가기 위한 파도일 뿐이에요.' 그 이야기를 듣고 당장 짐을 싸서 떠나왔죠."

수더분한 매력이 있던 준수는 아직 스스로 얼마나 멋진 일을 이루었는지 모르는 것 같았다. 빙하 투어에서 종민의 손을 잡아 주었던 그 마음으로 남미의 남심과 여심을 훔치며 앞으로 계속 나아가길 응원한다.

동갑내기 혜린과 희정의
여행 이야기

"둘이 원래 친한 친구예요?"

유독 쿵짝이 잘 맞아 보이는 동갑내기 친구인 혜린과 희정은 여행하는 동안 한 번도 싸운 적이 없다고 했다. 토레스 델 파이네 트레킹에서 처음 만난 우리는 이후 엘 칼라파테에서도 만났고 부에노스 아이레스에서 다시 한 번 만났다. 놀랍게도 두 사람은 여행을 시작하면서 처음 만난 사이였다. 길 위에서 만난 인연이 계속 이어지기란 쉽지 않았을 텐데 두 사람은 무엇 때문에 서로에게 끌렸던 것일까?

혜린과 희정은 우리와 비슷한 또래였고 결정적으로 직장을 때려치우고 여행을 떠나왔다는 공통점이 있었다.

"희정이랑 어떻게 만났냐구요? 남미사랑 부에노스 아이레스의 한인 호스텔로 커뮤니티가 활성화되어 있다. 인터넷 카페에서 만났어요. 서른이 되기 전에 남미에 꼭 와 보고 싶었거든요. 그

이렇게 좋아도 되는 걸까?

런데 여자 혼자 가기에는 좀 무섭잖아요. 영어도 스페인어도 못하는데. 그래서 희정이에게 제가 막 구걸했어요. 제발 같이 가 달라고."

"저도 참 이상해요. 한국에서 몇 번 만나기는 했지만 실상 잘 모르는 남남이잖 아요. 그런데도 아주 오래전부터 알고 지냈던 친구 마냥 서로를 이해하고 잘 챙 겨 줘요. 우리가 다른 점이 있다면 그건 아마 남자 보는 눈일걸요? 그래서 싸우 지 않는 걸까? 하하하."

봉이 김선달을 꿈꾸는 한솔이의 여행 이야기

"여행도 여행이지만 시장조사도 할 겸 나왔어요. 이거 보셨어요? 미국에서 비싸 게 팔리고 있는 데오드란트인데 여기서는 반값밖에 안 하네요."
"그거 여기서 사지 마세요. 다른 시장에 가면 더 좋은 제품을 싸게 살 수 있어요."

한솔이는 관계가 멀어 보이는 운동과 무역에 관심이 많은 독특한 친구였다. 어린 나이임에도 불구하고 부모님이 계시는 미국과 한국을 오가며 작은 규모지만 사 업을 하고 있었고 헬스 트레이너로도 활동하고 있었다. 어떤 물건이 유행하는지 나라별로 가격이 어떻게 다른지 꿰뚫고 있어 물건을 살 때마다 제대로 훈수를 두 었다. 더구나 헬스 트레이너이기도 했으니 크루즈를 시작으로 남미에서 점점 몸 이 불어나고 있어 우리는 상담을 청했다.

"종민 형은 타고난 체형이 있어서 남들보다 살 빼는 데 시간이 오래 걸릴 거예요. 어쩌면 다시 태어나는 게 더 빠를지도 몰라요."

내 영혼의 도시가 있다면
Part 2.

글 /

"은덕아, 우디 앨런 할배는 〈미드나잇 인 파리 Midnight In Paris, 2011〉에서 100년 전의 파리로 돌아가고 싶어 했잖아. 나한테 100년 전, 과거로 돌아갈 수 있는 마차가 있다면 주저 없이 부에노스 아이레스로 갈 거야."

100년 전의 이곳이 궁금하다는 종민의 말에 나 역시 100% 동감했다. 19세기 말부터 유럽에서 건너온 300만 명의 이민자가 모여 고향의 향수와 타향살이의 애환을 달래며 그들만의 문화를 이곳에 꽃피웠다. 부에노스 아이레스에서 만나는 음식, 춤, 공연 등 모든 것이 100년 전의 모습 그대로였다. 우리는 그 문화에 흠뻑 빠져들고 싶어 이틀에 한 번꼴로 공연과 전시를 챙겨 보았다.

화려한 에로티시즘, 땅고

애증, 불안, 집착, 정열 그리고 사랑. 연인 관계에서 부딪히는 모든 감정이 녹아 있는 춤, 땅고를 만났다. 보에도 Boedo 에 있는 오메로 만시[2] 는 병철 형님이 추천한 곳이었다. 예약까지 직접 해 준 덕분에 디너 코스와 땅고 쇼를 1인당 320 페

---

2) Homero Manzi, 저녁 식사와 땅고 쇼가 동시에 이루어지는 곳으로 부에노스 아이레스에는 이런 형태의 식당이 다수 있다.

이렇게 좋아도 되는 걸까?

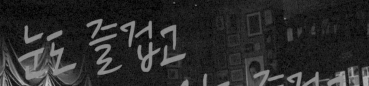

보고 즐겁고 이고 즐겁고

소 ^{한화 3만 2,000원}에 볼 수 있었다. 보통 여행사나 숙소 관계자가 예약을 대행해 줄 경우 2배가 넘는 가격을 치러야 하는데 돈도 절약하고 시행착오도 줄였으니 형님에게 고마웠다.

이민자들의 고달픈 삶을 달래기 위해 시작된 땅고는 화려하고 섹시한 동작이 대부분이었다. 여성은 상체를 남성에게 기댄 채 매끈한 다리를 아래로 위로 쭉 뻗었고 남성의 다리 사이로 몸을 집어넣기도 했다. 관능적인 춤에 종민과 나는 눈을 뗄 수가 없었다. 감히 에로티시즘이라고 부르고 싶은 현장이었다. 100여 년 전, 여성 인구가 턱없이 부족했던 이 도시에서 남성들은 관능적인 땅고로 자신의 매력을 과시하며 존재감을 알렸다. 구애에도 이토록 강한 자극이 필요했을 만큼 그들의 삶이 퍽퍽했다는 생각이 들어서 공연이 모두 끝난 후에는 처연한 느낌이 가시지 않았다.

꼬리엔떼스 거리에 있는 극장인 CTBA ^{Complejo Teatral de Buenos Aires}는 부에노스 아이레스에서 직접 운영하는 복합 공연장이었다. 우리는 이곳에서 〈미레자, 땅고 뮤지컬 _{MIREYA, UN MUSICAL DE TANGO}〉을 관람했다. 미레자라는 순박한 시골 처녀가 꿈을 위해 도시로 나갔다가 나쁜 남자에게 이용만 당하고 고향으로 돌아가 진정한 사랑을 만난다는 줄거리다. 내용은 둘째치고 우리는 땅고 뮤지컬이라는 말에 무작정 표부터 끊었다. 내부는 오래된 소극장 정도의 규모였지만 발코니석도 따로 있었고 일반 좌석도 앞과 뒤가 넓어서 불편하지 않았다.

"연령대가 무지 높다. 다들 60대 이상은 돼 보여."
"우와, 클래식 공연도 아닌데 이렇게 많이 오신 거야? 정말 재미있는 공연인가 봐."

어르신들과 함께 보는 뮤지컬이라니! 달뜬 마음이 쉬이 가시지 않았다. 공연 내내 미레자 역을 맡은 배우의 연기와 노래, 춤 실력에 감탄사가 절로 나왔다. 뉴

이렇게 좋아도 되는 걸까?

욕, 런던, 피렌체 등에서 봤던 유명 공연의 주연배우와 견주어도 부족함이 없었다. 하지만 진정 우리가 감탄한 것은 관객들의 수준 높은 관람 태도였다. 진지하게 몰입하며 극을 즐기고 누구 하나 휴대폰을 보는 이가 없었다. 벨 소리가 울리지 않은 것은 당연했다. 공연이 끝나자 주저 없이 기립박수를 쳤는데 그 모습조차 감동이었다.

"여기 관람 태도 하나는 끝내준다. 기립박수를 10분은 넘게 친 거 같은데."

한때 세계 3대 오페라 극장이었던 콜론 극장이 부에노스 아이레스에 있었던 이유도 예술을 존중할 줄 아는 사람들의 태도가 뒷받침되었기 때문일 것이다. 콜론 극장에서는 발레 공연을 5페소 _{한화 500원}에 볼 수도 있었다. 이러한 공연 생태계가 가능해지고 문화를 아끼고 사랑하는 법은 하루 이틀 만에 이루어 지는 게 아니었을 텐데. 아무것도 없었던 척박한 땅에서 100년 동안 만들어낸 문화의 힘이 새삼 놀라웠다.

문화를 대하는
방법

"보카 지구 _{La Boca, 유럽에서 처음 이민 온 이주민들이 정착한 곳으로 땅고의 발상지로 알려졌다.}에 다시 가려면 지금 일어나야 해!"

지난밤, 새벽 4시가 넘어 겨우 잠이 든 종민을 아침부터 깨웠다. 다른 날 같았으면 다시 이불을 뒤집어썼겠지만 반드시 봐야 할 전시가 있다며 꼭 깨워 달라고 한 그였다. 한참을 줄을 서서 기다리다가 다른 약속과 겹쳐서 돌아서기를 몇 차

이렇게 좋아요 믿는 건지요

문화생활도
부지런해야 할 수 있다

레, 아침 일찍부터 서둘렀는데도 줄이 꽤 길었다.

종민과 내가 오매불망 기다린 전시는 극사실주의 조각가, 론 뮤익 Ron Mueck 의 전시였다. 며칠째 전시를 보기 위해 대기 중인 사람들은 광장을 감싸며 똬리를 튼 뱀처럼 촘촘하게 줄을 섰다. 다리도 아프고 지루할 텐데 누구 하나 줄을 이탈하거나 짜증을 내는 이도 없었다. 새치기하는 사람은 더더욱 없었다. 고난과 인고의 시간을 지나 만난 론 뮤익의 전시장은 예술품이라고 부르기에는 지나치게 사람 같은, 사람이라 부르기에는 비현실적인 크기의 작품들로 가득했다.

실제 크기보다 4분의 1로 작게 만든 '아기를 업고 장을 보는 어머니의 모습'은 얼굴에 담긴 표정으로 삶의 무게가 고스란히 전해졌다. 사람의 키를 훌쩍 넘는 거대한 얼굴을 가진 남자가 눈을 감고 있는 작품도 있었는데 머리카락, 땀구멍 그리고 코털 하나하나까지 너무나 사실적이어서 금방이라도 눈을 떠서 일어날 것만 같았다. 기다린 보람이 차고 넘쳤다.

종민과 나는 부에노스 아이레스의 사람들에게 문화를 대하는 태도를 배웠다. 100년 전부터 지금까지 그들이 이곳에서 꽃피운 문화를 찾아 헤매었고 그 과정 하나하나가 소중한 경험이었다. 고향을 등지고 어쩔 수 없이 떠나온 사람들이 아르헨티나 드림을 꿈꾸며 만든 이상의 도시가 부에노스 아이레스였다. 타향살이의 서러움을 춤과 문화로 달랬던 그들에게 감사하는 마음으로 하나라도 빼놓지 않으려 노력했다. 그렇게 이곳에서 보낸 시간이 점점 쌓여 갈수록 유럽보다 더 유럽다운 부에노스 아이레스가 나는 마음에 들었다. 그리고 이곳은 내게 파리에 이어 두 번째 영혼의 도시가 되었다.

Adios,
Buenos Aires

글 /

머무를 때는 좋았지만 떠나고 나면 생각이 나지 않는 도시가 있고 당시에는 평범
했지만 지나고 나면 아련한 첫사랑처럼 문득 떠올라 추억에 빠지는 도시가 있다.
파리와 런던이 전자에 속하는 도시였고 피렌체와 맨체스터 Manchester는 후자였다.
여행하고 있는 도시를 제대로 반추하기 위해서는 시간이 어느 정도 흘러야 하지
만 부에노스 아이레스를 떠나는 날을 며칠 앞두고 우리는 이런 이야기를 나눴다.

"여행이 모두 끝났을 때 부에노스 아이레스를 어떤 도시로 기억하게 될까?"

종민에게는 이미 이곳이 세비야를 넘어선 듯 보였다. 다시 돌아와 부에노스 아
이레스 대학에서 문화인류학이나 남미 역사를 공부하고 싶단다. 공부에 취미가
없는 나는 공연과 전시를 꼭 다시 만끽하고 싶었는데 그중 콜론 극장에서 준비
하는 시즌 공연이 욕심이 났다. 그런데 무슨 돈으로 이곳에 다시 와서 공부하고
공연을 본담?

조리판,
너를 잊을 뻔했구나

이렇게 좋아도 되는 걸까?

우리가 다음을 기약하는 이유

처음에는 모든 것이 꿈에 불과했지만 그것을 간절히 원한다면 실행할 방법은 어디에나 있다는 것을 우리 손으로 결혼식을 꾸리면서 느꼈고 여행하면서 배웠다. 아르헨티나의 모든 시민은 최고의 교육을 무료로 누릴 수 있어야 한다는 원칙이 있었기 때문에 국립대학의 학비가 무료다. 공연 티켓은 비싸도 10,000원 안팎이니 마음만 먹는다면 하지 못할 이유도 없었다. 런던이나 뉴욕처럼 언감생심 쳐다보지도 못할 정도로 문턱이 높았다면 우리는 그 꿈마저 생각할 수 없었을 것이다.

누군가 부에노스 아이레스의 어떤 점이 좋았느냐고 묻는다면 사람답게 살 수 있는 꿈이 좌절되지 않도록 희망을 주는 나라라고 말하고 싶다. 한국에 있을 때, 아르헨티나를 복지 포퓰리즘 Populism, 대중의 인기에만 급급해 현실성 없는 정책을 내놓은 현상으로 경제가 망한 나라쯤으로 오인했다. 그러나 한 달 동안, 이곳에 머물면서 우리는 절망에 빠진 사람들의 모습 대신 지금은 조금 힘들지만 다시 회복할 수 있다는 희망과 꿈을 품은 사람들의 얼굴을 보았다. 빈부 격차와 상관없이 문턱이 낮은 훌륭한 문화기관을 드나들며 감탄하고 박수를 보내는 사람들도 수없이 만났다.

풍문으로 전해 듣던 아르헨티나 소고기를 직접 확인하러 온 여행에서 애처롭고도 섹시한 땅고도 마주했다. 매일 밤 야식으로 초리판 Choripan, 순대처럼 생긴 소시지를 구워서 빵과 함께 먹는 남미식 샌드위치과 엿가락처럼 늘어지는 모차렐라 피자를 물고 이곳 사람들처럼 공연과 전시를 쉼 없이 즐겼다. 이 모든 것이 부에노스 아이레스, 아르헨티나이기 때문에 가능했다고 믿는다. 부에노스 아이레스는 어떤 면을 보느냐에 따라 호불호가 달라질 수 있는 도시이다. 여전히 미완성된 퍼즐로 보는 사람도 분명 있을 수 있다. 그러나 적어도 우리는 이민자들이 가졌던 활기와 희망이 바래지 않고 앞으로도 팔딱팔딱 숨을 쉬고 있을 부에노스 아이레스를 느꼈다.

Adios,
Buenos Aires!

이렇게 좋아도 되는 걸까?

어디까지나 주관적이고 편파적인
부에노스 아이레스 한 달 정산기

＊ 도시 ＊

부에노스 아이레스, 아르헨티나 /

Buenos Aires, Argentina

＊ 위치 ＊

레꼴레따 Recoleta

(레꼴레따 묘지에서 도보 1분 or

오벨리스크에서 버스로 10분 소요)

＊ 주거 형태 ＊

아파트 / 집 전체

＊ 기간 ＊

2014년 2월 6일 ~ 3월 6일

(28박 29일)

＊ 숙박비 ＊

총 588,000원

(장기 체류 및 특별 할인 적용,

1박당 정상 가격은 60,000원)

＊ 생활비 ＊

총 1,400,000원

(체류 당시 환율,

1아르헨티나 페소 = 11.3원)

＊ 2인 기준, 항공료 별도

＊ 은덕 하루 60,000원짜리 집인데 우리 여행 이야기에 관심을 보인 호스트 팻이 특별히 할인해 주었어. 덕분에 한 달 동안 저렴한 금액으로 집 전체를 쓸 수 있었지. 레꼴레따 지역은 중산층 이상이나 예술가들이 모인 동네로 적지 않은 금액을 내야 묵을 수 있는데 말이야.

＊ 종민 호주에서 살고 있는 호스트를 대신해 부모님이 관리하는 집이었어. 손님이 자주 바뀌는 것보다 우리 같은 장기 여행자가 편했을 거야. 그리고 환율 덕에 맛있는 음식을 배불리 먹고 양질의 공연도 많이 볼 수 있었지.

만난 사람: 13명 + α

호스트 팻의 부모님 알프레도와 모니카, 공항에서 집까지 사기 치지 않고 데려다 준 기사님, 먼저 말을 걸어 도움을 주었던 시민들, 백구촌 사진관 아저씨, 아르헨티나에서 만난 귀한 인연 병철 형님과 그의 식구들, 우리 해인이, 글 쓰는 민정, 솔직하게 자신을 이야기하는 병관, 착하고 착실한 청년 준수, 여전히 사이 좋은 혜린과 희정, 어른스러운 한솔, 그리고 우리에게 흔쾌히 할인된 금액으로 방을 내준 팻.

만난 동물: 수 백마리 + α

전문 산책인의 손에 이끌려 다니던 애완견들.

방문한 곳: 9곳 + α

토마토케첩이 없는 맥도날드, 부에노스 아이레스 한인마을 백구촌, 주말 휴양지 티그레, 레스토랑 후아나 엠과 로스 찬치토스, 땅고 쇼를 본 오메로 만시, 부에노스 아이레스의 문화 중심 꼬리엔떼스 거리, 예술을 대하는 태도를 배웠던 CTBA, 한때 세계 3대 오페라 극장이었던 콜론 극장.

이렇게 좋아도 되는 걸까?

이곳은 우리에게
선물이었어

여행은 사람을 자라게 한다. 우리가 이렇게 뻔한 말을 할 줄은 꿈에도 몰랐지만 사실이었다. 길 위에서 보낸 지난 1년 간 우리는 많은 것을 소유하지 않아도 행복할 수 있다는 확신과 내 앞에 있는 사람의 소중함을 배우며 자랐다. 마음의 키를 잴 수 있다면 우리에게는 무척 긴 자가 필요할 것이다. 이전보다 훌쩍 자란 우리를 축하하기 위해 그 많은 선물이 멘도사에서 쏟아졌던 것은 아닐까?

칼레라 데 탱고
Calera de Tango

발파라이소
Valparaiso

 산티아고
Santiago

랑카과
Rancagua

칠레
Chile

멘도사
Mendoza

두누얀
Tunuyan

아르헨티나
Argentina

산라파엘
San Rafael

한 달, 30만 원으로
리조트에서 살아 보기

글 /

부에노스 아이레스에서 버스를 타고 17시간을 달려 멘도사에 도착했다. 침대처럼 180도까지 넘어가는 좌석, 스테이크와 와인이 곁들어진 식사, 남미에서도 아르헨티나의 버스 시설은 명성이 자자했다. 하지만 돈이 없는 우리는 이런 호사 대신 130도만 젖혀지는 저렴한 세미 카마 Semi-cama, 반침대 좌석와 밥 한 끼 안 주는 버스를 이용했다. 한국 돈으로 5만 원이었지만 17시간을 달리는 우등 버스치고는 나쁘지 않은 조건이었다.

"종민, 멘도사로 가는 과정이 자연의 선물 같아."

버스 창밖으로 펼쳐지는 광경은 너무나도 아름다웠다. 여름의 끝자락에 놓인 팜파스의 초록 물결, 살랑살랑 바람에 흔들리는 나뭇잎 그리고 빛나는 초원을 안방 삼아 한가로이 노니는 가축들, 낮은 구름이 드리워진 하늘 틈으로 얼굴을 내민 햇살이 눈 부셨다.

멘도사로 가는 길 자체가
선물처럼 아름다워

아곳은 우리에게 선물이었어

신분증을
준비하세요

밤새 쉬지 않고 달린 버스는 이른 아침 멘도사 터미널에 도착했다. 택시를 잡아 타고 한 달 동안 우리 동네가 될 달비안 Dalvian[1]에 가자고 했다.

"손님, 달비안이요? 거긴 들어가려면 신분증 필요해요. 준비해 둬요."

택시는 멘도사에서 가장 큰 공원인 산 마르틴 공원 Parque San Martin을 가로질러 달비안 입구에 도착했고 초소가 마련된 정문에서 경비원이 정말로 신분증을 요구했다.

"은덕, 너 이런 곳인 줄 알았어 ?
"아니, 나도 몰랐지. 경비가 엄청 삼엄하다."

리조트 단지처럼 잘 꾸며 놓은 입구, 양쪽으로 늘어선 야자나무, 휴지 조각 하나 없는 도로, 각기 다른 모양의 크고 개성 있는 단독주택, 그리고 삼엄한 경비. 이 쯤 되면 읊어 줘야 한다. 나는 누구? 여긴 어디?

---

1) 멘도사에서 만든 고급 리조트형 주택 단지다. 강원도 오대산 밑자락에 큰 땅을 소유한 분이 있는데 그 분은 땅을 아무에게나 팔지 않는다고 한다. 땅에 어떤 집을 짓고 운영할 것인지 구체적으로 확인한 후에야 매매한다는 것이다. 달비안도 비슷했다. 주변 미관을 해치지 않는 건축 설계도가 있어야 땅을 살 수 있고 수영장과 경비 초소, 환경 미화, 셔틀버스 운영비가 포함된 비싼 관리비를 매달 낼 수 있는 재력가만 입주가 가능하다.

복 받았나 봐

"난 프랑스보다 아르헨티나가 더 아름다운 거 같아."
"그건 네가 프랑스 북부에서 와서 그렇지. 남부랑 감히 어떻게 비교해!"

우리와 한 달 동안 함께 살게 될 피에릭 Pierrick과 휴고 Hugo가 설전을 벌이고 있었다. 프랑스 북부 지역 칼레 Calais에서 온 피에릭은 멘도사에서 인턴으로 일하고 있었고 프랑스 남부 칸 Cannes에서 온 휴고는 줄리 Julie와 함께 교환학생으로 이 곳에 짐을 풀고 있었다. 이어서 1년째 세계 여행 중이라는 미국에서 온 멧 Matt과 에밀리 Emily 부부, 며칠 후에 합류할 해인 그리고 초등학교 교사인 호스트, 마리사 Marisa까지. 앞으로 이 집에서 함께 부딪히며 살아갈 9명의 친구들이었다.

"여기 야외 수영장 가 봤어?"
"뭣이라? 수영장이 있다고? 그것도 공짜라고?"

3월의 멘도사, 계절상으로는 초가을이었지만 한낮의 태양은 기세가 등등했다. 그도 그럴 것이 여기는 아르헨티나에서도 포도가 제일 잘 자라는 지역이 아니던가. 이탈리아 토스카나 Toscana 지역처럼 일조량이 풍부해서 포도는 잘 자랐지만 인간인 나에게는 태양을 피할 곳이 필요했다.

"종민, 나 수영장 가고 싶어."

멧이 우리에게 공용 수영장이 있다고 알려 주었을 때 나는 속으로 쾌재를 외쳤다. 달비안 마을 주민을 위한 공용 시설이었지만 웬만한 집에는 개인 수영장이 있어서 그 수영장을 쓰는 사람은 우리뿐이었다.

에어비앤비로 1년 넘게 여행하다 보니 다녀간 사람들의 리뷰와 숙소 설명만으로도 어떤 집인지, 어떤 동네인지는 물론 호스트의 성향까지 눈치껏 파악할 수 있게 되었다. 그런데 이번만은 예외였다. 집에 도착해 짐을 풀 때까지도 우리가 앞으로 한 달을 초특급 부자 동네에 와서 수영장을 전세 낸 듯 쓰면서 휴양을 하게될 것이라고는 예상하지 못했다. 게다가 호스트인 마리사는 가장 저렴한 방을 예약한 우리에게 제일 비싼 방을 내주었다. 이유는 여전히 모르겠으나 덕분에 우리는 목조와 벽돌로 마감된 큰 방에 머물면서 월풀 욕조가 딸린 화장실과 별이 보이는 정원을 갖게 되었다. 멘도사에 등록된 에어비앤비 숙소 중에서 제일 저렴한 곳을 골랐는데 이런 행운이 나타나다니!

"종민아, 우리 남미에 와서 복 받았나 봐. 한 달 동안 30만 원으로 이게 말이 돼?"
"멘도사와 멘도시노 Mendocino, 멘도사 남자를 일컫는 말와 멘도시나 Mendocina, 멘도사 여자를 일컫는 말를 위해 경배! 살루드 Salud, 건배!"

집보다 좋은
사람들

글 /

한남동의 유엔빌리지와 유명 리조트를 합쳐 놓은 듯한 고급 주택이 우리의 숙소
였다. 마을 주민을 위한 야외 수영장과 멋진 정원이 있었고 뒤로는 안데스 산맥
Cordillera de los Andes과 포도농장이 펼쳐진 그림 같은 곳이었다. 경관도 좋았지만 우리
는 함께 사는 사람들이 더 맘에 들었다. 쥬드 로 Jude Law를 닮은 휴고, 페넬로페 크
루즈 Penelope Cruz를 닮은 줄리, 제2의 영국남자 유튜브에 영국과 한국의 문화를 비교하며 소개하는 이로 본명
보다 영국남자라는 별명이 더 유명하다.가 될지도 모르는 피에릭, 콜로라도 Colorado에서 온 멧과 에
밀리, 호스트인 마리사와 해인이, 더불어 우리까지 총 9명이 북적거리며 살았던
이야기가 달비안을 더욱 아름답게 만들었다.

멘도사를 우리집으로
만들어 준 사람들

 "같은 하숙집인데 발디비아와는 다른 분위기야. 발디비아가 현지 대학생들
을 위한 진짜 하숙집이었던 것에 비해 달비안은 여행객들로 북적거리는 자유분
방한 호스텔 느낌인 데다 패트리샤와 달리 마리사는 돈에 크게 신경을 쓰지 않

아. 방학이라 학생들이 없어 조용했지만 어딘지 모르게 음울했던 발디비아의 숙소와 달리 이곳은 늘 시끌벅적하고 활기가 넘치잖아. 함께 사는 친구들만 봐도 그렇고. 누구 이야기부터 먼저 할까? 우선 해인이?"

"광활한 남미 대륙에서 해인이를 이렇게 자주 볼 줄은 몰랐어. 부에노스아이레스에 이어 멘도사까지. 이번에는 한 달 가까이 같은 집에서 머물렀잖아. 해인이는 친화력이 좋기도 하지만 사람을 만나는 매 순간 최선을 다하는 아이야. 우리 숙소에 있던 사람들이 모두 해인에게 마음을 뺏긴 것도 이해할 수 있어. 해인의 언어 능력도 한몫하는 건가? 스페인어를 한 달 배웠다는데 어찌나 말을 잘하는지 현지인들도 놀라워하잖아. 영어로 이야기하다가 스페인어를 쓰고 그러다 또 한국어로 말하는 걸 보면 언어 천재인가 싶기도 했어. 하지만 언젠가 영어로 잠꼬대하는 걸 보니까 늘 긴장하고 있는 것 같아서 안쓰럽더라."

"장학금을 모아서 집에 드린 해인이나 그 돈을 또 모아서 세계여행 경비로 대준 부모님이나 모두 대단한 사람들이야. 그런 부모님이 있는 해인이가 부러워."

"뭐가 부러워? 너도 하고 싶은 거 다 하면서 살았잖아. 21살 나이에 세계여행을 떠난 해인이의 인생은 앞으로도 더 흥미진진하겠지. 나도 궁금해. 모험과 용기로 가득 찬 청춘이잖아."

"피에릭 역시 이름만 들어도 입가에 미소가 절로 지어지는 친구야. 우리가 도착한 날 기억나? 교통카드가 필요할 거라면서 직접 시내에 나가서 충전해 줬잖아. 먼저 나서서 마트에 데려다주기도 하고. 이렇게 상냥한 파란 눈의 '외쿡인'은 처음 본다니까. 프랑스 남자들은 차갑다는 편견을 갖고 있었는데 피에릭은 정도 많고 배려도 깊었어. 잠시 '이 녀석이 혹시 프랑스어를 하는 한국인이 아닐까?'라고 생각했는데 아이스크림 사건을 통해서 확실히 유럽 사람이라는 것을 알게 되었지. 하루는 밖에 나가서 피에릭과 아이스크림 먹었는데 해인이하고 우리는 통으로 달려들어 막 퍼먹었어. 그때 피에릭은 한 템포 쉬었다가 아무도 아이스크림을 먹지 않을 때 숟가락을 대더라고. 한 그릇에 담긴 음식을 여러 사람이 먹는 문화에 익숙한 친구가 아니었어. 실제로 이렇게 먹는 게 처음이라고 했고. 우리를 생각해서 먹는 동안은 가만히 있다가 아이스크림을 다 먹고 난 후에야 말했어."

🙂 "난 피에릭을 한국에서 '영국남자'처럼 만들고 싶어. 귀여운 외모, 한국적인 마인드, 똑똑한 머리. 충분히 승산이 있을 거야. 하하하. 지중해에서 온 매력 커플, 휴고와 줄리도 대단했어. 우리가 불고기를 만들어서 대접했던 때 아무도 모르게 구석에서 치즈로 'Corea'라고 써 놓았잖아. 발견할 때까지 묵묵히 기다리는 시크함도 어찌나 귀엽던지. 며칠 뒤 프랑스식 만찬에 초대한다면서 방마다 초대장을 써서 돌렸던 일을 생각하면 마음이 훈훈해져. 나중에 줄리의 고향인 칸하고 휴고의 고향인 마르세유 Marseille에 꼭 가야겠어."

🙂 "저녁식사는 또 얼마나 즐거웠고? 각국에서 만든 음식을 나눠 먹고 서로 자기 나라 국가도 부르며 밤새도록 춤추면서 놀았잖아."

🙂 "술 먹고 질펀하게 놀면 국적을 막론하고 다들 친해지나 봐. 하하하."

🙂 "마리사의 아들, 자세르 Yasser는 우리와 함께 살지는 않지만 이틀에 한 번꼴로 집에 왔어. 너무 자주 오니까 함께 사는 것 같았어. 자세르가 만들어 주는 페르넷 Fernet, 약초로 만드는 아르헨티나 전통술로 콜라와 섞어 마신다. 은 레스토랑에서 먹는 것보다 맛있었어. 게다가 우리 중에서 춤도 제일 잘 춰. 댄스파티 때 해인이와 땅고 추는데 진짜 아르헨티나 남자란 이런 거구나 싶더라고."

🙂 "회사를 그만두고 세계여행 중인 멧과 에밀리는 가까이하기엔 너무 먼 당신

이들은 우리에게 선물이었어

이었어. 처음 만났을 때는 우리랑 처지가 비슷해서 잘 어울릴 줄 알았는데 끝까지 마음을 나누지 못했어. 영어가 문제였을까? 그들이 말하는 미국식 영어를 알아들을 수가 없어서 자꾸만 대화가 끊어졌어. 공통점이 많았는데도 언어 문제로 다가가지 못해 아쉬움이 많이 남아."

"에밀리가 친해지려고 브라우니도 만들어 줬는데 말이야. 레시피를 알려 줄 때 우리가 못 알아들을까 봐 천천히 말해 주는 데도 교과서나 회화 책에는 나오지 않는 영어 표현이 많아서 언제부턴가 알 수 없는 벽이 생기더라. 우리랑 생각하는 것도 비슷해서 솰라솰라 영어만 잘했더라도 많은 이야기를 할 수 있었을 텐데. 멧과 에밀리를 생각하면 미안하고 아쉬워."

"이렇게 많은 게스트가 어울려도 즐거웠던 것은 마리사의 영향이 커. 사람 모이는 것을 좋아하고 게스트를 돈보다 친구처럼 생각하잖아. 집에 있는 모든 방을 손님에게 내주고 자신은 차고를 개조한 방에서 지내기는 하지만 마리사는 이 집이 시끌벅적하길 바라는 게 분명해. 이곳은 마치 우리 집 같아. 멘도사에 있는 우리 집."

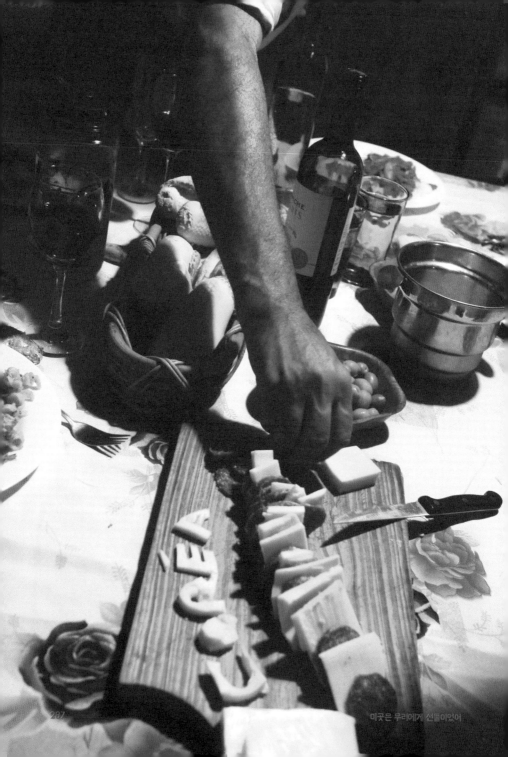

이곳은 우리에게 선물이었어

여기는
달비안 선수촌

글 /

"이 귀여운 건 뭐야?"
"밥 만드는 기계야. 우리는 쌀밥이 주식이거든."

우리가 여행내내 들고 다니는 자그마한 2인용 전기밥솥을 보고 동양 음식에 대해 관심을 보이는 호스트와 하우스 메이트들.

"은덕아, 애들이 한국 음식에 관심을 보이니 맛 좀 보여 줄까? 불고기 어때? 전기밥솥으로 지은 밥도 먹이고."

은덕에게 호기롭게 말은 꺼냈지만 한 번도 만들어 본 적 없는 요리를 어떻게 해야 할지 막막했다. 더군다나 멧은 한국에서 직접 김치와 불고기를 먹어 봤다는데 우리가 만든 걸 먹고 '이게 아니야!'라고 하면 어쩌지? 그럼에도 한국 음식에 관심을 보이는 친구들에게 대접하고 싶었다. 그리고 아르헨티나 소고기로 만든 내 생의 첫 번째 불고기는 어떤 맛일지도 궁금했다.

그날 밤의
불고기 파티

"키위를 넣는다고? 그게 무슨 소리야!"
"우리 엄마는 고기 재울 때 키위를 갈아서 넣었단 말이야. 그래야지 고기가 연해
진다고 했어."

은덕과 주방에서 음식을 만들 때면 늘 소란스러워진다. 지난 30년 동안 각자 부
모님의 요리법에 따라서 서로 다른 밥상을 마주했던 두 사람이 한 주방에서 음식
을 만드니 당연하다. 칼을 들면 상대의 요리법부터 마음에 들지 않아 싸움이 끊
이지 않았다. 우리는 양념과 고기를 섞는 방법부터 식탁에 불고기를 올릴 때까
지 전쟁 같은 시간을 보냈다.

평소라면 잠자리에 들 준비를 했을 시간이었다. 밤 10시 즈음에 저녁을 먹는 아
르헨티나 문화를 고려해서 졸린 눈을 비벼가며 준비했다. 어느새 식탁 위에는
파스타, 치즈와 살라미, 와인 그리고 페르넷이 올라왔다. 게스트와 호스트 모두
가 실력 발휘를 해서 요리를 하나씩 내놓은 것이다. 은덕과 나는 마음을 졸이며
친구들이 불고기를 입안으로 넣는 걸 주시했다. 고기가 너무 달지는 않을까? 짜
지는 않을까? 머리카락이라도 나오면 어쩌지? 등등 별의별 생각이 다 들었다.

"종민, 은덕, 해인. 너무 맛있어. 달달한 소스는 뭐로 맛을 낸 거야?"

야심 차게 준비한 불고기는 한마디로 대성공이었다. 아르헨티나 현지 재료만 썼
는데 꽤 잘 만든 한국 토종 음식이 나왔다.

"칠레에서 닭볶음탕도 성공적이었고 아르헨티나에서는 불고기까지. 우리 한국에

이곳은 우리에게 선물이었어

가면 식당 차려도 되지 않을까?"

연이은 성공에 어깨가 으쓱해져서 주방에서 싸우느라 잠시 서먹해진 은덕에게 가벼운 농담을 건넸다. 은덕도 요리가 꽤 마음에 들었는지 한술 더 떠서 다음에는 어떤 요리를 만들까 고민 중이란다. 음식과 술이 오가고 추억을 이야기하며 우리는 늦은 밤까지 즐거운 시간을 보냈다.

흡사 올림픽 시상식 같았던 그날 밤

"각자의 국가를 불러 보는 건 어때?"

미국, 아르헨티나, 프랑스 그리고 한국까지. 여러 나라 사람들이 한 데 모였으니 나라별로 국가를 불러 보자고 피에릭이 제안을 했다. 난데없는 소리에 모두 어리둥절했지만 피에릭은 기다리지 않고 프랑스 국가를 부르기 시작했다. 프랑스 출신인 휴고와 줄리는 당황스러운 상황에 처음에는 어색해 했지만 이내 동참을 했고 이어 각국의 국가가 울려퍼졌다. 멜로디만 알고 있다가 가사를 처음으로 들어 본 미국의 국가, 별이 빛나는 깃발 The Star-Spangled Banner과 혁명 정신이 가득 담긴 프랑스의 국가, 마르세유의 노래 La Marseillaise. 독립 전쟁 직후 승전 분위기가 묻어나는 아르헨티나의 국가, 조국의 행진 La marcha de la patria에 이어 우리의 애국가까지. 4개국의 국가가 순서대로 불리니 마치 올림픽 시상식을 보고 있는 듯했다.

"오늘 밤, 우리 올림픽 선수촌에 와 있는 거 같아. 애네들 너무 귀엽다. 그렇지?"

배가 터져라 먹었고
턱이 빠져라 웃었다

이곳은 우리에게 선물이었어

포도의 여왕을
만나다

글 /

매년 3월, 멘도사에서는 와인 축제가 열린다. 이 지역에서 생산되는 말벡 Malbec 포도의 수확을 축하하기 위한 축제로 일주일 정도 진행되며 전 세계에서도 손꼽히는 화려한 축제이다. 각 마을을 대표하는 미인이 나와 퍼레이드를 펼치고 '포도의 여왕'을 뽑는 대회를 포함해 여러 행사가 진행된다. 퍼레이드에서 뿌려지는 와인과 과일 덕분에 도시 전체는 태양의 열기를 머금은 달콤한 향기에 취하고 만다.

볼수록 좀 사는
동네일세

 "멘도사의 첫인상은 어땠어?"

 "시골 마을인 줄 알았는데 아르헨티나에서 네 번째로 큰 도시라네. 하지만 전체 면적 중에서 공원과 산이 차지하는 비율이 높아서 도시라는 느낌은 별로 없어. 산 마르틴 공원은 숲이라고 부르는 게 더 맞을 것 같아. 416헥타르 약 1,258,400평

밤에도 식지 않는 열기와
규모에 수차례 입이 벌어졌다

이곳은 우리에게 선물이었어

면 어느 정도인 거야? 감도 안 잡히네. 도시가 온통 초록빛이야. 나무, 공원, 잔디밭까지 끝도 없이 펼쳐져 있어. 땅 밑으로 흐르는 도랑도 인상적이었어. 안데스산맥에서 눈이 녹아 흘러내려 온 물이라고 하는데 도시를 더 아름답고 아기자기하게 꾸며 주는 것 같아. 넌 어때?"

"멘도사는 도시 재정이 풍족한가 봐. 우리가 머무르는 달비안은 최근에 세워진 계획 지구인데 규모가 꽤 크잖아? 와인 축제 기간에만 사용하는 2만 2,000여 명 규모의 야외극장만 봐도 이 도시의 연간 예산 규모가 엄청나다는 것을 짐작할 수 있어. 아르헨티나 와인의 70%를 생산하면서 벌어들이는 부가 눈에 보인다고 할까? 2001년 경제 위기 때 많은 보데가 _{Bodega, 포도주를 만드는 양조장을 뜻하는 스페인어}를 외국 자본에 팔았다는데 여전히 거뜬한 가 봐."

"매월 3월 초, 열흘간 열리는 이 축제를 보기 위해서 20만 명의 사람들이 찾아온대. 지역 축제이기는 하지만 사실 아르헨티나를 대표하는 축제라고 볼 수 있지. 각 마을을 대표하는 아가씨가 나와서 퍼레이드를 하고 포도의 여왕을 뽑잖아. 40여 명이 후보가 각기 다른 컨셉으로 퍼레이드를 펼치고 와인이나 포도, 소시지 같은 걸 던져 주는데 그거 받아먹는 재미가 쏠쏠하더라고. 우리도 많이 받았잖아. 차 위에서 포도를 하도 던져서 많이 맞기도 했고."

"여기 사람들은 그거 받으려고 긴 장대에 바구니도 달았더라. 경쟁이 꽤 치열한데 우리가 잔뜩 받을 수 있었던 건 나 때문이라고! 확실해! 쉽게 만날 수 없는 동양 남자가 손을 흔드니까 얼마나 신기했겠어? 나와 눈을 맞추면 영락없이 선물이 날아왔어. 와인이고 과일이고 뭐고 다 내 쪽으로 한가득 던져 주더라. 하하하."

"선물 인심이 후한 거 같아. 덕분에 포도를 잔뜩 받았는데 갓 수확한 포도는 당도가 높아서 많이 못 먹겠어. 포도 수확 시기에 보데가에 방문하면 직접 따 볼

295

수 있다잖아? 마침 시기를 잘 맞춰서 온 거 같아."

"응. 온종일 먹어도 될 정도로 많은 포도를 받고 한참 신났었지. 그런데 그 선물이 뇌물은 아닐까 싶어. 여왕으로 뽑히기 위한 사전 선거 활동이잖아. 선물을 받았으니 아무래도 그쪽에 표를 던지게 될 테고. 다시 생각해보니 뇌물이네. 맞네, 뇌물!"

"가볍게 생각하자고. 1936년부터, 100년 가까이 내려온 전통이잖아. 언니들이 눈 맞추고 선물 주고 웃어 주니까 좋아서 어쩔 줄 몰라 했으면서."

"미녀라고! 그녀들이 선물 주는 데 안 좋아할 남자가 어디 있겠어. 그나저나 멘도사는 어쩌다 와인이 유명해졌을까?"

"여기 일조량을 좀 봐. 여름을 살짝 비켜 왔는데도 이렇게 뜨거워. 안데스 산맥을 타고 흐르는 풍부한 물과 덥지만 건조한 기후라서 포도가 자라기 좋은 것 같아. 멘도사는 전 세계 와인 산지 중에서도 손꼽히는 고지대에 속한대. 병충해에 약한 포도를 생산하기에 적당한 곳이지. 이곳에서 주로 생산하는 말벡이라는 품종은 프랑스에서는 키우기 어려웠는데 안데스에 와서야 제대로 된 와인 맛을 내고 있다는군. 자, 이제 말벡 와인을 만나러 가 볼까?"

와인으로 부자가 된 도시, 멘도사

글 /

포도를 키우고 수확해서 와인까지 생산하는 곳을 영어로는 와이너리, 스페인어로는 보데가라고 한다. 아르헨티나 와인의 본고장, 멘도사에 왔으니 보데가를 지나칠 수 없었다. 멘도사 자체로는 아주 작은 도시지만 주변 교외 지역까지 통틀어 그란 멘도사 Gran Mendoza 즉, '거대한 멘도사'라 부르고 있다. 우리는 그중 마이푸Maipú 지역으로 향했는데 멘도사 시내에서 버스로 40분이면 도착할 수 있고 세계적인 와인 브랜드, 트라피체 Trapiche가 이곳에 있어 더욱 유명한 지역이다. 각각의 보데가는 드문드문 흩어져 있어서 모두 둘러보기에 자전거만 한 교통수단이 없다. 은덕과 해인, 나까지 자전거를 빌려서 고목들이 늘어서 있는 한적한 시골길을 달렸다.

"와인을 만들기 좋은 포도는 수확 철에 첫 비가 내린 뒤 따는 포도예요. 그런 포도가 수분을 충분히 머금어서 시지 않고 맛이 좋은 와인이 되지요. 보통 3월 초에 수확하는데 벌써 중순이니 올해는 많이 늦었어요. 다행히도 당신들이 비를 몰고 와서 내일이면 수확할 수 있겠어요."

연 강수일이 50일밖에 되지 않는 도시가 하필 오늘 비를 내리느냐며 투덜거렸는데 보데가 입장에서는 귀한 비였다.

와인을 속살까지 벗겨서
마시는 기분이었다

작은 사치에 이은
뜻밖의 눈 호강

포도 수확부터 와인 제조 과정을 포함해 병에 담기는 순간까지 빠짐없이 둘러본 후에 드디어 고대하던 와인 테이스팅 차례가 왔다. 우리가 방문한 보데가는 소량의 고급 와인만을 만드는 곳이어서 시내에 있는 상점에 가더라도 쉽게 볼 수 없는 귀한 와인만 있었다. 멘도사를 대표하는 포도 품종인 말벡부터 시라 Syrah, 카베르네 소비뇽 Cabernet Sauvignon까지 연달아 마시고 나니 기분 좋게 취기가 올랐다. 보데가 투어와 와인 테이스팅를 포함한 비용은 40페소, 한화로 약 4,000원이었다. 보고 마신 것을 생각하면 무척이나 저렴했다. 바로 일어서기 아쉬워 20페소를 더 주고 추가로 최고급 와인을 테이스팅해 봤다. 와인 잔을 채우는 보라 빛깔을 바라보며 적은 비용으로 가장 사치스러운 행복을 누리고 있다고 생각을 했다.

보데가를 둘러보고 집으로 가는 셔틀버스를 타기 위해 정류장으로 갔지만 도로가 통제되어 있었다. 지난주, 축제 기간 중에도 바로 이곳, 파크 하얏트 멘도사 Park Hyatt Mendoza 앞 도로는 꽉 막혀서 지나갈 수 없었다.

"이 호텔 사장의 영향력이 대단한가 봐. 그렇지 않고서야 매주 시내 한복판을 이렇게 막을 수 있겠어?"

투덜거리며 사람들이 몰려 있는 호텔 앞으로 가 봤다. 군악대의 축하 퍼레이드 뒤로 영화에서나 볼 법한 차들이 서 있었는데 한두 대가 아니라 어림잡아도 100여 대는 되어 보였다. 자동차 역사에 한 획을 그었던 명차들이 줄지어 서 있는 모습에 압도 되었다.

멘도사의 주요 산업은 뭐니뭐니해도 와인이었다. 와인 판매를 늘리기 위해서 벤

디미아 축제처럼 사람들의 이목을 끌기 위한 여러 이벤트를 열고 있었고 우리가 마주한 영화 같은 장면도 같은 목적을 두고 탄생한 이벤트 중 하나였다. 이름하여 보데가 레이싱Rally de Bodegas, 포도 수확 시기인 와인 농장을 클래식카로 사흘동안 누비는 경기인데 10여 년간 멘도사에서 진행되고 있는 주요 행사였다. 대회를 앞두고 자동차를 정비하느라 분주한 모습은 그 자체로도 하나의 볼거리였다.

"클래식카 오너들은 각 구간을 돌면서 친목을 도모하고 보데가에서 와인도 사겠지?"

자신의 애마로 멋진 풍경의 보데가를 누비며 와인을 산다니, 이렇게 멋진 마케팅 전략은 처음이었다. 비록 주머니가 가난해 그들처럼 비싼 와인을 사고 즐기지 못하지만 멘도사의 와인 사랑과 판매에 대한 열정으로 우리는 그저 즐겁고 감사하게 하루하루를 보냈다.

이곳은 우리에게 선물이었어

저는 이만
낮잠 자러 갑니다

글 /

"오늘이 무슨 요일이지?"
"수요일이던가? 그런데 날짜는?"

멘도사에 온 이후로 날짜와 요일을 잊어버리고 살고 있다. 행복한 사람들은 시간을 잊고 산다는데 우리가 지금 그런 상태인 걸까? 일정에 맞춰서 찾아갈 곳도 만나야 할 사람도 없는 날들을 마냥 즐기고 있었다. 그런데 해인이 합류한 뒤에 느리게 흘러가던 우리의 여행이 달라지기 시작했다. 사람들을 몰고 다니면서 대화하는 것을 즐기는 해인을 따라 바쁜 여행을 하게 된 것이다.

처음은 불편하고
어색했지만

해인이는 대서양을 횡단하던 크루즈 안에서도 친구를 만들었다. 그중에는 피트니스센터 스텝이었던 카우엘 Cahuel이 있었고 이후 멘도사에 와서는 그의 여자친구 알레산드라 Alessandra와도 친해졌다. 알레산드라는 멘도사에 있는 와인가게 딸

내미였다. 해인을 따라 그녀의 집을 찾아가기 전, 와인가게에 들러 아버지인 알비노 Albino를 먼저 만났다. 그녀의 가족은 이탈리아 로마 Rome에서 이주해 왔는데 콧대 높은 이탈리아 사람답게 첫인상은 차가운 느낌이었다. 알레산드라도 마찬가지였는데 어쩌면 오직 해인이만 바라보며 대화를 나누는 태도가 서운해서였는지도 모르겠다.

"점심에는 가족 모두가 모여서 식사를 해. 너희도 같이 가지 않을래?"

호스트의 초대였다면 흔쾌히 응했을 테지만 어정쩡한 관계에서 집을 방문하는 게 내키지 않았다. 가야 하나 말아야 하나를 잠시 고민했지만 초대를 거절할 만한 이유가 딱히 떠오르지 않았다.

오후 2시, 알레산드라의 어머니 잎스 Yves가 점심 준비에 한창이었다. 정원에 있는 포도나무에서 포도를 따 먹으며 집 구경을 하고 있으니 학교를 마치고 온 그녀의 동생인 소피 Sophi와 프랑코 Frangco, 가게에 있던 알비노까지 모두 모였다. 주말도 아니라 평일에 그것도 저녁이 아니라 점심에 온 가족이 모여서 식사를 하는 모습이 어딘가 낯설었다.

"매일 점심을 함께 먹는 거야? 소피는 고등학생인데 늦게 끝나지 않아?"
"소피는 오후 2시면 수업이 끝나. 아빠도 그 시간이면 가게 문을 닫고 점심을 먹으러 와."

매일 아침 6시에 기상해서 밤 10시에 돌아오는 학창 시절을 보내고 결혼한 후에는 주말이 되어야 겨우 시간을 내서 사랑하는 사람과 밥 한 끼 먹을 수 있었던 우리에게는 너무나 낯선 풍경이었다.

또 초대해 준 걸 보면
우리가 영광은 아닌가 봐

"저는 이만 낮잠 자러 갈게요."

후식으로 아이스크림과 와인을 마시고 있었는데 소피가 자신은 낮잠을 자야겠다면서 일어났다. 시에스타였다. 부에노스 아이레스에서는 시에스타가 사라졌지만 멘도사에는 아직 공식적인 낮잠 시간이 존재했다. 그리고 보니 마리사도 함께 웃고 떠들며 대화를 하다가도 오후 3~4시가 되면 항상 낮잠 잔다고 사라졌다.

"은덕, 세비야에서 네가 즐기던 시에스타가 생각나. 그나저나 난 낮잠을 자면 밤에 잠이 안 오던데 이들은 그런 것도 없나 봐?"
"습관이 되니까 그렇겠지. 해인이 봐. 멘도시노처럼 매일 낮잠 자고도 밤에 코 골면서 잘 자잖아. 이참에 나도 다시 시작해야겠다."

가족이 모두 모여서 밥을 먹고 낮잠을 잔 뒤에 다시 두 번째 하루를 시작하는 것. 가까이에서 지켜보니 시에스타는 게으른 습관이 아니라 그 자체로 나른한 행복이었다. 게다가 와인까지 함께 마시며 점심을 먹으니 자리가 끝날 때쯤 알레산드라는 우리와 눈을 맞추며 대화할 만큼 친근해졌다.

"프랑스 남자들은 절대 도도한 게 아니야. 그들은 부끄러움이 많아서 처음부터 친근하게 다가가지 못하는 거야."

함께 사는 프랑스 친구들이 알려 준 사실이었다. 어쩌면 알레산드라도 똑같지 않았을까?

"종민, 그녀도 처음 보는 우리가 낯설고 부끄러워서 잠시 어색했던 거고 그러다 밥 정이 들고나니 마음의 문을 연 것 같아. 다음 식사에도 초대해 준 걸 보면 우리가 영 꽝은 아니었나 봐."

이곳은 우리에게 선물이었어

멘도시노의 테이블,
먹고 마시고 사랑하라

글 /

채식주의자가 살기 힘든 곳으로 아르헨티나가 뽑혔다는 뉴스를 접했다. 멘도시노의 테이블을 한 번이라도 본다면 금방 수긍이 가는 말이다. 주말에는 아사도를 굽고 간식으로 하몽, 치즈, 소고기, 계란이 들어간 엠빠나다 Empanada, 밀가루 반죽 속에 고기나 야채를 넣고 오븐에 구운 음식를 먹었다. 숯불에 구운 등심을 빵 사이에 통째로 넣어 만든 샌드위치도 인기 메뉴였다. 물론 멘도시노의 테이블에서 와인이 빠질 수 없었다. 고기로 만든 요리가 대부분이라 느끼함을 진정시키기 위해서 와인을 함께 마시는 걸까? 와인을 마시기 위해 고기를 많이 먹게 된 걸까? 이유야 어쨌든 덕분에 모든 식사에 꼬박꼬박 와인이 등장했다.

너희 정말
괜찮아?

"어이, 친구들. 너희들은 정말 취하지 않아?"
"섞어 먹지 않고 와인만 마신다면 취하지 않아. 하하하."

와인, 와인 또 와인
매일 식사가 이 모양이었다

이곳은 우리에게 선물이었어

우리는 와인에 관해서 둘째라면 서러워할 프랑스 친구들과 매끼 식사를 와인과 함께하는 멘도시노에게 진지하게 물었다. 한두 잔만 마셔도 입술은 보랏빛으로 착색되고 얼굴은 시뻘겋게 달아오르는 와인을 이들은 물처럼 마셔도 절대 취하는 법이 없었다. 그들을 따라 마시다 보니 해롱해롱 술기운으로 하루를 시작하고 시에스타를 즐기다가 다시 와인과 함께 잠드는 일상을 반복하고 있었다.

와인 한 병을 따면 종민과 나와 해인은 기분 좋게 취기가 올랐다. 문제는 하루에 한 병이 아니라는 거였다. 점심에 한 병, 저녁에 한 병. 와인 값을 대느라 래프팅과 말타기 등 멘도사에서 유명하다는 다양한 야외 활동을 포기했지만 덕분에 여러 종류의 와인을 맘껏 마실 수 있었다. 사실 야외 활동은 겁이 많은 종민이 극구 사양하는 터라 차라리 그나마 함께 공유할 수 있는 술을 택했다고 보는 것이 정직한 이야기일지도 모른다.

우리
괜찮은 걸까?

멘도사의 자랑인 말벡 포도는 프랑스의 보르도 Bordeaux 지방이 원산지이지만 병충해에 약해서 잘 자라지 못하다가 칠레와 아르헨티나 사이에 있는 안데스 산맥에서 재배에 성공했다. 고도가 높아 병충해의 피해가 적었던 것이다. 말벡 포도는 일반 포도에 비해 씨알이 절반 정도로 작은데 당도가 매우 높은 것으로 알려져 있다. 짙은 검은색이라 사이즈가 비슷한 블루베리로 착각할 수도 있다. 말벡 포도로 만든 와인은 아주 진한 붉은 색으로 맛은 풀바디 와인 Full-bodied wine, 농도나 질감 등이 묵직하고 무게감이 느껴지는 와인 으로 분류되며 타닌 Tannin, 와인 발효 과정에서 나오는 포도 씨와 껍질의 떫은 맛 이 많아서 떫은 것이 특징이다.

종민은 말벡 와인이 입에 맞는 듯했지만 나와 해인은 좀 더 달달한 샴페인을 찾기 시작했다. 샴페인은 당도에 따라서 엑스트라 브룻 Extra brut, 브룻 Brut, 데미 섹 Demi sec, 둘세 Dulce 순으로 나뉘는데 둘세 샴페인이 가장 단맛이 강하다. 해인과 나는 달달한 샴페인을 마시고 기분 좋게 며칠을 보내다 묵직한 맛이 그리워지면 다시 말벡 와인을 찾았다.

마트에 있는 와인 코너에서 다양한 종류의 와인을 맛볼 수 있었지만 작은 보데가에서 소량으로 내놓는 고급 와인은 찾기 쉽지 않았다. 그럴 때 우리는 알레산드라의 아버지, 알비노의 와인가게를 찾았다. 멘도시노들이 입을 모아 추천하는 도미시아노 보데가 Domiciano de Barrancas를 비롯해 파밀리아 주카르디 보데가 Familia Zuccardi Bodega에서 생산된 품질 좋은 와인을 구할 수 있었고 알비노의 추천도 받아 새로운 와인에도 도전할 수 있었다.

일반적인 사이즈인 750ml 와인이 성에 안 찬다면 5L의 와인을 40~60페소 한화 4,000원~6,000원 정도에 살 수도 있었는데 거대한 와인 통을 볼 때마다 한국에 두고 온 주당 지인들의 얼굴이 떠올랐다.

까사 사스트레 부르고스 Casa Sastre Burgos는 루한 데 꾸요 Luján de Cuyo 지역에 있는 보데가였는데 직접 가지 않아도 멘도사 시내의 직영 매장에서 저렴한 가격으로 맛을 볼 수 있었다. 이 와인은 공장에서 만드는 상품이 아니라 작은 보데가 특유의 수공업 냄새가 물씬 풍겼다. 와인 병에 붙어 있는 라벨을 보고 있으면 보데가 직원들이 옹기종기 모여서 라벨을 오리고 붙이는 광경이 연상되었다. 직영 매장에서는 시음용 와인을 한 모금씩 먹을 수 있었는데 종류가 열다섯 가지나 되서 하나씩 맛보다가 우리는 결국 얼큰하게 취하고 말았다. 집에 도착해서 정신을 차려보니 술기운에 호기롭게 결제한 와인 3병이 손에 들려 있었다.

이곳은 우리에게 선물이었어

영화 〈먹고 기도하고 사랑하라 Eat Pray Love, 2010〉처럼 와인과 음식으로 가득 찬 우리의 멘도사 라이프가 무르익고 있었다. 적지 않은 행복감에 구름 위를 걷는 것 같았고 매일 술에 취한 듯 달뜬 마음을 가라앉히기 힘들었다.

길 위에서 1년
그리고 전쟁 같은 사랑

글 /

한심해 보여도 좋았다. 직업도 없고 나이도 많지만 여행을 할 수 있는 지금이 행복했다. 한국에 들어가면 당장 살 집도 없고 돈도 없겠지만 이제는 걱정하지 않는다. 물질적으로 부족해도 행복할 수 있음을 배운 것은 여행이 내게 준 선물이었다. 많은 것을 소유하지 않아도 행복해질 수 있다는 확신이 내 안에 생긴 것이다.

확신을 갖기까지
얼마나 힘들었는지 너는 아니?

집 떠나온 지 1년이 넘었다. 내 인생을 통틀어 가장 멋진 날들이었다. 여행, 그 자체가 주는 즐거움도 컸지만 내 곁에 종민이 있었다. 세계를 누비며 많은 사람을 만나고 새로운 장소를 발견하고 맛있는 음식을 먹었다. 그와 함께 말이다. 1년 동안 우리는 한시도 떨어져 본 적이 없었다. 혼자 있는 시간이라고는 화장실을 갈 때나 언젠가 미술관에서 보고 싶은 작품이 달라 반나절 정도 떨어졌던 것이 전부였다. 눈을 뜨고 감을 때까지 24시간을 함께했다.

"여행 가면, 2년 동안 매일 붙어 있겠네요. 두 분은 그 기억으로 평생을 행복하게 살 수 있을 거예요."

신혼 때 매일 야근하고 회식하는 남편 때문에 이혼을 심각하게 고민했다는 지인은 우리가 여행을 떠나기 전 부러움 섞인 말을 건넸다. 우리도 결혼한 직후에는 여느 부부와 다름이 없었다. 평일에는 회사 일과 개인적인 약속 등으로 바빴고 주말에나 얼굴을 볼 수 있는 부부였기에 애틋했고 그래서 평화로웠다. 여행을 준비할 때는 길 위에서 마주할 어려움만 생각했을 뿐 24시간 함께 있으면서 생길 종민과 나의 관계에 대해서는 전혀 고려하지 않았다. 우리는 그때 결혼한 지 1년도 안 된 깨가 쏟아지는 신혼부부였고 작은 다툼도 없는 평화로운 사이였기 때문이다.

하지만 여행과 함께 우리의 평화로운 관계는 깡그리 무너졌다. 서로를 향해 입에 담을 수 없는 욕도 했고 휴대폰이나 책을 던지는 것은 예삿일이 되었다. 치고받고 밀치다가 화가 나서 밖으로 뛰쳐나가기도 했다. 2주에 한 번씩은 꼭 싸웠다. 여행은 고사하고 함께 살기도 버거운 사람이라는 생각에 이혼도 여러 번 생각했다. 우스갯소리로 벌여 놓은 일이 많아서 헤어질 수 있는 상황이 아니었지만 그만큼 우리의 관계는 위태로웠다.

그건 아마도
전쟁 같은 사랑

위기의 원인은 여행이 아니었다. 여행만 할 때는 싸울 일이 없었다. 손 꼭 잡고 천천히 둘러보다가 그리고 즐기다가 숙소로 돌아오면 그만이었다. 하지만 제안서를 쓰고 글을 쓰고 동영상을 만들고 하다못해 친구들에게 대접할 요리를 만들

때 우리는 여지없이 싸웠다. 여행하면서 기록하고 글을 쓰며 무언가를 만드는 일들을 전부 포기할까 고민도 했었다.

나는 종민의 일하는 스타일이 마음에 안 든다. 우선 그는 일을 시작하기까지의 과정이 함흥차사다. 책상에만 앉으면 바로 일을 시작하는 나와는 달리 그는 디젤차 마냥 시동이 걸리고 엔진이 적절한 온도에 도달해야만 제 성능을 발휘하는 사람이다. 쓸데없는 일을 하느라 시간을 낭비하는 그가 탐탁지 않았다. 걱정이 많은 것도 맘에 안 들었다. 하지만 느리고 걱정도 많은 종민의 덕을 가장 많이 보고 있는 사람이 나였다. 나는 일 처리가 빠른 대신 꼼꼼하지 못하다. 시작은 좋지만 끝이 엉성해서 2% 부족할 때가 많았는데 종민이 옆에 있으니 완벽하게 보완되었다. 관광지로 나가는 교통편이 걱정돼서 하루 전, 꼼꼼하게 이동 경로를 확인하는 종민 덕에 길에서 버리는 시간도 줄였다. 메일을 보낼 때 참조로 넣어야 하는 사람을 정확하게 판단하고 일이 꼬여갈 때 마무리 구원투수가 된 사람도 그였다.

이 사실을 발견하고 인정하기까지 나는 무려 1년이라는 시간을 써야 했다. 물론 종민을 이해하고 인정한다고 해도 싸움이 줄지는 않았다. 다만 이전에는 싸우는 동안이나 이후에 극단적인 생각을 많이 했던 반면 이제는 한바탕 싸우고 뒤돌아서면 아무 일 없었다는 듯 웃게 된다.

"한국에서 살았더라면 덜 싸웠을까? 몇십 년 후에나 맞이할 위태로운 결혼 생활의 위기를 지금 겪고 있는 건 아닐까?"

이미 여행을 떠나왔으니 다른 선택을 했을 때의 삶이 어떤지는 알 수 없다. 맞벌이 부부가 20년 동안 살면서 쌓아야 할 시간을 2년으로 압축해 겪고 있는 우리의 여행이 약이 될지 독이 될지 조금 더 지켜봐야겠다.

길 위에서 1년
그리고 시간 없는 세상

글 /

2014년 3월 20일, 구름 한 점 없는 아침 하늘. 오늘로서 여행을 시작한 지 딱 365일째, 지난 1년을 돌아보기에 이만한 때도 없을 것이다. 일본 도쿄 Tokyo를 시작으로 아르헨티나 멘도사까지, 한 달에 한 번씩 도시를 옮기는 삶을 이어 왔다. 좀 더 머물면서 더 깊이 살펴보고 싶은 도시가 있었고 상상했던 이미지와 다른 모습에 실망하고 돌아선 곳도 있었다. 마지막 순간까지도 떠나기 아쉬운 숙소가 있었는가 하면 도착하는 순간부터 다음 도시로 가는 날을 손꼽게 하는 곳도 있었다. 현실과 환상, 아쉬움과 후련함을 배워 온 1년이었다.

길 위에서 살면서 생긴 변화 중의 하나는 시간에 대한 개념이 희미해졌다는 것이다. 결혼 후, 새로운 일상을 살고 있는 효리 누나도 라디오 방송을 통해 '제주도에 와서 날짜나 시간을 계산하지 않는 버릇이 생겼다.'고 했다. 그녀와 똑같은 이유라고 할 수는 없지만 우리 부부도 시계가 필요 없는 삶을 살고 있다. 삶의 패턴이 단순해져서 해가 뜨면 일어나고 해가 지면 잠자리에 들었다. 배가 고프면 음식을 준비하고 긴 시간 동안 식사를 즐겼다.

매 순간은 나 혹은 우리를 위해 사용하고 달력 위의 날짜가 아니라 여행을 시작한 지 얼마나 지났는지 무슨 일을 해야 하는 날인지 등으로 시간을 가늠했다. 무

이곳은 우리에게 선물이었어

언가를 하기 위해 삶을 사는 것이 아니라 삶을 즐기기 위해 모든 것을 움직였다. 시간의 굴레를 살짝 벗어나니 내 앞에 있는 사람과의 관계 그리고 지금 상황에 만 집중하게 되었다.

그러나
여전히 걱정은 많다

1년 365일 24시간, 종일 붙어 있어도 결혼한 지 3년이 채 안 되었으니 깨가 쏟아 질 법하다. 하지만 한 달에 한두 번은 당장 이혼할 것처럼 싸운다. 박범신 작가의 말을 감히 빌려 '안온한 일상이 불러올지 모르는 부식 腐蝕에의 공포'를 떨치려고 다툼을 벌이고 '내적 분열을 일으켜 글을 만들려'는 것은 아니었다. 고집 센 성인 남녀가 모든 일상을 공유하면서 서로에게 남긴 생채기였다. 천만다행인 것은 고 비를 넘길 때마다 상대에 대한 이해와 사랑도 깊어졌다는 것이다.

길 위에서의 삶이 고단할 때도 있고 앞으로 한국에서 살아야 할 날들이 걱정되기 도 했다. 출판사에 넘긴 원고가 책이 되어 나올지도 의심스럽고 이곳저곳에 남긴 우리의 흔적을 보고 손가락질 하는 사람들의 시선도 신경 쓰였다. 하지만 지난 1 년 동안 단 한 순간도 우리의 여정에 대해 후회한 적은 없다. 다행이다.

인생을 통틀어 은덕과 나는 지금 이 순간이 가장 행복하다. 길 위에서 1년이란 시 간을 보내며 삶의 가치와 기준이 달라졌기 때문이다. 은덕과 함께할 남은 1년의 여정 동안 우리는 무엇을 하고 무엇을 꿈꾸게 될까? 불확실한 미래 앞에서 과거 를 통해 얻은 사실은 우리는 생산성 높은 부부이자 합이 잘 맞는 최고의 파트너 라는 것이다. 앞으로 다가올 미래에 대한 후회는 없다.

이곳은 우리에게 선물이었어

남자,
버림받다

글 /

은덕을 따라 록 페스티벌에 갔다가 보기 좋게 버림받았다. 그녀를 찾아 헤맨 여리면서도 괴팍한 나의 이야기를 남겨야겠다. 나는 겉으로는 착해 보이나 사실은 남들에게 관심과 사랑을 받고 싶어 본래의 내가 아닌 모습을 만들곤 했다. 30년을 그렇게 살다 보니 이젠 어떤 모습이 진짜 나였는지도 가물가물하다.

나는 어릴 때부터 음악을 아니 소리를 싫어했다. 주변의 소리와 단절된 공간에서 안정을 느꼈고 음악도 소음과 크게 다르지 않다고 생각하는 사람이다. 그런 내가 내키지는 않았지만 은덕의 손에 이끌려 록 페스티벌에 처음 가 봤다. 결혼하기 전 그녀의 마음을 얻고 싶어서 사랑을 받고 싶어서 순순히 따라나선 것이다.

"밴드 이름이 뭐 이래? 여름, 겨울 방학도 아니고 '가을방학'이라니. 그래도 멜로디하고 가사는 좋네."

바람이 살랑살랑 불어오던 한국의 초가을, 공원 한쪽에 마련된 작은 무대에서 음악을 듣는 게 나쁘지는 않았다. 가을 바람처럼 살랑거리는 멜로디와 사랑스러운 가사가 좋았고 함께 음악을 듣는 이들이 뿜어내는 신선한 젊음의 기운도 싫지 않았다. 이 정도라면 1년에 한 번 정도는 은덕을 따라 록 페스티벌에 다녀도 나쁘지 않겠단 생각이 들었다.

"은덕, 가을방학이 록 밴드는 아닌가 봐? 머리를 흔들만한 멜로디가 없던데?"

그녀는
어디로 갔는가?

미국을 대표하는 록 페스티벌, 롤라팔루자 Lollapalooza가 칠레의 산티아고에서 열린다는 말에 은덕은 당연히 예매에 나섰고 나도 그녀를 따라 나섰다. 허세와 가식으로 가득찬 나는 얼핏 들어 봤던 레드 핫 칠리 페퍼스 Red Hot Chili Peppers라는 밴드의 노래를 외웠고 그 음악을 이해한다는 듯 고개를 흔들었다. 은덕과 즐거운 시간을 기대하고 왔건만 공연장에 도착하자마자 옆구리가 허전했다. 나는 언제부턴가 홀로 남겨져 잔디 바닥에 떨어진 담배꽁초와 함께 앉아 있는 신세였다. 그녀는 어디로 갔단 말인가? 나를 칠레 땅에 버리고 떠난 아내는 대체 어떤 사람이란 말인가?

은덕은 음악을 사랑한다. 종일 음악만 듣는 것은 아니지만 열심히 노래를 들었고 즐길 줄 아는 사람이다. 또 그녀는 가식으로 자신을 꾸미지 않고 보이는 그대로가 전부이길 바라는 사람이다. 음악이 흐르는 그 순간을 최고로 만들고 싶어 전 세계 밴드의 음악을 찾아 듣고 노래를 부른다. 그런 모습이 멋있지만 한편으로 지독히 이기적이다. 그렇게 좋아하는 록 페스티벌에 혼자는 절대 가지 않는 것이다. 그런 이유로 나에게 같이 가자고 할 때마다 당황스러웠다. 나에겐 음악이 소음과 같으니까.

난 버림받았어
한마디로 얘기하자면 보기
좋게 차인 것 같아

은덕과 내가 롤라팔루자에 도착한 순간, 서로의 목적과 성향이 확연히 갈렸다. 은덕은 음악이 흘러나오는 무대로 돌진했고 나는 조금이라도 한적한 공간을 찾아 주저앉았다. 애초에 그런 장소를 찾는 것 자체가 어리석음을 깨달았을 때는 이미 늦었다. 은덕은 내가 자리에 앉자마자 먹이 앞에서 사육사의 허락을 얻은 맹수처럼 사납게 무대로 뛰어갔다. 나는 그런 그녀의 모습에 불안을 느꼈지만 얌전히 자리에 앉아 있었다. 그리고 은덕이 돌아오기만을 기다렸다. 그러나 그녀는 돌아오지 않았다. 아, 버림받은 불쌍한 남자여! 그 이름은 백종민, '백아포'다.

페스티벌에 갈 때마다 나는 싫어도 좋은 척을 했다. 은덕의 사랑을 받고 싶었기 때문이다. 하지만 이번만큼은 참을 수가 없었다. 나를 2시간이 넘도록 잔디밭에 혼자 두었다. 소외감과 서운함이 한꺼번에 밀려왔고 다시 마주한 그녀에게 원망 어린 눈빛을 실어 고래고래 소리쳤다.

"도대체 어디 갔다 온 거야! 나는 안중에도 없니?"

예전의 은덕이라면 외국에서는 무섭다며 혼자 무대로 뛰어나가지 못했을 것이다. 꼭 누군가와 함께해야 하는 그녀이기에 내 손을 끌었을 것이다. 하지만 이번에는 달랐다. 죽이 잘 맞는 해인이가 함께였고 그런 그녀는 내가 없어도 아쉬울 게 없었다. 이대로는 참을 수가 없었다. 사건이 있은 후 나는 만 하루 동안 입을 닫았다. 그것이 내가 할 수 있는 최고의 항의였다는 것을 부디 알아주기를.

반갑다!
통닭과 자장면

글 /

"언니, 언니, 산티아고에 가면 양념 통닭도 있고 자장면도 먹을 수 있대요."

해인이가 한 말에 2박 3일 동안 산티아고로 떠났다. 물론 통닭과 자장면 때문만은 아니었고 마침 롤라팔루자가 산티아고에서 열릴 예정이었다. 하지만 이번만큼은 록 페스티벌에 간다는 설렘보다 한인 타운에서 먹을 음식 생각에 더 흥분되었다. 공연은 뒷전이었고 아침, 점심, 저녁으로 한식을 먹는다는 기대감에 들떴다. 무엇부터 먹을 것인지 계획을 짜고 한인 마켓에서 사야 하는 품목도 정리했다.

또 한 번
국경을 넘는다

멘도사에서 산티아고까지 버스로 6시간, 1시간 동안의 입국 심사까지 포함하면 총 7시간이 걸리는 길이었다. 아메리카 대륙의 최고봉, 아콩까구아 산 ^{Cerro} Aconcagua, 높이가 약 6,960m로 백두산의 2배가 넘는다을 넘는 길이라 낭떠러지와 급경사를 오르내리는 험난한 산악 도로를 달렸다. 나무 한 그루 없는 황량한 길을 4시간 동안 달리고 나니 포도밭이 펼쳐진 산티아고 외곽에 도착했다.

"토요일이라서 그런가? 1시간이나 늦게 도착했어."

산티아고에서 구한 에어비앤비 숙소에 짐을 풀고 급히 롤라팔루자가 열리는 공원으로 향했다. 시간이 지체되어 마음이 급했나 보다. 오기 전부터 프란시스카 Francisca의 무대만 보면 된다는 종민을 풀밭에 두고 해인과 피닉스 Phoenix를 만나러 무대 앞으로 돌진했다. 종민은 다른 밴드에는 관심이 없으니 풀밭에 있다가 프란시스카 공연을 보러 갈 줄 알았다. 어차피 무대 앞은 그가 감당하기에 벅찬 곳일 테니 따로 움직이는 것도 나쁘지 않다고 생각했다.

"도대체 어디 갔다 온 거야! 나는 안중에도 없니?"

프란시스카 공연장에서 만난 종민은 울기 일보 직전이었다. 자기를 버려두고 갔다는 사실이 분하고 자기 없이도 재미있게 노는 우리가 샘났나 보다.

먹방이 우리를
구원할지니

"뭘 그렇게 서운해? 다른 공연은 안 봐도 된다며? 툴툴거리고 있길래 혼자 놔뒀지. 그만 화 풀고 내일 뭐 먹을지나 생각하자. 자장면이 좋아? 통닭이 좋아?"

화가 난 종민은 그 이후로 말이 없었다. 종민이 입을 닫아 버린 건 그때가 처음이

이곳은 우리에게 선물이었어

있는데 종달새 같은 그가 말을 안 한다는 건 대단히 큰일이었다. 그토록 종민이 화를 내는 건 본 적이 없었다. 그의 화를 풀어 주려고 나는 종일 종민 앞에서 절 절매야 했다. 그의 맘을 풀어 주기 위해서는 만찬을 준비해야 했다. 종민이 먹고 싶어하는 음식을 돈 걱정 안 하고 맘껏 먹게 하는 거다. 이것이 화가 난 그를 위한 최고의 방법이었다. 한인 타운에 있는 한식당, 우리는 식당 문 앞에서 특선 메뉴를 보고 이구동성으로 외쳤다.

"우리, 떡볶이도 먹자!"

산티아고에 사는 교민은 이곳에서 자장면 맛은 기대하지 말라고 했다. 하지만 까다로운 교민 사회에서 3년이나 버틴 식당이라면 다르지 않을까? 맛이 있든 없든 1년 만에 맛보는 자장면이 아니던가? 도전해 보기로 했다.

"종민, 먹고 싶은 거 다 먹어."

마음에 상처를 입은 영혼은 퉁명스럽게 짬뽕과 탕수육을 시켰다.

"종민, 자장면 먹고 싶다며? 왜 짬뽕을 시켜?"
"네가 자장면 시킬 거잖아. 그거 뺏어 먹으면 돼."
"그래, 그럼 되는구나."

만 하루 만에 입을 연 그의 말에 토를 달 필요는 없었다. 화가 슬슬 풀어지고 있다는 증거였으니까. 간짜장 두 그릇, 짬뽕 한 그릇, 탕수육, 떡볶이까지. 긴장과 설렘을 안고 접시마다 젓가락을 대었다.

"하나같이 다 맛있어. 눈물 날 거 같아."

다 맛있써!

이곳은 우리에게 선물이었어

한국에서 먹던 맛 그대로였다. 외국에서 먹으면 아무리 맛있어도 한국에서 먹는 맛이 안 나기 마련인데 이곳 음식은 그렇지 않았다. 종민도 꽁했던 마음이 풀린 듯 만족스러운 표정을 지었다. 그러면서 한다는 말.

"양념 통닭은 몇 시에 먹으러 갈 거야? 꾸란또 Curanto, 칠레의 전통 찜 요리도 먹어야 하는데 시간이 많지 않아!"

배불리 먹었는데도 탕수육 2개, 떡볶이 9개, 짬뽕 반 그릇, 자장면 반 그릇이 남았다.

'그래, 오늘은 종민을 위한 날이야. 뭐든 그가 먹고 싶은 건 다 먹자. 밥값으로 얼마가 나오던 생각하지 말자.'

배를 얼른 꺼트려야 했다. 왜냐하면 우리는 이어서 통닭을 먹어야 하니까. 소화도 시킬 겸 산티아고에서 제일 큰 쇼핑몰을 둘러봤다.

"일단 간장 반, 양념 반 어때요?"
"그래, 그것부터 시작하자."

해인과 종민은 신이 나서 주문하기 시작했지만 나는 어젯밤부터 설사로 배가 아팠다. 종민을 혼자 버려둔 죗값을 치르고 있는지도 모르겠다. 하지만 귀한 음식 앞에서 포기할 수는 없었다.

"해인아, 이 근처에 네가 아는 교민이 산다고 했지? 혹시 지사제를 좀 구해 줄 수 있을까?"

약을 구해서라도 먹고 싶은 통닭이었다. 맨날 소고기에 와인을 먹는 호사를 누리고 있지만 고기는 고기고 통닭은 통닭이니까. 그날 밤 나는 해인이 어렵사리 구해 준 지사제의 힘을 빌어 통닭에 닭똥집까지 먹었다. 종민을 위한 만찬으로 시작되었지만 결국 나의 식욕을 채워 준 날이 되었다. 천하에 이런 몹쓸 년이 또 있을까?

"덕분에 잘 먹었어. 종민."

가까이하기엔 너무 먼
프랑스 친구들

글 /

멘도사를 떠나기 며칠 전부터 하고 싶은 이야기가 있었다. 그런데 머릿속에서 잘 정리가 되지 않았다. 종민은 내가 멘도사에서 우루과이의 몬테비데오 Montevideo 로 가는 25시간 동안 내내 자는 줄 알았다지만 깨어 있는 동안에는 줄곧 이 친구들 생각을 했다. 물론 대부분의 시간을 잔 건 맞지만. 한 달 동안 함께 살았던 나의 프랑스 친구들과 에어비앤비 호스트, 마리사 아줌마의 이야기이다.

사건의 발단

"줄리, 피에릭. 나 지금 메일 보낼 건데 너희도 싸인할 거지?"

사건의 발단은 이랬다. 줄리, 피에릭, 휴고는 에어비앤비가 아닌 프랑스의 숙박 사이트를 통해 이 집에 머물고 있었다. 피에릭은 인턴으로 줄리와 휴고는 교환학생으로 멘도사에서 장기 체류 중이었는데 우리처럼 마리사를 여행객과 호스트로 만난 게 아니라 하숙집 아줌마와 학생으로 만난 셈이다. 숙박료를 주고받았다는 공통점 외에는 관계의 시작이 처음부터 달랐다.

그래도 우리
꽤 즐거웠지?

이곳은 우리에게 선물이었어

마리사는 프랑스 친구들이 부엌을 지저분하게 쓰는 걸 못마땅하게 여겼다. 그리고 그 이야기를 피에릭에게 말했지만 휴고와 줄리는 못 들었거나 들었어도 그냥 지나친 듯했다. 얼마 후, 마리사는 급기야 불만사항을 프랑스 중개 사이트에 이메일로 보냈다. 아이들은 자신들에게 직접 말하지 않고 메일을 보낸 마리사의 태도에 분개하고 그녀에 대한 불만 사항을 중개 사이트에 보내기에 이르렀다.

"뷔페식 아침 식사를 먹을 수 있다고 했는데 사실과 달라요. 고양이와 개 때문이 집이 너무 더러워요."

서로를 향한 불만은 쌓여만 갔고 마리사는 거실에서 기르던 새끼 고양이를 자기 방으로 데리고 갔다. 그들의 갈등을 옆에서 지켜보는 것은 매우 불편한 일이었다. 상황이 이렇게까지 된 데에는 눈물 많고 싫은 소리 못 하는 마리사의 성격도 한몫했다. 친구들에게 직접 말하지 못하고 어물쩍거리다 생긴 일이니 말이다.

사건의 전개

나 역시 가끔 법국 法國, 우리는 프랑스라는 말 대신 이 표현을 즐겨 썼다. 친구들의 개인적인 성향 때문에 갸우뚱한 적이 있었다. 그들은 현관 벨이나 전화가 울려도 전혀 신경 쓰지 않았다. 우체국 아저씨가 대리 수령했다는 사인을 요구할 때도 거절하고 돌려보냈다. 청소부 아줌마가 오지 않아서 며칠 동안 마리사가 홀로 힘들게 청소하는 모습을 봐도 그 옆에서 자기 일만 했다. 그동안 풍문으로만 듣던 지극히 개인적인 법국, 혹은 유럽 아이들의 성격 그대로였다.

돈을 주고 머물렀으니 요구 사항을 확실히 말하고 인간적인 관계는 별도로 생각하는 이들의 마음가짐이 내게는 낯설었다. 유럽 여러 도시에서 다양한 호스트를 만났지만 그들이 지독히 개인적이라고 생각을 해 본 적이 없었기에 더욱 그랬다. 게스트의 리뷰가 중요한 에어비앤비이다 보니 모두 친절하게 대해 준 것일 수도 있고 우리가 먼저 마음을 열고 다가가서 일수도 있다.

그러나 법국 친구들은 우리에게 더없이 친절하고 상냥했다. 서로가 이 집의 손님으로 만난 사이라서 그런 걸까? 휴고는 하루가 멀다고 우리에게 프랑스 음식을 만들어 주었다. 세심하게 세팅한 테이블부터 그릇에 담긴 라따뚜이, 크레페는 너무 맛있어서 프렌치 레스토랑의 쉐프와 함께 사는 듯했다. 느긋하고 행복한 프랑스식 식사 문화를 그들에게서 배웠다.

줄리는 마리사에게 불만을 말할 때와 우리와 이야기할 때의 태도가 확연히 달랐다. 잘 웃고 매일 말도 걸어 주고 자기가 먹는 음식도 꼭 나눠 주었다. 칸에 오면 자신의 집을 찾아오라며 프랑스 남부 지역에 대한 정보를 알려주기도 했다. 게다가 피에릭은 프랑스 사람답지 않게 배려와 인정이 넘치는 아이였다. 그는 마리사와 이야기를 가장 많이 나눈 사이라 친구들과 그녀 사이의 중재자가 될 수도 있었는데 분위기에 휩쓸려 간 것 같아 안타까웠다.

사건의 결말

우리가 멘도사를 떠나기 전날, 마리사와 그녀의 아들 자세르, 법국 친구들, 그리고 해인과 함께 아사도 파티를 열었다. 사건이 벌어졌으니 그들 사이에 어색한 기운이 흐를 줄 알았는데 서로 잘 웃고 떠들었다. 우리로서는 아니 나로서는 이해가 안 되는 일이었다. 감정이 그렇게 상했는데 아무렇지도 않게 행동하는 그

이곳은 우리에게 선물이었어

들의 강철 멘탈에 혀를 내둘렀다. 떠나는 우리를 위한 파티였으니 개인적인 감정은 접고 애써 태연한 척을 했던 걸까? 이 사람들은 감정은 감정이고 파티는 그저 파티인 걸까?

여행 초반 쿠알라 룸푸르 Kuala Lumpur에서 깜제 아줌마와 겪은 갈등이 생각나며 이런 상황에서 나라면 어땠을까 생각해 보았다. 이웃집 여자가 깜제 아줌마를 갱스터라고 말하며 겁을 줬고 에어비앤비에 올린 숙소 설명과 달라서 불만도 쌓였다. 한 달을 꾹 참고 떠나는 날에야 깜제 아줌마와의 오해를 풀 수 있었다. 법국 친구들의 나이는 이제 겨우 20대 초반. 그들의 성향은 잠시 접어두더라도 인간과 인간이 맺을 수 있는 성숙한 관계에 대해 나도 이제서야 막 눈을 떴다.

아사도 파티가 있던 날, 자세르가 뼈 있는 농담을 했다.

"앞으로는 절대 프랑스인을 집에 들이지 않을 거야."

농담이라고 했지만 마리사가 자신의 힘든 사정을 아들에게 하소연했을 것이다. 이 와중에 법국 아이들은 우리를 위해 비싼 샴페인과 폭죽을 준비했다.

"이건 종민, 너를 위한 샴페인이야. 너만 먹을 수 있어."

종민은 처음 이곳에 왔을 때부터 휴고가 좋다며 줄리 앞에서 애정 공세를 퍼부었다. 키가 크고 잘생긴 휴고가 자신의 워너비라면서 말이다. 이런 그의 마음을 너그럽게 품은 휴고도 유독 종민을 각별하게 챙겼다. 그런 휴고가 나도 밉지 않으니 아, 미워할 수도 예뻐할 수도 없는 우리의 법국 친구들이여!

휴고, 이번 생에서
종민은 내 남편이란다

이곳은 우리에게 선물이었어

어디까지나 주관적이고 편파적인
멘도사 한 달 정산기

＊ 도시 ＊
멘도사, 아르헨티나 /

Mendoza, Argentina

＊ 위치 ＊
달비안 Dalvian

(센트로까지 셔틀 버스로 15분 소요)

＊ 주거 형태 ＊
단독주택 / 룸 쉐어

＊ 기간 ＊
2014년 3월 7일 ~ 4월 8일

(32박 33일)

＊ 숙박비 ＊
총 330,000원

(장기 체류 및 특별 할인 적용,

1박당 정상 가격은 27,000원)

＊ 생활비 ＊
총 1,100,000원

(체류 당시 환율, 1페소 = 100원)

＊ 2일용 롤라팔루자 티켓 400,000원 별도

＊ 2인 기준, 항공료 별도

＊ 은덕 이제껏 우리 숙소 중 가장 좋은 동네에 가장 좋은 방이었지? 그리고 중요한 건
가장 저렴하기까지 했고. 에어비앤비 숙소 중 만족도가 제일 높았어. 마을 입구에
초소가 딸려서 안전하기도 했어. 매일 고기 반찬에 와인을 하루에 2병씩 마셔서
대신 생활비가 많이 들었지. 와인 맛도 모르면서 왜 그렇게 먹었는지.

＊ 종민 모르니까 많이 접하며 배워보려고 했던 거지. 여기 사람들은 물보다 와인을 더 많
이 마시는데 그들처럼 생활해 보고 싶었던 거야. 하지만 그들이 주로 찾는 싸고
양 많은 5L 와인만 마실 수 없어서 쉽게 접할 수 없는 고급 와인도 챙겨 먹었는
데 주머니가 감당이 안 되더라. 등골이 휘는 줄 알았어. 그렇다고 여기까지 와서
모른 척할 수도 없고.

만난 사람: 20명 + α

여리고 눈물 많은 호스트 마리사, 세상에서 가장 고기를 잘 굽는 자세르, 남부 프랑스의 미남 미녀 커플 휴고와 줄리, 한국 가면 핫한 영국남자 가 될 수 있는 피에릭, 가까이 하기엔 너무 멀었던 콜로라도 커플 멧과 에밀리, 크루즈에서 만나 멘도사에서도 한 달을 함께 지낸 김해인, 달비안 숙소까지 무사 안착을 도와 준 택시 기사님, 달비안을 안전하게 지켜 주던 경비원 아저씨, 더러운 집을 깨끗이 청소해 주던 루뻬 아줌마, 포도와 와인을 던져 주던 포도의 여왕들, 와인가게 딸 알레산드라와 그녀의 가족인 알비노, 잎스, 소피, 프랑코와 카우엘, 와인 테이스팅을 해 주던 보데가의 안내인, 롤라팔루자 록 페스티벌에서 만난 록 매니아들.

만난 동물: 5마리 + α

달비안 숙소에서 함께 지낸 고양이 가따와 세 마리의 어린 고양이들, 그 곁을 외로이 서성이던 강아지 뻬로.

방문한 곳: 7곳 + α

포도의 여왕을 만났던 멘도사 벤디미아 축제의 현장, 100년도 더 된 올드카의 향연이 펼쳐진 레이싱장, 마이푸에 위치한 도미시아노 보데가, 멘도시노의 테이블을 엿 본 알레산드라의 집, 종민이 버림받은 산티아고 롤라팔루자, 1년 만에 맛 본 통닭과 자장면 식당, 알비노의 와인 가게.

이곳은 우리에게 선물이었어

7

잘 따라오고
있는 거지?

어느덧 한국의 대척점까지 왔다. 시간도 반대, 계절도 반대, 물리적인 수치로는 모든 것이 반대인 이곳에서 우리가 느낀 감정은 뜻밖에도 친숙함이었다. 알고 보면 우리와 닮은 구석이 많은 나라, 우루과이. 그 속에서 속 깊은 사람들과 많은 일상을 나눴다. 길고 긴 인생에서 잠시 스친 인연에 불과한데 그들은 우리에게 넘치는 친절을 베풀었다. 우루과소가 건넨 친절을 등대 삼아 소박하고 겸손한 그들의 일상을 따라갔다. 가끔 우리를 뒤돌아보며 괜찮으냐고 묻는 사람들 덕에 평범했던 도시가 아름다워졌다. 다행이다. 이런 사람들을 만날 수 있어서 정말 다행이다.

살토
Salto

타쿠아렘보
Tacuarembo

파이산두
Paysandu

멜로
Melo

우루과이
Uruguay

미나스
Minas

몬테비데오
Montevideo

부에노스
아이레스
Buenos Aires

말도나도
Maldonado

라플라타
La Plata

아르헨티나
Argentina

브라질
Brazil

프랑스의 환송 파티, 이탈리아의 환영 파티

글 /

프랑스 친구들의 환송을 받으며 멘도사를 떠난 지 25시간 만에 이탈리아 남자들이 만든 리소토가 우리를 환영했다. 에어비앤비로 1년이 넘게 여행하다 보니 숙소와 호스트를 선택하는 안목이 높아진 걸까? 몬테비데오 호스트와 앞으로 이 집에서 함께 살게 된 미국 남자아이는 끊임없이 우리 주변을 맴돌며 관심을 보였다. 따뜻한 환대를 받으며 입성한 숙소에서 우리는 우루과이와 몬테비데오의 첫인상을 나눴다.

편안하고 따뜻해

 "몬테비데오에 도착한 시간은 저녁 8시, 오자마자 물가에 깜짝 놀랐어. ATM에서 우루과이 화폐를 찾아서 잔돈을 만들려고 맥도리에 들렀는데 아르헨티나에서는 2,500원 하던 아이스크림이 4,500원이더라. 또 옆 나라인 아르헨티나 버스 요금이 350원이었는데 반해 여긴 1,100원이야. 국경 하나 두고 물가가 2~3배 높아지다니!"

😊 "아르헨티나는 달러가 많은 여행자에게는 천국이지만 그만큼 치안이 불안하다는 단점이 있지. 반면에 우루과이가 상대적으로 물가는 높지만 치안이나 도시 구석구석의 인프라는 훌륭해. 국경을 마주하고 있는 두 나라의 경제 사정은 도로 상태만 봐도 한눈에 차이가 나. 보수를 못 해서 곳곳이 망가진 아르헨티나에 비해서 이 나라는 시골 길도 새로 포장한 듯 맨들맨들하다고. 남미에서 가장 잘 사는 나라, 우루과이[1]. 결국 눈에 보이는 차이가 경제력을 설명하고 있네."

😊 "숙소를 찾아갈 때 버스에서 벨을 못 찾아서 정거장을 3개나 더 가서 내렸잖아. 무슨 벨이 콩알만 한 크기로 뒷문에 달랑 하나 붙어 있냐? 좀스럽게. 덕분에 30분을 걸었지. 칠레와 아르헨티나에서는 혹시 있을지 모르는 위험을 피하려고 해가 지면 거리에 나가지 않았어. 하지만 몬테비데오는 괜찮았어. 우루과이에 도착하자마자 이곳이 남미에서 치안이 가장 좋은 나라임을 몸소 체험했지."

😊 "맞아. 캐리어까지 끌면서 여행자라는 티를 냈는데 주변에 위협을 가하는 사람이 없더라. 그렇게 걷고 또 걸어서 숙소에 도착했고 설레는 마음을 안고 벨을 눌렀지. 호스트인 세실리아 Cecilia 가 우리를 보고 뼈가 으스러질 정도로 꽉 안아줬어. 남미는 이게 좋아. 감정을 있는 그대로 표현하거든. 하하하."

😊 "그런데 그 뒤의 상황이 당황스러운 거야. 그녀를 따라서 거실로 들어가는데 저쪽에서 소란스러운 소리가 들렸으니까. 분명 집 전체를 우리만 쓴다고 봤는데 설명과 달리 사람이 너무 많아 뭔가 싶었어. 나중에 알고 보니 두 번 다시 경험하지 못할 즐거운 상황이긴 했지만 그 당시의 당황스러움이란."

---

1) 우루과이는 1인당 GDP 1만 6,332달러로 남미 국가 중 가장 높고 전 세계 순위로는 46위이다. 참고로 같은 자료에서 한국은 29위이다. (출처: IMF, 2014년)

👤 "세실리아가 에어비앤비 시스템을 완벽하게 이해하지 못한 거 같아. 나도 그녀의 집에서 첫 번째, 두 번째, 세 번째 게스트까지 한자리에 모이게 될 줄은 상상도 못 했거든. 하지만 그녀와 다른 게스트의 뜨거운 환영을 받으면서 이 집은 약속과 다르니 나가겠다는 말을 할 수 없었어. 그리고 보면 늘 우리의 우유부단함이 문제야. 그리고 무엇보다 세실리아의 첫 번째 게스트였던 이탈리아 남자들, 다비드 David와 파브리치오 Fabrizio의 환대에 넋이 나간 상태라서 할 말이 떠오르지 않더라고."

👩 "맞아. 그 친구들이 우리가 온다고 이탈리아 가정식을 차려 놨잖아. 당장 내일 새벽에 떠나는 친구들이라 짐 정리하기도 바빴을 텐데. 일면식도 없는 우리를 위해서 음식을 만들고 있으리라고 누가 상상이나 했겠어. 그것도 게스트가 게스트를 위해!"

👤 "25시간 장거리 버스를 타고 막 도착한 터라 무엇보다 침대에 눕고 싶었어. 그래서 인사만 간단히 하고 들어가서 쉬려고 했는데 정성껏 준비한 리소토, 와인, 치즈, 살라미까지 있는 정찬 테이블이 우리 눈앞에 있었지. 그런데 어떻게 방으로 쏙 들어가겠어."

시작이 좋다

👩 "한 달 동안 함께 살 미국 친구, 샘 Samuel은 어찌나 궁금한 게 많은지 끊임없이 질문을 던지더라. 에어비앤비에 대해서도 잘 알고 있었고 우리 같은 사용자가 겪는 현실에 대해서도 궁금한 게 많더라고. 주저 없이 질문하고 대화를 이끌어 가는 모습이 인상적이었지."

저기, 우리
초면인데····

잘 따라오고 있는 거지?

😊 "나도 샘과 에어비앤비로 하나가 된 기분을 느꼈어. 이 시스템의 장점인 현지인과의 교류를 넘어 여행객과 여행객 사이에도 따뜻하고 재미있는 관계가 생길 수 있다는 것을 알게 되었지. 우리가 운이 좋은 것일 수도 있고 여행객을 대하는 태도가 따뜻한 세실리아 덕분에 이런 분위기가 만들어진 것일 수도 있어. 넌 어느 쪽 같니?"

😊 "몬테비데오를 여행하는 사람들의 성향일까? 아니면 여기 모인 친구들이 예술을 사랑하는 사람들이어서 그런 걸까? 여행 중에 영화에 대해 이렇게 많이 알고 사랑하는 친구들을 만난 건 처음이야. 수많은 이탈리아 영화와 페데리코 펠리니 Federico Fellini 감독에 대해 파브리치오와 긴 이야기를 나눴지. 그리고 샘은 다음 주부터 몬테비데오에서 열리는 국제영화제가 있다는 정보도 알려 줬잖아. 세상에! 남미에서 영화제를 즐기게 되었다고! 썬나랏!"

😊 "그나저나 샘은 끊임없이 몬테비데오의 관광 정보를 공유하고 같이 즐기자고 해서 부담스러워. 아, 부담스러운 미국 영어! 오늘도 자기 친구가 기타 연주를 한다고 바에 가자고 하네? 귀여운 녀석."

😊 "멘도사에서는 프랑스 친구들의 환송 파티를 받았는데 몬테비데오에서는 이탈리아와 미국에서 온 친구들에게 환영 파티를 받았어. 복이 터졌네! 그려."

나도 해 보자!
영화제 스텝이 아닌 게스트

글 /

"은덕아, 샘이 여기서 영화제가 열린다는데? 그것도 인터내셔널~! 오랜만에 에너지 좀 받으러 가 볼까?"

영화제. 참으로 오랜만에 들어 보는 단어다. 나는 부산국제영화제에서 20대 후반을 모두 보냈다. 그곳은 한 번 빠지면 헤어 나올 수 없는 매력으로 가득한 장소이지만 한편으론 벗어나고 싶어도 쉬이 벗어날 수 없는 늪과도 같은 존재였다.

나의 20대를 장식했던
영화제

여행이 길어질수록 넓은 세상에 나왔다는 흥분과 감동은 점점 옅어지고 있었다. 그때 접한 몬테비데오 국제영화제 소식은 오랜만에 가슴을 뛰게 했다. 은덕과 영화제가 열리는 극장 한쪽 구석에 앉아서 사무국 부스를 지켜봤다. 어두운 조명 밑에서 분주히 움직이고 있던 스텝 하나가 눈에 들어왔는데 그녀는 좁아터진 부스 귀퉁이에 겨우 매달려서 노트북으로 자료를 정리하고 있었다. 그때 마침 게스트로 보이는 사람이 찾아왔고 그녀는 하던 일을 멈추고 큰 가방 안을 이리저리 뒤졌다. 한참 뒤적이다가 그 안에 들어 있던 게스트 카드를 건넸다. 다시 노트북으로 시선을 옮기려 할 때 전화가 울렸다. 화면을 들여다보면서 통화를 하는 걸 보니 다른 부서와 공유하는 자료가 꼬인 것 같았다. 통화가 끝나자마자 다시 자판을 두드리며 자료를 수정하는 그녀를 보며 은덕과 말을 이었다.

"휴. 영화제 스텝은 지구 반대편에서도 하는 일이 비슷하구나."
"근무 환경은 열악하고, 신경 쓸 것은 너무 많아. 보고 있으니 옛날 생각난다. 그렇지?"

옆에서 한참을 살펴보니 한국에서 내가 하던 일과 별반 차이가 없다. 나도 그때 게스트를 확인하고 게스트 카드를 전달하고 틈틈이 컴퓨터로 데이터를 정리하다 보면 밤이 깊어지고 날이 밝았다. 그 시절, 어떻게 그 많은 일을 해냈는지 어디서 그런 체력이 나왔는지 모르겠다. 그렇게 한두 달을 보내고 나면 삶 전체의 에너지가 방전된 듯한 기분이 드는 데 그게 좋았다. 죽을 만치 힘들었지만 하루하루가 행복했고 수많은 사람과 더불어서 무언가를 만들고 있다는 성취감이 좋았다.

"종민! 나랑 결혼하려면 영화제 그만둬. 솔직히 말하면 내가 볼 때 넌 더 이상 그곳에서 비전이 없어!"

큰 축제를 치른 뒤 밀려오는 공허함을 뿌리치기까지 해가 갈수록 많은 시간이 필요했다. 불안정한 고용 상태도 힘들었다. 한번 들어가 마음 붙이면 스스로 발을 빼기 힘든 곳, 그래서 그곳에서 일하는 사람들은 영화제를 마약 같다고 했다.

어디 가나 영화제 스텝은 비슷하구나

잘 따라오고 있는 거지?

두근두근
티켓팅

너무나 행복했지만 또한 불편했던 영화제는 스텝의 신분으로는 행사 자체를 즐길 수 없는 곳이다. 이제는 게스트가 되어 마음껏 즐기고 싶었지만 한가지 걱정이 있었다. 내가 스텝이었을 때 신청 마감까지도 접수하지 않다가 현장으로 불쑥 찾아와서 게스트 카드를 내놓으라던 진상들이 떠올랐다. 내가 그토록 싫어했던 사람처럼 되고 싶지는 않았다. 어떻게 해야 저 바쁜 스텝을 방해하지 않으면서 영화제 게스트가 되는 문을 통과할 수 있을까? 짱구는 이럴 때 돌리라고 있었나 보다. 우선 그 스텝이 한가한 틈을 타서 말을 걸었다.

"저 한국에서 영화제 스텝이었는데요. 영화제 중간에 게스트 등록할 수 있나요?"

만약 안 된다면 뒤도 돌아보지 않고 그만두려 했다.

"그럼요. 어디서 오셨어요? 지금이라도 일했던 영화제에서 확인 메일만 보내 주면 발급이 가능해요."

생각보다 쉽게 문이 열렸다. 하지만 이젠 영화제 스텝이 아니라 한 달에 한 도시씩 사는 한량, 아니 여행자인데 어쩐다?

"이래 봐도 우리가 서울국제여성영화제에서 맺어진 첫 번째 부부인데 사무국에 사정을 말하면 메일 하나는 보내 주지 않을까? 이곳 영화제도 한국과 연결될 기회를 찾고 있던데 서로 좋은 기회잖아?"

감사하게도 서울국제여성영화제 측에서 메일을 보내 줬고 덕분에 게스트 카드도 받을 수 있었다. 마음을 졸이고 누군가를 귀찮게 해서 받은 귀한 카드였다. 멋지게 이름 새겨져 나오는 플라스틱 카드가 아니라 종이에 볼펜으로 이름을 적은 것이 전부라 조금 아쉬웠지만 이것도 어딘가? 지구 반대편에 와서야 그토록 바라던 영화제의 게스트가 되었는데 말이다.

요리 따위
어렵지 않아요

글 /

여행을 시작하기 전까지 나는 요리를 해 본 적이 없다. 부모님과 함께 살 때는 말할 것도 없고 독립한 지 10년이 넘도록 찌개를 끓이고 밥을 하고 반찬을 만든 기억이 없다. 회사에 다닐 때는 아침은 건너뛰고 점심은 사 먹고 저녁은 운동하면서 간단하게 우유나 달걀로 대신했으니 끼니라고는 밖에서 먹는 점심이 다였던 셈이다.

식당 밥이 지겨워질 때면 동네 주민인 연옥 언니를 찾았다. 그 언니도 요리 안 하기는 마찬가지였지만 언니의 룸메이트가 한식 요리의 대가였다. 집밥에 대한 그리움은 매일 솟구쳤지만 언니네 집을 이틀에 한 번꼴로 들락거리자니 눈치가 보였다. 그때 발견한 것이 온라인으로 주문할 수 있는 반찬가게였다. 일주일에 한 번 아이스박스에 곱게 포장된 국과 반찬이 배달되었다. 조미료를 사용하지 않는다는 광고에 혹해서 몇 년 동안 꾸준히 사 먹었다.

30여 년 만에 우루과이에서
요리 유전자를 발견한 역사적인 순간

내게 요리 유전자는
있다? 없다?

애초에 내게 요리라는 유전자가 빠져 있는 것은 아닐까? 음식 만드는 시간이 아까웠고 요리하는 시간에 배를 곯으면서 책을 읽거나 영화를 보는 게 더 좋았다. 밥을 먹지 않고 하루를 버티는 것은 내게 일도 아니었다. 그럼 엄마가 요리를 싫어했나? 이건 맞는 말이다. 엄마는 요리하는 걸 지겨워했다. 도시락 반찬도 참치, 비엔나 소시지, 장조림이 전부였다. 쉽게 조리할 수 있거나 캔을 따면 바로 먹을 수 있는 식품이 대부분이었다. 그리고 그녀는 늘 입버릇처럼 말했다.

"밥 좀 안 해 먹고 살았으면 좋겠다."

엄마를 보면서 요리는 귀찮고 따분하고 번잡스러운 데다 억지로 해야 하는 일이라는 생각을 하게 되었는지도 모르겠다. 아버지가 돌아가신 후, 엄마는 드디어 요리에서 해방되었다. 식사를 챙겨 줘야 하는 사람이 사라졌기 때문이다. 엄마가 그토록 바라던 밥 좀 안 해 먹는 삶을 즐기는 사이, 나는 여행을 떠났고 아이러니하게도 요리의 재미에 눈을 뜨고 있었다.

이제 나도
요리사야

"샘, 내가 만든 생선조림, 해물파전, 오징어 볶음 중에서 뭐가 제일 맛있어?"
"음, 다 맛있어서 대답하기 어려운 질문인데. 내가 먹어 본 생선 요리 중에 네가 만든 게 가장 맛있었어. 그거면 대답이 될까?"

몬테비데오에서의 삶은 조용했다. 게다가 부활절 휴일인 세마나 산타 Semana Santa[2] 덕분에 도시에 사는 사람들은 집에서 긴 휴식을 취하거나 여행을 떠났다. 상점 대부분도 문을 닫아서 본의 아니게 집순이 신세가 되었는데 집에서 할 수 있는 일 중에서 최고는 요리해 먹고 뒹구는 일이었다.

샘과 세실리아는 한국에 대해 알고 싶은 것이 많았다. 그들은 우리가 오기 전부터 한국에 대해 공부하며 한국 문화에 관심을 보였다. 나는 그만 마음이 동해서 두 손을 걷어붙이고 한식을 해 먹이기 시작했다.

결혼하고 난 뒤, 요리는 늘 종민의 차지였다. 그는 식당집 아들내미인 데다 중국에서 4년 동안 혼자 살면서 안 해 본 요리가 없다고 했다. 솔직히 맛있다고는 할 수 없었고 내 입맛에는 어딘지 모르게 부족했다. 하지만 엄마가 만든 밥이나 식당 밥밖에 먹은 적이 없어서 이 정도면 요리를 잘하는 것인지 아닌지 판가름할 수 있는 기준이 없었다. 그가 만든 음식이 최고라 생각하며 울며 겨자 먹기로 먹었던 게 사실이다.

그런 종민이 멘도사 이후 주방을 내게 넘기고 설거지를 하는 신세로 전락했다. 내가 주도적으로 음식을 만들게 된 것은 종민이 잇달아 요리에 실패하면서부터다. 호기롭게 친구들을 초대했지만 그가 내놓은 음식은 처절한 실패작이었다. 한두 번 요리를 해 보면서 깨달았다. 내가 조리를 맡았다면 음식이 쓰레기통으로 직행하는 일은 막을 수 있었음을. 나는 멘도사에서 처음 시도한 10인분의 불고기를 성공적으로 완성했지만 그 옆에서 종민은 간단한 볶음 요리도 실패했다.

---

2) '성스러운 일주일'이라는 뜻. 스페인에서는 4월 셋째 주와 넷째 주 부활절 직전에 그리스도가 로마군에 잡혀 빌라도의 재판을 받고 십자가에 처형되기까지의 고난을 기념하는 시간을 일주일 동안 보낸다. 스페인의 식민지였던 일부 남미 국가에서도 세마나 산타의 고난주간이 남아 있다.

잘 따라오고 있는 거지?

고기 밑간을 할 때 사과와 키위, 양파를 갈아야 한다는 건 수원 어머님께 배웠다. 여기서 어머님이란 요리하기 싫어하는 우리 엄마가 아니라 종민의 엄마였다. 참고로 우리 가족은 시어머니, 도련님, 며느리라는 호칭을 쓰지 않는다. 사과와 양파는 달콤한 맛이 나고 키위는 육질을 부드럽게 한다고 지나가는 말처럼 하셨는데 그게 머나먼 타국에서 생각나는 걸 보니 어머님은 내가 요리를 하게 되리라는 걸 예견하셨던 걸까?

멘도사에서 불고기 10인분을 성공한 후 나는 요리에 급격히 자신감이 붙었다. 매주 화요일과 토요일에 열리는 집 앞 전통시장에서 생선과 야채를 사서 닥치는 대로 음식을 만들기 시작했다.

"은덕아, 진짜 맛있어. 우리 엄마보다는 못 하지만 웬만한 식당에서 만드는 것보다 더 맛있어."

무엇보다 음식을 만드는 과정을 즐기게 되었다. 엄마처럼 억지로 후딱 해치워야 하는 요리가 아니라 천천히 즐기면서 만드는 재미에 푹 빠지고 말았다. 그리고 설거지에서 해방된 것이 무엇보다 기뻤다. 설거지는 이제 종민의 몫이었는데 깔끔한 것을 좋아하는 그는 설거지가 적성에 맞는 듯했다. 물론 아직도 식용유, 식초, 세제처럼 색깔이 비슷한 아이들은 헷갈린다. 식초 대신 식용유를 부으려는 걸 종민이 간신히 막기도 했다. 설거지와 주방 보조로서 이만하면 손색이 없지 않은가? 갈 길이 멀지만 하나씩, 하나씩 만들어 봐야지.

"종민, 내일은 제육볶음, 콜?"

이름조차 생소한 나라, 우루과이

글 /

아르헨티나보다 마테차를 많이 마시고 땅고의 본고장은 다름아닌 우루과이라고 외치는 우루과쇼 Uruguayo, 우루과이 사람을 가리키는 말. 문화에 대한 자부심은 높지만 먹고사니즘 때문에 즐기는 것은 뒷전인 사람들의 모습에서 우리는 한국이 떠올랐다. 높은 물가, 낮은 임금 때문에 투잡을 뛰는 몬테비데오의 풍경이 서울과 자꾸만 겹쳤다. 한국과 대척점에 있는 나라지만 묘하게도 닮은 구석이 많은 나라. 우루과이라운드와 수아레즈, 대마초가 합법인 나라로만 알고 있던 이곳에 대해서.

우루과이, 어디까지 알고 있었니

 "너는 우루과이라는 나라를 처음 들어 본 게 언제야?"

 "시험 범위에도 안 들어가는 고등학교 사회 교과서 맨 뒷부분에서 봤나? 그것도 나라 이름이 아니라 우루과이라운드라는 무역 협정 때문이었지. 그 이후로는 이름 자체를 잊고 살다가 남미 여행을 준비하면서 다시 마주쳤어."

"나는 우루과이 하면 수아레스 Luis Suarez 밖에 생각이 안 나. 축구에 대해서는 잘 모르지만 월드컵 때는 각 나라의 대표선수 하나쯤은 알게 되잖아. 처음에 아프리카 어디쯤 있는 줄 알았어. 아르헨티나, 브라질 등 주변 국가의 면적이 워낙 커서 우루과이는 지도에서 잘 보이지도 않았으니까. 세상에 내가 여기서 한 달을 살게 될지 누가 알았겠어? 너는 왜 오자고 한 거야?"

"단순한 호기심이었어. 어떻게 남미에서 가장 안정된 경제와 사회 구조를 만들었는지 말이야. 하지만 무엇보다 나를 우루과이로 이끈 것은 서던 콘Southern Cone[3] 지역에 대한 관심 때문이야. 남미에 오기 전에 흥미로운 논문집을 읽었는데 성격이 다른 나라들이 모여서 어떻게 경제적, 문화적으로 동질성을 높였는지 잘 설명하고 있더라. 서던 콘은 남미 대륙 남쪽 끝에 있는 칠레, 아르헨티나, 우루과이 세 나라를 지칭하는 단어야. 좀 더 넓게 바라보면 경제 수준이 비슷한 브라질까지도 이 범주에 포함돼."

"우루과이는 남미에서 수리남 다음으로 작은 나라야. 하지만 국가 시스템이 잘 갖춰져 있고 세상에서 가장 가난하지만 제일 멋진 대통령, 호세 무히카 Jose Mujica 2010년 3월부터 2015년까지 우루과이 대통령직을 지냈다. 재직 기간에 공식적으로 신고한 재산이 1987년식 구형 자동차 하나뿐이었는데 세계에서 가장 검소한 생활을 했던 대통령으로 유명하다. 가 있는 곳이지. 한국에서 2012년 브라질에서 열렸던 리우 정상회담에서 했던 그의 연설이 뒤늦게 화제가 되었잖아. 몬테비데오 대통령 관저 대신 교외의 작은 농장에서 기거하며 월급의 90%는 자선 단체에 기부하는 삶이라니. 이렇게 멋진 대통령을 가진 우루과이 국민들이 부러워."

---

3) 남미 대륙의 **뾰족한** 아래쪽 부분을 부르는 말이다. 아르헨티나와 칠레, 우루과이를 아우르는데 남미에서도 상대적으로 부유하고 발전한 지역으로 꼽힌다. 각 나라의 성향은 전혀 다르지만 지리적으로 가까운 데다 여러 분야에서 동질성이 발견된다.

잘 따라오고 있는 거지?

"세실리아는 존경받아 마땅한 대통령이 왜 대마초를 합법화시켰는지 모르겠다잖아. 신상 정보만 적으면 약국에서 대마초를 살 수 있대. 대통령이 한 일 중에서 가장 마음에 안 들고 우루과이 내에서도 이견이 좁혀지지 않는 문제라고 했지. 외국인들이 우루과이 하면 축구선수 몇 명과 대마초가 합법인 국가라고만 생각한다고 창피해 했어. 이러다 남미의 네덜란드가 되겠다고 말이야."

한국과 우루과이는
닮았다

"세실리아는 대마초 말고도 자신들의 역사가 부끄럽다고 했어. 인디오를 다 죽이고 이 땅을 차지한 과거 말이야. 스페인 정복자라고 불리는 관료직, 즉 귀족 계통이 관저를 세우고 도시를 직접 만들었던 곳이 몬테비데오야. 관료들이 대서양을 건너오면서 노예도 함께 데려와 이 도시에 흑인 비율이 높은 거지."

"남미 여행 중에 처음으로 사람들의 시선에 불편함을 느꼈어. 중국계 이민자도 많지 않은 나라니 노란 얼굴의 외국인이 신기한 거겠지만 노골적으로 쳐다보잖아? 치노 Chino라고 놀리기 일쑤고. 내가 키는 작아도 어깨가 딱 벌어지고 종아리랑 무릎이 두꺼워서 단단해 보이는 체격이잖아? 그러니까 뚱뚱하지 않고 통통한? 아무튼 그래서 사람들이 쉽게 보지 않는데 여기서는 안 통해. 이렇게 대놓고 인종차별 당하는 건 처음이었어."

"여행자들 대부분은 몬테비데오를 리틀 부에노스 아이레스라고 생각하거나 물가가 높아서 매력이 없다고 하잖아. 네 생각도 그래?"

😀 "안타깝지만 여행 기간이 짧다면 이 도시의 매력을 찾기란 쉽지 않을 거야. 오래 머물 수 있다면 그만큼 생각할 거리가 많아서 기억에 남을 도시야. 몬테비데오는 여러모로 서울과 닮았어. 물가는 높지만 임금은 낮은 편이고 자녀에 대한 부모의 사랑과 집착 그리고 약간은 지쳐 보이는 눈빛. 서울에서 쉽게 봤던 풍경을 지구 반대편에서도 보게 될 줄이야. 열강들 사이에서 짧은 시간 동안 경제 성장을 일군 나라들의 어쩔 수 없는 숙명인가 싶었어."

😊 "실은 나, 이 도시에 정이 안 가네. 세실리아는 매일 우리를 위해서 열과 성을 다해 정보를 찾아 주고 맛있는 음식도 사 주는데 말이야. 하지만 마음에 드는 것도 있어. 우루과이는 국토의 85%가 목초지고 소를 많이 기르다 보니 소고기랑 각종 유제품이 맛있어. 육류 가격은 아르헨티나랑 비슷하고 가죽 제품은 오히려 싸고 질이 더 좋은 것 같아. 5만 원에서 10만 원 정도면 질 좋은 가죽 재킷을 살 수 있으니 오랜만에 물욕이 꿈틀거리네."

😀 "맞아. 게다가 마테차도 아르헨티나보다 많이 마셔. 아르헨티나 사람들이 '우루과이 사람들은 만원 버스 안에서도 마테차를 마신다'면서 혀를 내두르잖아. 실제로 시장통에서 사람들과 어깨를 부딪치면서 마테차를 마시는 사람을 수없이 봤어. 아르헨티나와 우루과이 사람들은 마테차의 원조가 누구인지를 두고 아직도 싸운다면서? 우리도 이참에 보온통 사다가 우루과쇼처럼 마셔 볼까?"

😊 "난 카페인 때문에 안 돼. 너도 방광이 작아서 마테차는 안 될 말이야. 차 마시면 오줌보가 터지잖아?"

😀 "요실금 기저귀 차고 있으면 괜찮지 않을까? 하나 사 줘."

사기꾼이야?
아니야?

글 /

2011년 여름, 나는 메신저 피싱에 걸려서 227만 원을 사기꾼에게 강탈당한 전적이 있다. 연옥 언니의 메신저 아이디를 도용해 로그인을 한 후에 그들은 내게 돈을 빌려 달라고 했다. 불과 몇 시간 전, 언니와 메신저에서 시시콜콜한 수다를 한 바탕 떨고 난 뒤라 나는 상황 판단을 제대로 할 수 없었다.

"언니, 갑자기 무슨 돈?"
"응, 지금 말하기는 길어. 이따 설명해 줄게."
"얼마나 필요한대?"
"300만 원 정도."
"지금 수중에 돈이 없어서 카드 현금 서비스를 받아야 해. 227만 원 받을 수 있네. 그거라도 해 줘?"

입금까지 서둘러 마친 후에 뭔가 찜찜한 마음이 들어서 연옥 언니와 통화를 시도했으나 실패했고 물은 이미 엎질러진 뒤였다. 함께 일하던 동료가 내게 말했다.

"이상하지 않아요? 사기인 거 같아요. 전화 안 받죠? 얼른 은행에 내려가 봐요."

샌드위치에 스테이크를 넣다니…
창의적이야, 훌륭해!

그렇게 내 돈 227만 원이 감쪽같이 사라졌다. 그렇다! 나는 혼자 똑똑한 척 다하지만 사실은 바보, '김똘바'이다. 사건 발생 후, 나 자신이 바보 천치 같아서 울기도 하고 욕도 하고 침대에서 하이킥을 날리기도 했다. 의심스러운 정황이 한둘이 아니었지만 당시에는 뭐에 홀린 것 마냥 5분도 안 되는 시간 동안 계좌이체까지 완료했다. 그렇게 날린 돈을 갚는데 보태라며 연옥 언니는 100만 원을 건넸다. 언니가 미안해할 일이 아닌데도 말이다.

Again, 2011?

그로부터 3년이 흘렀다. ATM에서 생활비를 찾아 세실리아가 추천한 치비또 Chivito, 우루과이 전통 샌드위치로 소고기 스테이크를 통째로 넣은 것이 특징를 먹고 나오는 길이었다. 맛있는 음식을 먹고 기분이 좋아져 룰루랄라 해변을 따라 걷고 있는데 뒤에서 우리를 부르는 소리가 들렸다.

"Hello."

160cm의 작은 키, 까무잡잡한 피부, 인디오와 남부 유럽의 얼굴이 묘하게 섞인 검은색 추리닝을 입은 남자가 말을 건넸다.

"내 이름은 프란체스코야. 너희 어디서 왔니? 뭐라고 한국이라고? 88년도 올림픽 할 때 서울에 가 봤어. 한국어도 할 줄 안다고. '몰라요', 맞지? 지금 어디 가는 길이야? 난 오늘 저녁에 열리는 아르헨티나와 우루과이의 국가대표 경기 티켓을 사러 가는 길이야. 아는 분이 싸게 팔고 있거든."

잘 따라오고 있는 거지?

마침 우루과이 국내리그 티켓을 사려고 이번 주 내내 몬테비데오 시내를 헤매던 중이었다. 우리가 보려고 했던 경기는 아니었지만 메시 Lionel Messi 와 수아레스를 한자리에서 볼 수 있는 국가대표 경기 티켓을 구할 수 있는 것은 물론이고 가격 도 싸다는 말에 나의 귀는 팔랑거렸다.

"난 여기서 디스코 클럽을 운영하고 있어. 가는 길에 보여 줄게. 그리고 너희는 입구에서 나만 찾으면 언제나 공짜야! 하하하."
"이야, 너 엄청 부자구나. 부럽다."
"실은 난 이탈리아 사람인데 우루과이에 여행 왔다가 복권 1등에 당첨됐거든."
"뭐라고? 1등? 너 운도 엄청 좋구나."

대화는 종민이 하고 나는 옆에서 듣는 입장이었는데 종민의 리액션이 만만치 않았다. 뭔가 석연치 않았지만 의심 많은 그가 저렇게까지 대꾸하는 걸 보면 계속 따라가는 것도 괜찮지 싶었다.

'이상한 사람이라면 벌써 빠져나왔겠지? 그리고 싼 티켓도 살 수 있게 도와준다는데 괜히 의심하지 말자.'

이야기를 주고 받는 그들의 뒤를 따르며 20분을 걸으니 어느 쇼핑몰에 도착했다. 이전에도 한 번 와 본 곳이었다.

"저 안에 티켓을 파는 사람이 있어. 나만 들어갔다가 올게. 우선 60페소한화 3,000원 만 줄래?"

오늘 아침 돈을 뽑아 놓은 상태라 현금은 충분했다. 내가 가방을 주섬주섬 만지면서 돈을 꺼내려는 순간 종민이 내 손을 슬며시 잡았다.

"프란체스코, 우리 수중에 돈이 없어. 이 근처에 ATM 있니? 거기서 뽑아 올게."
"그래? 쇼핑몰 안에 기계가 있을 거야. 돈 뽑고 여기 벤치에서 다시 만나자."

쇼핑몰 안으로 들어온 종민이 그제야 감춰 왔던 속마음을 꺼냈다.

"은덕아, 아무래도 사기꾼 같아. 우선 오늘 진짜로 아르헨티나와 우루과이 국가 대표 축구 경기가 있는지 사람들에게 물어보자."

여기까지 잘 따라와 놓고 갑자기 마음이 바뀐 그가 못마땅했다. 운 좋게 좋은 사람을 만나 축구 티켓을 구하고 그와 함께 경기장까지 가면 되는 거였다. 심지어 차도 태워 준다고 하지 않았는가? 종민은 내 표정을 무시하고 곧장 쇼핑몰 인포 메이션 데스크로 걸어갔다.

"뻬르돈 Perdon! 실례할게요. 혹시 오늘 아르헨티나와 우루과이의 축구 경기가 있나요?"
"아뇨. 오늘은 클럽 경기밖에 없어요."

혹시나 하는 마음에 두 사람에게 더 물어봤지만 그런 경기가 있다고 말하는 사람은 없었다.

"종민, 사기꾼인 거야? 이제 어떡하지? 쇼핑몰 밖에서 기다리고 있을 텐데."
"현금 카드가 말썽이라 돈을 뽑을 수가 없으니 네 것만 사라고 말하고 빠지자."

사기꾼이라고 몰아세우면 해코지를 할지도 모른다고 생각한 종민의 판단이었다. 무거운 마음으로 밖으로 나갔지만 프란체스코는 사라지고 없었다.

그는 정말 사기꾼이었을

의심병 종민의 탄생과
소멸기

"어떻게 된 거지?"

"아무래도 사기꾼인 것 같아. 우리가 흔쾌히 60페소를 줬으면 만만하게 봤을 거야. 적은 돈부터 시작해서 요구하는 금액이 점점 더 커지지 않았을까? 그럼 결국 눈 뜨고 당했겠지."

"언제부터 사기꾼이라고 생각한 거야? 왜 계속 따라간 건데?"

"문 닫힌 클럽을 데려가며 환심을 사려 했고 복권 1등에 당첨됐다고 허풍을 떨었잖아. 그때부터 의심했어. 네가 그랬잖아. 난 부정적인 사람이라고. 정말로 축구 티켓을 구할지도 모르는데 미리 등 돌리기보단 정황을 잡기 전까지는 판단을 잠시 접어 두기로 한 거야. 아는 길로 가니까 문제가 생겨도 그때 도망쳐도 되겠다 싶었어. 리액션을 크게 한 건 그가 어떻게 나오나 보려고 했던 건데 내가 의심을 안 하니까 계속 뻥이 심해지더라."

매사에 부정적이고 걱정이 많은 종민의 태도가 마음에 들지 않아 몇 차례 이야기를 한 상태였다. 본인만 그러면 좋은데 상대방에게도 안 좋은 기운이 전해지고 1년 내내 불평불만을 듣고 사니 나도 더 이상은 참을 수가 없었다. 자신을 향한 비판에 종민은 화도 내고 한동안 말을 잃고 침울해 있었다.

종민은 중국 유학 시절에 공부는 안 하고 아는 형들이랑 게스트 하우스를 차리면서 일찌감치 돈맛을 알아 버렸다고 했다. 그리고 그 사업을 확장하기 위해 중국 공안 당국의 절차를 밟다 일이 안 풀려 벌어 놓은 돈을 전부 잃고 한국으로 돌아온 씁쓸한 경험이 있었다. 20대 초반의 실패는 그를 송두리째 바꿔 놓았다. 부정적이고 사람을 일단 의심부터 하게 되었다. 어머니를 닮아 걱정이 많던 것이 더 심해진 것도 이때부터였다.

종민은 긴 여행을 하면서 자신의 문제점을 깨닫고 변화를 시도하는 중이었다. 그가 노력하는 모습을 보며 나는 눈물이 핑 돌았다. 버스가 10분 이상 늦으면 그걸 기다리지 못해서 발을 동동거리고 짜증을 내던 그가 이제는 30분, 1시간을 기다려도 꾹 참았다. 사람은 쉽게 변할 수가 없다는데 그는 서서히 변하고 있었다. 지금도 쓸데없는 걱정이 많은 건 사실이지만 이전처럼 걱정을 쉽게 표현하지 않는다. 나 역시 조금씩 변하기 위해 노력하고 있었지만 그처럼 열심히는 아니었다.

안 하던 요리를 하고 매사에 신중하게 행동하려 했지만 종민에 비하면 새 발의 피였다. 여행 초반 무렵 한창 싸울 때는 과연 우리에게 희망이 있을까, 우리가 변할 수 있을까에 대해서 회의적이었다. 하지만 종민의 달라진 모습과 조금씩 노력하는 나를 보면서 아주 옅은 희망을 보고 있다.

"은덕, 여행하는 동안 너를 통해서 내가 어떤 사람인지 알게 되었어. 다 너의 독설 때문이야. 많이 밉기도 하지만 고맙다, 쨔샤."

잔소리쟁이
호스트

글 /

이 아줌마, 좀 귀찮다. 세실리아는 퇴근 후 집에 돌아오면 우리의 하루부터 확인
했다. 그녀의 관심은 그 날 우리가 다녀온 곳이 마음에 들었는지, 길은 헤매지 않
았는지, 짓궂은 일은 당하지 않았는지 등 매우 구체적이었다. 호스트로서 게스
트에 대한 관심이 당연할 수도 있지만 지구 반대편에서 잔소리쟁이 엄마를 만난
것 같은 느낌이라면 조금은 이해가 될까?

세실리아가 손님을 맞는 자세는 중국에서 게스트 하우스를 운영했던 나와 비슷
했다. 상대방이 불편한 것은 없는지 온 신경을 곤두세우고 게스트의 행동을 모두
챙겼다. 혹시라도 아침에 일어나서 날씨가 안 좋으면 우산을 건네는 것은 당연하
고 일주일 치 일기예보를 알려 주기도 했다. 기온이라도 갑자기 떨어지면 평소에
는 5월 말이나 되어야 겨울이 시작되기 때문에 난방 준비를 아직 안 했다면서 이
상 기온까지 자신의 실수인 것처럼 사과했다. 내가 호스트의 입장에서 게스트를
챙길 때는 몰랐는데 받는 입장이 되어 보니 배려가 지나치면 되레 상대방의 마음
은 좌불안석이 된다. 내가 받는 그 친절이 미안하고 불편했다.

당신 탓이 아니에요,
세실리아

어느 날은 집에서 종일 뒹굴었더니 '몬테비데오에는 갈 만한 곳이 없어서 그러느냐?'며 그녀의 걱정이 늘어졌다. 우리는 단지 휴식이 필요했을 뿐인데 그 다음 날부터 세실리아의 입에서는 몬테비데오 관광 정보가 쏟아지기 시작했다.

"여기 박물관은 우루과이 현대 미술 작품이 있어."
"여기 도서관은 19세기에 지어졌는데 꼭 한 번 가 봐야 해."
"마침 몬테비데오 국제영화제 기간이야. 내가 할인권을 준비해놨으니 가 보렴."

당연히 고마운 일이었다. 현지인이 그 도시에 대한 정보를 준비해 주면 그만큼 낯선 이의 여행은 풍부해진다. 하지만 찾아가 봐야 할 곳과 도시에 대한 정보가 쌓여가니 여행을 강요받는 것 같아서 부담스럽기도 했다. 어느 날처럼 퇴근 후 돌아온 그녀와 함께 저녁을 먹으면서 그동안 세실리아가 우리에게 보여 준 과도한 친절의 원인을 알게 되었다.

"세실리아, 우루과이랑 아르헨티나가 축구를 하는데 자신이 싼 표를 구해 주겠다는 사기꾼을 만났어요."
"맙소사. 그나마 당하지 않았다니 천만다행이야. 미안해. 정말 미안해. 설마 이일로 우루과이가 싫어진 건 아니지?"

그녀는 멀리서 온 동양인들에게 자신이 몬테비데오 또는 우루과이를 대표한다고 생각하고 있었다. 우리가 지나쳐 온 다른 도시와 비교해서 몬테비데오가 초라한 곳으로 기억되지 않기를 바라는 마음이었다. 몬테비데오에서 가장 좋은 곳을 알려주었고 조금 떨어진 지역이라도 우루과이의 아름다움을 느낄 수 있는 곳을 매일 같이 추천했다. 그녀는 또 문화 차이로 게스트에게 실수하지 않을까 싶어서 우리가 오기 전에 한국과 아시아 문화에 대해 공부했다고 한다. 그동안 만났던 호스트 중에서 게스트를 위해 일부러 한국의 문화와 역사를 공부한 사람은 없었다. 그렇게 노심초사하며 맞이했는데 몬테비데오에서 겪는 인종차별과 사기꾼으로 의심되는 사람의 출현이 그녀는 내내 마음이 쓰였던 것이다.

"아줌마, 인종차별은 어느 나라나 있는 문제이니 걱정하지 않으셔도 돼요. 그리고 저희도 처음엔 이 나라가 아르헨티나나 칠레랑 다르지 않아 실망했던 것도 사실이에요. 하지만 시간이 지날수록 매력이 보여요. 어떤 나라의 수도도 몬테비데오처럼 아름다운 해변을 갖고 있지 않았어요. 그리고 우루과이 사람은 착하고 친절하지만 외국인과 친해지는 데 오래 걸리는 한국 사람과 비슷해요. 그래서 몬테비데오에 애착이 생겨요. 그 매력을 알았으니 우리가 이 도시를, 이 나라를 미워하며 떠날까 초조해 하지 않으셔도 돼요. 세실리아의 마음 다 알아요. 너무 고마워요."

친절한 그녀의
잔소리

걱정하지 않아도 된다고 이야기했지만 세실리아는 변하지 않았다. 그리고 우리도 더 이상 불편해하지 않기로 했다. 이런 친절도 그녀의 모습이니까. 어느 날 출근한 그녀가 근무 시간 중에 메일을 보냈다.

"내일 저녁에 '몬테비데오 시향 오케스트라' 공연이 있는데 갈 생각 있으면 표 구해 놓을게."

못말리는 그녀다. 게다가 세실리아는 티켓을 전달하기 위해 일부러 점심시간에 집으로 돌아왔다. 아마도 우리가 이곳을 떠날 때까지 그녀는 변하지 않을 것이다. 이제는 안다. 세실리아는 결코 잔소리쟁이가 아니고 내가 만났던 호스트 중에서 최고로 나를 걱정하는 사람일 뿐이다. 이 아줌마, 좀 고맙다.

여행하다 보면 도착하는 순간부터 착착 마음에 붙는 도시가 있는 반면 떠나는 순간까지도 정이 들지 않는 도시도 있다. 우루과이를 스쳐 간 사람들의 이야기를 들어 보면 대부분 후자에 속하는 듯했다. 그래서일까? 이 도시에 길게 머무른 여행자를 찾기가 쉽지 않았다. 우리도 도착한 첫 주에는 물가는 높고 아르헨티나와 비교해 보니 볼 것도 많지 않은 작은 나라라고 생각했다. 결국 한 달을 모두 보내고 나면 실망하게 될 것이라 지레짐작하고 일정을 앞당겨 다음 도시로 떠나는 버스 티켓까지 예매했다. 그러나 이제는 좀 더 있어야 하는데 실수를 한 것은 아닌지 싶다. 일주일 후면 다른 도시로 떠난다. 그 사이 세실리아가 알려 준 곳을 모두 들릴 수 있을지 마음이 조급해진다. 시간이 지날수록 몬테비데오와 그녀의 매력에 빠져드는데 말이다.

하나 같이 멋졌던
세실리아 주천 콘스

잘 따라오고 있는 거지?

나의 귀여운
양키 동생

글 /

처음 이 집에 왔을 때 한 달간 샘과 함께 지내야 한다는 말을 듣고는 탐탁지 않았다. 그 기저에는 영어가 모국어인 친구들의 영어는 더 알아듣기 힘들다는 이유가 있었고 미국 정부와 미국인을 동일시해 반감이 들었던 이유도 있었다.

"No, No. 미국 정부를 싫어하는 거지 미국인을 싫어하는 건 아니야."

몬테비데오 숙소에 처음 도착했던 날, 우리의 다음 여행지인 이란에 대한 이야기가 나왔다. 이란에 에어비앤비가 하나도 없는 이유가 미국인을 싫어해서가 아니겠느냐고 했는데 샘은 진지한 얼굴로 이란 정부는 미국인이 아니라 미국 정부를 싫어하는 것이라고 정정했다.

시카고 대학교와 대학원에서 지리학을 공부한 샘은 우루과이 철도 시스템을 조사하러 이곳까지 왔다. 우루과이 정부와 대학교, 미 대사관을 오가면서 자료 조사를 한다고 했지만 가까이에서 지켜본 바로는 집에 있는 시간이 더 많은 집돌이였다. 여행객의 신분이기는 하지만 몬테비데오가 런던이나 뉴욕처럼 바쁘게 돌아다녀야 하는 도시가 아니었기에 우리도 집에 있는 시간이 많았는데 그러다 보니 샘과는 미우나 고우나 매일 얼굴을 마주해야 했다.

우리가
마음에 들었나?

"오늘 밤 내 친구가 연주하는 클럽에 가지 않을래?"

만난 지 이틀도 안 된 우리에게 샘이 먼저 손을 내밀었다. 밤 10시에 시작되는 공연이었고 25시간 동안 버스를 탄 여독이 남아 컨디션이 회복되지 않은 상태였다.

"샘, 미안하지만 오늘은 좀 피곤하네."
"그래? 그럼 다음 주에 꼴로니아 델 싸끄라멘토 Colonia del Sacramento, 스페인과 포르투갈, 토착민의 생활 양식이 공존해 있는 지역으로 세계문화유산에 등록된 곳. 에 가는데 같이 갈래?"

익숙지 않은 제스처를 건네는 샘이 당황스러웠다. 아침마다 오늘의 계획을 묻고 함께하자는데 우리가 마음에 든 건지 아니면 그냥 외로운 건지 가늠을 할 수 없었다. 그러던 어느 날 축구 이야기가 나왔다.

"샘, 다음 주 일요일에 열리는 우루과이 엘 끌라시꼬 El Clásico 전통의 라이벌 경기를 가르키는 말 경기 티켓을 사려고 알아보고 있어."

"페냐롤 Club Atlético Peñarol과 나시오날 Club Nacional 경기 말이야? 나도 내 친구랑 가려고 했는데 우리 같이 갈까?"

일주일 전부터 들락거린 티켓 공식 판매처는 그제도, 어제도 그리고 오늘도 아직 발권이 시작되지 않았으니 다음 날 다시 오라며 우리를 돌려보냈다. 엘 끌라시꼬 경기는 인기가 많아서 티켓 사는 것이 힘들다는 건 알고 있었지만 판매 직원들이 매일 말을 바꾸자 울화통이 터지던 차였다. 티켓 사는 걸 반쯤 포기하고 있었을

샘이 티켓을
유해줬어요

때 샘이 같이 티켓 사러 가자며 우리를 이끌었다.

"오늘은 살 수 없어요. 내일 오세요."

큰 기대를 하지 않았고 샘이라고 별수 있나 싶어 발길을 돌리려 했다. 그런데 포기할 줄 알았던 녀석이 눈을 부릅뜨며 항의하기 시작했다.

"어제 분명히 오늘 오면 살 수 있다고 하지 않았나요?"

스페인어로 또박또박 항의하는 샘. 똑같은 말만 되풀이하던 여직원이 보스 격으로 보이는 남자와 속닥속닥 말하더니 티켓을 4장 끊어 주었다. 샘이 처음으로 멋져 보이는 순간이었다. 샘과 함께 우루과이 내 독일 대사관에서 일하고 있는 요하네스 Johannes 까지 합류해 축구를 보러 가게 되었다.

"위험하니까 유니폼은 안에 입고 가자."

남미에서 축구 경기를 볼 때는 위험을 감수해야 한다. 팬들 사이의 패싸움과 소매치기는 예삿일이고 여행객들은 안전을 위해 여행사에서 관리하는 패키지 상품으로 축구를 보는 경우가 많다. 단체로 경기장에 입장하고 집 앞까지 무사히 배달해 주는 그런 패키지 말이다. 키도 크고 덩치도 좋은 샘과 요하네스도 조심하자며 유니폼 위에 옷을 걸쳤다. 뿐만 아니라 샘은 경기장으로 향하는 내내 뒤를 돌아보면서 우리의 안전을 살폈다.

"잘 따라오고 있는 거지? 내 뒤에 바짝 붙어서 와."

며칠 전에는
폴 매카트니가 있었던 자리에

제1회 월드컵 개최국이자 우승국인 우루과이의 축구 열기는 대단했다. 게다가 오늘 경기는 숙명의 라이벌이 만난 자리였다. 장소는 제1회 월드컵 결승전이 열렸던 에스따디오 센떼나리오 Estadio Centenario. 비장한 기운이 감도는 이곳은 사실 며칠 전 종민과 폴 매카트니 Paul McCartney의 콘서트를 보기 위해 찾았던 장소였다.

그때의 공연장은 노장 뮤지션의 열정으로 가득했다. 30곡을 부르는 동안 물 한 모금 마시지 않는 대단한 에너지를 목격했다. 일본과 한국의 공연이 취소되었다는 말을 들었을 때 그 이유를 알 것도 같았다. 그토록 온 힘을 기울이는 무대이니 폴 할배는 최상의 상태에서 공연하기를 원했을 것이다. 뮤지션의 열창에 보답이라도 하듯 우루과이 관객은 물론 아르헨티나와 브라질에서도 온 팬들은 떼창을 불렀다. 모두가 하나가 되는 무대, 작년 영국의 레딩 페스티벌에서 스피커에서 흘러나오던 퀸 Queen의 노래를 따라 부르던 장관과 겹쳤다. 여운은 쉽게 가시지 않았고 한동안은 할배의 목소리가 내 머릿속을 떠다녔다.

그런데 지금 내 눈앞에 펼쳐진 광경은 공연의 잔여물을 말끔히 씻어버렸다. 경기장은 분명 그대로였지만 그 안을 채우고 있는 관객은 전혀 다른 분위기를 풍기고 있었다. 자리에 앉아 있는 사람들은 어딘지 모르게 조금은 성난 표정을 하고 있었고 경기가 시작되기 전인데도 상대편 응원석의 동태에 민감하게 반응했다. 응원하는 팀이 딱히 없었던 나와 종민은 샘이 응원하는 페냐롤 쪽에 앉았고 가만히 눈치만 볼 수밖에 없었다.

경기는 홈팀인 페냐롤의 5:0 대승이었다.

우리는 직관했다!
폴 매카트니

잘 따라오고 있는 거지?

"종민, 저기 좀 봐. 페냐롤 깃발이 불타고 있어."
"우리 저 자리에 있었다면 살아 나오기 힘들었을 거야. 샘 따라 이 팀에 온 걸 다행으로 여기자."

성난 나시오날 응원석에서 불길이 활활 타오르는 경기장을 뒤로 한 채 우리는 샘의 엄호를 받으며 무사히 집으로 돌아왔다.

"샘, 우리 내일 치비또 먹으러 갈 건데 같이 가자."
"샘, 시내에 한국식당 있는데 먹으러 갈래?"
"샘, 영화 볼 건데 같이 볼래?"
"샘, 저기 사사사사랑해?"

축구 경기를 함께 본 이후로 우리는 몬테비데오의 일상 중 많은 부분을 샘과 공유했다. 사지를 함께 다녀온 전우애 비슷한 것이 생겼고 다정한 그의 태도에 점점 마음이 열렸다. 이런 동생이 하나 있으면 좋겠다 싶을 만큼 말이다. 땅고 쇼를 볼 때도 술을 마실 때도 맛있는 음식을 먹을 때도 샘은 늘 우리 곁에 있었다.

"샘, 네가 만든 계핏가루와 캐러멜로 뒤덮인 사과 디저트가 그리울 거야. 그동안 챙겨 줘서 고마워. 나의 귀여운 양키 동생아!"

페냐롤의 승리에 기뻐하는 사람들
나시오날의 패배에 성난 사람들

잘 따라오고 있는 거지?

우루과이,
정체를 알고 싶다

글 /

2014년 4월, 우루과이의 가을은 이상 기온의 여파로 급격히 기온이 떨어졌다. 4월에 만나는 겨울 추위는 매우 낯선 경험이었다. 하지만 세실리아와 샘이 있었기에 몬테비데오는 우리에게 따뜻한 도시로 남을 것이다. 세실리아는 우루과이의 정치, 사회, 경제에 관해 수많은 이야기를 들려주었다. 첫인상은 차갑고 외국인에 대한 경계로 무뚝뚝함이 흐르는 곳이지만 친해지면 정을 퍼 주는 나라, 국가 인구의 4분의 1이 수도에 사는 나라. 어딘가 한국을 떠올리게 하는 풍경이 자꾸만 스치는 이곳에서 한 달이라는 시간을 보냈다.

멋진 해변이 있는 도시,
몬테비데오

"몬테비데오에서 한 달, 어땠니?"

"동양인을 두려워하는 느낌이랄까? 막상 이야기를 나누면 한없이 친절한 사람들인데 말이야. 그리고 수도에 많은 사람이 몰려서 사는 게 인상적이었어. 좀

한 나라의 수도가 바다와
이렇게 가깝다니

잘 따라오고 있는 거지?

익숙한 풍경이잖아? 한국도 외국인을 두려워하지만 일단 친해지면 정을 퍼 주잖아. 서울과 그 주변 도시에 인구밀도가 높은 것도 비슷해."

"우리가 여태껏 여행한 나라 중에서 해변이 이렇게 가까운 수도가 있었나? 게다가 아름답고 깨끗해서 여름에 이 사람들은 다른 곳으로 휴가를 가지 않아도 되겠어. 지척에 바다를 두고 있으니까."

"대신 임금은 낮고 물가는 비싸잖아. 직업이 대부분 2개라는데?"

"맞아. 살기 팍팍한 곳이야. 낮보다 2~3배가량 사용료가 비싸지는 오후 5시부터 밤 11시까지는 전기를 아껴야 해. 사용자가 가장 많은 시간인데 전기를 아끼라니 촛불이라도 켜고 살아야 할 판이라니까."

"결혼 풍속도 우리와 비슷해. 결혼식을 치르느라 허리가 휘고 집값이 비싸서 독립하기도 쉽지 않다네."

경계란 무엇인가

"우루과이의 리베라 Rivera라는 국경도시 이야기도 흥미로웠어."

"한국은 아시아 대륙에 속해 있기는 하지만 삼면이 바다고 위는 막혀 있으니 사실 섬나라나 다를 바 없잖아. 그런 우리가 볼 때, 우루과이와 브라질 국경에 걸쳐 있는 리베라라는 도시는 참 신기했어. 그 도시의 시민은 두 나라의 혜택을 모두 누릴 수 있다잖아. 교육이나 의료 등 각종 사회적 서비스를 우루과이와 브라질 중에서 더 마음에 드는 쪽으로 선택할 수 있다는 이야기가 나로서는 이해하기 힘들었어. 우리가 경험하는 국경은 공항 출입국 심사대인데 출국할 때 스템프 한 번, 도착 국가에서 다시 한 번. 총 두 번을 받는 것이 당연했는데 이곳에서는 내 상식이 통하지 않더라."

"그러게. 아르헨티나와 우루과이는 입국하는 국가만 도장을 찍더라고. 이들에게 국경을 넘는 것은 별일이 아닌 거야. 심지어 소를 키우는 가우초 Gaucho, 남미의 초원에서 가축을 키우는 사람들은 국경이 어디인지도 잘 모른다잖아. 소가 먹을 질 좋은 풀이 있는 곳이라면 이 나라든 저 나라든 상관없이 다닐 수 있는 거야. 우리로서는 쉽게 국경을 넘나드는 일은 참 어색해. 적응이 잘 안 돼."

"국경 문제로 고민하고 있으니까 샘이 한 소리 했잖아. 한국의 유일한 육로 국경이 모두 철책으로 막혀 있다면서 불친절한 이웃, 북한이 있다는 것은 여러모로 어렵고 번거로운 일이라고 말이야. 멘도사에서 만났던 미국인 부부, 맷과 에밀리의 부모님은 캔자스시티 Kansas City에 살고 계셨는데 이 도시가 미주리 주와 캔자스 주에 걸쳐 있잖아. 이름은 하나인데 서로 다른 주 정부가 관리한다니 머리가 복잡하더라고. 한국에서는 있을 수 없는 일이라 여전히 이해가 되지 않아."

"세상에는 정말 특이한 상황이 많아. 우리가 익숙하지 않은 것뿐이지."

"여행자라면서 신세계를 두려워하다니 미련했어. 내일이면 또 다른 신세계를 만나러 가는구나. 파라과이의 아순시온 Asunción! 기분이 어때?"

"몬테비데오의 가을도 아름답지만 뜨거운 나라로 얼른 가고 싶어. 아순시온에서 우리가 머물 집에는 수영장도 있잖아. 물가도 여기보다 싸고 말이야."

"난 파라과이 교민 세계가 궁금해. 어쩌다 남미에서 가장 많은 수의 한국인 이민자가 그곳에 모였는지와 지금은 어떻게 살고 있는지도 알고 싶어. 그전에 우리 짐부터 싸자. 이러다 버스 놓치겠어."

잘 따라오고 있는 거지?

어디까지나 주관적이고 편파적인
몬테비데오 한 달 정산기

* 도시 *
몬테비데오, 우루과이
/ Montevideo, Uruguay

* 위치 *
빨레르모 Palermo
(센트로까지 도보로 10분 소요)

* 주거 형태 *
단독주택 / 룸 쉐어

* 기간 *
2014년 4월 9일 ~ 5월 7일
(28박 29일)

* 숙박비 *
총 614,000원
(장기 체류 및 특별 할인 적용,
1박당 정상 가격은 27,000원)

* 생활비 *
총 1,030,000원
(체류 당시 환율, 1페소 = 50원)
* 2인 기준, 항공료 별도

* 은덕 아르헨티나보다 음식, 교통, 공산품 할 것 없이 물가가 2배는 비쌌어. 처음에는 잔뜩 움츠렸지만 그래도 야채, 육류 등 식재료가 싸니까 집에서 밥을 해 먹으면서 생활비를 줄일 수 있었지.

* 종민 물가가 비싼 게 흠이지만 아름다운 바닷가, 친절하고 겸손한 몬테비데오 사람들, 수준 높은 공연 문화는 기대 이상이었어. 집도 아늑하고 조용했잖아. 더욱이 세실리아와 샘 덕분에 이곳과 사람에 빠졌지.

만난 사람: 7명 + α

맛있는 이탈리아 음식을 차려줬던 다비드와 파브리치오, 세상에서 가장 따뜻한 호스트 세실리아, 외국인 같지 않은 친근함의 소유자 샘, 극장 구석에서 일하고 있던 영화제 스텝, 우리의 돈을 뜯으려 했던 사기꾼 프란체스코. 아마 본명도 아니겠지? 우리를 엄호하며 축구장에 함께 갔던 샘의 친구 요하네스.

방문한 곳: 8곳 + α

몬테비데오 국제 영화제가 열리던 극장, 매주 화요일과 토요일에 열리던 집 앞 전통시장, 사기꾼을 만나기는 했지만 너무나 아름다운 몬테비데오의 해변, 세실리아가 추천해 준 공연을 보러 갔던 미술관, 박물관, 극장, 폴 메카트니 공연과 축구를 관람했던 에스따디오 센떼나리오, 샘과 우리의 단골 치비또 가게.

잘 따라오고 있는 거지?

한국을 떠나서
신나는 것은

가끔 한 달에 한 도시를 사는 여행이 아니라 부지런히 이곳
저곳을 바쁘게 옮겨 다니는 여행을 했다면 어땠을까 생각
해 본다. 그랬다면 여행의 권태기를 맞는 일은 없었을까?
아니다. 아마 힘들다며 여행을 일찍 마쳤을지도 모른다. 관
광명소를 찾아다니고 유려한 풍광을 카메라에 담기보다는
그곳에서 성실하게 살아가는 사람들을 관찰하고 우리가
잠시 머무는 도시가 어떤 얼굴을 갖고 있는지를 조금이라
도 가까이에서 알기 위해 떠난 여행이었다. 다른 생각은 아
니 될 말이다.

산에스타니
슬라오
San Estanislao

아순시온
Asunción

아르헨티나
Argentina

카피아타
Capiata

파라과이
Paraguay

브라질
Brazil

이구아수 폭포
Cataratas del Iguazu

아르헨티나
Argentina

호스트라도
방에 들어오는 건 싫어요

글 /

"그래서 저희 방에 말도 없이 들어온 거예요?"

게스트가 외출한 사이, 방에 들어온 호스트. 그리고 방에 들어갔었다는 사실을 끝까지 말하지 않았던 그의 태도. 이것을 어떻게 이해하면 좋을까? 문화의 차이 혹은 커뮤니케이션의 부재가 불러온 문제로 치부하면 되는 일일까?

어딘가 찜찜해

"종민, 사실 말이야. 이번 호스트 인상이 별로 좋지 않아. 문제없겠지?"

은덕이 아순시온으로 향하는 버스 안에서 말했다. 에어비앤비 호스트에 대해 미리 확인할 수 있는 가장 좋은 방법은 앞서 다녀간 게스트의 후기를 읽는 것인데 이번 숙소는 시작한 지 얼마 되지 않은 곳이라 후기가 없었다. 호스트가 직접 적은 프로필만 확인한 뒤 예약했고 이후 은덕이 SNS로 호스트와 연락을 몇 차례 주고받았는데 알 수 없는 찜찜함이 느껴졌단다. 나도 후기가 없는 집이라는 것이

내심 마음에 걸렸지만 버스는 이미 아순시온을 향하고 있으니 어쩌겠는가? 운명에 맡기는 수밖에.

아순시온 버스 터미널에서 호스트, 파비앙 Fabien을 만났다. 그는 196cm의 키에 몸무게는 0.2톤에 육박하는 체구의 소유자로 흡사 『걸리버 여행기』에 나오는 거인족 같았다. 내 손의 3배는 될 것 같은 그의 손과 악수를 나누고 함께 주차장으로 향했다. 버스가 지연되는 바람에 약속 시각보다 1시간이나 늦은 우리를 기다려준 그가 고마웠지만 한편으로는 거대한 풍채에 압도당해 옆에 서는 것조차 조금은 부담스러웠다. 이어서 그의 작은 차에 올라탄 나는 조수석 문 쪽으로 바짝 붙어서 조금이라도 더 그에게 공간을 양보하려 애썼다.

"여긴 위험한 곳이야. 사람들이 거짓말도 밥 먹듯이 하니까 조심해. 내 휴대폰을 하나 줄 테니까 항상 들고 다녀. 문제가 생기면 바로 전화하고."

파비앙은 차에 타자마자 우리에게 자신의 휴대폰을 건넸다. 이토록 우리를 걱정하는 호스트인데 아순시온에 도착하기 전에 은덕과 나눈 대화는 괜한 기우였나 보다.

이럴 수도
있는 건가?

파비앙을 따라 들어선 집은 넓은 거실과 뒷마당에는 작은 수영장도 딸린 제법 큰 2층짜리 단독주택이었다. 그와 아내, 발레리아 Valelia는 부에노스 아이레스 태생이지만 몇 년 전 아순시온에 정착해 개 4마리와 함께 살고 있었다. 도착한 날 저녁, 발레리아가 준비한 식사를 함께하며 이런저런 이야기를 나눴다. 다른 숙소와 별반 다를 것이 없는 시작이었지만 어쩐지 호스트의 태도가 마음에 걸리기 시작했다.

"저녁 준비 다 됐어. 식탁으로 가자."

노크가 없는 것은 물론 양해의 말도 없이 불쑥 방으로 들어온 파비앙. 그의 뒤를 따르며 '이건 뭐지?'와 '그럴 수도 있지.'라는 생각이 번갈아들었다.

"제이 종민의 영어 이름, 내 말 들어. 그렇게 먹는 게 아니라니까!"
"은덕, 당장 스페인 이름부터 만들어야겠어. 한국 이름은 발음하기 어려워. 여기 사는 한국 사람들도 다 스페인 이름을 가지고 있으니 너도 어서 만들어."

밥 먹는 동안 파비앙이 건넨 말은 그동안 어떤 호스트에게서도 듣지 못했던 고압적인 말투였다. 더군다나 우리는 만 하루 전, 단어 하나하나마다 배려가 묻어나던 몬테비데오의 세실리아와 함께이지 않았던가! 은덕은 불편한 기색이 역력했고 나도 파비앙의 태도와 말투가 거슬리기 시작할 즈음 파비앙이 은덕에게 이상한 말을 건넸다.

"은덕, 내 바지 주머니에 손을 넣어 봐."

당황스러웠다. 아니 적잖이 놀랐다. 진한 에로영화 혹은 야동에서나 나올 법한 대사를 나의 아내에게 말하다니! 조금 전, 은덕이 파비앙에게 아르헨티나에서 맛봤던 어떤 음료가 맛있다고 예찬을 늘어놓았고 마침 냉장고에 있던 그 음료수를 가져와서 깜짝 놀라게 해 주려는 그의 의도를 파악했으니 망정이지 손에 들고 있던 나이프를 던질 뻔했다.

'그래 한 번은 실수라 생각하고 넘어가자.'

일단은
지켜보자

다음날, 아순시온으로 오기 위해 버스에서 20시간 가까이 앉아 있었던 터라 여독에 취해서 정오가 다 되어서야 일어났다. 파비앙의 눈에는 늦잠을 자는 우리가 게을러 보였나 보다. 가볍게 인사를 건네는 내게 뼈 있는 한마디를 날렸다.

"드디어 일어났네?"

뒤돌아서 생각하니 지금까지 이 집에서 나눈 대화가 정상적이지 않다는 생각이 들었다. 고압적인 태도를 가진 어른이 아이의 행동 하나하나에 토를 달고 가르치려는 느낌이었다. 마음을 가라앉히고 길을 묻기 위해 파비앙과 다시 대화를 시도했는데 그는 나를 또 한 번 자극했다.

"가까운 은행이 어디죠?"
"집 앞에서 우측 도로를 따라가다가 횡단보도를 건너. 그리고 왼쪽 도로를 따라가다……. 가만히 있어 봐. 내가 얘기하잖아!"

설명을 들으면서 허공에 동선을 그리던 내 손을 파비앙이 낚아챘다. 이 사람, 고분고분 따라가면 점점 더 심해지는 건 아닐까? 그날 외출 뒤 집에 돌아와 확인한 파비앙의 행동에 기가 찼고 그때부터 나는 그를 향한 마음을 완전히 거뒀다.

"너희 오늘 휴대폰 안 들고 갔더라? 챙기라니까! 그러다 일 생기면 어쩌려고 그래?"

여행하는 동안 휴대폰을 쓰지 않았기 때문에 그 존재가 불편해서 방 한쪽 테이블에 얌전히 올려 두고 나갔다. 방에 두고 나간 휴대폰을 파비앙은 어떻게 알았

긴장을 늦출 수 없었던
파키스탄과의 첫날 밤

을까? 혹시나 하는 마음에 부재중 통화 목록을 확인했다. 우리가 집을 비운 사이에 요란하게 벨이 울려서 화가 난 것이 아닐까 싶어서 말이다. 그러나 부재중 전화는 하나도 없었다. 그렇다면 결론은 하나, 그는 우리가 집을 비운 사이 방에 들어온 것이 분명했다.

"파비앙, 우리를 챙겨 주는 건 고맙지만 사람이 없을 때 이 방에 들어오는 건 실례 아닌가요? 호스트라도 게스트가 없는 방을 들락날락하는 건 아닌 거 같아요. 그리고 방에 들어왔다는 얘기는 왜 안 하는 거죠?"
"아니, 그게 아니라……. 그 방에 TV 케이블이 있어서 수리하러 들어간 거야. 아무것도 건드린 것은 없고 그냥 휴대폰이 그대로 있어서 이야기한 건데……."

파비앙과 대화를 급히 마무리하고 방에 들어와 한참을 고민했다.

"은덕아, 이 집 지금이라도 취소할까? 떠나기 전에 사건 하나 터질 것 같아."
"나도 그런 느낌이긴 한데……. 조금만 더 기다려 보자."

다음 날, 아침 일찍 일어나 거실에서 인터넷을 하고 있던 내게 파비앙이 조심스럽게 말을 걸었다.

"잘 잤어? 어제 일은 미안해. 여기 이 케이블 보이지. 이게 너희 방으로 연결되어 있어서 어쩔 수 없이……."
"파비앙, 당신 집이니까 물건을 챙기러 방에 들어오는 것쯤은 이해해요. 하지만 우리에게 나중에라도 말을 했어야 하잖아요?"

자기 덩치에 반도 안 되는 꼬맹이가 이렇게 따박따박 대들 것이라고 생각하지 못했는지 내 말에 더욱 당황한 눈치였다. 다행히 이후부터 우리를 대하는 파비앙의

한국을 떠나서 산다는 것은

태도는 눈에 띄게 조심스러워졌다. 고압적인 분위기를 풍기는 대화도 더는 없었다. 확연히 달라진 그의 태도에 우리는 안심했지만 아순시온에서의 여행이 순탄치만은 않을 것 같다는 예감까지 지울 수는 없었다.

"파비앙은 살면서 누가 이렇게 달려들었던 적이 없었던 것은 아닐까? 저 덩치를 봐. 그에게 그건 아니라고 말하기가 쉽겠어?"
"어쩌면 관계 자체가 서투른 사람일 수도 있어. 친절할 때는 또 엄청 친절하잖아. 함께 지내다 보면 점점 좋아질 거야. 우리, 그렇게 믿자!"

한국을 떠나
산다는 것

글 /

"한인식당에 가서 주방 일이라도 도울까? 헬스장을 끊어서 미친 듯이 운동을 할까? 고시생처럼 스페인어를 공부할까?"
"차라리 아순시온을 빨리 떠날까?"

종민과 종일 나눈 대화 내용이었다. 할 일이 없어도 숙소가 편안하다면 그 도시에 마음을 붙일 수 있었지만 파비앙의 고압적인 자세에 처음부터 마음이 상하는 바람에 딱히 일정이 없어도 우리는 집 밖에 나와 있었다. 그렇지만 늘 무료했다. 숙소와 도시, 둘 다 매력이 없더라도 여행의 초반이었다면 그 설렘만으로도 한 달을 버틸 수 있었지만 지금은 아니었다. 한인식당을 찾아다니면서 밥을 먹는 것 말고는 아순시온에서 우리가 할 만한 것이 없었다. 아순시온은 점점 이도 저도 아닌 곳이 되어가고 있었다.

아순시온에서 만난
할매식당

아순시온의
매력 찾아 삼만리

우루과이에 비해 물가가 싸다는 것은 매력적이었다. 맥도리 햄버거 세트가 5,000원이면 해결되었고 일반 식당의 오늘의 메뉴는 3,000원을 넘지 않았다. 아르헨티나에서 식당에 갈 때마다 얼마를 내야 할지 종잡을 수 없었던 팁 문화도 없었고 식사를 주문할 때마다 음료수를 생략해도 이상하게 쳐다보는 사람도 없었다. 게다가 6,000원만 내면 물부터 반찬, 찌개, 밥까지 먹을 수 있는 한인식당을 발견했다. 파라과이의 물가를 생각하면 싸다고는 할 수 없었지만 마음도 위장도 허기진 여행자에게 이만한 위로가 없었다.

"원래 이맘때면 서늘한데, 이상 기후 때문인지 올해는 좀 덥네요."

아순시온 4시장 Mercado Cuatro에서 옷 가게를 하는 한국 교포를 만났다. 1967년에 이민 온 그녀는 옷을 만들어서 파라과이와 브라질에 걸쳐 있는 국경도시, 시우다드 델 에스떼 Ciudad del Este로 보냈다. 브라질 도매상인들은 이곳에서 옷을 싼값에 사고 브라질로 가서 이윤을 남겨 팔았다. 파라과이에 사는 한국인 이민자들은 의류업 종사자가 많았는데 이렇게 돈을 벌어서 어느 정도 쌓이면 상대적으로 조금 더 부유한 남미 지역이나 미국으로 이주하는 경우가 많다고 했다. 파라과이는 한국을 떠난 사람들이 또다시 다른 나라로 가기 위한 발판인 나라였다. 이 때문인지 1963년, 파라과이에 이민 온 1세대는 한때 1만 명에 육박했지만 지금은 많은 수가 떠나고 3,000여 명이 전부란다.

죽음도
도시에 있었다

낯선 땅에서
한국인으로 죽는다는 것은

무료한 아순시온에서 한국인 이민자의 삶을 엿보는 것은 흥미로웠다. 혹시라도 우리가 잡을 만한 동아줄이 있을까 싶어서 더욱 귀를 쫑긋 세우면서 이야기를 청했다. 그러던 어느 날, 우연히 아순시온의 공동묘지 앞을 지나게 되었다.

"너무 더운데. 들어갈까? 말까?"
"묘지가 다 똑같지 뭐. 그냥 가자."

다른 나라에서도 숱하게 보아 온 묘지였다. 우리는 유럽식 묘지와 별다른 차이가 없을 거라고 생각하며 지나치려 했다. 동남아처럼 습하지는 않았지만 5월에 내리쬐는 아순시온의 태양은 무척이나 뜨거웠다. 그래 봐야 한국의 초여름 기온밖에 되지 않았지만 겨울로 접어들던 몬테비데오에서 사는 동안 더위에 약해졌는지 한 발자국 걷기도 힘들었다. 그늘 한 점 없는 묘지에 들어갈 엄두가 나질 않아 발길을 돌리려던 순간, 우리의 시선이 한 곳으로 향했다.

묘지 입구 맞은편에 묘표를 만들어 주는 가게가 있었는데 스페인어가 아니라 낯익은 문자를 발견한 것이다. 한글로 쓰인 묘표였다. 남미 땅에서 한국 사람의 묘표를 발견했다는 신기함도 잠시, 고국이 아닌 낯선 땅에 묻힌 사람들의 처연함이 느껴져 한동안 말을 이을 수 없었다.

2개의 묘표 중 하나는 1955년도에 태어나서 2010년에 사망한 사람의 것이었다. 아마도 한국에서 태어났지만 파라과이에서 죽음을 맞고 이곳에 묻혔으리라. 또 다른 하나는 어린아이의 것이었다. 1992년에 태어나 1996년에 사망했다. 이곳에서 태어나 이곳에서 죽은 아이일 것이다. 병이었을까? 사고였을까? 이 작은 아이에게 무슨 일이 일어났던 것일까?

이후 어느 교민으로부터 그 아이의 사인과 아순시온의 낙후된 의료 시설에 대해 들을 수 있었다. 작은 교민 사회였기 때문에 묘표의 주인을 알고 있었던 것이다. 그 이야기를 듣고 나니 마음이 더 복잡해졌다. 나와 종민은 한국이 아닌 다른 나라에서 사는 생각을 종종 했다. 한 달에 한 도시에서 사는 여행을 하면서 그 나라의 이민 정책도 살펴봤고 뭘 하고 살아야 밥 굶지 않고 살 수 있을까 궁리도 했었다. 여기서 '죽음'의 문제는 단 한 번도 고려의 대상이 아니었다. 낯선 땅에서 죽는다는 게 무엇을 의미하는지 살짝 지나쳐 가는 여행자는 감히 짐작도 할 수 없었다.

다시는 돌아올 수 없는 먼 땅으로 떠나는 사람들의 심정은 어떠했을까? 어떤 환멸과 비극을 겪었길래 내 어머니의 땅을 떠나겠다는 생각을 했을까? 그리고 그렇게 떠나온 땅에서 죽음을 맞이할 때는 어떤 기분이었을까? 돌아가고 싶었을까? 후회하지는 않았을까?

세월호 참사를 겪으면서 이민을 생각하는 사람이 많아졌다는 기사를 봤다. 우리가 여행하는 동안 이미 한국은 환멸의 땅이 되어 버린 걸까? 한 줌의 희망조차 읽을 수 없어 떠나왔는데 지독한 외로움을 마주한다면 그때는 또 어떤 선택을 해야 하는 걸까?

여행의 권태기

글 /

글이 글을 쓰게 한다는 말을 믿는 편이다. 하고 싶은 이야기가 없어도 자리에 앉아 자판을 두들기다 보면 영감이 떠오르고 생각에 생각이 꼬리를 물어 결국 하고 싶었던 이야기를 하게 된다고 말이다. 지금까지는 대체로 그러했다. 의무감으로 시작된 '기록'은 습관이 되었고 글 쓰는 버릇이 드니 처음보다는 어렵지 않게 쓸 수 있었다. 그런데 요즘은 통 글 쓰기가 싫다. 하고 싶은 말이 너무 많아서 자판 위를 춤추듯 날아다니던 손가락은 멈춘 지 오래였다. 10분, 30분, 1시간……. 손가락이 자판 위에 멈춰 있는 시간이 자꾸만 길어진다.

자꾸만 옛날이 생각나

"너 지금 여행 권태기가 온 거야."

행복하지 않은 사람들이 추억을 곱씹고 살거나 권태기에 접어든 커플이 과거의 연인을 떠올리는 것처럼 나 역시 이미 지나온 여행을 생각하는 시간이 많아졌

한 달에 한 도시

다. 여행이 모두 끝나 일상으로 돌아간 상태라면 당연한 일이지만 나는 지금 여행 중이고 앞으로도 여행할 시간이 많이 남아 있다. 벌써 권태기가 오면 안 되는데 나는 위기에 빠졌다.

가끔 한 달에 한 도시를 사는 여행이 아니라 부지런히 이곳 저곳을 옮겨 다니는 여행을 했다면 어땠을까 생각해 본다. 그랬다면 여행의 권태기를 맞는 일은 없었을까? 아니다. 아마도 여행이 힘들어서 그만두었을지도 모른다. 관광명소를 찾아가고 유려한 풍광을 바라보는 것보다 사람들을 관찰하고 그들이 어떤 음식을 먹고 어떤 물건을 쓰며 어떤 사회에서 사는지 궁금해서 떠난 여행이었다. 남들보다 턱없이 체력도 부족하니 한 달에 한 도시씩 사는 여행을 택한 것을 후회해서는 안 될 일이다.

권태기,
너는 대체 왜?

그럼 왜 권태기가 찾아와 나를 힘들게 하는 걸까? 정말 아순시온 때문일까? 도시 자체의 흥미로움이 떨어져도 얼마든지 즐겁게 여행할 수 있었던 칠레의 발디비아나 크로아티아의 바카르 Bakar를 떠올려 본다면 이것은 억지스러운 핑계였다. 심신이 지친 탓일까? 그것도 아니다. 부쩍 오른 살을 보면 심신이 지쳤다는 말은할 수 없었다. 남미에 와서 나와 종민은 건강하게 잘 먹고 잘 움직이고 잘 잤다. 스트레스도 원인이 될 수 없었다. 회사에 다닐 때를 생각하면 이 정도 스트레스는 애교다. 한국에 있을 때 나는 소화제를 달고 살았고 종민은 만성두통과 손목 결림을 호소했다. 여행하면서 나는 소화제를 끊었고 종민의 머리카락은 물론 콧속에도 자라던 흰털이 사라졌다. 게다가 SNS에 가끔 우리 사진을 올리면 어려 보

그날도, 하늘은 예술이었지

인다거나 더없이 즐거워 보인다는 말도 들었다. 우리에게 여행만큼 즐겁고 적성에 맞는 일은 이전에도 없었고 이후에도 없을 것이다.

이쯤 되면 고백해야 할 것 같다. 호스트인 파비앙과의 관계가 호전되지 않고 있다. 종민이 파비앙에게 우리가 없을 때 방에 들어오지 않으면 좋겠다는 의사를 전달한 이후부터 매일 짧게는 30분, 길게는 한두 시간씩 이어지던 대화가 눈에 띄게 줄어들었다.

"안녕. 별일 없지?"

이것이 한 집에 사는 호스트와 게스트가 나누는 대화의 전부였다. 이렇게 삭막한 관계는 처음이었다. 고압적인 태도로 자기 말만 하는 파비앙이 불편했던 것은 사실이다. 그 나름대로 친근함을 표시한 것이라 이해하고 몇 번 더 관계 회복을 시도했지만 그때마다 파비앙은 수위를 조절하지 못하고 우리를 실망시켰다. 이쯤 되니 우리도 눈 뜨면 집을 나서서 해 질 녘까지 바깥을 쏘다니고 집에서는 잠만 잤다. 평일, 주말 할 것 없이 집보다는 바깥이 편해서 하루도 쉬지 않고 나갔다.

우리 이제
어쩌지?

멘도사나 몬테비데오에서 매일 와인 잔을 부딪치며 서로에게 맛있는 음식을 만들어 주던 훈훈한 그림은 상상도 할 수 없었다. 우리의 여행에서 즐거움은 새로운 인연과 그 사이의 관계에서 나왔는데 한 번 틀어지니 대책이 없었다. 쿠알라룸푸르에서 호스트와 조금 껄끄러웠던 기억이 있지만 대화를 나누고 시간을 함께 보내면서 해결할 수 있다는 믿음이 생겼다. 하지만 우리는 계속되는 파비앙의 말투와 행동에 상처받았고 그 사이 서로를 향한 마음의 문을 조금씩 닫았다. 아 순시온에서 이제 겨우 2주가 흘렀고 2주가 고스란히 남은 상태에 나는 결국 여행의 권태기를 선언하고 말았다. 이 권태기가 얼마나 이어질지 걱정이었다. 남은 시간 동안 서로가 얽힌 마음을 푼다고 해도 그가 또 다시 고압적인 태도를 보이면 그때 우린 정말 어떻게 해야 할까? 응? 종민! 대답해 줘!

아주 사소한
걱정을 안고

글 /

무료한 일상을 달래기 위해 아순시온에서 차로 6시간밖에 걸리지 않는 이구아수 폭포 Las cataratas del Iguazú에 다녀오기로 했다. 이 폭포는 어느 나라의 땅일까? 본디 이 일대는 모두 파라과이의 영토였다. 하지만 대서양 항구를 탐하던 파라과이의 욕심이 브라질과 아르헨티나 침공으로 이어졌다. 그렇게 시작된 전쟁에서 아르헨티나, 브라질, 우루과이가 삼국동맹을 맺고 대적했는데 파라과이는 영토의 많은 부분을 잃은 것은 물론 남성 인구의 절반이 사망하는 막대한 피해를 보고 패배했다.

삼국동맹으로 전쟁에서 승리한 아르헨티나, 브라질, 우루과이는 서로 다른 전리품을 취했다. 우루과이는 강대국 사이에서 국경을 확보했고 브라질은 영토 확장을 그리고 아르헨티나는 국민 단합을 끌어냈다. 파라과이는 영토를 잃었고 악마의 목구멍 Garganta del Diablo이라 불리는 이구아수 폭포 중앙을 기준으로 지금과 같은 아르헨티나와 브라질의 국경이 지나게 되었다.

파라과이는 이구아수 폭포 옆에 국경도시 시우다드 델 에스떼를 세우고 빼앗긴 땅을 그리워하고 있다. 그들에게는 이 땅이 치욕의 현장이고 브라질과 아르헨티나가 달갑지 않은 이웃일 텐데 막상 눈으로 확인하니 이 도시는 브라질, 아르

413

헨티나, 파라과이 국적의 호객꾼과 상인이 뒤엉켜서 자유무역지대를 만들어 나름대로 평화롭게 살고 있었다. 자본주의 아래서 어제의 적이 오늘의 친구가 된 것이다.

이구아수 폭포
아래서

시우다드 델 에스떼는 사진으로만 봤던 1980년대의 동대문 혹은 남대문 시장의 모습과 겹쳐졌다. 가판이 길가에 빼곡히 들어서 있었고 그 사이에 겨우 상가 입구가 보였는데 안에는 전자제품, 의류, 화장품 등 여러 상품이 마구잡이로 어울려 있었다.

파라과이에서 보내는 날들이 지루해지니 아르헨티나가 그리웠다. 나라마다 한 달에 한 도시씩 머물겠다는 우리의 규칙을 스스로 깨면서 부에노스 아이레스와 멘도사, 2개의 도시를 여행했고 언젠가는 이곳이 우리의 안식처가 될 것이라 생각했다. 칠레, 우루과이, 파라과이를 둘러본 후 이구아수 폭포를 통해 다시 찾은 아르헨티나. 여전히 그 안에 있으면 행복했지만 이 나라를 향한 내 마음이 이전과 달리 복잡했다. 사랑에 빠졌던 때에는 눈에 콩깍지가 씌어서 흠이 보이지 않았던 것이고 이제는 정말 아르헨티나는 살기 좋은 곳인지 의심이 들기 시작한 것이다.

남미 서던 콘 지역을 여행하며 겪은 불쾌한 기억을 떠올려보면 공교롭게도 모두 아르헨티나였다. 식당 종업원은 무례했고 거리 곳곳에서 인종차별을 경험했다. 우체국에서는 우리의 소포가 직원 손에 뜯겨 있었고 그들의 훈계를 들어야 했다. 지인이 환전하며 사기를 당한 곳도 아르헨티나였다. 이곳 교민들도 하나같이 아르헨티나는 살기 힘들고 위험하다고 말했다. 하지만 여행자에게는 아니 이제 막 아르헨티나와 사랑에 빠진 사람에게는 교민들의 걱정까지도 매력적으로 다가왔었다.

다시 돌아온 이 땅은 그때 그 모습이 아니었다. 아니 아르헨티나는 변함없지만 내가 변했다. 파라과이 공동묘지에 묻힌 어린아이의 사연과 교민을 통해서 다른 나라에서 살아가는 삶에 대해 고민하게 된 탓이다. 나는 이제 환상이 아니라 현실을 바라보고 있다. 여전히 부에노스 아이레스는 살고 싶은 도시지만 내가 정말 평생을 그곳에서 살 수 있을까?

쏟아지는 물줄기를
바라보며

이런저런 고민을 늘어놓다 보니 어느덧 이구아수 폭포 앞에 도착했다. 지금 내 눈앞에 말로만 듣던 그 거대한 폭포가 있다. 생각은 잠시 멈추고 폭포를 바라봤다. 여기에 오기 전, 은덕이 영화를 하나 소개했다. 왕가위 王家卫 감독의 〈해피 투게더 Happy Together 〉 혹은 〈춘광사설 春光乍洩 〉 혹은 〈부에노스 아이레스 Buenos Aires 〉라고 불리는 이름도 많은 요상한 영화였다.

영화에서 아휘 양조위 분와 보영 장국영분은 이구아수 폭포를 보기 위해 홍콩을 떠나 부에노스 아이레스에 도착한다. 두 사람은 사랑과 이별을 반복하다가 결국 헤어지고 아휘만이 폭포 앞에 선다. 나 또한 그 앞에 서니 아휘의 대사가 떠올라서 괜히 마음이 울컥했다. 우리도 아휘와 보영처럼 여행을 떠났고 부에노스 아이레스

이구아수 폭포에 도착하니 보영 생각이 났다. 늘 폭포,
폭포 아래 둘이 있는 장면만 상상해 왔기 때문이다
〈해피투게더〉 아휘의 대사 중에서

에 마음을 빼앗겼지만 그들과 달리 헤어지지 않고 무사히 이구아수 폭포까지 왔다. 다행이다.

아르헨티나에 대한 짧은 고민과 이구아수 폭포의 큰 감동을 안고 파라과이로 돌아가야 할 시간이 다가왔다. 육로 국경이 없는 나라에서 살기 때문에 걸어서 국경을 넘는 것은 늘 경이로운 일이다. 아르헨티나에서 파라과이로 떠나는 직행버스를 타기 전 또 하나의 걱정이 슬며시 고개를 들었다.

'버스가 브라질도 지나치는데 브라질 출입국 스탬프를 따로 받아야 하나?'

사소한 고민이었지만 나라는 사람은 사소하고 소심하니까 이 정도 고민은 항상 따라다닌다. 터미널을 출발한 버스는 파라과이 국경도시 시우다드 델 에스떼를 향해 달렸다. 출발하고 10분 정도 지났을까? 아르헨티나 출입국 사무소에서 승객 전원은 하차해 출국 도장을 받은 후 다시 승차했다. 자율좌석제 버스라서 조금 늦장을 부렸더니 아까 앉았던 자리는 다른 사람이 앉아 있었다. 브라질 출입국 사무소에서 반드시 자리를 탈환하겠노라고 다짐했지만 버스가 멈추지 않았다. 브라질 출입국 사무소를 그냥 지나친 것이다. 사소하고 소심한 나라는 사람은 또 고민에 빠졌다.

'도장을 안 받아도 되나? 나중에 출국할 때 문제가 생기면 어쩌지?'

브라질 출입국 사무소를 뒤로하고 버스는 계속 달렸다. 출입국 도장을 받지 못해 불안했지만 생각해보니 유럽에서도 육로로 이동할 경우 목적지가 아니면 도장을 찍지 않았다. 여기도 그런 것이 아닐까 생각하니 마음이 편해졌다. 이제 파라과이 입국 도장만 받으면 모든 고민이 사라질 것이다. 그런데 이 버스는 파라과이 출입국 사무소까지 그냥 지나치는 게 아닌가!

'이건 아니잖아. 난 불법 체류자가 될 수 없어!'

자리를 박차고 일어나 버스 기사에게 출입국 도장을 받아야 하니 차를 세우라고 말하려던 찰나, 파라과이 출입국 사무소와 100m 정도 떨어진 정류장에 버스가 멈췄다. 그래도 마음이 조급했다. 몸은 파라과이에 있는데 여권에는 파라과이 잉크가 묻지 않았으니 불법 입국 아닌가! 버스에서 내려 출입국 사무소로 한걸음에 달려갔다. 혹시라도 당황해서 꼬투리 잡힐지 모른다는 생각이 들어 여권을 들이밀며 애써 태연한 척 한마디를 던졌다.

"여권에 줄 맞춰서 예쁘게 찍어 주세요."

만국을 떠나서 산다는 것은

사실은 나도
가고 싶었다

글 /

"계획에 없던 곳이잖아? 난 볼리비아 Bolivia 싫으니까 가고 싶으면 네가 다 준비해!"

은덕이 처음 볼리비아 여행을 제안했을 때 내키지 않았다. 볼리비아가 불편한 이유는 지금까지 우리가 여행한 패턴에서 크게 벗어나기 때문이다. 머무는 기간도 짧았고 누구나 다 가는 여행지를 포함하는 것이 싫었다. 한 달에 한 도시씩 머무는 여행이 우리가 지켜온 방법이니 구태의연하지만 이를 탈피하려면 그럴듯한 명분이 필요했다.

새로운 곳에 도착할 때마다 그 도시의 매력 찾기를 게을리하면 순식간에 여행이 나태해진다. 길 위에서 지낸 1년 동안 나태함이 잦아졌고 그럴 때마다 우리에게 필요한 것은 새로운 자극이란 생각을 했다. 은덕의 결정에 동의한 것은 여행 패턴을 바꾸면 긴장감과 설렘이 살아날 것이란 생각 때문이었다. 그렇게 이곳저곳을 바쁘게 누비는 배낭여행자들처럼 딱 한 달만 여행해 보기로 하고 볼리비아행 버스표를 예매했다.

"1년 넘게 여행하면서 처음으로 비자가 필요한 나라네?"

범죄경력 증명서를
발급받다!

한국을 떠나서 산다는 것은

볼리비아 비자 서류 중 유독 신경이 쓰이는 문구를 발견했다. 붉은 배경의 증명사진이라는 말이었다. 갖고 있는 사진은 모두 하얀색 배경이었다. 볼리비아 비자 때문에 새로 찍자니 돈이 아까워서 고민 끝에 증명사진 배경을 포토샵으로 수정하고 출력하기로 했다. 씨름 끝에 그럴싸하게 만들었는데 막상 사진관에 들고 가니 파일을 출력하는 것이나 새로 찍는 것이나 가격이 똑같단다. 제길, 헛수고했다. 그냥 사진관에서 찍을걸.

사진관을 나와 이번에는 범죄경력 증명서를 발급받으러 경찰서를 찾아 나섰다. 노선 복잡한 아순시온 시내버스를 타고 경찰서 근처에서 내렸다. 한여름 같은 더위를 뚫고 30분이나 걸으며 '볼리비아는 관광비자 하나 주면서 별걸 다 요청한다'란 생각을 버릴 수 없었다.

뭐가 이렇게 어려워

"볼리비아 비자 하나를 받으려고 아순시온 시내를 다 돌아다녔네. 뭐가 이렇게 어려워!"

범죄경력 증명서를 발급받기 위해서는 여권 복사본에 대한 공증이 필요하다며 다시 우리를 땡볕으로 내몰았다. 경찰서 건너편에 있다는 설명을 잘못 알아듣고 다른 부서들을 하나하나 돌면서 '여기서 받을 수 있나요?'를 수없이 물은 뒤에야 공증회사를 찾았다. 몇 차례 시행착오를 겪었지만 비자 발급에 필요한 서류를 결국 모두 준비했다. 하지만 진짜는 이제부터 시작이었다.

다음 날, 준비한 서류를 들고 볼리비아 영사관에 도착했다. 그날은 비자를 신청하러 온 사람이 우리밖에 없어 인턴 직원과 함께 서류를 하나하나 확인했다.

"서류 준비는 완벽하군요. 비자 발급까지 24시간이 필요하니 내일 이 시간에 와서 찾아가세요."

다시 찾은 볼리비아 영사관은 어제와 달리 비자 신청자가 많았다. 한참을 기다려서 내 차례가 되었는데 어제 만났던 인턴이 미안한 기색도 없이 한마디를 툭 던졌다.

"서류 중에 출국 티켓이 없어서 비자가 안 나왔어요. 항공권만 다시 준비해요."
"어제 같이 확인했을 때는 그런 얘기 없었잖아요. 볼리비아에 일주일을 있을지, 한 달을 있을지 모르는데 출국 티켓을 어떻게 사요?"
"그냥 예약만 했다가 취소하면 되잖아요. 다른 사람들은 다 그렇게 준비해 왔어요. 당신들도 제출해요."

비자 발급 서류는 입국 티켓만 요구했을 뿐 출국 티켓이 필요하다는 이야기는 없었다. 단 하루 만에 제출해야 하는 목록이 하나 더 생긴 것이다. 이와 비슷한 일을 우리는 6개월 전, 영국에서 겪었다. 신입으로 보이는 앳된 출입국 사무소 직원은 아일랜드행 티켓과 이후 반년 치 항공권을 보고도 우리가 영국에 눌러 앉을 수 있다며 입국 승인을 거부했다. 또 서류를 준비하라는 말에 화가 났지만 고생했던 기억은 한 번으로 끝내고 싶어 얌전히 하라는 대로 했다.

구석에 앉아서 항공사 홈페이지에 들어가 볼리비아의 산따 끄루즈 Santa Cruz에서 브라질의 캄푸 그란지 Campo Grande로 향하는 1인당 500달러짜리 항공권을 예약했다. '취소 시 전액 환불'이라는 조건이 붙어 있었지만 혹시 나중에 문제가 생기면 어쩌나 마음을 졸이면서 말이다. 티켓을 이메일로 제출하고 다시 자리에 앉았더니 오늘은 접수까지 하고 발급은 내일 할거란다.

서류를 준비하느라 경찰서에서 꼬박 하루를 보냈고 비자 승인을 받기 위해 또 다시 3일을 보내야 했다. 우여곡절 끝에 비자를 받았지만 나흘을 움직이니 화가 난다. 도대체 얼마나 대단한 나라길래 시작도 하기 전에 이리 고생을 시킨단 말인가! 첫 단추부터 불쾌하게 끼워진 볼리비아 여행이 괜찮을지 걱정이다. 버스를 타고 가다가 고장이 나거나 그동안 잘 있던 우유니 소금사막 Sala de Uyuni이 갑자기 사라지는 것은 아닐지……. 사소한 것부터 지구 종말 급의 걱정까지 산처럼 쌓여 갔다.

그럼에도 불구하고 볼리비아 여행이 기대된다. 지금에서야 고백하지만 처음 은 덕이 볼리비아라는 말을 꺼냈을 때부터 내심 기대했다. 은덕의 고집에 못 이기는 척 툴툴거리며 쫓아다녔지만 볼리비아의 우유니 소금사막은 남미 여행을 꿈꾸는 자의 로망이니까. 속마음을 감추기 위해 일부러 까칠한 척했던 나의 졸렬함에 은덕이 살짝 안쓰럽지만 이렇게 생겨 먹은 걸 어쩌란 말인가! 결혼을 무르기엔 벌여 놓은 일도 많고 시간도 너무 늦지 않았는가? 하하.

언젠가 필요할지 모르는 파라과이에서 볼리비아 비자 받는 방법

01 필요 서류
경찰서에서 발급한 범죄경력 증명서, 공증을 받은 여권 및 파라과이 입국 도장이 찍힌 여권 페이지 사본, 볼리비아 출입국 교통편 티켓 사본, 볼리비아 숙소 예약 정보 사본, 붉은 배경의 증명사진 1장.

02 소요 시간
2~3일 가량 시간을 넉넉히 두고 준비해야 한다.

떠나는 자와
남는 자

글 /

남미에서 가장 긴 한인 정착사를 품고 있는 곳, 아순시온. 그 안에서 살아온 한인들의 이야기는 어떤 영화보다 흥미롭고 애잔했다. 이민 1세대들은 억척같이 살아남고자 했지만 그들을 따라온 1.5세대들은 발버둥 치면서 어떻게든 떠나려 했다. 어떤 시간을 보냈길래 이렇게 전혀 다른 행보를 걸었던 것일까? 아순시온에서 정착한 한인들을 만나 그들의 이야기를 경청하고 곱씹어 봤다.

파라과이
이민 1세대를 말하다

"아순시온에서 10명 정도 만났을까? 무료한 일상을 버티기 위해서 인터뷰라는 명목으로 한인사회를 괜히 들쑤신 것은 아닌지 몰라. 그래도 의미 있었지?"

"아순시온은 여행자에게 무료한 도시야. 하지만 남미에서 한식을 먹고 싶다면 여기만 한 곳이 없지. 남미 여행자를 위한 아순시온 한인식당 지도도 만들었잖아. 꽤 재미있었고 말이야. 지도를 만들면서 자연스럽게 그분들의 이야기를 듣게 된 것은 진짜 행운이었어."

😊 "우선 30~40년 전에 정착한 1세대들의 삶부터 들여다보자. 지금 우리가 이야기를 나누는 이 카페에도 총 세 팀의 한국인이 앉아 있어. 그중 하나가 너랑 나고 나머지 두 팀은 이민 1세대들, 일흔이 넘은 분들이야. 노인정이 아니라 카페에 있는 모습이 좀 낯설다. 근면 성실한 한국인의 습관은 파라과이에서도 빛을 봤을 거야. 자녀들도 다 공부시켰고 지금은 여유롭게 시간을 보내는 것 같은데?"

😊 "그 자녀들은 어떨까? 1.5세대의 일부는 아버지 세대가 일군 가업을 이어받거나 다른 나라에 정착했대. 그때만 해도 아순시온 한글학교에 다니던 학생 수가 200~300명 정도였다는데 어마어마한 숫자지. 내가 중국에 있을 때, 한글학교에서 봉사 활동을 했는데 그때 전체 학생 수가 50명 전후였는데 말이야."

떠난 사람들을 추억하다

😊 "한글학교에 다녔던 그 많은 아이들은 다 어디로 갔을까? 어떤 분의 이야기에서 힌트를 얻었지. 자신에게는 형제가 많은데 하나는 미국, 또 하나는 한국, 그리고 다른 하나는 독일에 산다고. 1.5세대에게 파라과이는 새로운 고향이 아니라 어딘가로 떠나기 위한 발판이었던 것 같아. 아순시온은 한창나이의 청년이나 장년층이 대부분 떠나서 어쩐지 텅 빈 시골 마을 같기도 하고. 이방인인 우리에게도 떠난 자들의 공백이 느껴지니 말이야."

😊 "한인교회에 가도 상점을 가도 청년이나 장년층이 없었어. 치안이 불안하

고 경제 발전이 더딘 나라니까 지긋지긋했던 걸까? 도망치듯 이곳을 떠났나 봐."

🙂 "하지만 연세가 있으신 분들은 이곳만큼 편한 곳이 없다고 하잖아. 빵집에서 여전히 그들이 어린 시절에 사 먹었던 단팥빵과 소보로빵을 팔고 바쁜 문명과는 조금 거리가 먼 아순시온의 삶도 마음에 들어 하시고."

😊 "바로 그게 1.5세대가 견디지 못하고 떠난 이유였을 거야. 세상은 빠르게 변하는 데 답답하지 않았을까?"

🙂 "파라과이가 30년 전에 시간이 멈춘 것 같은 도시라서 좋은 점도 있었잖아. 교민들이 말한 것처럼 젊은 사람이 돈 벌기 좋은 곳이라는 이야기에 나는 꽤 설득력이 있다고 생각해. 한국에서는 사업을 시작하면 초기 비용이 많이 들어가잖아. 그런데 여기는 인건비도 싸고 임대료도 저렴해. 집값도 월세 개념이라서 보증금이 없어도 되고 말이야."

😊 "한국의 10년 전을 돌이키며 예전에 유행했던 아이템을 들여오면 돈 벌 수 있을 것 같기는 해."

파라과이,
동전의 양면과도 같은 곳

🙂 "여행 중만 아니었다면 파라과이에서 장사도 해 볼만 한데 말이야. 여행이 끝나면 한국에서 정착할 돈이 필요한 데 우리 호주 가서 바나나 따자고 했잖아. 어차피 힘든 일이라면 파라과이에서 시작해도 괜찮을 거 같아."

한 달에 한 도시

"더군다나 파라과이 교민사회에서는 정착하려는 사람을 돕는 시스템이 있었어. 계를 조직해서 막 이민 온 사람에게 먼저 밀어주면 그 돈으로 구멍가게를 시작하고 돈이 모이면 옷가게나 식당을 여는 것이 파라과이 정착 코스라고 말할 정도니까."

"하지만 돈만 바짝 벌고 여기를 떠나면 욕먹을 거 같아. 여기 2세대들은 파라과이에서 의대나 법대를 졸업하고 다른 나라에서 정착했다고 하잖아. 여기 돈으로 공부하다가 성공하면 다른 데로 간다고 원망이 제법 들리던데."

"파라과이 사람들 입장에서는 한인은 이 나라에 자리 잡는 것이 아니라 언제라도 떠날 사람이란 인식을 갖고 있는 모양이야. 이곳에서 공부한 고급 인력이 떠나버리면 국가적인 손실이기도 하고. 한국도 마찬가지잖아?"

"선택은 자유잖아. 유능한 인재가 떠나지 않도록 매력적인 사회 기반을 만들면 되지?"

"그러기엔 파라과이 정부가 너무 나태해. 주변을 봐. 당장 국가의 손길이 닿지 않는 곳이 태반이야."

"아이러니한 게 며칠 전에 세계에서 가장 긍정적인 나라에 파라과이가 으뜸으로 뽑혔어. 국민들이 가장 많이 웃고 즐겁게 살고 타인으로부터는 존중을 받고 충분한 휴식을 취할 수 있는 나라라면서 말이야."

"파라과이 사람들이 다른 나라의 삶과 제대로 비교하지 못했기 때문일 수도 있어. 우리도 한국을 떠나기 전에는 그런대로 만족하면서 살았잖아. 비교 대상이 없다는 것은 동전의 양면인 것 같아. 알아서 슬프거나 몰라서 행복하거나."

한국을 떠난
사람들

글 /

그의 이야기는 서글펐다. 날것 그대로인 그의 삶을 듣는 내내 몇 번이나 울음을 참아야 했다. 그를 만난 건 파라과이 내, 어느 교회였다. 열렬한 신도는 아니지만 교회에 가서 기도를 드리는 시간이 내게도 필요했다. 한국에서도 안 다니던 교회를 찾게 된 건 큰 사건 사고 없이 여행을 지속할 수 있음에 감사하는 마음을 어딘가에 표시하고 싶었기 때문이다. 어리석은 생각인 줄은 알지만 여행을 지속하다 보면 일주일에 단 1시간쯤은 절대적인 존재 앞에서 인간의 나약함을 인정하고 '보살펴 주시옵소서'를 간청하고 싶은 때가 있다.

한 번 들러요

"여기 고기가 질기긴 해도 먹을 만해요. 어디서 왔어요?"

예배가 끝난 후 점심 메뉴로 아사도가 나왔다. 그는 밥과 고기를 챙겨 주며 처음부터 우리를 친근하게 대해 주었다. 그리 특별한 친절은 아닐지 몰라도 떠돌이 신세인 우리에게는 그마저도 감사한 일이었다.

"나는 저 아래에서 가게를 하고 있어요. 심심할 때 한 번 들러요."

귀 기울이지 않으면 잘 들리지도 않는 그의 목소리를 집중해서 듣느라 금세 피곤해졌지만 어딘지 모르게 애잔함을 풍기는 그가 궁금해서 우리는 다음 날 그의 가게를 찾았다. 가게는 아순시온 4시장에 있었다. 한국 이민자들이 많은 곳이었는데 내가 살던 부평의 전통시장이 연상되는 곳이었다. 중국에서 들여온 싸구려 생활 잡화에서는 플라스틱 냄새가 진동했고 양으로 승부하려는 듯 산처럼 쌓인 과일 따위가 가판 위에서 시들어 가고 있었다. 아스팔트 바닥에 녹아 내릴 것 같은 고무 신발을 파는 가게를 지나 온갖 약초를 넣어서 건강 음료를 만드는 아주머니 곁을 지나자 마침내 그의 가게가 보였다.

휘황찬란한 무늬와 엉성한 재단이 눈에 띄는 옷을 파는 곳이 그의 가게였다. 아순시온 시내를 아무리 둘러봐도 이런 옷을 입는 사람은 없었다. 카운터는 그의 아내 차지였는데 가게 안쪽은 옷을 만드는 공장과 가정집이 이어진 듯했다. 공장 안으로 들어가니 재봉틀이 돌아가는 소리가 시끄럽게 들렸다. 우리를 초대한 그는 공장에서 웃옷을 벗어 던지고 한 손에는 자, 한 손에는 초크를 들고 천 위에 재단선을 그리고 있었다.

어쩌면
흔해 빠진 이야기

"바쁜데 찾아왔나 봐요."
"맨날 바쁘지. 뭐."
"원래 옷 만드는 일을 하셨어요?"

"여기 와서 배운 거야. 전에는 사업을 했지."

다음은 누구나 예상하듯 흔해 빠진 스토리였다. 한 때는 잘 나가던 사업이 망하고 집과 공장, 빌딩이 은행으로 넘어갔다. 1996년, 47살이었던 그가 선택한 것은 파라과이 이민이었다. 한국에서 잘 나가던 그는 주변의 시선을 감당하며 새롭게 시작할 용기가 없었다.

"내가 부천에서 사업을 시작했을 때 제주도에서 비행기를 타고 축하해 주러 오는 사람도 있었어. 그때만 해도 성공한 줄 알았지."

그때 파라과이에 먼저 정착한 친구가 돈이 없어도 이곳에서는 먹고 살 걱정은 없다고 했던 말이 섬광처럼 지나갔다. 하지만 파라과이까지 갈 비행기 값도 만만치 않았다. 수중에 있는 돈을 모두 모았지만 혼자서 떠난다 해도 부족한 돈이었다.

"그래도 죽으란 법은 없나 봐. 그때는 사업할 때 대출을 받으려면 보험을 하나씩 들어야 했는데 그게 꽤 있더라고. 한 번만 붓고 놔둔 것들과 만기 전 해약해도 절반 정도는 받을 수 있는 것도 있었고…….. 결국 비행기 푯값이 모이더라고."

아내와 아들, 딸까지 모든 식구가 파라과이로 갈 수 있는 비행기 값을 겨우 마련했지만 돈이 문제가 아니었음을 뒤늦게 알았다고 했다. 고등학생이던 딸은 공부를 아주 잘했는데 한국에서 대학에 진학하기를 고집한 것이다.

"아빠, 친구들이 자기네 집에서 한 달씩 있으래. 난 한국에서 대학가고 싶어."

인생은
다 이런 걸까

공항에서 딸 아이 손에 100만 원을 쥐여 주고 중학교 2학년이던 아들과 아내만 데리고 한국을 떠난 후 19년이 흘렀고 자식들은 한국에서 원하는 학교를 다니고 직장을 잡아 결혼도 했단다. 자녀들의 이야기를 하면서 끝내 그는 눈시울을 붉혔다.

"두 녀석 모두 한국에서 결혼식을 올렸는데 아내만 가고 나는 못 갔어. 공장을 지킬 사람이 있어야지. 인생이 다 그런 게 아니겠어."

체념한 듯 말했지만 그의 인생이 우리네 부모의 삶을 보는 것 같아 애처로웠다. 파라과이 이민은 피할 길 없었던 위기의 순간에 그가 할 수 있는 최고의 선택이었고 인생이었을 것이다. 열심히 노력해서 얻은 성공이 하루아침에 물거품이 된 상황을 받아들일 수 있는 가장이 몇이나 될까? 최선을 다하는 삶이 모두 아름다운 결과를 가져온다고는 결코 말할 수 없지만 그가 한 선택은 적어도 최선이었다고 말해 주고 싶었다.

불편한 건
익숙하지 않기 때문이다

글 /

"종민, 언제 타?"
"응. 금방."
"1시간째 지나가는 버스 구경만 하고 있는데……. 타기는 할 거지?"
"그래야 하는데, 사실 도대체 어떤 버스를 타야 할지 모르겠어."

새로운 도시에 도착해서 겪는 어려움 중 단연 으뜸은 대중교통을 이용하는 것이다. 물론 시스템이 잘 정리된 나라에서는 감당할 수 있을 정도의 어려움이다. 그런데 파라과이에서는 상황이 달랐다. 버스 노선을 알 길이 없어서 멍청히 서서 하루에도 서너 번씩 지나가는 버스를 구경만 했다.

이 버스가 내 버스냐?
저 버스가 내 버스냐?

아순시온은 지하철이 없고 택시는 현지 물가에 비해 비싸서 엄두가 나지 않았다. 그렇다면 일명, 꼴렉띠보 Colectivo라 불리는 시내버스를 타야 했는데 아무리 찾아

왜 찍기만 하고
타지를 못하니?

435

도 버스 정류장을 볼 수가 없었다. 정류장에 앉아서 다른 사람들이 타는 걸 보면 요금이나 노선을 알 수도 있을 것 같은데 막막했다. 아순시온 내에는 버스 정류 장이란 것이 많지 않다는 것을 한참 후에 알았다.

버스를 타려면 길가에 서서 손을 들고 있어야 했다. 그럼 버스가 택시처럼 와서 멈추고 그곳이 곧 정류장이 되었다. 익숙하지는 않지만 한 번 적응하니 편리하기 짝이 없다. 단, 주의할 점은 버스에 최대한 빨리 올라야 한다는 건데 다리하나만 올려도 버스 기사님은 엑셀레이터를 밟고 속도를 올렸기 때문이다. 무사히 버스에 올라서 버스요금 2,400과라니 ^{한화 600원}를 지불하면 버스타기 미션은 성공이다. 간혹 2,000과라니 버스도 있는데 이는 앞 유리창에 표시가 되어 있으니 미리 확인하고 탈 수 있다.

정류장이 없으니 어떻게 내려야 할까? 내리고 싶은 곳이 가까워지면 천장에 있는 끈을 잡아당겨 벨을 울리면 된다. 그러면 가까운 교차로에서 문이 열린다. 내려야 할 곳을 정확히 알고 있다면 걱정이 없지만 대부분은 처음 가는 곳이라 늘 창문 밖을 뚫어지게 살피는 일을 멈추지 않아야 했다.

그럼 원하는 목적지로 가는 버스인지는 어떻게 알 수 있을까? 버스 앞 유리에 주요 경유지나 도로 명이 적혀 있어서 목적지와 가까운 도로를 지나는 버스를 타면 된다. 하지만 일방통행 도로가 많고 오고 가는 노선이 조금씩 차이가 있어 직접 버스를 타고 경험치를 높여야 아순시온의 버스 노선을 이해할 수 있다. 우리가 스페인어에 능숙했다면 이런 고생은 덜 했겠지만 생존 스페인어밖에 할 줄 몰랐기 때문에 어쩔 수 없었다. 몸으로 부딪히고 돈을 쓰면서 익혀야 했다.

다른 도시에서는 아무리 복잡한 대중교통이라도 하루나 이틀 정도면 파악할 수 있었다. 그런데 한 달을 머물러도 아순시온의 버스는 매번 낯설었다. 길 위에서 손을 들어서 버스를 잡는 것도 어려웠고 그림이나 기호가 하나도 없이 글자로만 이루어진 노선도를 보는 것도 쉽지 않았다. 이 동네 꼬마들도 잘도 타던데 나는 왜 이렇게 힘든 걸까하며 자책하기도 했다.

여행 중 만난 어떤 분이 이런 말을 내게 했다.

"현지 음식이 맛이 없다는 것은 다만 그 맛에 익숙해지지 않았다는 것뿐이에요. 그 어디에도 맛없고 나쁜 음식은 없거든요."

모든 것이 내가 살아온 환경과 달라서 불편했기 때문일까? 익숙하지 않다는 이유로 내가 불만부터 쏟아 내는 것은 아닐까? 그래, 불편하고 낯설 뿐이지 아순시온의 대중교통은 잘못이 없다. 손을 뻗어서 다시 버스를 잡아 보자!

아순시온을 떠나며

글 /

아순시온에서도 한 달이 지났다. 30도에 육박하던 날씨가 20도 아래로 떨어지고 사람들의 옷차림도 바뀌었다. 아무것도 한 게 없는데 시간이 흘렀다. 끝끝내 파비앙과의 관계를 풀지 못했고 그로 인해 스트레스를 받으면서 누군가에게 상처도 주었다. 아순시온의 매력을 제대로 즐기지 못하고 파라과이 현지인들과 친해지지 못한 채로 떠나야 한다는 사실이 너무나 아쉽다.

하지만 짧게 스치는 인연은 있었다. 미용실 아줌마, 슈퍼 아저씨, 동네 백수 처자, 카페 종업원 등. 나는 그들에게서 파라과이의 미소를 보았다. 아르헨티나 사람은 도도하며 차가웠고 칠레 사람은 먹고사느라 바빠서 여유가 없었다. 우루과이 사람들은 겸손하고 수수했지만 이방인을 낯설어했다. 하지만 파라과이는 달랐다. 한국 교민들 덕분이었을까? 생김새가 다른 동양인에 대한 경계가 없었다. 스페인어를 못해도 무시하지 않았으며 그 흔한 바가지도 없었다. 사람들은 순박하고 잇속을 챙기느라 머릿속이 분주하지도 않았다. 우리를 있는 그대로 봐 주는 사람들이 고맙고 벌레 보듯 피하지 않아서 감사했다.

이곳에서
다시 한 번

한여름에는 50도가 넘는 더위와 바다가 없는 내륙이라는 점이 걸리기는 하지만 아순시온이라면 느긋하고 조용한 삶을 살 수도 있을 듯했다. 욕심부리지 않는 사람들의 여유를 함께하면서 말이다. 하지만 안타깝게도 한국 교민들은 파라과이에서도 '돈'이 우선인 것 같았다.

"2년 동안 여행한다고요? 그럼 돈은요?"
"지금 어디서 묵어요? 숙박료는 얼마예요?"
"파라과이에서는 돈 만지기 쉬워요."
"시우다드 델 에스떼에서 큰돈 만지는 한국인들은 죄다 탈세한 거예요."
"파라과이에서 가장 성공한 부자한테 가서 여행 경비 좀 달라고 해요. 그 사람들한테 1,000~2,000달러는 아주 우스워요."

돈 때문에 떠나왔지만 돈의 굴레에서 벗어나지 못한 모습이었다. 이곳에서 만난 교민들은 돈이 어디서 나서 여행을 하는지 숱하게 물어 왔다. 질문의 시작과 끝이 모두 돈이라는 사실이 무섭기도 했고 답답하기도 했다. 물론 여행은 돈이 있어야 할 수 있다. 하지만 우리가 어떻게 여행하는지 왜 아순시온에서 한 달이나 머무는지를 묻는 사람은 없었다. 왜 여행을 시작했는지 지금 여행하는 것이 행복한지를 묻는 사람도 없었다.

"한 도시에서 한 달이라고? 어쩌다 그런 생각을 하게 됐어?"
"지금 행복하니?"
"여행 끝에는 어떤 삶을 살고 싶은 거니?"

이 질문이 우리가 듣고 싶은 것이었고 얼마든지 답할 준비가 되어 있었다. 돈에 의한, 돈을 위한 여행이 아니라 행복을 위한 여행을 묻고 답하고 싶었다. 물질이 행복의 기반이라는 등식을 깨기 위해서 나도 많은 시간이 필요했다. 어쩌면 아직도 깨고 있는 중인지도 모른다. 그래도 이제는 아주 조금은 알고 있다. 소유하지 않아도 즐거울 수 있음을 여행을 통해 배우고 있다. 만약 우리가 다시 아순시온을 찾는다면 그때는 좀 더 뚜렷한 확신을 마음에 품은 상태였으면 좋겠다. 그럴 수 있다면 좀 더 열린 마음으로 아순시온의 진짜 매력을 찾을 수 있겠지.

꼭 다시 만나!

어디까지나 주관적이고 편파적인
아순시온 한 달 정산기

＊ 도시 ＊
아순시온, 파라과이

/ Asuncion, Paraguay

＊ 위치 ＊
따루마 / Taruma

(센트로까지 버스로 20분)

＊ 주거 형태 ＊
단독주택 / 룸 쉐어

＊ 기간 ＊
2014년 5월 4일 ~ 6월 1일

(28박 29일)

＊ 숙박비 ＊
총 503,000원

(장기 체류 및 특별 할인 적용,

1박당 정상 가격은 26,000원)

＊ 생활비 ＊
총 1,130,000원

(체류 당시 환율, 1과라니 = 0.2원)

＊ 2인 기준, 항공료 별도

＊ 은덕 아순시온에는 물가에 비해 에어비앤비 렌트 비용이 비싸고 숙소도 별로 없어서
찾는 데 애 좀 먹었어. 그나마 위치, 비용을 생각했을 때 파비앙의 집이 최선이었
지만 생각지도 못한 복병이 기다리고 있었지.

＊ 종민 호스트의 고압적인 말투와 태도 때문에 집에 있기 싫었어. 매일 밖에서 식사를
하니 생활비가 이곳 물가에 비해 많이 나왔어. 숙소 비용에 조식도 포함되어 있었
는데 그것도 안 먹었으니 말 다했지.

만난 사람: 5명 + α

197cm의 키와 0.2톤 몸무게의 파비앙, 발레리나처럼 고고하고 아름다웠던 발레리아, 볼리비아 영사관에서 만난 일 좀 못하는 인턴, 아순시온 내의 한인식당 주인장들, 교회에서 만난 서글픈 이야기의 아저씨.

만난 동물: 4마리 + α

집에 있는 시간이 거의 없어 놀아주지 못한 개님들 4마리.

방문한 곳: 10곳 + α

매일 한 끼 우리의 식사를 책임졌던 한인식당, 볼리비아 비자를 위해 찾아갔던 사진관, 경찰서, 영사관, 한국인 묘표를 발견한 아순시온 공동묘지, 더운 날이면 어김없이 찾아갔던 쇼핑몰, 한국 이민자들의 생활터전이었던 4시장, 일주일에 한 번 기도를 하러 간 한인교회, 사소한 걱정이 늘어졌던 이구아수 폭포와 시우다드 델 에스떼.

한국을 떠나서 산다는 것은

아홉 번째 달 / 볼리비아

해 볼 건
다 해 봤어

여행을 시작한 지 1년이 흐르고 또 3개월이 지나자 우리에게도 변화가 찾아왔다. 우리는 서로를 이해하는 것이 아니라 인정하기 시작했다. 위태로웠던 관계는 단단해졌고 서로의 조언을 받아들이는 사람이 되었다. 여행이 아니었다면 각자가 이렇게 다른 사람이라는 것을 깨닫고 인정하기까지 더 긴 시간이 필요했을 것이다. 아니 끝내 몰랐을 수도 있었겠지.

볼리비아
Bolivia

코파카바나
Copacabana

라파스
La Paz

코차밤바
Cochabamba

산따 끄루즈
Santa Cruz
de la Sierra

수끄레
Sucre

**유우니
소금사막**
Sala de Uyuni

따리하
Tarija

까라마
Calama

칠레
Chile

아르헨티나
Argentina

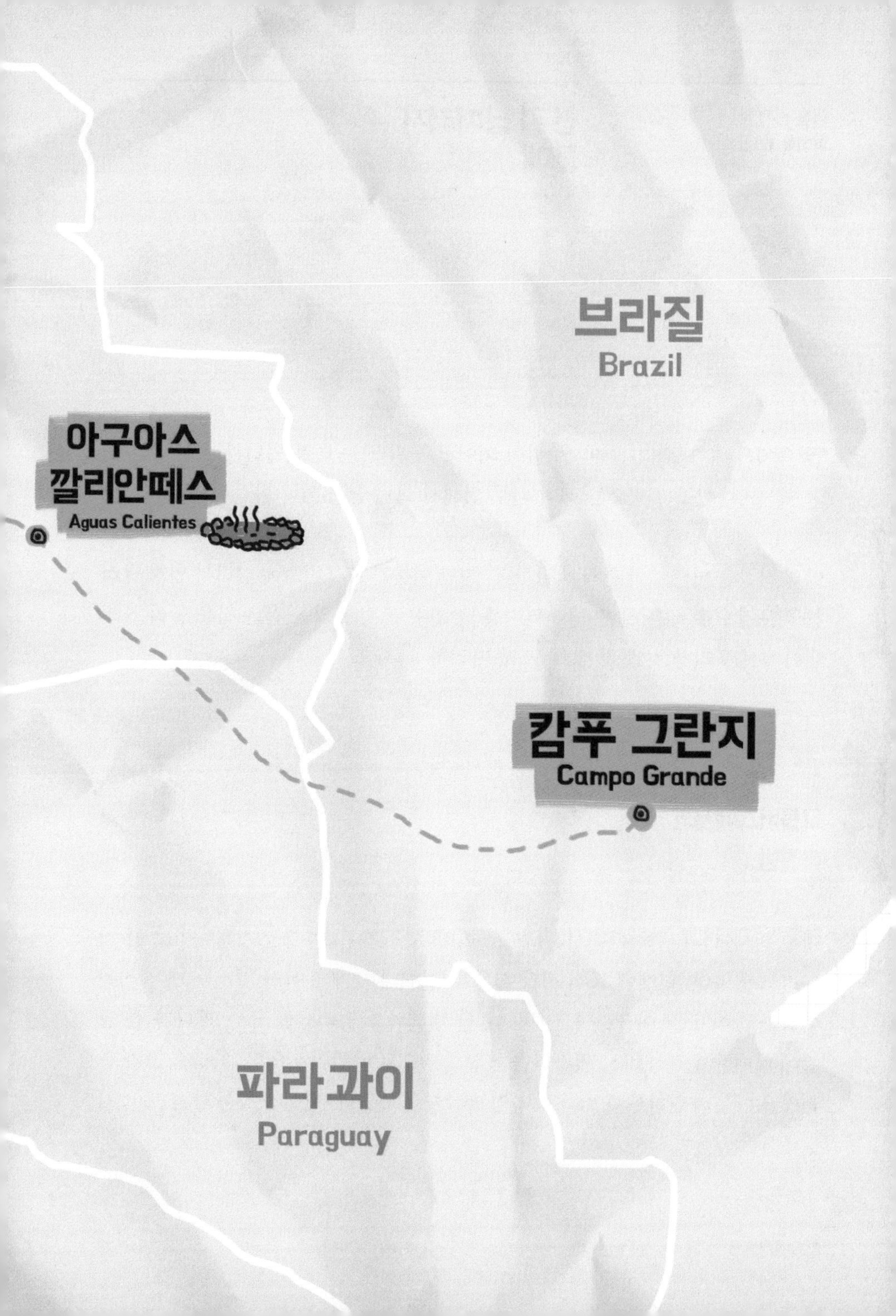
브라질
Brazil
아구아스
깔리안떼스
Aguas Calientes
캄푸 그란지
Campo Grande
파라과이
Paraguay

아홉 번째 달
따리하 1

천 길 낭떠러지
끝에

글 /

"꿈속에서 네가 2명인 거야. 주검이 되어서 누워 있는 너랑 멀리서 그걸 바라 보고 있는 너. 이곳까지 오는 길이 너무 험해서 그런 꿈을 꿨나 봐."

아침 하늘을 바라보며 은덕이 말했다. 지난 이틀간 고물버스에 실려서 먼지 날리는 비포장도로 혹은 천 길 낭떠러지를 달렸다. 그렇게 악몽 같은 길을 달려 볼리비아에서 우리가 지낼 첫 번째 도시, 따리하 Tarija에 도착했다.

고물버스에서의
하룻밤

이틀 전, 은덕과 나는 아순시온에서 볼리비아의 산따 끄루즈로 향하는 버스를 기다리고 있었다. 티켓에 적힌 시간보다 1시간이나 늦게 도착한 버스는 폐차 직전이라는 단어가 잘 어울렸다. 덜렁덜렁한 범퍼와 너덜너덜한 좌석, 게다가 한 달 전에 예매한 운전석 바로 뒷자리는 화장실 옆으로 바뀌어 있었다. 화장실 문과 유리창은 아무리 닫아도 버스가 달리면 슬금슬금 열렸다. 벌어진 창문 틈을 보고 시

창문은 자꾸만 열리고
버스는 아슬아슬하게 곡예 운전을…

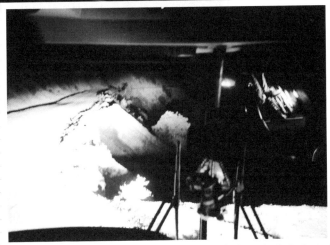

간이 얼마나 흘렀는지를 가늠할 수 있을 정도였다. 화장실의 퀴퀴한 냄새, 비포장
도로의 먼지, 창틈으로 들어오는 차가운 공기와 밤새 싸워야 했다.

다음날 점심이 지나서야 겨우 볼리비아에 들어섰다. 국경을 넘자마자 도로 상태
가 좋아졌다. 이대로 마음을 놓아도 괜찮을까? 더 이상의 고난은 없을 거라 생
각하며 빌야몬떼 Villamontes, 파라과이와 볼리비아의 국경도시에서 따리하로 향하
는 버스로 갈아탔다. 저녁 7시 30분, 우리는 다시 길고 긴 길을 달릴 야간 버스에
올랐다. 도시를 벗어나자 길은 이내 비포장도로로 바뀌었고 다시 창틈으로 먼지
가 스며들었다.

우리가 탄 버스는 2층짜리였는데 울퉁불퉁한 비포장도로를 달리는 버스가 휘청거
리는 것이 느껴졌다. 굽이굽이 산길을 오르는 버스 창문 너머로 천 길 낭떠러지가
보였다. 좁은 길을 달리다가 마주 오는 차가 있으면 꾸불꾸불 산길을 따라서 후진
을 하는데 머리카락이 곤두섰다. 운전기사의 손놀림에 45명의 목숨이 달려 있었다.

"버스가 휘청거려서 잠이 안 와. 창밖 풍경이 무서워서 눈을 뜰 수도 없어. 추락
하는 일은 없겠지?"

걱정이 쌓여 갔지만 내가 할 수 있는 일은 없었다. 손님을 싣고 달리는 일을 수차
례 반복한 기사님을 믿는 것밖에는 말이다.

"따리하입니다."

새벽 4시, 눈을 떠보니 어디 상한데 없이 멀쩡한 몸으로 버스 터미널에 도착했다.
기사님에게 감사하다는 말을 속으로 수없이 되뇌며 지옥 같은 버스에서 내렸는
데 눈 앞에 펼쳐진 풍경에 또 한 번 기함했다. 곳곳에 이불을 덮고 누워 있는 인

볼리비아의 출입국 사무소와
터미널 풍경

451

디오들의 모습에 새벽녘 몽롱했던 정신이 번쩍 들었다. 남미에서 6개월을 보내는 동안 원주민, 즉 인디오들을 직접 마주한 것은 처음이었다. 두렵고 낯선 풍경에 압도되어서 빨리 터미널을 떠나고 싶었다. 미리 조사한 호스텔까지 걸어갈 수 없어서 택시를 타야 했는데 좀처럼 용기가 나지 않았다.

겁먹지 말자!

"사기 한 번 당하는 것은 감수해야겠지? 사기는 괜찮으니까 납치나 안 당했으면 좋겠다!"

터미널 한가운데서 겁을 잔뜩 먹고 머뭇거리는 사이, 거뭇거뭇한 사내가 자기 택시를 타라면서 다가왔다.

"로사리오 호스텔 Residente Rosario로 가야 하는 데 얼마인가요?"
"아, 로사리오! 12볼 약 한화 1,800원 주세요."
"20볼이요? 이만큼이요?"
"아니, 12볼!"

스페인어도 제대로 할 줄 모르는 동양인 여행자가 12볼이라는 단어를 듣고 20볼을 내밀었으니 모르는 척 받을 수도 있었을 텐데 정확하게 12볼을 챙기더니 재빨리 우리 가방 하나를 낚아채서 차에 실었다. 10여 분을 달려서 호스텔에 도착했을 때는 추가 요금도 없었고 불 꺼진 호스텔 문이 열릴 때까지 함께 기다려 주기까지 했다. 아무래도 버스를 타면서 지나치게 스트레스를 받았던 것 같다. 남미에 온 지 벌써 6개월이 지났다. 겁먹지 않아도 되겠다.

지난밤의 악몽을 위로하려는 듯
파란 하늘 가운데 무지갯빛 구름이
빛나고 있었다.

따리하의
인연

글 /

볼리비아로 떠나기 전날, 우연히 팟캐스트 〈탁재형 PD의 여행수다, 볼리비아 편〉을 들었다. 그곳에서 유년기를 보냈다는 이지가을 님은 자신의 고향, 따리하를 추억하면서 떨리는 목소리로 말했다. 소박하고 푸근하며 미소가 아름다운 사람들이 사는 마을이라고. 이 방송을 듣고 우리는 애초에 가기로 한 목적지, 산따 끄루즈 대신 따리하로 방향을 틀었다. 그렇게 충동적으로 결정했지만 이 마을은 우리가 상상한 모습 그 이상이었다. 그녀가 이곳을 왜 그토록 사랑했는지 알게 되었고 방송에서 말했던 것처럼 따리하를 다른 이들에게 알려주고 싶지 않다고 한 이유도 알 수 있었다. 너무 아름다워서 혼자만 알고 싶었기 때문이다.

따리하가 만든
기적이었을까?

 "아순시온을 떠나기 이틀 전이었나? 우연히 여행 팟캐스트 패널로 나온 이지가을 님이 유년시절을 보낸 마을에 대해 이야기하는 걸 들었어. 목소리만 들었는데도 진짜 그 마을을 사랑한다는 것을 느낄 수 있었지. 그래서 충동적으로

이모, 저 또 왔어요!

해 볼 건 다 해 봤어

따리하로 방향을 틀었어. 찾아가는 길은 험하고 가이드북에도 짧은 설명이 전부였지. 목소리 하나만 믿고 30시간을 달려 도착했는데 남미에서 가장 사랑스러운 마을을 만난 거야."

"우리를 이곳으로 이끈 장본인을 SNS에서 찾아 기어이 메시지까지 보낸 건 술김에 그런 거지? 네 맘 이해할 수 있어. 따리하를 알려 줘서 고맙다는 마음을 전하고 싶은 그 심정 말이야."

"너도 방송을 듣고 괜찮은 사람, 만나고 싶은 사람이라고 했잖아. 그래서 연락을 한 거지. 근데 더 놀라운 일이 생겼어."

"맞아. 어둠이 짙게 내리던 어느 날 저녁이었지. 그 길로 가려고 했던 것도 아니었어. 길을 잘못 들었고 발길 닿는 데까지 가 보자는 심정으로 걸었는데 눈앞에 한국 식당이 나타났어. 운명처럼 말이야. 이 작은 도시에 한국 식당이 있으리라고 생각도 못 했는데 말이지. 그리고 직감적으로 알았어. 이 가게의 주인이 그녀의 부모님일지도 모른다는 것을! 어머님이 자신의 딸을 어떻게 아느냐며 물으셨잖아. 여기까지 우연히 찾아오는 사람은 없었다면서 말이지."

"운명, 인연, 이런 거 잘 안 믿는 편인데 따리하에 머무는 동안 어머님과 몇 차례 이야기를 나누면서 긴 끈 하나가 우리 모두의 심장을 이어 주고 있다는 느낌이 들었어. 이 여행이 끝난 뒤 무슨 이유를 만들어서라도 다시 이곳으로 올 거야."

"밝은 에너지로 가득 찬 분들이었어. 마치 우리 이모 같아. 엄마는 혼도 내고 잔소리도 하는데 이모는 늘 이야기를 들어주고 내 편만 들어줬거든. 이역만리 타국 땅에 이모가 생긴 기분이 들었어."

종민에게
코차밤바란?

글 /

"헤이, 종민! 마셔. 끝을 내자고."

와인 투어에 나섰다가 3시간 만에 15잔의 포도주를 마셨다. 코차밤바 Cochabamba 에서 온 세 자매와 그녀들의 아버지, 여기에 나와 종민 그리고 가이드 하비에르 Javier 까지 총 7명이 멤버였다. 영어를 못하는 볼리비아 사람들과 스페인어를 못하는 한국인이 만난 승합차 안은 처음에는 어색한 공기가 흘렀다.

세 자매의 옷차림을 보니 코차밤바의 부자 언니들 같았다. 가방이랑 지갑, 선글라스, 옷가지는 화려한 디테일이 살아 있는 명품이었고 손가락 마디마디와 팔목에는 금붙이가 주렁주렁 달려 있었다. 이 언니들, 머리끝부터 발끝까지 부티가 났다. 아버지는 소박한 차림인데 딸들은 휘황찬란하게 꾸민 걸 보니 돈은 아버지 주머니에서 나오고 퍼다 쓰는 건 자식들이 아닐까 싶었다.

일단은 통성명부터

"안녕하세요. 저희는 한국에서 왔어요."

하루 동안 투어를 함께 다닐 이들에게 재빨리 인사부터 했다. 부자 언니들이 뭐라도 하나 사 줄지 모른다는 계산이 있어서는 아니었고 여행하면서 먼저 인사를 하는 게 습관이 되었기 때문이다. 그동안 체득한 진리 중에 하나는 외국인과 소통하기를 원한다면 눈이 마주치면 먼저 웃는 얼굴로 인사해야 한다는 것이다. 물론 나도 한국에서는 먼저 인사하고 말을 거는 사람이 아니었다. 사근사근 웃는 편도 아니어서 차갑다는 말도 많이 들었지만 여행 와서는 점점 친근하고 푸근한 사람으로 변하고 있었다.

그렇게 다니엘라 Daniela, 실비아 Silvia, 카르멘 Carmen과 인사를 나누고 첫 번째 보데가에 도착했지만 알아듣지도 못하는 스페인어만 쏟아 내는 가이드를 따라다니는 건 고역이었다.

"종민, 잠깐 저리로 가자."

중간중간 아는 단어가 들리기는 했지만 자세한 설명은 알아듣기 힘들어서 딴짓할 거리를 찾아 고개를 이리저리 돌리던 차였다. 우리는 잠시 무리에서 이탈해 와인을 발효시키는 공정을 둘러봤다. 1만 톤의 와인을 담은 거대한 컨테이너가 20개는 족히 넘어 보였다. 마침 뚜껑을 열고 호스로 와인을 빼내는 작업을 진행 중인 현장이 눈에 들어왔다.

이렇게 자꾸 마셔도
되는 건가

"이리로 와서, 냄새 맡아 봐요."

작업 중에는 일반인은 접근할 수 없다고 들었는데 까치발을 들고 구경하는 우리를 작업반장이 불러 세웠다. 컨테이너에 남아 있는 와인은 성인 두 사람이 들어가서 물장구를 칠 수 있을 만큼 어마어마한 양이었고 멀리서도 발효된 포도 향기가 진하게 느껴졌다. 10분의 1쯤 와인이 남아 있는 컨테이너 입구에 머리를 들이밀고 향을 맡고 있으니 정신이 아찔해졌다.

"우와, 냄새만 맡아도 머리가 핑그르르 돌아. 향이 굉장하구나."
"포도 향이 뇌 속으로 파고들고 있어."

코차밤바 언니들이 열심히 가이드의 설명을 들으면서 보데가를 탐방하는 동안 우리는 여기저기 작업장을 쏘다니며 와인 향기에 취했다. 투어에는 시음도 포함되어 있었는데 한쪽에 마련된 작은 식당에 하몽과 치즈, 와인 잔이 놓여 있었다. 잠시 앉아서 기다리니 하비에르가 호기롭게 와인 3병을 들고 나타났다.

"설마 저 3병을 다 까는 건 아니겠지?"

우리가 오늘 가게 될 보데가는 총 3곳이었고 지금이 첫 번째였다. 첫판부터 달리는 것은 바람직하지 않은 일이다. 하지만 하하 호호 웃으면서 오랜만에 먹는 하몽과 치즈에 이성을 잃고 말았다. 생산지에서 직접 마시는 와인이니 맛은 더할 나위 없었고 정신을 차렸을 때는 마지막 와인의 코르크가 열리고 있었다.

아, 아까우신오

"하비에르, 너 운전해야 하지 않아?"

운전을 겸하는 가이드 하비에르가 슬슬 걱정되었다. 벌써 4잔을 마셨는데 괜찮을까 싶었다.

"은덕, 걱정하지 마. 이래 봬도 무사고 운전사라고. 경찰한테 걸려도 여기는 몇 푼 찔러주면 괜찮아."

두 번째 보데가로 향하는 차 안, 출발할 때 어색했던 분위기는 사라지고 와인을 나눠 마신 자들의 왁자지껄한 수다가 이어졌다.

"코차밤바에는 안 올 거야? 나 호스텔 사장이야. 전화번호 알려 줄 테니까 오게 되면 꼭 연락해."
"은덕아 코차밤바는 계획이 없었는데 가 볼까? 안 그래도 수크레 Sucre 에서 우유니로 가는 길이 농성으로 막혔다는데 코차밤바로 돌아가도 좋을 것 같아."

마지막 보데가에서 그 사건만 없었더라도 우리는 산뜻하게 코차밤바에 가서 며칠 머물렀을지도 모른다.

역시
과하면 문제야

두 번째 보데가는 볼리비아의 전통 술, 싱가니 Singani를 만드는 곳이었다. 포도주로 만든 위스키인 싱가니는 무색이었지만 도수가 40도나 되는 독주였다. 그냥

코차밤바의 언니들

마시면 여느 독주처럼 목이 타들어가지만 그 끝 맛은 달달 하다. 여기 사람들은 싱가니와 소다를 2:8의 비율로 섞어서 레몬과 얼음을 추가해 칵테일처럼 마시는데 은은한 포도 향기에 청량한 맛까지 더해져 여름철에 이보다 좋은 술은 없었다. 우리는 이스탄불에서 만나기로 약속한 부모님과 함께 마시기 위해 딱 1병을 샀지만 코차밤바 언니들은 첫 번째 보데가에서 6병의 와인을 산 것도 모자라 싱가니를 4병이나 더 샀다.

"종민, 이 언니들, 술을 참 좋아하나 봐."

여기까지는 좋았다. 알딸딸하게 취기가 오른 채로 물 좋고 공기 좋은 마을로 소풍을 나온 기분이었으니까. 마지막 코스는 식당을 겸한 보데가였는데 이곳에서 먹는 음식은 투어 비용에 포함되어 있지 않았다. 적지 않은 비용을 내고 투어에 온지라 메뉴판을 보면서 긴장하고 있었는데 코차밤바 언니들이 우리의 의사는 묻지 않고 주문을 하기 시작했다. 화이트 와인을 항아리로 주문하고 레드 와인도 항아리로 주문했다. 거기다 거대한 민물 생선구이까지.

"종민, 이거 언니들이 사 주는 거야?"
"응. 그런 거 같아. 공짜라고 너무 게걸스럽게 먹지 말고 품위를 지켜."
"응응. 오케바리."

민물 생선구이지만 레몬을 뿌려 먹으니 비린내도 안 나고 고소했다. 와인도 달달하니 입에 맞았다. 그런데 이 언니들! 취기가 오르니 종민에게 너무 들이대는 것이 아닌가? 와인에 약한 종민은 첫 번째 보데가부터 힘들다며 집에 가고 싶다고 투정을 부렸는데 그걸 아는지 모르는지 좀 친해졌다고 그에게 와인 세례를 퍼붓기 시작했다.

"헤이, 종민! 마셔. 끝을 내자고."

거절 못 하는 성격의 종민은 언니들의 성화에 못 이겨 5잔을 연거푸 마셨다. 이게 끝이었으면 얼마나 좋았을까? 정작 이 식당에서 만드는 와인은 시음도 하지 않은 상태였는데 언니들은 또 다른 와인을 주문했다. 종민은 이날 3시간 동안 15잔의 와인을 마셨고 이후 3번의 토악질을 하며 숙취와 싸워야 했다.

"종민, 너에게 코차밤바란?"
"술 센 미친 언니들이 사는 도시. 한국에서 강제로 술 먹이는 아저씨를 보는 것 같았어. 코차밤바 안 가!"

우리는 지금
우유니로 갑니다

글 /

터미널을 출발한 폐차 직전의 버스는 붉고 푸른 빛의 대지를 지나 어느덧 황량한 모래사막 위를 달리고 있었다. 버스 맨 뒷자리에 앉은 우리의 이웃은 쉴새 없이 떠드는 아이 2명과 함께 탄 아이 엄마였다. 웃돈을 주더라도 이 자리만은 피하고 싶었지만 내 제안을 받아들이는 이가 없었다. 따리하에서 우유니행 버스를 탈 수 있는 투피사 Tupiza에 오는 길도 만만치 않은 고행이어서 이미 지칠 대로 지쳐 있었다. 조용히 그 누구의 방해도 받지 않고 우유니로 향하고 싶었는데 강적을 만난 것이다. 모른 척하고 좌석에 앉자마자 굳은 얼굴로 눈을 감아 버렸다. 유리창 사이로 스며드는 차가운 바람에 잔뜩 움츠린 몸만큼 아이들을 향한 내 마음도 굳게 닫혀 있었다.

"나 도착할 때까지 아이들에게 눈길 한 번 주지 않을 거야. 애들이 귀찮게 할지도 모르니까."

우유니로 향하는 길은 멀고 험했다. 깊은 계곡 사이를 3시간이 넘도록 달렸지만 목적지는 보이지 않았고 버스는 사막의 태양 아래에서 멈춰 버렸다. 엄청난 일교차와 숨 막히는 고도에 엔진이 쓰러진 모양이다. 승객들은 하나둘 버스에서 내려 공구통과 엔진을 오가는 기사를 구경했다.

고장 난 버스는 기사 아저씨가 어찌할 문제이니 시간을 때울 방법을 찾기로 했다. 호기심 가득한 눈으로 나를 바라보는 아이들이 보였지만 외면하고 버스에서 내렸다. 카메라를 둘러메고 길옆에 있는 언덕으로 올랐다. 뒷동산이라고 불러도 될 만큼 낮은 능선이었지만 정상에 올라서니 마치 전력 질주로 100m를 뛴 것처럼 숨이 가빴다. 이미 해발 4,000m에 올랐다는 사실을 잊었던 것이다.

그림 같은 풍경과
천사 같은 아이들

버스가 달리는 동안에는 끝없이 뻗은 비포장도로만 보였는데 언덕에 오르니 새로운 풍경이 눈에 들어왔다. 그 경이로운 자연을 담고자 한참이나 셔터를 눌렀다. 아차 싶어서 버스 쪽을 돌아보니 아직도 그 자리에 요지부동 서 있다. 더 이상 찍을 거리가 없어 터덜터덜 버스로 돌아갔다. 아이들이 자리로 돌아오는 나를 뚫어져라 쳐다보고 있었고 그 옆에서는 잠 귀신이 붙은 은덕도 반쯤 눈을 뜨고 나를 보고 있었다.

"종민, 나 귀찮게 하지 말고 애들한테 사탕이나 주고 말이라도 터 봐."

애들이랑 말하기 싫다고 그렇게 눈치를 줬는데 억지로 사탕을 찔러주는 은덕이 탐탁지 않았다.

'계속 조용히 잠이나 자든가 아니면 자기가 일어나서 줄 것이지, 얘는 꼭 날 시킨단 말이야.'

조금 더 일찍
놀아 줄 걸 그랬다

투덜거렸지만 한 시간이 넘게 멈춰 있는 차 안에서 달리 할 게 없었다. 못 이기는 척 아이들에게 사탕을 건넸다. 작은 사탕을 건네는 나의 손. 아이들은 그것만으로도 친구가 되기 충분했나 보다. 내 얼굴을 만지고 무릎에 누웠다. 그리고 내 손에 들린 카메라에 관심을 보였다.

"한 번 찍어 볼래?"

셔터 누르는 법을 가르쳐 주니 신 나서 사진을 찍었다. 아이들을 모른 척하려던 마음은 사라지고 그 모습이 귀여워 한참이나 지켜보았다.

나는 너무
여려서 문제야

아이들에게 쉽게 정을 주지 않기로 마음먹은 것은 중국에서의 기억 때문이기도 했다. 당시 나는 한글학교에서 아이들을 가르치는 봉사를 했다. 한국어를 배우러 주말마다 모여드는 아이들이 좋았다. 그 녀석들과 함께 공도 차고 이야기도 하다 보면 나 역시 고향에 대한 향수를 달랠 수 있었다. 수업은 뒷전이었고 등을 타고 올라 내 얼굴을 갖고 노는 아이들에게 마음을 빼앗겼다. 그런데 아이들은 다음 학기가 되면 새로운 환경에 적응하기 바빴고 다른 선생님과 정을 나눴다. 언제 그랬냐는 듯 서먹해지는 아이들을 보는 것이 나는 가슴이 시렸다.

잠시 스쳐 가는 인연이지만 이 아이들의 푸른 눈동자가 한참 생각날 것이다. 깔깔거리던 웃음소리도 내 무릎을 오르내리던 순간도 기억에 남을 것이다. 하지만 이 아이들은 금방 내 존재를 잊고 말겠지.

"내가 주는 만큼 그 사랑을 받고 싶은 욕심이 있어. 그런데 저 아이들은 버스에서 내리면 나를 잊겠지? 나만 혼자 그리워하게 될 거라고. 그게 싫어서 아이들과 거리를 두는 거야."

태양이 대지와 맞닿을 즈음 버스가 멈췄다. 불편한 좌석 그리고 창틈으로 들어오는 먼지와 싸우기를 8시간, 드디어 우유니에 들어섰다. 광활한 소금사막의 입구에 도착했지만 옆에서 떠들던 아이들의 눈빛이 계속 아른거렸다. 이런 나를 보고 은덕이 혀를 차며 말한다.

"여려 터져가지고는."

그래, 언제나 나의 여린 마음이 문제다.

해 볼 건 다 해 봤어

우유니 데이 투어,
호구 관광객? 공정 여행가?

글 /

우유니에 도착한다 해도 투어를 할 수 있을지 미지수였다. 일주일 전부터 계속된 농성으로 우유니 소금사막으로 들어가는 길은 막혀 있었고 그 많다던 투어 회사 중에서 두세 군데밖에 영업을 하지 않았다. 여행객이 차량 하나가 움직일 수 있는 인원인 7명을 모아오면 하루에 딱 한 번 데이 투어를 할 수 있는 상황이었다.

"은덕아, 투어 못 할 수도 있겠는걸. 우유니로 오는 길이 다 막혀서 한국인이라고는 우리밖에 없나 봐. 그냥 외국인이랑 할까?"
"민정이가 한국인이랑 하라고 했잖아."

부에노스 아이레스에서 만났던 민정이는 우유니를 먼저 다녀왔는데 투어는 꼭 한국인과 해야 한다고 신신당부했다. 여러 가지 컨셉 사진과 단체 사진을 찍어야 하는데 한국인들이 여러모로 편할 거라고 했다. 아무 생각 없이 자리만 있다면 외국인이라도 상관없던 우리의 계획은 민정의 조언을 듣고 달라졌고 눈에 불을 켜고 한국인을 찾아 나서게 됐다.

"저기, 안녕하세요. 한국분이세요?"

동훈이와 지은이는 콜롬비아에서 교환학생을 마치고 남미를 여행 중이었다. 동훈이는 수화물로 부친 배낭이 행방불명되어 영하의 날씨에 얇은 점퍼 하나만 입고 있었다. 바라만 봐도 안쓰러워 보이는 친구였다.

"너무 춥겠다. 우리가 옷을 빌려줄게요."

그렇게 물꼬가 트인 인연 찾기는 염섭 씨와 상훈 씨, 세득 씨까지 이어졌고 결국 7명을 모두 한국인으로 채울 수 있었다.

꼭 그래야
했을까?

처음 200불 _{한화 30,000원}을 부르던 호객꾼은 종민이 안 가도 그만이라는 느긋한 태도를 보이자 150불까지 가격을 낮췄다.

"종민, 엊그제 다른 친구들은 200불에 갔다는데 이거 처음부터 일이 너무 쉽게 풀린다."
"일주일 동안 문을 닫았으니 저 사람들도 당장 돈이 필요할 거야."
"그런데 우리는 싸서 좋지만 여행객이 현지에서 투어, 숙박, 쇼핑 등을 할 때 기를 쓰고 깎는 것이 바람직할까?"

이 풍경을 보고
값을 매기는 것 자체가
어쩌면 만용일 수도

볼리비아는 남미에서 손에 꼽히는 가난한 나라이다. 국민 대부분 일차 산업에 종사하지만 우유니를 비롯한 몇몇 도시는 관광업에 의지해 도시가 운영된다. 관광지라도 기본 물가가 저렴한 편이라 시장에서 현지 음식을 먹으면 우리 돈으로 2,000원이 넘지 않는다. 이런 나라에서 어떻게든 더 싸게 여행하려고 돈을 깎는 것이 과연 좋기만 할까? 아니 더 나아가서 옳은 일일까? 그렇다고 하루 사이에 값을 터무니없이 올려 버리는 사람들에게 아무 저항 없이 돈을 내야 하는 상황도 억울했다.

우유니로 넘어오기 전 투피사에서도 비슷한 경험을 했다. 영하로 떨어진 날씨 속에서 밤새 오들오들 떨면서 잠을 잤더니 방한용품이 절실해졌다. 인디오 할머니가 운영하는 작은 상점에 들어가 장갑 2개와 모자를 샀다. 한 땀 한 땀 뜨개질을 하는 할머니를 보니 진열대의 상품이 '메이드 인 차이나'인 걸 확인했어도 깎아 달라는 말을 할 수 없었다. 그렇다고 할머니가 터무니없는 가격을 요구한 것도 아니었다. 현지인들이 사는 가격에 겨우 10~20볼 정도 비싸게 사는 것뿐인데 굳이 깎아야 하나 싶었다. 이런 고민은 한 도시에서 한 달씩 살면서 여행할 때는 한 적이 없었다. 관광지가 아닌 곳에서 머물렀고 현지인과 어울린 덕분에 상술도 없었고 바가지를 겪는 일도 없었기 때문이다.

'호구 관광객과 공정 여행가의 차이는 무엇일까?'

코카콜라, 피자헛, 맥도날드, 프링글스 등도 사 먹지 않고 그 나라에서 생산되는 제품을 사고 현지 음식만 먹고 여행하는 게 공정여행일까? 모두가 그런 엄격한 잣대를 기준 삼아 공정여행을 실천할 필요는 없을 것이다. 마을 공동체에서 생산하는 수공예품이나 음식 등은 가능하면 깎지 않을 것, 관광객을 상대로 하는 투어 프로그램도 바가지가 아니라면 제 돈을 지불할 것. 한 푼 한 푼 아껴 자린 고비처럼 여행하는 배낭여행자들은 이마저도 실천하기가 어려운 게 사실이지만 혹여 현지인이 바가지를 씌었다고 분개하지 말고 '그럴 수도 있지'라는 여유로운 마음가짐이 우리에게 더 필요한 것일지도 모른다.

오랜만에 관광지에 발을 들였더니 생각이 많아졌다. 이 그림 같은 풍경을 앞에 두고 말이다.

저 바구니에 든 물건은
어쩌면 한 가족의 저녁 식사

우유니 선셋 투어,
단체샷은 어려워

글 /

아름다운 풍경을 사진으로 담는 건 대단히 어려운 일이다. 별빛으로 수놓은 따리하의 밤하늘, 알티플라노 Altiplano의 신비로운 비경을 열심히 찍었지만 한계가 있었다. 그러나 우유니만큼은 예외였다. 눈으로 보는 것도, 카메라를 통해 보는 것도 모두 아름다웠으니 말이다.

사진발 하나는 최고인 우유니에는 다양한 투어 프로그램이 있는데 선셋, 선라이즈, 데이라 불리는 당일치기 투어와 1박 2일, 2박 3일 투어 등 다양한 프로그램이 현지 여행사를 통해 운영되고 있었다. 시간에 따라서 시시각각 모습을 바꾸는 우유니는 투어 한 번으로 만족할 수 없는 곳이었다. 방문하는 시간대를 달리해서 여러 번 가도 새로운 곳에 온 것처럼 감탄하기 때문이다. 나와 종민이 어제 데이 투어를 마치고 오늘 선셋 투어에 나선 것도 바로 이런 이유였다. 오늘 멤버는 충현과 그의 또 다른 지인인 혁준 씨, 영미 씨, 진호 씨 그리고 이곳에서 합류한 미정 씨, 투어 출발 직전에 올라탄 민수 씨까지 모두 8명이었다.

1분 1초마다
옷을 갈아입는 듯한 우유니

해 볼 건 다 해 봤어

제발,
그것만은

우유니에는 많은 투어 회사가 있지만 그중에서 일본인과 한국인이 주로 이용하는 회사는 두 곳이었다. 이들은 사막 한가운데에 물이 고여 있는 곳을 찾아서 인터넷에 떠도는 우유니의 컨셉 사진을 잘 찍어 주는 것으로 유명했다. 지평선을 경계로 물이 고여 있는 바닥에 하늘이 데칼코마니처럼 비치는데 이 배경을 중심으로 점프하거나 독특한 포즈를 취하는 것이 하나의 코스였다.

"종민, 우리도 몸으로 글자 만들고 점프하는 사진 찍어야 해? 나 그거 하기 싫은데."

우유니에 다녀온 사람들의 인증 사진이 머릿속에 떠오르자 미간이 찌푸려졌다. 사진보다는 눈으로, 마음으로 오랫동안 바라보는 데 익숙하기도 하고 단체로 무언가를 해야 하는 것이 내키지 않았기 때문이다.

단체 활동을 싫어한 역사는 꽤 길다. 고등학교 때부터 수학여행도 거부했고 체육 시간이나 조회 시간이 되면 운동장 맨 뒤쪽을 어슬렁거렸다. 개인주의적인 성향이 강한 탓도 있지만 그때는 학교가 시시해서 일부러 바깥으로 나돌았다. 울타리만 벗어나면 재미있는 것 투성이인데 왜 의자에 앉아 고리타분한 수업을 들어야 하는지 이해가 안 됐다. 자퇴를 결심했지만 부모님의 반대로 겨우 졸업장을 받을 수 있었다. 대학에서도 마찬가지였다. 엠티와 학과 활동은 참여하지 않았고 졸업사진도 찍지 않았다. 만약 결혼하게 된다면 고아나 교포와 했으면 좋겠다고 생각했다. 이 세상에는 정말 다양한 생각을 가진 사람이 있음을 나는 나를 통해 깨달았다.

불편한 마음을 안고 선셋 투어로 나서는 길, 다행히도 멤버 구성이 좋았다. 여행

최선을 다해서 찍었다!
누가? 바로 내가!

해 볼 건 다 해 봤어

중에 친구를 만나면 연장자는 늘 우리 몫이었는데 7명 모두가 30대였다. 그 나이에 이 먼 곳까지 여행을 떠나왔다면 적어도 웃음 코드나 기질이 달라서 어색해지는 순간은 없을 것 같았다. 진호 씨와 영미 씨는 무덤덤한 사이인 우리와 달리 시도 때도 없이 사랑이 뭉게뭉게 피어오르는 신혼이었고 혁준 씨는 행동거지와 외모가 딱 철없는 큰 오빠 느낌이었다. 이들은 월드컵을 직접 보기 위해 브라질로 가던 중 잠시 시간을 내서 남미를 여행하고 있었다. 그리고 이 모든 만남 뒤에는 '충형'이라는 애칭이 더 친근한 충현이 있었다.

"자, 다들 카메라 주세요."

가이드는 8명의 카메라를 모두 수거해 가더니 한 사람씩 테마를 잡아서 사진 찍기에 몰두했다. 내 차례가 다가올수록 초조해졌는데 종민이 옆에서 한 마디를 거들었다.

"은덕아, 하기 싫으면 확실히 안 하겠다고 사람들에게 말해. 그게 아니라면 재미있게 열심히 찍고."

이럴 때 보면 종민이 꼭 어른 같다. 하기 싫은 걸 안 하는 건 자유의지이지만 일단 하기로 했다면 최선을 다하란다. 여행하면서 1년이 다 되도록 종민은 내가 그와 다른 사람이라는 것을 쉽게 인정하지 못했다. 본인처럼 희생하지 않는다며 배려하지 않는다면서 몰아세우고 화를 내기 일쑤였다. 그럴 때마다 나는 너와 생각과 기질이 다른 것을 왜 이해하지 못하느냐며 울며불며 외쳤다.

여행한 지 한 해가 흐르고 또 3개월이 지나자 우리에게도 변화가 찾아왔다. 종민은 이제 나를 이해하는 것이 아니라 인정하기 시작했다. 위태로웠던 관계가 단단해졌고 나는 그의 조언을 겸허하게 받아들이는 사람이 되었다. 여행이 아니었다면 서로가 이렇게 다른 사람이라는 것을 알기까지 더 긴 시간이 필요했을 것이다. 아니 끝내 몰랐을 수도 있다. 나도 여행 중에 발견한 내 모습이 싫을 때가 있었는데 종민은 오죽했을까?

"종민, 오늘따라 네 등짝이 참 넓어 보인다."

우유니 선라이즈 투어, 나는 왜 삼촌인가?

글 /

"은덕아, 너무 춥다. 내 평생 이렇게 추운 날씨는 처음이야. 발이 떨어져 나갈 것 같아. 사진이고 나발이고 그냥 차에 있을래."

우유니에서 마지막 여정인 선라이즈 투어. 어두운 밤하늘에 쏟아지는 별과 새벽녘 떠오르는 태양을 보고자 사막 한가운데로 향했다. 어제 선셋 투어와 달리 태양이 사라진 한겨울 우유니는 영하로 기온이 떨어졌고 장화 하나 신고 차가운 소금호수를 걸으니 온몸을 도려내는 듯한 추위가 엄습했다. 여행하는 동안 최대한 여름을 따라서 움직이고 있었고 바로 며칠 전만 해도 포도가 익는 따리하의 햇살 아래에서 여유를 부리고 있었기에 한겨울의 추위는 생각도 못 했다.

뭘까?
너와 나의 차이는?

함께 투어 차량에 오른 멤버 가운데 충현이 있다. 민정을 통해 우유니에서 처음 만난 동갑내기 친구인데 처음부터 녀석의 힘찬 에너지에 놀랐다. 충현은 우유니

시리도록 아름다웠던
우유니의 밤

에서 6시간 거리에 있는 도시에 있었지만 우유니 주변 도로가 봉쇄되어서 이틀 동안 다른 도시들을 경유해 이곳까지 왔다. 하지만 버스에서 내린 그는 지친 기색이 하나도 없었다. 그 에너지는 혹한의 추위에서도 빛을 발했다. 나는 차 밖으로 한두 번 나갔다가 5분도 못 버티고 이내 기어 들어왔지만 충현은 내내 밖에서 동행한 사람들의 사진을 찍어 주었다. 중간중간 차 안에 움츠리고 있는 나에게 밖으로 나오라며 독려하는 것도 잊지 않았다. 여름이 되면 엄마들이 입는 일명, 냉장고 바지 하나만 입고 있어 나보다 추위가 더했을 텐데 말이다.

충현은 이미 몇 달 전에 우유니에 왔었고 그때도 수많은 사진을 찍었기에 멋진 사진이 욕심났던 것이 아니다. 그저 매 순간 최선을 다하려는 에너지, 그리고 그를 믿고 멀리서 찾아온 친구들에게 최고의 순간을 선물하고 싶은 마음이었다. 추위에 약한 은덕도 그의 노력에 탄복하고 차 밖으로 나가 평생 잊지 못할 장면을 보았다.

하지만 충현이가 좋기만 한 것은 아니었다. 나의 시샘의 대상이기도 했다. 그를 소개해 준 사람은 20대인 민정이었는데 충현을 '오빠'라고 부르고 나는 '삼촌'이라고 불렀다. 나와 동갑이고 더군다나 내 얼굴이 더 동안인데 그는 오빠, 나는 삼촌이라니! 이 상황을 믿을 수가 없었다.

"넌 결혼해서 오빠가 될 수 없는 거야."

은덕이 날 위로했지만 더욱 초라해질 뿐이었다. 충현과 함께 있으며 나의 모습을 돌아보았다. 긍정적인 사고보다는 부정적인 사고에 능했고 좋다는 말보다는 싫다는 말을 먼저 뱉었다. 부정적인 태도가 칙칙한 분위기를 만들었고 그것이 나를 삼촌으로 만들었던 것은 아니었을까? 20대 친구들에게 오빠 또는 형이라고 불리는 충현의 에너지를 훔치고 싶다.

질투는 나지만
우리 팔광을 보여 주었으니
참기로 한다

어디까지나 주관적이고 편파적인
우유니 정산기

* 도시 *

우유니, 볼리비아 / Uyuni, Bolibia

* 주거 형태 *

호스텔 더블 룸

* 기간 *

2014년 6월 9일 ~ 6월 14일

(5박 6일)

* 숙박비 *

총 60,000원

* 생활비 *

총 250,000원

(체류 당시 환율, 1볼 = 150원)

* 은덕 칠레, 아르헨티나만 해도 5만 원이 훌쩍 넘어갔는데 볼리비아는 투어 비용이 1~2
만 원 선이니까 부담이 없었어.

* 종민 숙박비도 쌌잖아. 하루에 12,000원이면 더블 룸에 묵을 수 있었지. 물론 화장실
과 샤워실은 공용이고 코에서 김이 나오는 이글루 같았지만. 계속 들고 다녔던
전기장판이 없었으면 저체온증으로 얼어 죽었을지 몰라.

만난 사람: 14명 + α

퍼진 버스 안에서 함께 놀아 준 두 꼬마, 유수와 따루와. 우유니 데이 투어 멤버였던 동훈이, 지은이, 염섭 씨, 상훈 씨, 세득 씨. 투피사에서 만난 뜨개질 하던 인디오 할머니, 우유니 센셋 투어 멤버였던 충형, 혁준 씨, 영미 씨, 진호 씨, 미정 씨, 민수 씨.

방문한 곳: 1곳 + α

눈이 호사스러울 정도로 아름다운 풍경을 보여 줬던 우유니 소금 사막.

아홉 번째 달
코파카바나 1

볼리비아
먹방

글 /

다른 나라의 음식을 처음 먹으면 입맛에 안 맞을 때도 향신료 때문에 코가 얼얼
할 때도 음식 재료가 비위에 거슬릴 때도 있다. 하지만 그 나라 사람들이 주식으
로 맛있게 먹는 음식인데 먹지 않는다면 두고두고 후회할 것이다. 한두 번 먹어
봐서는 그 맛을 알 수 없지만 자꾸 먹다 보면 나라마다 다른 음식의 개성과 맛을
느낄 수 있다. 세상에는 낯선 음식이 있을 뿐이지 맛없는 음식이란 없다.

볼리비아 음식에서
한식의 냄새가 난다

🙂 "세계여행을 떠나는 자, 볼리비아 음식이 입에 맞지 않다면 여행을 그만두라."

😊 "네가 만든 말이지? 볼리비아 음식이 그렇게 맛있어?"

🙂 "아프리카 음식을 빼면 전 세계의 음식을 먹어 본 것 같은데 볼리비아만큼
한국적인 소스는 없었어. 오늘 점심으로 먹은 음식부터 말해 볼까? 현지인이 많

한 달에 한 도시

490

이름 모를 내장탕과
사랑스러운 절임 음식

해 볼 건 다 해 봤어

은 식당에 들어가서 옆 테이블에서 먹는 음식을 그대로 시켰는데 내장탕이 나왔어! 걸쭉하게 매운 국물에 재료도 똑같았어. 해발 4,000m 고산 지대인 볼리비아에서 입술이 터질 만큼 지쳐있는 상태라 한국 식당을 찾아갈까 했는데 그럴 필요가 없더라고."

😊 "나 역시 볼리비아 음식이 입에 맞아. 반찬처럼 먹는 절임 종류가 특히 맛있어. 양파, 고추, 피클 등을 새콤달콤하게 절여서 피자, 감자튀김, 치킨, 햄버거 등과 함께 먹으면 느끼하지가 않아. 그리고 강황을 넣고 조리한 음식이 많아서인지 익숙한 맛이고."

😀 "강황은 고기 요리에 주로 쓰는데 그게 또 냄새를 잡아 주지. 남미를 여행하며 매운 고추를 이렇게 잘 먹는 사람들은 처음 봐. 고추로 만든 소스도 자주 사용하는데 우리한테 뼈간데 Picante! 맵다 라면서 조심하라고 했잖아. 처음에는 매운 거 잘 먹는 한국인이라는 걸 증명하려고 많이 넣어 달라고 했는데 괜히 센 척했다가 혀가 마비되는 줄 알았어."

😊 "볼리비아에 처음 도착했을 때 입맛이 없어서 죽을 찾아다녔는데 그때 소파데 아로즈 Sopa de Arroz를 만났어. 일명 쌀죽이야. 닭을 삶아서 쌀을 넣고 끓이는데 맛이 꼭 삼계탕이야. 이 닭고기 말고 소고기를 넣기도 하는데 그건 또 갈비탕 같다니까. 지구 반대편에서 한국과 닮은 음식을 발견하는 게 신기해."

😀 "밀라네싸 Milaneza도 참 맛있어. 이건 부침개나 전 같아. 닭고기나 소고기를 다져서 계란 반죽을 입혀서 부치는 데 딱 봐도 한국 명절 음식이야. 쌀밥이나 감자를 곁들여 주니 한 끼 식사로도 충분하지! 파스타와 샐러드를 함께 먹는 싸이세 Saice도 맛있었어."

삼계탕? 갈비탕?
소파 데 아로즈!

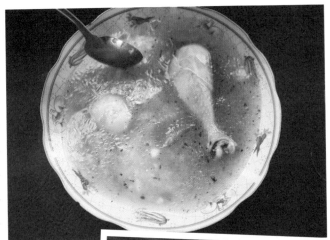

해 볼 건 다 해 봤어

"음료 이야기도 해야지. 즉석에서 짜서 주는 귤과 오렌지 주스는 3볼에서 5 볼이면 충분했어. 우리 돈으로는 1,000원이 안 돼. 볼리비아에는 유독 몸에 좋은 음료가 많은 것 같아. 콜라가 아니라 천연 음료를 더 많이 마셔서 그런지 통통이 들이 덜 보이고."

"여기서 수정과와 식혜를 마실 수 있다는 게 믿어지니? 길거리에서 갈색과 흰색 음료를 팔고 있는 인디오 아줌마를 만났는데 갈색 음료는 수정과 맛이 나 고 흰색 음료는 식혜 맛이야. 새로운 음료수에 도전하고 싶은 사람이라면 땅콩 기름으로 만든 알로하 데 마니 Aloja de mani 와 레체 데 띠그레 Leche de Tigre 도 괜찮지. 알 로하 데 마니는 겉모습은 기름이 동동 떠다니는 커피인데, 계피와 땅콩 기름으 로 만든 음료라 아주 고소해. 레체 데 띠그레는 번역하면 '호랭이 젖'인데 사실은 세비체 국물이야. 시큼하면서도 상큼하고 묘한 맛이 나는 신비의 음료! 하하하."

"아, 내 사랑 세비체. 세비체는 원래 페루나 칠레에서 먹는 음식이라 볼리비 아에서 먹을 거라고는 상상도 못했어. 티티카카 호수 El lago Titicaca 가 있는 작은 마 을, 코파카바나에서 먹었는데 민물에서 잡힌 생선으로 만들어서 처음엔 꺼렸는 데 웬걸, 시큼하고 맵고 시원한 게 입맛을 확 돋구더라고."

"그러고 보니 우리 볼리비아에서 와인이 생산된다는 걸 알고 열심히 마셨잖 아. 그리고 와인 투어에 갔다가 새로운 칵테일도 만났지. 이름하여 싱가니! 볼리 비아 여행하면서 만난 한국 사람들한테 싱가니로 칵테일을 만들어 줬는데 다들 감탄했어. 현지에서 검증했으니 한국 가면 지인들한테 꼭 만들어 주자!"

고단하고
고생스러운 여행

글 /

"사람들은 배낭여행을 6개월이고 1년이고 어떻게 하는 거지?"

한 달 동안 볼리비아에서 배낭여행을 했더니 여지없이 몸에 무리가 왔다. 볼리비아의 동쪽에 있는 작은 마을, 아구아스 깔리엔떼스 Aguas Calientes에 도착한 후 30도를 오르내리는 기온에도 춥다면서 전기장판을 틀었을 때부터 알아챘어야 했다. 따리하를 거쳐 우유니, 티티카카 호수까지 3주 동안 고산병과 추위와 싸우느라 몸이 고장 나기 시작했다는 것을 말이다. 비교적 저지대였던 따리하도 고도가 2,800m였다. 조금씩 적응했다고 생각했는데 머리가 무겁고 숨이 차는 것을 막을 수가 없었다.

한 번도 겪은 적 없는 극심한 두통에 진통제를 달고 살았다. 게다가 생리까지 겹치니 한 발자국 내딛는 것이 고역이었다. 숨을 쉬고 있지만 산소가 부족해서 답답했고 양치질을 할 때도 양말을 신을 때도 헉헉거렸다. 볼리비아의 겨울도 복병이었다. 숙소는 대부분 난방이 잘 되지 않았다. 그저 몸을 누일 수 있는 침대가 있다는 것만으로 감사해야 했다. 방은 영하의 날씨에 거리에 서 있는 것 같은 기분을 오롯이 느끼게 해 줬다. 1년째 들고 다니던 전기장판이 없었다면 여행을 포기했을지도 모른다. 전기장판 덕분에 가난뱅이 여행객이 살 수 있었다.

볼리비아의 온천,
구경해 보세요!

온천에 가자!

건조한 기후도 우리를 괴롭혔다. 몸속의 수분이 모두 메말랐는지 피부가 쩍쩍 갈라지기 시작했다. 바짝바짝 입술이 말랐고 얼굴이 찢어질 듯이 당겼고 다리는 버짐이 피기 시작했다.

"종민, 얼른 촉촉한 동남아로 가고 싶어."
"포도가 자라는 마을, 사막, 호수까지 가 봤으니 이제 볼리비아 온천으로 가자. 거기는 따뜻할 거야."

몸은 힘들었지만 기왕 배낭여행 중이니 다양한 지형과 기후를 만나고 싶은 욕심이 있었다. 게다가 볼리비아는 땅덩어리가 넓어서 기후와 지형이 다양했다. 따리하가 연중 따뜻한 기후에 포도가 자라는 마을이었다면 우유니는 면적만 1만 2,000km²에 달하는 광활한 소금사막이었다. 티티카카 호수는 잉카 문명의 발상지로서 해발 3,810m에 있는 호수였다. 이제 볼리비아에서 마지막으로 온천에 간다면 미련 없이 다른 나라로 갈 수 있을 것 같았다.

아구아스 깔리엔떼스, 번역하면 '따뜻한 물'로 지명 자체가 온천을 뜻하는 곳이었다. 우리는 지친 몸을 지하에서부터 솟구친 뜨거운 물에 담그고 싶었다. 가이드북에도 소개되지 않았고 여행객들도 잘 모르는 이 미지의 땅에 가고 싶었던 것은 해인의 부추김도 있었다.

"볼리비아에서만 석 달째 여행하고 있는 칠레 부부를 만났는데 아구아스 깔리엔떼스가 제일 좋았대요. 거기서 3주 동안 캠핑하면서 지냈대요."

마치 전설과도 같은 해인의 이야기만 믿고 이곳에 도착했고 마을에 딱 하나 있는 여인숙도 어렵지 않게 찾았다. 하지만 사람보다 닭과 돼지, 당나귀와 말, 소와 같은 가축이 더 많았고 변변한 식당 하나 없었다. 숙소도 시멘트 바닥에 침대 하나만 덩그러니 있었다. 인터넷과 온수는커녕 전기만 겨우 들어오는 깡 시골에 도착한 것이다.

"허허허, 이런 곳인 줄 상상이나 했어?"
"이 정도일 줄은 몰랐네. 일주일 동안 뭐하면서 지내지?"
"해먹에서 낮잠이나 자다가 온천이나 가야겠다."

하루는 종일 미드를 보고 하루는 해먹에서 뒹굴다가 하루는 온천에 가서 노는 나날을 보냈다. 볼리비아 현지인들만 찾아오는 장소답게 관광 인프라도 상술도 없는 소박한 동네였다. 성인 어른의 허리춤밖에 오지 않는 맑은 강에서 아이들과 함께 수영을 즐길 수도 있고 닥터 피쉬에게 발을 맡기며 치유의 시간을 보낼 수도 있었다. 하지만 이 마을의 하이라이트는 직접 경험해 보지 못하면 상상조차 불가능하다. 이곳의 온천수는 땅 깊숙한 곳에서부터 보글보글 올라오는데 마치 늪지를 연상시켰다. 게다가 뜨거운 물이 나오는 구덩이는 사람도 빨아들일 기세였다. 누군가가 잡아 주지 않으면 그대로 빨려 들어가는 무시무시한 온천이라니! 아구아스 깔리엔떼스에 가면 이 진귀한 온천을 만날 수 있다.

쉬어도 쉬어도 부족해

꽤 오래 온천을 했음에도 기운이 없었다. 오히려 더 몸을 가눌 수 없었다. 숟가락을 드는 둥 마는 둥 했고 밤새 오한으로 떨었다. 새벽 기차를 타고 국경을 넘어 브라질에 가야 하는 날이 다가왔는데 내 몸은 좋아질 기미가 안 보였다.

별 보는 재미는 있었다

해 볼 건 다 해 봤어

"은덕, 보니또 Bonito 는 무리겠어. 몸 상태 좀 봐."

브라질 국경을 앞에 두고 갈림길에 섰다. 예정대로 아마존의 보석이라고 불리는 보니또로 향할지 캄푸 그란지에서 휴식을 취할지 선택해야 했다. 목은 눈에 띄게 부었고 침을 삼키는 것도 힘든 내 상태가 먼저 정답을 이야기하고 있었다.

"은덕, 일단 캄푸 그란지로 가자. 거기서 지내다 몸이 나아지면 며칠이라도 보니또에 다녀오면 되잖아."

브라질 국경을 넘어서 비싼 돈을 주고 호텔을 잡았다. 호텔 방에 눕자마자 병균들이 터져 나오기 시작했다. 잇몸은 피가 나면서 헐기 시작하고 입술과 혀에는 염증이 생기고 심한 악취가 풍겨 왔다. 종민은 이것을 '구내염'이라고 했다. 영양분을 잘 섭취해야 하는데 잇몸이 헐어서 음식을 씹지 못했고 칫솔질을 잘 해 줘야 하는데 피가 나니까 닦지를 못했다. 염증에 바르는 '알보칠'이라는 약은 구내염 못지 않은 고통을 매시간 안겨 줬다.

그렇게 일주일을 캄포 그란지의 호텔 방에서 보냈다. 회복될까 싶었던 내 몸 상태는 기이하게도 이곳을 떠나 브라질의 사우바도르 Salvador로 가야 하는 날짜에 맞춰 살아났다. 생각해 보면 스페인 세비야에서 아팠을 때도 갑작스러운 기온 변화가 체력을 약화시켰다. 더블린에서 추위에 떨다가 세비야의 태양을 마주하자 병이 났다. 볼리비아에서도 추위와 싸우다가 갑자기 온천을 즐겼으니 사달이 난 것이다. 환절기 건강에 유의하라는 말이 괜히 있는 게 아닌가 보다. 몸이 기온과 환경에 적응할 시간을 충분히 줘야 하는데 이번에도 그걸 잊어서 비싼 수업료를 치렀다.

볼리비아를
떠나며

글 /

여행 중에는 변수도 많고 이동 중에는 글을 쓰고 올린다는 게 생각처럼 쉽지 않다. 거기에 몸이 아프기까지 한다면 그 어려움은 배가 된다. 인터넷 접속이 안 돼 블로그에 글을 올리는 일을 차일피일 미루고 몸 상태가 안 좋아 한 주를 통으로 쉬기까지 했다. 말도 많고 탈도 많았던 볼리비아 한 달 배낭 여행을 추억하며.

볼리비아, 만만하게 볼 수 없는 나라

 "따리하는 살고 싶은 곳이고 우유니는 '왜 다들 가려 하는 거지?'라고 생각했지만 그럴만한 이유가 있는 곳이었어. 아구아스 깔리엔떼스는 아는 사람만 갈 수 있는 낙원이었지."

 "볼리비아는 결코 여행하기에 만만한 나라가 아니야. 인도만큼은 아니겠지만 체력과 정신력을 시험하지. 다른 남미 지역보다 이곳에서 인디오를 많이 볼 수 있는 건 험한 지형과 기후 때문은 아닐까? 스페인 정복자들도 4,000m에 육박하는 고원지대까지 쳐들어오기 쉽지 않았을 거야."

😊 "고도에 천천히 적응하면서 올라왔다고 생각했는데 가만히 서 있어도 숨이 콱콱 막히더라. 이런 곳에서 스페인 정복자들이 인디오를 어떻게 쫓아다녔겠어. 눈앞에서 있어도 잡지 못했을 거야. 지금 생각해도 숨이 차오른다."

😊 "볼리비아의 비포장도로와 버스 상태는 또 어떻고. 대도시들은 도로 사정이 나은 편이지만 아순시온에서 따리하, 우유니로 이어지는 구간에서는 죽음의 공포를 느꼈어. 비포장도로를 한밤중에 달리는데 앞에서 차가 오면 낭떠러지를 향해서 후진해야 했지. 간이 콩알만 해져서 차라리 눈 질끈 감고 잠을 청하는데 창문이 스르르 열리는 거야. 자려고 하면 창문이 열려서 모래가 들어왔지. 덕분에 목은 까슬까슬, 얼굴은 버적버적. 다른 나라에서 엄청 굴러먹다 폐차장으로 가려던 버스를 가져온 모양인지 뭐 하나 제대로 작동하는 법이 없더라. 다른 나라 버스는 30시간도 거뜬했는데 볼리비아는 1시간도 힘들더라고."

해볼 건
다 해 봤어

😊 "앞으론 비행기 탈 거야. 버스 상태도 상태지만 라파즈에서 산따 끄루즈까지 가면서 사기 당한 걸 생각하면 지금도 치가 떨려. 이틀 전, 할인은 안 된다고 해서 220볼에 예매한 표가 출발 1시간 전에는 어떻게 90볼이 될 수 있냐고! 좌석이나 서비스가 달랐냐고? 그랬다면 내가 이렇게 열을 올리지 않지. 앞으로 볼리비아에서는 버스 안 탈 거야. 사기당한 그 금액이면 노스페이스 짝퉁 점퍼를 하나 더 샀을 텐데!"

😊 "라파즈 마녀시장 Mercado de Hechicería[1]에 가면 많은 등산 전문점이 있는데 하나

같이 짝퉁 노스페이스를 팔고 있었어. 진품처럼 상표 붙여 놓고 파니까 깜빡 속 겠더라. 찜찜하기는 했지만 너무 싸니까 너 하나, 나 하나 2개를 샀는데 이건 뭐 바람막이 기능도 없고 땀은 배출도 안 되고, 결국 못 입겠더라고. 중국도 이래?"

"중국에서 그렇게 당했는데 또 생각 없이 샀네, 그려. 소소한 실수들이 있었지만 볼리비아에서 한 달 동안 배낭여행한 건 그래도 두고두고 잘한 일로 기억될 거야."

"우리 여행 중, 처음 해 보는 배낭여행인데 사기도 당하고 물건도 잃어버리고 몸도 아프고 해 볼 건 다 해 본 거 같아. 고생도 많이 했고. 기억에 남을 거야. 볼리비아."

---

1) 원주민들이 병을 치료하기 위해서 주술 용품, 부적, 약초 등을 팔기 시작하면서 붙여진 이름이다. 말린 토끼, 새끼 라마 등을 가게마다 주렁주렁 매달아 팔고 있어 이를 본 여행객들이 흠칫 놀라곤 한다.

어디까지나 주관적이고 편파적인
볼리비아 정산기

 ＊ 도시 ＊
따리하, 코파카바나, 아구아스 깔리엔떼스
(볼리비아) / Tarija, Copacabana,
Aguas Calientes (Bolivia)

 ＊ 기간 ＊
2014년 6월 2일 ~ 6월 9일
/ 6월 14일 ~ 7월 1일
(총 24박 25일)

 ＊ 주거 형태 ＊
호스텔 더블 룸

 ＊ 생활비 ＊
총 810,000원
(체류 당시 환율, 1볼 = 150원)

 ＊ 숙박비 ＊
총 308,000원

 ＊ 도시 ＊
캄푸 그란지, 브라질
/ Campo Grande, Brazil

 ＊ 기간 ＊
2014년 7월 1일 ~ 7월 6일
(5박 6일)

 ＊ 주거 형태 ＊
호텔 더블 룸

 ＊ 생활비 ＊
총 290,000원
(체류 당시 환율, 1헤알 = 500원)

 ＊ 숙박비 ＊
총 275,000원

✳ 종민 이동이 많으면 숙박비나 생활비, 이동비 지출이 많아지는데 볼리비아는 워낙 물가가 저렴해서 티가 안 났어. 싼 숙소가 많은 것도 한몫했지만 싼 게 비지떡이라는 말은 괜히 있는 게 아니더라고. 영하로 떨어지는 기온에 난방은커녕 뜨거운 물도 안 나오다니.

 ✳ 은덕 평소보다 더 자린고비로 생활하며 불편한 여행을 했더니 몸이 축났나 봐. 브라질에서 일정을 바꾸고 호텔 방에서 요양을 했으니까. 볼리비아에서 브라질로 넘어가니까 체감 물가가 5배쯤 비싸졌어. 5일 숙소 비용이 한 달 볼리비아 숙소 비용이랑 별 차이 없는 것 좀 봐.

 ### 만난 사람: 10명 + α
따리하에서 만난 양심적인 택시 기사님, 와인 투어에서 만난 코차밤바의 세 자매와 그녀의 아버지, 술 기운으로 와인 투어 가이드를 해 준 하비에르, 따리하에서 사는 유일한 한국인 가족들, 외식 프랜차이즈 음식 사업이 꿈이었던 희정이, 스페인어 전공을 살릴 수 있는 대기업에 가고 싶다던 도현이.

 ### 방문한 곳: 4곳 + α
남미에서 만난 가장 사랑스럽고 평화로운 마을 따리하, 늪처럼 몸이 빨려 들어갔던 아구아스 깔리엔떼스, 호텔 방에만 처박혀 있느라 바깥 구경을 못 했던 캄푸 그란지.

해 볼 건 다 해 봤어

여전히 두려운 여행,
그러나 우리는 간다

끝나지 않을 것만 같았던 남미 여행. 9개월에 걸친 여정의 끝이 보이기 시작했다. 앞으로 우리 여행이 1년도 남지 않았다는 사실에 우울하고 밥맛도 떨어지고 잠도 안 왔다. 그러나 아직도 가야 할 길이 남았기에 우리는 쉬지 않고 나아가기로 했다. 다만 흘러가는 이 순간을 영원히 우리의 몸에 남기고 싶었다. 인생을 통틀어 가장 의미 있고 행복한 지금을 말이다.

브라질
Brazil

브라질리아
Brasilia

볼리비아
Bolivia

고이아니아
Goiania

캄푸 그란지
Campo Grande

파라과이
Paraguay

쿠리티바
Curitiba

아르헨티나
Argentina

테레시나
Teresina

나타우
Natal

사우바도르
Salvador

벨루오리존치
Belo Horizonte

히우 데 자네이루
Rio de Janeiro

여전히
두려운 여행

글 /

나는 겁도 많고 걱정도 많은 사람이다. 은덕이 늘 꼬시지만 줄이 끊어지거나 낙하산이 펴지지 않을지도 모른다는 이유로 번지점프나 스카이다이빙은 꿈에서도 생각하지 않는다. 이렇게 몸 상하는 일을 무서워하는 내가 남미에서 6개월이 넘는 시간을 지냈다.

여행을 준비할 때 내게 남미는 '위험한 대륙'이라는 막연한 두려움이 있었다. 그러나 직접 겪어 본 이 땅에는 지구 어디에나 있을 법한 위험이 있었을 뿐, 여행하기 나쁘지 않은 곳이었다. 시간이 지나면서 남미에 대한 두려움은 희미해졌지만 여전히 위험하다고 생각하던 곳이 있었는데 바로 브라질의 사우바도르였다.

"은덕아, 다른 도시로 가자. 헤시피 Recife도 비슷한 분위기라는데 굳이 그 위험한 곳으로 가야겠어? 도착하자마자 탈탈 털리거나 칼에 찔리면 어쩌려고 그래!"

사우바도르의 위험은 실체가 없이 입에서 입으로만 전해지는 것이 아니라 뉴스에서 숫자로 정확히 보여 주고 있었다. 어느 유명 작가의 여행기에는 이 도시에서 카드를 복제 당해 전 재산이 인출당했다고 적혀 있었다. 나는 이름만 들어도 마음이 조마조마한데 평소에도 은덕은 엄살이 많다며 내 걱정은 한 귀로 듣고 한

귀로 흘렀다. 그런 그녀가 나의 마음을 신경 써 줄 리 없다. 꼭 사우바도르에서 한 달을 머물러야겠다며 항공권과 숙박을 예약했다.

범죄의 향기는
아니겠지요?

노을이 짙어질 무렵, 비행기는 사우바도르 상공을 지나고 있었다. 저 아래 보이는 도시를 확인하니 더욱 두려움이 엄습했다. 세상이 끝날 때까지 비행기가 하늘에 떠 있기를 바랐지만 어느새 활주로에 내려앉았다. 문이 열리고 내가 처음 느낀 것은 정체를 알 수 없는 시큼한 냄새였는데 그 냄새가 도시에서 뿜어져 나오는 범죄의 향기가 아니기를 빌며 공항을 나섰다.

이 도시에서 가장 안전한 지역이 어디인지 알고 싶었다. 물론 임대료가 비싼 동네에 가면 어느 정도 해결될 일이지만 우리는 늘 조금이라도 저렴한 숙소를 찾아다니는 신세이지 않은가! 숙소는 도심이 아니라 외곽 귀퉁이 어딘가에 잡을 수밖에 없었다. 공항에서 출발한 버스는 사우바도르 동쪽 해변을 따라 1시간 남짓을 달렸고 지쳐서 잠이 들려는 순간 도심에 도착했다. 이미 시각은 밤 10시였고 어둠이 짙게 깔린 정류장 주변은 술 취한 부랑자와 구걸하는 사람까지 있었다. 숙소까지 가기 위해서는 버스를 한 번 더 타야 했지만 용기가 나지 않았다. 택시는 우리의 여행에서 가장 사치스러운 선택이었지만 이 순간은 어쩔 수 없었다.

한적한 외곽도로를 달렸다. 이때만큼은 야근 후 택시 뒷좌석에 앉아서 늦은 밤 강변북로를 달리는 기분이었다. 한참이나 말없이 달린 택시는 구글 스트리트뷰로 수십 번 봤던 집 앞 도로에 멈췄다. 원하는 목적지에 도착했음에 감사했고 납

치당하지 않았음에 다시 한 번 감사했다. 이제 골목 하나만 지나면 되는데 그 길이 심상치 않다. 하늘을 뒤덮고 펄럭이는 천들이 눈에 들어왔다.

중국 윈난성 북쪽에는 장족이라 불리는 티베트 사람들이 모여 산다. 그들이 살고 있는 곳은 티베트 불교의 성물로 장식되어 있는데 가장 먼저 하늘을 뒤덮고 있는 오색 천이 보인다. 티베트 사람들은 룽타 Rung Ta라 불리는 그 천에 경전을 적어 두면 바람이 그 내용을 세상 끝까지 전해 준다고 믿는다. 우여곡절 끝에 도착한 브라질 사우바도르에서 중국을 떠올리게 하는 풍경을 마주하니 당황스러웠다. 잠시 움찔했지만 자세히 보니 그 천은 노란색과 녹색으로 브라질 국기를 상징하는 것이었다. 때는 월드컵 시즌이었고 자국이 승리하길 바라는 브라질 국민들의 마음을 하늘 가득 걸어 두었던 것이다.

나는 이 풍경을 보고 마음을 놓았다. 이곳도 축구에 열광하는 평범한 사람들이 사는 마을일 뿐이다. 그래, 쫄지는 말자!

동네를 가득 뒤덮은
천의 정체

여전히 두려운 여행, 그러나 우리는 간다

사우바도르의
두 얼굴

글 /

값비싼 오일 마사지라도 받고 나온 듯한 매끈한 피부, 피하 지방이라고는 찾아볼 수 없는 단단한 근육, 그 위로 드러난 팽팽하고 가는 힘줄. 운동과 시술, 각종 보조제로 만들어진 인위적인 몸이 아니라 노동과 놀이, 그리고 우월한 유전자를 통해 만들어진 흑인들의 몸이었다.

사우바도르는 주민의 80% 이상이 아프리카에서 노예로 끌려온 이들의 후예였다. 우리가 사는 마을은 물고기를 잡으며 생업을 이어가는 어촌이었는데 거의 모든 주민이 수영 팬티 하나만 입고 돌아다녔다. 상황이 이렇다 보니 동네 꼬마, 청년, 노인 할 것 없이 상의 탈의한 사람들과 하루에도 수차례씩 마주쳤다. 그것도 아주 섹시한!

"종민, 너 너무 차려 입고 다니는 거 아니야? 여기서 누가 셔츠를 입고 신발을 신고 다녀? 너도 상의 탈의하고 동네를 누벼 봐."
"부끄러워. 나처럼 통통한 사람은 하나도 없잖아. 저들하고 비교당해서 안 돼."

그의 몸을 꽁꽁 감싸고 있는 셔츠를 갈기갈기 찢어 내던져 버리고 싶었지만 부끄럽다고 하니 어쩔 수 없다. 저리 소심한 것도 내 남편이니 받아들여야지.

몸매의
비결

스페인어권에서 반년을 보내며 이제야 한 단어씩 알아먹기 시작했는데 포르투 갈어를 사용하는 브라질에서는 다시 벙어리 신세가 되었다. 동네 주민 중에도 영어를 하는 이가 없어 그들은 그들대로, 우리는 우리대로 알아듣거나 말거나 거칠 것 없이 가장 자신있는 언어를 내뱉었다. 어쨌든 핵심만 파악하면 되는 거니까.

"까포에이라 Capoeira, 브라질의 전통무술, 까포에이라."

금요일 밤, 집 앞에서 북소리와 노랫소리가 들려 빼꼼 내다보니 동네 꼬마 녀석들이 우리를 향해 그 핵심 단어만을 줄기차게 외치고 있었다.

"은덕아, 애들이 저기서 까포에이라 한다는 것 같은데? 우리도 얼른 나가 보자."

단어만 듣고 문장 전체의 의미를 파악하는 데 선수가 된 우리는 카메라 하나를 들고 사람들이 모여 있는 곳으로 한걸음에 내달렸다.

까포에이라는 사탕수수를 재배하기 위해 아프리카에서 끌려온 흑인들이 힘을 키울 필요성을 느끼면서 개발한 전통무술이다. 백인 감독관의 눈에 띄지 않게 사탕수수의 키보다 몸을 낮추고 재빨리 앉았다 일어났다 하는 동작을 반복하며 그들은 무술을 익혔는데 그 동작이 섬세하고 유연해 마치 춤을 추는 것처럼 보인다. 사우바도르는 까포에이라의 발상지였는데 직접 볼 기회가 생긴 것이다.

20명으로 이루어진 까포에이라팀이 타악기 반주에 춤을 추면서 무예를 겨루고 있었다. 그 주변을 동네 주민들이 에워싸고 있었는데 함께 노래를 부르면서 리듬

이것이 바로 까포에이라!

을 탔다. 종민은 카메라를 높이 치켜들어 동영상을 촬영하기 시작했다. 그 자리에 이방인은 우리밖에 없는 것 같았다. 나는 그에게 낮게 속삭였다.

"종민, 누가 칼로 위협하면 욕심부리지 말고 그냥 카메라 주고 말아. 알았지?"

도둑이 기승을 부리는 시내 중심지나 항구보다는 비교적 안전했지만 그렇다고 안심할 수는 없었다. 늘 주위를 경계하고 칼 강도를 만났을 때를 대비해 돈주머니를 따로 차고 다녔지만 이는 까맣게 잊고 다닐 정도로 길거리 곳곳에서 매력적인 문화와 사람들을 만났다. 한밤중에 갑자기 시작된 까포에이라 공연처럼 말이다.

머릿속으로는 긴장을 늦추지 않아야 한다고 생각했지만 군중 속에 휩싸여 있는 내 몸은 춤을 추듯 무술을 펼치는 그들에게 서서히 반응하고 있었다. 닿을락 말락, 닿을락 말락. 상대방의 몸을 직접 가격하지는 않았지만 동작은 재빠르고 유연하며 위협적이었다. 몸으로 대화하며 합을 맞추는 모습은 경이로웠다. 내가 있는 쪽으로 공격이 들어오면 선수가 된 것 마냥 뒷걸음질을 쳤고 음악이 흥거우면 춤도 췄다. 위험하지만 매력적인 까포에이라를 보며 나는 사우바도르를 떠올렸다. 사우바도르 역시 위험하지만 매력적인 곳이었으므로.

웰컴 투
핑크 하우스

글 /

브라질 북동쪽에 있는 사우바도르는 아름다운 바다와 천혜의 자연환경으로 유명하고 브라질의 전통무술, 까포에이라와 정열의 삼바 리듬이 탄생한 흥이 가득한 곳이다. 하지만 남미에서 손꼽히는 위험한 지역이기도 하다. 우리가 한 달 동안 머물게 될 작은 어촌 마을은 다섯 발자국만 내디디면 바다에 닿았고 창을 통해 일몰과 일출을 모두 볼 수 있었다. 파도 소리에 아침을 맞이하고 배가 고프면 요리하고 시간이 나면 글을 쓰면서 하루를 보내는 사우바도르의 일상은 기대 이상으로 행복했다.

핑크 하우스라
부르겠소

 "숙소에 도착했을 때 어두컴컴한 언덕을 내려오는데 조금 무섭더라."

 "안 그래도 잔뜩 긴장하고 있었는데 하늘에 천이 가득 덮여 있어서 얼마나 놀랐는지 몰라. 별생각이 다 들더라. 이 동네는 무당이 사는 마을인가 싶었어."

다섯 발자국만 걸으면
파도가 마중을 나왔다

여전히 두려운 미래, 그러나 우리는 간다

😊 "형형색색의 천들은 머리 위에서 펄럭이지, 그 앞에는 거친 파도가 출렁이지, 웃통을 벗어 젖힌 사람들은 자기들끼리 낄낄거리고 있지. 오자마자 잔뜩 쫄았다니까. 오밤중에 도착해서 주소를 찾는 것도 힘들었어. 용기를 내서 동네 청년들한테 물어봤는데 의외로 친절하더라고. 그렇게 찾아낸 우리의 핑크 하우스! 여기 정말 멋진 곳이야! 그렇지?"

😊 "집주인 알레한드로 Alejandro 는 여기를 어떻게 찾아냈을까? 미국 사람인 그가 어떻게 이 동네에 발을 들이고 집까지 구해서 에어비앤비 호스팅을 하고 있는 건지 궁금해. 게다가 이 집에서 머물수록 그의 안목에 감탄하고 있어. 현관문을 열면 넓은 거실이 바다 향기로 가득해지고 출렁이는 파도 소리가 내 귀를 간질이는 것도 좋아. 여수 외곽에 있는 어촌에 가야 이런 집을 만날 수 있을까? 아니면 만재도?"

😊 "이 집에서 가장 마음에 드는 건 바다를 바라보며 작업할 수 있는 테이블이야. 가로가 2m, 세로 80cm짜리 거대한 책상에서 종일 무언가를 뚝딱거리며 고민할 수 있어. 글을 쓸 때도 있었고 가만히 앉아서 바다를 볼 때도 있지. 너는 핑크 하우스에 와서 행복하다는 말을 많이 했어. 테이블이 마음에 들었던 거야? 집 자체가 마음에 들었던 거야?"

😊 "솔직히 말해서 '작가의 거실'이 맘에 들어. 알레한드로의 직업이 글 쓰는 사람이잖아. 그래서 집중하기 좋은 환경이 어떤 것인지 알고 있는 것 같아. 넓은 테이블, 책이 가득한 책장은 물론 마음의 평화를 가져다주는 바다까지. 이 거실 안에 있는 모든 것이 좋아. 참, 사우바도르는 지천에 깔린 게 바다라서 생선을 실컷 먹을 줄 알았는데 아직 냉동 새우밖에 못 먹었어. 이젠 생선 좀 사러 가자."

😊 "영어 하는 아줌마가 했던 말 까먹었어? 우리가 신선한 생선은 어디 가서 살

수 있느냐니까 진지하게 바다에 나가서 잡으라고 했잖아. 여기 사람은 다 그러고 산다고. 아침 썰물 때 동네 주민들이 바구니 하나씩 끼고 바다로 가던데 우리도 따라 나서 볼까?"

"그래, 우리도 나가서 물질 좀 해 보자고! 고등어나 갈치가 잡히면 좋겠는데 내 손에 잡히는 멍청한 녀석들도 있겠지?"

바다가 보이는 커다란 창문과
커다란 테이블
우리의 로망이었다

흑인들의 로마,
사우바도르

글 /

음악 소리가 들리지 않으면 여지없이 소나기가 내리는 중이었다. 사우바도르 사람들의 일상에는 음악이 빠지지 않았는데 200m 남짓의 골목을 지나는 동안 두 집 건너 한 집에서는 쩌렁쩌렁한 음악이 흘러나왔고 우리는 가던 길을 멈추고 집 안을 기웃거렸다. 힙합부터 삼바, 레게, 팝송까지 장르를 넘나드는 음악이 스피커를 통해 골목을 울렸다.

"저것 좀 봐. 집에서 디제잉을 하고 있어."
"이 동네 사람들은 취미가 디제잉인가? 판 돌리는 흑인 형아도 엄청 멋있다."

알레한드로는 에어비앤비 게스트에게 2층 전체를 제공했고 1층에는 현지인 가족에게 세를 주고 있었다. 1층에 사는 호세 Jose와 그의 가족도 온종일 음악을 꽝꽝 들어 놓았다. 12살이던 미카엘라 Micaela도 예외는 아니었다. 방음이 거의 되지 않는 이 집은 1층에서 나누는 대화가 모두 들릴 정도였는데 다행히 알아듣지 못하는 포르투갈어라 크게 신경 쓰이지 않았다. 오히려 평소에 듣지 못했던 브라질 로컬 음악을 들려주는 미카엘라에게 고마워할 판이었다.

무엇을 향망하는 걸까? 그
황금의 산

바깥 구경 좀
해 볼까?

동네 주변과 집에서만 생활하는 시간이 늘어나자 슬슬 바깥 공기가 궁금했다. 나와 종민은 오랜만에 관광객이 많은 도심으로 나가기로 했다.

1985년 유네스코 세계문화유산으로 지정된 사우바도르 역사지구 Historic Centre of Salvador de Bahia에 찾아가 봤다. 16세기, 포르투갈의 첫 번째 식민 수도였던 사우바도르는 17~18세기를 거치면서 화려한 르네상스 양식의 건축물을 만들었다. 포르투갈인은 사탕수수를 팔아서 번 돈으로 새로 짓는 교회와 수도원 내부를 황금으로 치장했다. 황금 성당이라는 별칭이 붙은 성 프란시스코 성당 Igleja de são francisco이 대표적인 예였는데 성당 내부의 도금 장식만 1톤이라고 한다.

"이게 다 황금인 거야? 눈이 어질어질하네."
"황금을 들이부어서 정작 제단 앞의 예수님은 보이지도 않아."
"우아하고 경건한 느낌이 없어. 돈 자랑만 해 놓은 꼴이라 천박해. 흥!"

노예들을 착취해 얻은 황금으로 장식하면 자신들이 믿는 신이 정말 좋아할 거라 여겼던 걸까? 아니면 단지 부를 자랑하기 위한 것이었을까? 지나치게 화려하다는 말이 잘 어울렸던 이곳에서 마냥 감탄만 할 수는 없었다.

사우바도르는 남미 최초의 노예시장이 열렸던 곳이다. 노예들은 매를 맞았고 수용소와 같은 곳에서 죽도록 일만 하다가 생을 마쳤다. 역사지구에 가면 당시 흑인 노예의 복장을 그대로 입은 체 관광객과 사진을 찍어 주며 돈을 버는 여인도 있었다. 검은 피부를 더욱 돋보이게 하는 하얀 옷에 화려한 레이스, 밑이 풍성한 치마 모양만 본다면 그 모습이 아름답다고 생각할 수도 있겠다. 하지만 그 옷에는 가슴 아픈 사연이 담겨 있다.

노예들이 도망가지 못하도록 크리놀린 Crinoline, 옷의 모양을 잡아 주는 틀이라는 것을 이용했는데 치마를 닭장처럼 부풀려서 무거운 데다 빨리 움직이는 것도 불편하게 만들었다. 더운 나라임에도 강간당하지 않게 하려고 여러 겹의 속치마를 입혔다는 이야기도 있었다. 본래 아름다움을 위해서 개발된 옷과 장식이었지만 사우바도르에서는 전혀 다른 의미로 사용되었던 것이다.

이곳에는 과거 고달팠던 흑인 노예들의 삶과 슬픈 역사를 떼어 놓고 생각할 수 있는 것이 하나도 없다. 돼지 귀와 꼬리, 족발 등을 콩과 함께 푹 끓인 전통음식 페이조아다 Feijoada도 백인들이 먹고 남긴 음식으로 배를 채우기 위한 것이었다. 알록달록 아름다운 색감을 자랑하는 해변의 건물들도 사실 페인트 살 돈이 부족해서 이것저것을 섞어 쓰다가 의도치 않게 완성된 결과물이었다. 아프리카의 풍부한 문화가 고스란히 남아 있는 흑인들의 로마. 이것이 사우바도르를 수식하는 단어였지만 슬픔과 고단함을 먹고 자란 아름다움에 나는 아이러니를 느꼈다.

냄새로
기억하는 남자

글 /

비행기 문이 열리고 사우바도르에 도착한 순간, 강렬한 냄새가 먼저 코끝을 스쳤다. 한 번도 맡아 본 적 없는 향이었는데 썩은 해초의 냄새라면 상상하기 쉬울 것이다. 지독하게 강렬해서 쉽게 익숙해지지 않는다. 공항을 벗어나서 해변을 달리는 버스에서도 그 안에 있는 브라질리안에게서도 똑같은 냄새가 풍겼다. 무엇보다 향에 민감한 나이기에 과연 친해질 수 있을까 걱정이 들었고 또 한편으로 쉽지 않은 한 달이 되리란 생각을 했다. 숙소에 도착해 건네받은 수건과 이불에서도 같은 냄새가 났다. 강한 약초의 향이라고 하기에는 비릿했고 썩는 냄새라고 하기에는 어딘가 풀의 기운이 느껴지는 기묘한 향이었다. 도대체 이 놈의 정체는 무어란 말인가!

냄새를
극복하는 방법

중국에서 처음 적응할 때 음식마다 들어가는 샹차이 _{香菜, 채소의 한 종류. 한국어로는 고수라 불린} _다 냄새에 진저리가 났다. 학창시절 교실 뒤에서 썩어 가던 걸레와 같은 냄새였는데 6개월을 넘게 맡아도 그 향에 적응되질 않았다. 문제는 샹차이라는 녀석이 거의 모든 중국 음식에 들어가는 재료라서 식당에 갈 때마다 '부야오 샹차이 不要香菜, 샹차이가 싫다는 뜻'를 외쳐야 했고 조금이라도 들어가면 주문을 다시 해야 했을 만큼 그 향은 내 중국 생활 초반에 가장 큰 난제였다. 모든 것에 쉽게 적응하는 나였지만 샹차이에는 적응할 수 없겠다고 반쯤 포기했을 때 일이 터졌다.

대체 어디에 정신이 팔렸던 것일까? 다른 날과 달리 주문한 요리에 샹차이가 잔뜩 올라 있었으나 '박하잎'이겠거니 생각하고 덥석 입에 넣었다. 그 후에 벌어진 일은 쉽게 상상할 수 있을 것이다. 음식을 금방 뱉었지만 입안에서 걸레 썩은 내는 가시지 않았고 그 역한 냄새 때문에 변기를 부여잡고 속에 있는 것들을 게워 냈다. 거짓말 같겠지만 그 악몽 같은 시간을 보내고 난 뒤, 난 아무렇지 않게 샹챠이를 먹을 수 있는 사람으로 다시 태어났다.

해변에서 한가로운 시간을 보내며 더위를 식히려고 주문한 칵테일 한 잔을 쭉 들이컸다. 그 순간 샹차이의 추억이 되살아났다. 사우바도르에 도착한 순간부터 나를 괴롭힌 그 역한 냄새가 입안에서 스멀스멀 올라오고 있었다. 한입 가득 들이킨 카샤사 Cachaça, 사탕수수를 증류해서 만든 브라질의 전통술와 리마웅 Limão, 레몬과 라임의 중간쯤에 해당하는 과일 그리고 설탕을 넣은 칵테일에서 바로 그 냄새가 났다. 브라질의 전통 칵테일, 까이삐링야 Caipirinha였는데 혹자는 '쌈바 걸의 땀 냄새'라고 유쾌하게 표현했지만 내게는 샹차이를 처음 먹었을 때만큼 거북한 냄새였다. 다행히 이번에는 변기를 붙잡고 속을 게워 내진 않았지만 그 향에 취해서 한동안 넋을 놓고 바다만 바라봤다.

냄새 트라우마는 어렸을 때 생겼다. 맞벌이를 하셨던 부모님은 늘 집에 안 계셨다. 2살 아래의 동생 녀석과 치고받는 일이 시큰둥해지면 나는 엄마의 화장대로 갔다. 엄마의 향기가 그리워서였는지도 모르겠다. 화장품을 가지고 놀다가 하루는 작은 용기 속에 든 액체가 궁금해졌다. 다른 것들은 어깨너머로 엄마가 쓰는

까이빠링야 항에
낮 놓고 바라본 바다

것을 봤었는데 유독 그 작은 용기는 기억에 없었다. 그쯤에서 호기심을 거뒀어야 했지만 어린 소년의 호기심은 그리 쉽게 제동이 걸리지 않았다. 어떻게 쓰는 것인지 이리저리 흔들다 그만 손에서 놓쳐 버렸고 방 안은 순식간에 아카시아 향으로 뒤덮였다. 한꺼번에 쏟아져 나온 강한 향기는 어린아이의 후각이 감당할 수 없었다. 결국 그날 나는 심한 두통과 함께 드러눕고 말았다. 겨우 몸을 털고 일어났을 때 나는 마치 동물처럼 모든 향에 예민하게 반응하는 사람이 되었다. 그 날 이후로 예민해진 나의 코끝으로 무얼 했어야 했을까? 거미에 물린 스파이더맨은 아니더라도 냄새에 집착하는 조향사가 되었다면 어땠을까?

냄새로 기억하는 남자

나는 지나온 도시를 냄새로 기억한다. 런던은 비가 내리면 흐르던 먼지의 냄새로, 뉴욕은 맨홀 틈으로 뿜어져 나오던 수증기 냄새로 기억한다. 제초 작업이 한창이던 쿠알라 룸푸르는 풀들이 잘려나가며 흘린 눈물의 냄새로 떠오른다. 이런 감성적인 냄새와 분위기로 기억하면 좋으련만 사우바도르는 끔찍한 까이삐링야 냄새로 기억될 것이다.

여기서 사족을 하나 남기고 싶다. 사우바도르는 한낮의 기온이 30도를 오르내렸다. 더위야 어떻게든 견디겠는데 온도가 높아질수록 진동하는 묘한 냄새는 참을 수 없었다. 처음에는 브라질리안들의 냄새라고 생각했는데 점점 그 발원지가 가까워짐을 느꼈다. 이런, 망했다! 내 겨드랑이에서도 그들의 냄새가 나기 시작한 것이다. 그나마 다행이라면 은덕이 그 냄새를 '쿵쿵 냄시'라고 부르며 좋아한다는 것이다. 심지어 그 냄새를 모아서 향수병에 넣을 방법을 고민해 보겠단다. 우리는 천생연분인 걸까? 변태커플인 걸까?

아버지와
동물의 왕국

글 /

"브라질 사람은 외국여행을 안 간다는 말이 이해가 되네. 여기 다 있는데 뭐 하러 외국으로 나가겠어."

국토 면적으로만 따지면 세계 5위인 브라질. 거대한 영토 안에 다양한 자연환경과 즐길 거리가 많아서 국민들이 외국여행 대신 국내여행을 선택하는 경우가 많다고 들었다. 고작 브라질에서 한 도시에 머무를 뿐이지만 그 이야기가 풍문이 아니라는 것은 알 수 있었다.

사우바도르는 브라질에서도 네 번째로 큰 도시다. 이곳의 자연만 둘러보기에도 한 달이 부족하다. 카리브 해와 견줄만한 에메랄드빛의 해변이 즐비하고 조금만 내륙으로 들어가면 미국의 그랜드 캐니언 Grand Canyon National Park에 버금가는 협곡이 있다. 또한 혹등고래, 바다거북 등 희귀 동물들의 천국이기도 하다.

고래,
너를 만나기 위해

"갈까? 말까? 칠레에서 펭귄을 보러 갈 때보다는 저렴하지만 그래도 적지 않은 금액이잖아."

바다거북을 보기 위해 왔지만 고래 투어라는 문구를 보고 마음이 흔들렸다. 1인 당 170헤알 한화로 약 7만8,000원. 생각지도 못한 지출에 주저하고 있는 사이 배가 떠날 시간이 다가왔다. 이쯤 되니 몸이 닳는 건 투어 회사 직원이었다.

"좋아요. 특별히 120헤알에 해 줄게요. 괜찮은 조건이죠? 자, 어서 이 멀미약을 먹어요."

길게 고민했지만 막판 염가세일의 유혹 앞에 단박에 무너졌다. 투어에 참여하기로 하고 멀미약도 먹었지만 고래를 정말 볼 수 있을까 걱정이 되었다. 크루즈에서도 몇 번 마주쳤지만 그들의 물기둥만 보았을 뿐, 실체는 목격할 수 없었다.

"고래를 볼 수 있는 확률이 97.1%라니까요. 그리고 허탕 치면 언제든 무료로 다시 탈 수 있으니 걱정 말고 어서 뛰어요!"

대서양의 파도는 거칠었다. 거칠다 못해 당장에라도 우리를 집어삼킬 듯했다. 그런 파도와 2시간가량 싸우고 나니 뱃머리에서 바다를 살피던 선원의 움직임이 바빠졌다. 조타수에게 신호를 보내고 속도를 줄였다. 다른 안내는 없었지만 배에 올라탄 사람들은 모두 난간으로 달라붙었다. 그때 배 주위의 짙푸른 대서양이 조금씩 밝아지며 하늘색으로 바뀌었는데 고래가 물속에서 뿜어낸 공기 때문이었다. 내 발 아래에 고래가 있다는 생각에 심장 박동이 빨라졌다.

고래를 보며
아버지를 추억하다

"아빠, 동물이 그렇게 좋아? 난 재미없는데."

어릴 때 아버지는 동물들이 뛰어다니는 모습이 텔레비전에서 나오면 눈을 떼지 못 했다. 당연히 〈동물의 왕국〉을 즐겨보셨는데 나는 아버지를 따라 킬리만자로를 뛰어노는 사자나 가젤을 보는 것이 영 심심했다. 그때의 나는 야생의 매력을 모르던 나이였고 아버지를 이해할 수 없었다. 하지만 지금의 나는 여행하는 내내 동물들의 뒤꽁무니를 쫓았다. 일본에서는 넓적부리 황새를 봤고 말레이시아에서는 원숭이를 만났다. 영국에서는 여우와 마주쳤고 칠레에서는 바다사자와 마젤란 펭귄을 조우했다. 그리고 이곳에서는 고래를 찾아서 배에 올랐다.

"내가 봤어! 고래를 봤다고!"

잠시 아버지와의 추억에 빠져있는 사이 은덕과 프랑스 청년, 둘이 먼저 소리쳤다. 그 소리에 망망대해를 살피던 사람들은 더욱 흥분했다. 잠시 뒤, 거대한 물체가 파도를 뚫고 하늘로 솟아올랐다. 모두가 환호하기 시작했다. 진짜 고래였다. 다큐멘터리에서나 보았던 거대한 몸집의 혹등고래가 내 눈앞에서 뛰어올랐다. 기차 한 량쯤 되어 보이는 길이의 생명체는 숨을 쉬고 물을 뿜어내고 수면 위로 올라오는 동작을 몇 번이고 되풀이했다. 한 동작, 한 동작 이제껏 본 적 없는 거대한 움직임이 경이로웠다. 고래가 높이 뛰어올라 물을 내뿜으며 한 바퀴 회전하는 동작은 슬로우 모션처럼 보였다. 연신 셔터를 눌렀지만 나의 단렌즈로는 그 모습을 담기에 부족했다.

"아빠도 같이 봤으면 좋았을 텐데."

내가 고래를 봤다고!

동물에 별 관심이 없던 내가 이렇게 열심히 이들을 찾아서 발걸음을 옮기는 이유는 뭘까? 세계여행을 하면서 많은 동물을 접했기 때문인지 아니면 동물의 왕국을 보던 아버지 나이와 점점 가까워져서 인지는 아직 알 수 없다. 분명한 것은 나이가 들수록 화면 속 동물을 바라보던 아버지의 마음을 조금씩 이해하고 있다는 것이다. 이 동물들을 아버지는 언젠가 두 눈으로 직접 보고 싶었던 것은 아니었을까? 아버지는 지금도 〈동물의 왕국〉을 보고 계실까?

넌 말이
너무 많아

글 /

꾹꾹 잘 참아 오던 분노가 폭발하고 말았다. 말이 너무 많은 남자와 인내심이 제로인 여자가 사우바도르에서도 한 판 붙었다. 그 결전의 날은 바다에서 고래를 마주한 경이로운 순간이 있었던 직후였다.

고래를 보고 돌아오는 버스 안, 심한 뱃멀미를 했던 남자와 여자는 버스에서 실신하듯 잠이 들었다. 비몽사몽인 상태로 숙소 근처 정류장에 도착했는데 그만 물통을 버스에 두고 내렸다는 것을 알았다. 물건을 두고 내린 남자와 여자는 서로에게 화가 났고 서로가 못마땅했다. 집까지 걸어가면서 언성을 높이며 화를 냈는데 이렇게 싸우면서도 헤어지지 않고 여행을 지속하는 이유가 뭔지 진지하게 궁금해졌다.

속 시원하게
말해 보자

 "만약 다른 사람이랑 결혼했어도 이렇게 싸웠을까?"

😊 "아니라고 말 못 해. 꾹꾹 참다가 결국 폭발했겠지."

😊 "여행하면서 내 안의 감춰진 나를 꺼내라고 부단히 강요한 건 너였으니까 네가 책임져. 판도라의 상자를 연 건 너야. 그렇지 않았다면 나는 죽을 때까지 내가 이런 사람이라는 것을 몰랐을 거야. 덕분에 이제는 화가 나면 화가 난다, 싫으면 싫다고 확실하게 내 감정을 말할 수 있어. 하지만 선을 조절할 줄 몰라서 나도 모르게 잠시 이성을 잃었어. 젓가락을 집어 던지고 목을 졸랐던 것도 모두 내가 잘못했어."

😊 "내가 물건 던지지 말라고 그랬지? 뒤통수에 대고 젓가락을 던지니까 아프잖아. 그렇게 당하고 나니 욕이 안 나오겠어? 그렇다고 서니, 목을 조르다니! 분노를 그렇게 표현할 줄은 몰랐어. 뭐 때문에 그렇게 화가 난 건데? 버스에 음료수 놓고 내린 게 그렇게 잘못한 거야?"

😊 "상황이 어찌 되었건 다 내가 잘못했어. 용서해 줘. 사실 음료수를 두고 내린 것 때문에 화난 게 아니야. 내가 정신을 못 차릴 만큼 피곤했던 적이 이번까지 포함해서 딱 세 번이야. 그런데 그때마다 무언가를 잃어버리잖아. 네가 안쪽 자리에 앉으니까 일어나면서 한 번만 확인하면 되는데 매번 말해도 그 한 번을 안 하는 너에게 화가 났어. 잃어버린 것이 음료수, 물병처럼 작은 것이니 망정이지 가방이라면 어쩔뻔했니? 한두 번은 좋게 말했는데 세 번째는 안 되겠다 싶어서 좀 챙기라고 화를 낸 건데 너도 같이 맞받아치니 이렇게 된 거지, 뭐."

😊 "지금처럼 조근조근 설명해 주면 이해가 되잖아. 삐져서 집에 가는 길에 말도 안 하고 집에 와서는 계속 투덜거리면서 잔소리하고. 이틀이 지나니까 너의 감정과 화가 났던 상황이 이해가 되네. 꼼꼼하고 조심성 많은 사람이랑 함께 다니니까 나도 마음을 놓고 다녔나 봐. 앞으로는 버스에서 내릴 때 놓친 것 없나 살

필게. 너도 삐지지 말고 차분하게 이야기를 해 줬으면 좋겠어."

말 없는 사람이랑
살아 봐라!

"집으로 가는 길에 화는 났지만 차분하게 두 번이나 말했어. 네가 내 말에 귀를 기울이지 않았으니까 못 들은 거야. 그리고 집에 오는 길에 말이 없었던 것은 네가 피곤하다고 짜증을 냈었기 때문이야. 너는 피곤할 때 말 걸면 화내잖아. 난 이렇게 늘 네가 하는 말을 기억하고 있다고! 그런데 넌 내가 말이 많아도 화내고! 말을 안 해도 화내고! 하루하루 니 눈치를 보면서 사느라 힘들어 죽겠다. 결혼을 한 건지 상전을 모시는 건지. 아이구, 내 팔자야!"

"넌 말이 너무 많아. 오대수가 왜 감금당했는지 기억 안 나? 말이 너무 많아서라고. 말이 많은 사람이랑 있으면 피곤해. 물론 말수 적은 나 같은 사람이랑 사느니 말이 좀 많고 귀여운 너랑 사는 게 좋지만 그래도 넌 말이 너무 많아."

"네가 말 없는 사람이랑 살아 봐야 정신을 차리지."

"사실, 네가 폭력을 행사한 건 꽤 오래 마음에 남을 것 같았어. 그런데 마음을 정리해서 글로 푸니까 감정도 조절되고 훨씬 이성적이 된다. 그렇지? 자, 이제 화 다 풀린 거지?"

"우격다짐으로 시작해서 글로 화해하고. 참 우아한 부부싸움이구나!"

그래,
우리 타투하는 거다

글 /

"아, 맞다. 엄마, 오늘 나 문신하러 가."
"그래? 요즘 애들 한 거 보니까 예쁘던데. 잘하고 와."

타투라는 말이 어색할까 봐 '문신'이라는 단어를 써 가며 엄마와의 통화 말미에 오늘의 일정을 말했다. 놀라거나 우려하실 줄 알았는데 의외의 반응을 보였다. 엄마는 늘 그랬다. 그리고 나도 늘 그랬다. 스스로 결정하고 행동하고 결과를 통보하듯 알렸다. 엄마는 당신의 맘에 안 들어도 '하지 말라'거나 '바꿔라'거나 '엄마 말 좀 들어라'는 말을 하지 않았다. 어찌 보면 무신경하고 방관자라고도 볼 수 있는 태도지만 나는 엄마의 이런 모습을 좋아한다.

이왕 하는 거
같이하자

타투는 여행을 떠나기 1~2년 전부터 생각하고 있었다. 지인을 통해 구체적인 가격을 알아보기도 했다. 어릴 때부터 금속 알레르기가 있어서 쇠가 피부에 닿으면 빨갛게 부풀어 오르고 간지러웠다. 순금 귀고리도 진물이 나오는 탓에 액세서리를 할 엄두를 내지 못했다. 치렁치렁 달고 다니는 성격도 아니었지만 어쩌다 마음에 쏙 드는 액세서리도 한두 번 차면 거추장스러워서 팽개치고 말았다.

"타투는 어떨까? 금속 알레르기 걱정도 없고 액세서리 대신으로도 괜찮을 거 같고. 너도 같이하자. 응?"

종민과 연애할 때부터 무서우니까 같이 타투를 하자고 졸랐다. 하지만 종민은 할 거면 너나 하라면서 극구 사양했다. 겁 많고 엄살 심한 종민에게 타투는 자신과는 상관없는 먼 나라 이야기였다. 그렇게 잊고 있던 타투가 또 다시 수면에 오른 건 혜린과 희정을 만나고부터였다. 그녀들은 부에노스 아이레스에서 어깨 뒤에 타투를 새겼다며 보여 주었다. 두 사람을 보고 굳이 한국에서 할 필요가 없음을 깨달은 나는 다시 한 번 종민을 조르기 시작했다.

"가격도 한국보다 싸잖아. 우리가 언제 또 부에노스 아이레스까지 와서 타투를 하겠어. 같이하자. 응?"

쇠 심줄을 씹어 먹었는지 종민은 타투 이야기만 나오면 눈도 깜짝하지 않았다. 그 아픈 걸 왜 하냐며 내 말을 끊었다. 그리고 나는 낯선 땅을 떠돌면서 그와 함께하지 않는다면 타투를 몸에 새길 자신도 없었다. 그렇게 시간은 흘러서 남미를 떠날 날이 코앞으로 다가왔다.

"은덕아, 우리 타투하자."

해먹에서 뒹굴 거리며 무료하게 시간을 보내던 차였는데 종민의 입에서 타투라는 말이 먼저 나왔다. 이게 무슨 일인가 싶었다. 갑자기 그에게 어떤 변화가 찾아

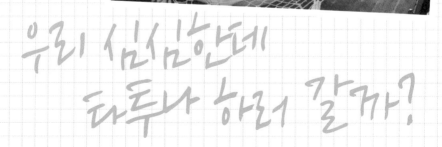

우리 심심한데
타투나 하러 갈까?

여전히 두려운 여행, 그러나 우리는 간다

온 것일까? 짱구를 이리저리 굴려봐도 이렇다 할 계기가 없었는데 말이다. 쫄탱이 종민이 갑자기 왜 이런담?

"타투 그거 별거 아닌 거 같아. 이 동네 사람들 둘 중 하나는 하고 있는데 나라고 못 할 거 뭐 있나 싶어. 까짓거, 하자!"

종민은 지금 이 순간을 영원히 자신의 몸에 새겨 넣고 싶다고도 했다. 인생을 통틀어 가장 의미 있고 행복한 시간이라면서 말이다.

"종민, 살면서 지금처럼 네가 멋지다고 느꼈던 적은 없어. 그래, 우리 타투하는 거다."

이왕 하는 거
크게 하자

종민이 결심을 하고 나니 일이 일사천리로 진행되었다. 어디에 무엇을 새길 것인지 척척 결정해 나가기 시작했다. 화려한 그림이 아니라 우리만의 의미가 담긴 글자를 새기고 싶었다.

"은덕, 그동안 우리가 지나쳐 온 도시들의 좌표를 새기면 어떨까? 각각 위도와 경도를 새기고 두 사람의 타투가 만나면 완전한 도시의 좌표가 만들어지는 거야? 어때?"

종민이 굉장한 아이디어를 냈다. 하지만 포토샵으로 팔뚝에 위도와 경도를 올려

타투 노출은
은근하게

여전히 두려운 여행, 그러나 우리는 간다

놓고 보니 생각보다 숫자가 너무 많아서 자신이 없어졌다.

"처음 하는 건데 가볍게 시작하고 싶어. 너무 글자가 많잖아. 아플 텐데?"
"이 쫄탱이 자식, 무슨 소리야? 이왕 하는 거 보이는 데다 크게 해야지. 그럼 넌 조그맣게 해. 난 도시의 영문 약자를 다 적을 테니까."

이 친구가 약을 먹었나? 적극적으로 변신한 그가 믿기지 않을뿐더러 이제는 부담스러워졌다. 남미가 그를 변화시킨 걸까? 여행이 그를 변화시킨 걸까?

도안이 결정되고 난 후 사우바도르에 있는 타투 전문점을 하나하나 찾아 다녔다. 타투이스트마다 개성이 있었고 부르는 가격도 천차만별이었는데 몸에 상처를 내는 작업이니 감염이 안 되도록 위생에도 신경 써야 했다. 뜨거운 태양 아래에서 다섯 군데쯤 돌았을까? 자신의 얼굴을 큼지막하게 내 건 타투 전문점을 발견했다. 주인아저씨는 연륜도 있어 보였고 가게 안도 깨끗해 보였다. 영어를 단 한마디도 못했지만 다이어리에 빼곡하게 적혀 있는 예약 손님 리스트를 확인한 순간 마음이 놓였다.

이빨 전체에 스케일링을 하는 것만큼 아팠던 타투를 마치자 종민은 첫경험이 나쁘지 않다며 앞으로 책이 한 권씩 나올 때마다 타투를 해야겠단다. 나도 대륙을 옮길 때마다 그곳을 상징하는 타투가 하고 싶어졌다.

"종민, 뭐든 시작이 어려운 거지, 하고 나면 별 거 아니야. 그렇지?"

우리 동네가 될 수 없는 사우바도르

글 /

한 도시에서 한 달을 머물며 여행한 지 벌써 1년 5개월째. 오롯이 그 도시에서 1개월을 보내면 없던 애정도 생기기 마련이다. 런던, 뉴욕 등 이름만 들어도 설레는 도시는 물론이고 아순시온, 몬테비데오 등 생경했던 도시도 그 시간을 보내고 나면 '우리 동네'가 되었다.

물론 도착하는 순간에는 사소한 문제들, 예를 들어 시내와 거리가 멀다든가 동네가 지저분하다거나 찾아갈 만한 커피가게가 없거나 하는 것부터 눈에 들어온다. 그러나 얼마 지나지 않아 단점을 덮을 매력이 보이기 시작하는데 그 순간이 바로 외국의 낯선 도시가 '우리 동네'가 되는 때이다.

하지만 사우바도르는 떠날 날이 되도록 그 마음이 들지 않아 걱정이다. 그렇다고 이 도시가 매력이 없다는 뜻은 아니다. 곳곳에 펼쳐진 새하얀 백사장과 카리브 해와 견줄 만큼 맑은 빛깔의 바다, 밝고 유쾌한 사람들과 그들의 음식. 사랑할 만한 이유와 매력이 넘쳤다. 하지만 여전히 '우리 동네'가 되지 못한 것은 지금 이야기하려는 단 하나의 조건 때문이다.

너무 아름다웠지만
그 걸로는 부족했어

안전은
양보 못 해

처음 도착하는 순간, 이곳과 사랑에 빠질 것 같다고 말했던 도시가 있었다. 런던, 도쿄 그리고 홍콩이 그랬다. 어찌 그리 쉽게 사랑에 빠질 수 있었을까 생각해보니 이방인이 보기에도 안전하고 질서 정연한 모습 때문이었다. 그 도시의 속살은 어떤지 알 수 없지만 여행자가 느끼는 감정은 그러했다.

"넌 이 도시가 마음에 드니? 난 지긋지긋해. 사람들은 무질서하고 치안은 위태로워. 우리가 서 있는 여기도 총격전이 종종 벌어지는 곳이야. 사우바도르에서 '안전'이란 단어를 꺼낸다는 것 자체가 어불성설이야. 그러니까 너도 조심해."

시내 구경을 마치고 집으로 돌아가려고 버스를 기다리고 있었다. 이전에도 많은 사람이 내게 말을 걸었지만 영어로 말을 건넨 이는 그가 처음이었다. 수많은 이야기 중 이방인인 내게 왜 하필 이런 말을 했을까? 알아듣지 못했지만 포르투갈어로 말을 걸었던 사람들도 혹시 같은 이야기를 했던 것은 아니었을까?

이름 모를 그가 일깨워 주지 않아도 위태로운 도시의 공기를 느끼고 있었다. 한 번은 버스 정류장에 서 있었는데 경찰 3명이 달리던 오토바이 하나를 잡으려고 도로로 뛰어들어 조준 사격 자세를 취하는 것이었다. 당장에라도 방아쇠를 당겨 쓰러트리겠다는 의지가 확고했다. 또 한 번은 버스를 타고 해변도로를 달리고 있었다. 하얀 모래사장과 파도에 취해 있는데 저 멀리 경찰 3명이 10대로 보이는 아이 2명을 마치 강력 범죄자 마냥 포박하고 있었다. 이번에도 역시 총구가 그 아이들의 관자놀이를 향하고 있었다. 벌건 대낮에 그리고 시내 한복판에서 볼 수 있는 풍경은 아니지 않은가?

그저 안전하기를
바랄 뿐이야

그 도시의 매력 여부를 떠나서 여기도 사람이 사는 동네라는 안도감이 내게는 필요했다. 도시가 아름다워도 안전하다는 느낌이 들지 않는다면 정이 가지 않는다. 이제 내일모레면 이곳을 떠나야 하는데 앞선 장면들을 생각하면 아직도 등골이 오싹하다. 그렇지만 이 도시 사람들이 우리에게 했던 경고처럼 칼 강도를 만나거나 소매치기를 당한 적은 없었다. 한 달 동안 무사히 아무런 사고 없이 이곳저곳을 둘러봤다. 다만 다른 도시처럼 용감하게 골목길을 헤매지 못했고 늦은 밤 펍에서 한잔하고 나오는 사람들의 민낯을 만나지 못했을 뿐이다.

마음을 열어 볼까 몇 번 생각했다. 하지만 그때마다 주민들이 위험하다고 겁을 주니 당해낼 재간이 없었다. 떠나는 순간까지 골목길을 과감하게 들어가 보거나 늦은 밤 펍을 찾지 못한 건 우리가 지레 겁먹고 몸을 움츠렸던 탓이다. 하지만 만약 경고를 무시하고 발길이 이끄는 대로 다녔더라도 아무런 사고 없이 한 달을 보낼 수 있었을까?

사우바도르에서 한 달, 여전히 집을 나설 때면 복대에 돈을 넣고 몸 깊숙이 숨긴다. 동네 주민들의 경고가 생각나 가방 깊숙한 곳에 있는 카메라는 웬만해서는 꺼내지도 못한다. 이 도시가 조금만 더 안전했더라면, 내 마음이 조금 더 말랑말랑했더라면 어땠을까? 여전히 꽉 쥔 손주먹 마냥 이 도시에 대한 나의 마음엔 틈이 생기지 않는다.

**열 번째 달
사우바도르 10**

아메리카를
떠나며

글 /

끝나지 않을 것만 같았던 남미 여행. 9개월에 걸친 여정이 내일모레면 정말 안녕이다. 앞으로 우리 앞에 남아 있는 여행이 절반도 남지 않았다는 사실에 우울하고 밥맛도 떨어지고 잠이 안 왔다. 9개월간의 남미 여행을 포함해 총 1년 5개월 동안 여행하면서 그 흔한 향수병조차 걸리지 않은 것을 보면 우리는 여행이 체질인 것 같다. 아직도 가야 할 길이 남아 있음을 위안으로 삼으며 아메리카 대륙을 정리했다.

랭킹을
만들어 보자

 "은덕아, 이틀 뒤면 장장 9개월의 아메리카 일정이 끝나고 다시 유럽으로 넘어가잖아. 여행을 추억할 겸 우리끼리 랭킹을 만들어 보면 어때? 좋았던 도시, 맛있던 음식, 재미있던 추억 베스트 어때?"

 "남미에 한해서야? 아메리카 대륙을 통틀면 뉴욕이 제일 좋았는데. 왜냐고?

난 뼛속까지 도시 여자니까. 하하하. 남미에서 기억에 남는 장소는 부에노스 아이레스와 토레스 델 파이네야. 부에노스 아이레스에서는 양질의 공연을 저렴하게 많이 볼 수 있었고 스테이크를 비롯해서 음식들이 맛있었거든. 토레스 델 파이네는 힘들었지만 아름다운 파타고니아의 풍경을 눈으로 마음으로 느낄 수 있었던 소중한 시간이었어. 넌?"

🐱 "나는 볼리비아의 따리하와 우루과이의 몬테비데오가 기억에 남아. 따리하는 일주일만 머물렀는데도 여행 중 가장 사랑스러운 도시였어. 음식도 맛있고 사람들도 좋고 생활비도 저렴해서 마음이 편했던 게 주요했지만 위태위태한 지옥의 산악 도로를 넘은 뒤 마주한 안도감에 가산점까지 더해졌지. 몬테비데오는 무뚝뚝한 겉모습 뒤에 감춰둔 사람들의 친절한 마음을 잊을 수 없어. 아르헨티나와 브라질 사이에 있는 우루과이, 일본과 중국 사이에 있는 한국과 처한 상황도 비슷해서 더 마음이 쓰이는 것 같아. 참, 인터넷 속도가 한국과 맞먹을 정도로 빨랐던 것도 기억에 남고. 몬테비데오식 샌드위치 치비도도 생각난다. 엄청 맛있었는데. 샌드위치 안에 스테이크 한 덩어리가 들어가 있으니 맛이 없을 수 있나!"

🐶 "난 사우바도르에서 먹은 조개찜과 아르헨티나의 첫 도시, 엘 칼라파테에서 먹은 소고기가 생각나. 또 음식하면 멘도사를 빼놓을 수 없지. 먹고 마시며 노는 한량 생활을 한 달이나 했잖아. 함께 살았던 친구들과 매일 맛있는 음식을 서로 해 주면서 말이야. 가장 실망스러운 도시는 어디였어? 난 아순시온. 호스트 때문이었을까? 합이 안 맞는 사람이랑 같이 사는 게 쉬운 일은 아니더라고."

남들도 이렇게
싸우고 사나?

"나도 아순시온은 호스트 때문에 힘들었어. 그런데 파비앙 아저씨가 우리 후기를 써 놓은 거 보니까 미안한 마음도 들더라. 아저씨는 함께 어울려 지낼 게 스트가 필요했던 건데 한 번의 실수로 우리가 마음을 닫아 버렸잖아. 심적으로 힘들었던 아순시온을 뛰어넘는 최악의 도시가 있었는데 바로 사우바도르야. 이 도시는 나랑 너무 안 맞아. 썩은 해초 냄새인 듯, 진한 약초의 냄새인 듯한 이 곳의 특유의 향도 익숙해지지 않아. 그리고 늘 불안에 떨어야 하는 치안도 힘들지. 하지만 무엇보다 나와 잘 맞지 않는 것은 열정적이고 다혈질인 이곳 사람들의 성격이야. 그러기엔 난 너무 얌전하거든."

"그래도 나는 사우바도르를 잊을 수 없어. 네가 먼저 타투하자고 말한 순간을 평생 잊지 못할 거야. 그리고 수없이 싸웠던 기억들도 떠오르는데 남들도 다 이렇게 싸우고 살까?"

"나도 몸에 글자를 남긴 것이 기억에 남지만 뭐니 뭐니 해도 롤라팔루자에서 너한테 버림받은 기억을 잊을 수 없어. 넌 늘 그래. 자기를 배려하는 사람은 생각하지 못하고 마음대로지. 오늘도 이야기했지만 난 늘 손해 보고 살아. 하고 싶은 것 하라고? 그럼 내가 하고 싶은 거 하게 해 줘야지. 왜 둘이 의견 대립이 생기면 땡강 부리는데? 나도 고집 피우면 싸우게 되니 한 사람은 져야 끝이 나잖아. 그게 늘 나인 게 문제고 늘 내가 손해 봐야 하는 이유지. 죽는 순간에 '아, 난 김은덕한 테 늘 손해 보고 살았다!'라고 말하면서 죽게 될 거야."

"그러니까 이쯤에서 포기해. 그래야 곧 시작되는 아시아 대륙에서의 8개월이 순탄할 거야. 하하하."

여전히 두려운 여행, 그러나 우리는 간다

어디까지나 주관적이고 편파적인
사우바도르 한 달 정산기

 ＊ 도시 ＊
사우바도르, 브라질 /
Salvador, Brazil

 ＊ 위치 ＊
몽주 세하지 Monte Serrat
(센트로까지 버스로 30분 소요)

 ＊ 주거 형태 ＊
단독주택 / 집 전체

 ＊ 기간 ＊
2014년 7월 7일 ~ 8월 5일
(28박 29일)

 ＊ 숙박비 ＊
총 547,000원
(장기 체류 및 특별 할인 적용,
1박당 정상 가격은 42,000원)

 ＊ 생활비 ＊
총 1,066,000원
(체류 당시 환율, 1헤알 = 500원)
＊ 2인 기준, 항공료 별도

 ＊ 은덕 한국보다 물가가 높다는 브라질이었지만 사우바도르는 살만했어. 서민들이 많이 사는 도시라서 그런가 여기는 시내버스 요금 빼고는 물가가 생각보다 낮았거든. 특히 과일과 채소, 고기 등 음식 재료가 저렴했고 하루에 한 끼는 망고로 배를 채울 만큼 저렴한 양질의 열대 과일도 많았지.

 ＊ 종민 숙소도 집 전체를 사용했지만 호스트인 알레한드로의 배려로 싸게 머물 수 있었어. 여행하면서 기록하는 사람이라고 소개했더니 자신도 작가라면서 할인을 해 줬으니까. 고마운 사람들을 여행하면서 많이 만나네. 어떻게 다 보답하면서 살까나.

만난 사람: 18명 + α

우리를 숙소까지 안전하게 데려다 준 택시기사 아저씨, 동네 꼬마 녀석들, 집 앞에서 무술을 연마하던 까포에이라팀, 생선가게를 물었더니 바다에서 잡아먹으라 했던 동네 아줌마, 집에서 디제잉을 하고 있던 동네 아저씨, 멀미약까지 먹이며 대서양 파도를 견딜 수 있게 해준 고래 투어 회사 직원, 망망대해에서 고래를 찾아 준 선원들, 내 몸에 글자를 새겨 준 타투 전문점 아저씨, 버스 정류장에서 이 도시가 위험하다고 영어로 알깨워 준 행인, 시도 때도 없이 총을 꺼내 들던 사우바도르 경찰들, 열심히 우리 생활을 도와준 1층의 호세와 그의 가족들, 핑크 하우스와 작가의 거실을 준비해 두었던 호스트 알레한드로.

만난 동물: 2마리 + α

500년을 산다는 신기의 동물 바다거북, 거대한 몸짓으로 수면 위를 뛰어 오르던 혹등고래.

방문한 곳: 7곳 + α

치명적이지만 매력적인 브라질 무술을 만났던 집 앞 공터, 거대한 테이블과 바다가 내려다 보이는 거실까지 모든 게 완벽했던 핑크 하우스, 황금으로 치장한 섬 프란시스코 성당, 유네스코 세계문화유산이었던 사우바도르 역사지구, 최소한의 안전을 보장해 주었던 사우바도르의 쇼핑몰, 혹등고래를 만났던 바다, 우리 몸에 거친 문양을 남긴 타투 전문점.

여전히 두려운 여행, 그러나 우리는 간다

두 번째
마침표를 찍으며

믿기 어렵겠지만『한 달에 한 도시: 남미편』의 맺음말을 쓰는데 3개월이라는 시간이 걸렸다. 여행하면서 쉬지 않고 글을 써 블로그에 남겼고 그 내용을 모아 책으로 엮었지만 글쓰기가 쉽지 않다. 그럼에도 우리는 저자라는 호칭을 듣게 되었다. 여행하며 달라진 우리의 삶에 얼마나 고마워하고 있는지 어느 자리에서 말해야 할지 몰라 이곳에 남긴다.

두 번째 책을 준비하면서 한 번 해 봤으니 조금은 수월하겠다고 생각했지만 여전히 힘들었다. 원고를 하나씩 마무리할 때마다 군데군데 흰 머리가 출몰했다. 이렇게 고생하면서 무엇을 얻으려는지 모르겠다며 좌절할 때도 있었지만 잘 쓰고 싶은 욕심은 커지기만 했고 더불어 우리의 여행이 소중해졌다.

궤도를 벗어난 삶을 생각해 본다. 우리는 하고 싶은 것을 찾아 매일 반복되던 일상의 궤도에서 이탈했다. 어떤 시선으로 보면 낙오자다. 한국에 돌아가서 어떤 삶을 살게 될지 기대도 되지만 걱정도 크다. 어쨌든 우리는 여전히 길 위에 서 있고 일상에 파묻혀 있었다면 맛보지 못했을 수많은 경험을 하고 있다.

어느덧 여행 이후의 삶을 생각해야 하는 시간이 다가왔다. 지금처럼 글을 쓰는 것이 한국에서도 가능할지 어렵사리 벗어난 일상으로 다시금 뛰어들어야 하는지 고민이 깊어지고 있다. 매일 만나는 새로운 풍경과 다양한 사람들이 선물하는 이야기가 과거의 일이 된다는 사실이 실감이 나지 않는다. 하지만 지금의 행복을 미루지 않기 위해 여행을 떠나왔던 것처럼 여행 이후에도 미래의 행복이 아니라 지금의 행복을 생각하며 살 것이다. 여전히 두렵지만 우리는 혼자가 아니라 둘이고 무엇을 할 때 가장 행복한지 깨달았기 때문에 후회는 없다.

다시 시작하는 글

To be continued...